DE BIBLIOTHEEK VAN PARIJS

Janet Skeslien Charles

De bibliotheek van Parijs

Vertaald door Selma Soester

UITGEVERIJ LUITINGH-SIJTHOFF

Oorspronkelijke titel: *The Paris Library*
Vertaling: Selma Soester
Omslagontwerp: DPS Design & Prepress Studio, Amsterdam
Omslagbeeld: Trevillion Images Ltd
Opmaak binnenwerk: Crius Group, Hulshout

ISBN 978 90 210 2849 1
ISBN 978 90 245 8709 4 (e-book)
ISBN 978 90 245 9138 1 (luisterboek)
NUR 302

www.lsamsterdam.nl
www.boekenwereld.com

Uitgeverij Luitingh-Sijthoff vindt het belangrijk om op milieuvriendelijke en verantwoorde wijze met natuurlijke bronnen om te gaan. Bij de productie van dit boek is daarom gebruikgemaakt van papier waarvan het zeker is dat de productie niet tot bosvernietiging heeft geleid.

1

Odile

PARIJS, FEBRUARI 1939

Getallen zweefden als sterren rond mijn hoofd. 823. Die getallen waren de sleutel tot een nieuw leven. Sterrenstelsels van hoop. 841. 's Avonds laat in mijn slaapkamer, 's ochtends wanneer ik croissants ging halen, vormde reeks na reeks – 810, 840, 890 – zich voor mijn ogen. Ze vertegenwoordigden vrijheid, de toekomst. Naast die getallen bestudeerde ik de geschiedenis van bibliotheken, helemaal terug tot aan de zestiende eeuw. In Engeland, terwijl Hendrik de Achtste het druk had met het afhakken van de hoofden van zijn vrouwen, was onze koning François bezig met het moderniseren van zijn bibliotheek, die hij openstelde voor studenten. Zijn koninklijke collectie vormde het begin van de Bibliothèque Nationale. Op dit moment, gezeten aan het bureau in mijn slaapkamer, bereidde ik me voor op mijn sollicitatiegesprek bij de American Library in Paris en nam ik mijn aantekeningen nog een laatste keer door: opgericht in 1920; de eerste in Parijs die het publiek toegang bood tot de collectie; abonnees uit meer dan dertig landen, van wie een kwart uit Frankrijk. Ik klampte me aan die feiten en getallen vast, in de hoop dat ze me vakkundig zouden laten overkomen bij de directrice.

Met kordate stappen verliet ik ons familieappartement en liep ik de met roet overdekte Rue de Rome op, tegenover treinstation Saint-Lazare, waar locomotieven rook ophoestten. De wind rukte aan mijn haren en ik bleef stilstaan om een paar losse lokken weg te stoppen onder mijn baret. In de verte zag ik de matzwarte koepel van de kerk van Saint-Augustin. Godsdienst, 200. Oude Testament, 221. En het Nieuwe Testament? Ik wachtte, maar het nummer kwam niet in mijn hoofd op. Ik was zo nerveus dat ik eenvoudige feiten vergat. Ik haalde mijn notitieboekje uit mijn handtas. O ja, 225. Natuurlijk.

Mijn favoriete onderdeel van de bibliotheekopleiding was het Dewey Decimale Classificatiesysteem. Het werd in 1873 bedacht door de Amerikaanse bibliothecaris Melvil Dewey en maakte gebruik van tien categorieën om bibliotheekboeken op onderwerp in te delen. Alles had een nummer, zodat iedere lezer elk boek in elke bibliotheek kon vinden. Zo was Maman dol op 648 (huishouden). Papa wilde het niet toegeven, maar hij was een groot liefhebber van 785 (kamermuziek). Mijn tweelingbroer was meer een 636.8-type, terwijl ik de voorkeur gaf aan 636.7 (respectievelijk katten en honden).

Ik bereikte de *grand boulevard*, waar de stad binnen één huizenblok zijn arbeidersklassenmantel afwierp en zich in een nertsjas hulde. De scherpe stank van kolen vervloog en maakte plaats voor de honingachtige jasmijngeur van Joy, gedragen door vrouwen die zich vergaapten aan de etalages met jurken van Nina Ricci en groenlederen handschoenen van Kislav. Verderop baande ik me een weg tussen musici door die uit de winkel stapten waar verkreukelde bladmuziek werd verkocht, langs het barokke gebouw met de blauwe deur, en sloeg ik de hoek om, een smal zijstraatje in. Ik kende de weg op mijn duimpje.

Ik was dol op Parijs, een stad met geheimen. Net als boekomslagen, sommige van leer, andere van stof, leidde elke deur in Parijs naar een onverwachte wereld. Een binnenplaats kon een kluit fietsen bevatten of een struise conciërge, gewapend met een bezem. In het geval van de American Library in Paris bood de enorme houten deur toegang tot een geheime tuin. Het witte kiezelpad, aan één kant geflankeerd door petunia's en aan de andere kant door een grasveld, leidde naar het imposante gebouw met de natuurstenen gevel. Ik stapte over de drempel, onder Franse en Amerikaanse vlaggen door die gebroederlijk naast elkaar wapperden, en hing mijn jas op aan de gammele kapstok. Ik ademde de heerlijkste geur ter wereld in – een melange van de mosachtige geur van stoffige boeken en knisperend krantenpapier – en had het gevoel alsof ik was thuisgekomen.

Ik was een paar minuten te vroeg voor mijn gesprek, dus maakte ik een omtrekkende beweging om de uitleenbalie heen, waar de immer vriendelijke bibliothecaris naar abonnees luisterde ('Waar kan ik in Parijs een goede biefstuk eten?' vroeg een mij onbekende man met cowboylaarzen aan. 'Waarom moet ik een boete betalen als ik het boek niet eens heb uitgelezen?' vroeg de humeurige Madame Simon geërgerd), en betrad de stilte van de knusse leeszaal.

Aan een tafel vlak bij de openslaande deuren zat professor Cohen de krant te lezen, met een parmantige pauwenveer in haar wrong gestoken; Mr. Pryce-Jones was verdiept in de *Time* terwijl hij trekjes van zijn pijp nam. Normaal gesproken zou ik hen hebben begroet, maar ik was nerveus voor mijn sollicitatiegesprek en zocht toevlucht bij mijn favoriete deel van de boekencollectie. Ik vond het heerlijk om omringd te zijn door verhalen, sommige zo oud als de wereld, andere pas een maand geleden uitgegeven.

Ik bedacht opeens dat ik wel een roman voor mijn broer kon uitzoeken. Het gebeurde steeds vaker, op elk willekeurig uur van de nacht, dat ik wakker werd van zijn getik op de schrijfmachine. Als Rémy geen artikelen schreef over hoe Frankrijk vluchtelingen moest helpen die door de burgeroorlog uit Spanje waren verdreven, hield hij vol dat Hitler Europa zou bezetten, net zoals hij een deel van Tsjecho-Slowakije had bezet. Het enige wat Rémy zijn zorgen – of liever gezegd: andermans zorgen – kon doen vergeten was een goed boek.

Ik liet mijn vingers over de ruggen glijden. Ik koos een boek uit en sloeg het open op een willekeurige bladzijde. Ik beoordeelde een boek nooit aan de hand van het begin van het verhaal. Dat deed me denken aan het eerste en laatste romantische afspraakje dat ik ooit had gehad en waarbij we allebei iets te stralend lachten. Nee, ik sloeg het ergens in het midden open, waar de schrijver niet probeerde me te imponeren. 'Er zijn duisternissen in het leven en er zijn lichten,' las ik. 'Jij bent een van de lichten, het licht van alle lichten.' *Oui. Merci*, Mr. Stoker. Dat is wat ik tegen Rémy zou willen zeggen als ik de kans had.

Nu was ik bijna te laat. Ik haastte me naar de balie, waar ik het kaartje tekende en *Dracula* in mijn tas liet glijden. De directrice stond me op te wachten, met haar kastanjebruine haar zoals altijd opgestoken in een wrong en met een zilveren pen tussen haar vingers.

Iedereen had wel eens van miss Reeder gehoord. Ze schreef artikelen voor kranten en imponeerde op de radio door iedereen uit te nodigen naar de bibliotheek te komen – studenten, leraren, soldaten, buitenlanders en Fransen. Ze bleef erbij dat hier plek was voor iedereen.

'Ik ben Odile Souchet. Het spijt me dat ik zo laat ben. Ik was te vroeg en toen sloeg ik een boek open...'

'Lezen is gevaarlijk,' zei miss Reeder met een begripvolle glimlach. 'Laten we naar mijn kantoor gaan.'

Ik volgde haar de leeszaal door, waar abonnees in keurige pakken hun kranten lieten zakken om de befaamde directrice beter te kunnen bekijken, de wenteltrap op en via een gang in de heilige 'Alleen voor personeel'-vleugel naar haar kantoor, dat naar koffie rook. Aan de muur hing een grote luchtfoto van een stad, met huizenblokken als een schaakbord, zo heel anders dan de kronkelende straten van Parijs.

Ze merkte mijn interesse op en zei: 'Dat is Washington, D.C.. Ik heb bij de Library of Congress gewerkt.' Ze gebaarde dat ik moest gaan zitten en nam zelf plaats achter haar bureau, dat overdekt was met papieren – een aantal ervan probeerde aan het postbakje te ontsnappen, andere werden op hun plaats gehouden door een perforator. Op de hoek stond een glanzende zwarte telefoon. Naast miss Reeder lag een stapel boeken op een stoel. Ik ontwaarde romans van Isak Dinesen en Edith Wharton. In elk ervan nodigde een boekenlegger – of eigenlijk een felgekleurd lint – de directrice uit terug te keren.

Wat voor soort lezer was miss Reeder? In tegenstelling tot mij zou ze een boek nooit opengeslagen op zijn kop neerleggen bij gebrek aan een boekenlegger. Ze zou ze nooit op een stapeltje onder haar bed leggen. Ze las vijf boeken tegelijk. Een boek in haar tas voor tijdens busritten door de stad. Eentje waar een goede vriend haar mening over had gevraagd. Een ander waar niemand iets over te weten zou komen, een heimelijk genoegen voor een regenachtige zondagmiddag...

'Wie is je favoriete schrijver?' vroeg miss Reeder.

Wie is je favoriete schrijver? Een onmogelijke vraag. Hoe kon iemand er maar ééntje kiezen? Mijn tante Caro en ik hadden zelfs categorieën bedacht – dode schrijvers, levende, buitenlandse, Franse, enzovoort – om geen keuze te hoeven maken. Ik dacht aan de boeken in de leeszaal die ik zo-even had aangeraakt, boeken die mij hadden geraakt. Ik bewonderde de denkwijze van Ralph Waldo Emerson: *Ik ben niet eenzaam wanneer ik lees en schrijf, ook al is er niemand bij me*, maar ook die van Jane Austen. Hoewel de schrijfster in de negentiende eeuw leefde, was de situatie voor veel vrouwen van nu nog steeds hetzelfde: hun toekomst werd bepaald door met wie ze trouwden. Drie maanden geleden, toen ik mijn ouders liet weten dat ik geen echtgenoot nodig had, snoof Papa en nam vervolgens elke zondag een andere ondergeschikte van zijn werk mee voor de lunch. Net als de kalkoen die Maman opbond en met peterselie bestrooide, diende Papa hen een voor een op een presenteerblad op: 'Marc heeft nog nooit een dag werk verzuimd, zelfs niet toen hij griep had!'

'Je leest toch zeker wel?'

Papa betichtte me er vaak van dat mijn mond sneller werkte dan mijn hersenen. In een vlaag van frustratie gaf ik antwoord op miss Reeders eerste vraag.

'Mijn favoriete dode schrijver is Dostojevski, omdat zijn personage Raskolnikov me aanspreekt. Hij is niet de enige die iemand de kop in wil slaan.'

Stilte.

Waarom had ik geen normaal antwoord gegeven, zoals Zora Neale Hurston, mijn favoriete levende schrijfster?

'Het was een eer u te ontmoeten.' Ik liep naar de deur, in de wetenschap dat het sollicitatiegesprek voorbij was.

Terwijl mijn vingers naar de porseleinen deurknop gingen, hoorde ik miss Reeder zeggen: 'Stort je roekeloos in het leven; wees niet bang – de stroming zal je naar de oever voeren en je weer veilig met beide benen op de grond zetten.'

Mijn favoriete passage uit *Crime and Punishment*. 891.73. Ik draaide me om.

'De meeste kandidaten noemen Shakespeare als hun favoriet,' zei ze.

'De enige schrijver met zijn eigen Dewey Decimale boekcode.'

'Sommigen noemden *Jane Eyre*.'

Dat zou een normaal antwoord zijn geweest. Waarom had ik niet 'Charlotte Brontë' gezegd, of welke Brontë dan ook? 'Ik ben ook dol op Jane. De gezusters Brontë hebben dezelfde boekcode – 823.8.'

'Maar jouw antwoord beviel me.'

'Echt waar?'

'Je zei wat je voelde, niet wat je dacht dat ik wilde horen.'

Dat was waar.

'Wees niet bang om anders te zijn.' Miss Reeder boog zich naar voren. Haar blik – intelligent, vast – ontmoette de mijne. 'Waarom wil je hier werken?'

Ik kon haar de ware reden niet vertellen. Die zou vreselijk klinken. 'Ik heb het Dewey-systeem uit mijn hoofd geleerd en haalde tienen op de bibliotheekopleiding.'

Ze wierp een blik op mijn sollicitatiebrief. 'Je cijferlijst is indrukwekkend. Maar je hebt mijn vraag niet beantwoord.'

'Ik ben lid van deze bibliotheek. Ik ben dol op Engels...'

'Dat is duidelijk,' zei ze met een teleurgestelde ondertoon in haar stem. 'Bedankt voor je tijd. We zullen je onze beslissing over een paar weken laten weten. Ik zal je even uitlaten.'

Toen ik weer op de binnenplaats stond, slaakte ik een gefrustreerde zucht. Misschien had ik eerlijk moeten bekennen waarom ik deze baan wilde.

'Wat is er, Odile?' vroeg professor Cohen. Ik ging graag naar haar zeer drukbezochte serie lezingen over Engelse literatuur in de American Library. Met haar eeuwige paarse sjaal om maakte ze intimiderende boeken als *Beowulf* toegankelijk, en haar lezingen waren levendig, met een vleugje scherpe humor. Wolken van een schandelijk verleden kolkten in haar kielzog als de zweem van seringen in haar parfum. Ik had gehoord dat *Madame le professeur* oorspronkelijk uit Milaan kwam. Een prima ballerina die haar sterrenstatus (en haar saaie echtgenoot) achter zich liet om een geliefde te volgen naar Brazzaville. Toen ze – in haar eentje – terugkeerde naar Parijs, studeerde ze aan de Sorbonne, waar ze, net als Simone de Beauvoir, slaagde voor *l'agrégation*, het nagenoeg onhaalbare staatsexamen, om op het hoogste niveau te kunnen lesgeven.

'Odile?'

'Ik heb mezelf voor schut gezet tijdens mijn sollicitatiegesprek.'

'Een slimme jonge vrouw als jij? Heb je miss Reeder verteld dat je nog nooit een van mijn lezingen hebt overgeslagen? Waren al mijn studenten maar zo plichtsgetrouw!'

'Ik heb er niet aan gedacht dat te vermelden.'

'Schrijf alles wat je haar wilt vertellen in een bedankbriefje.'

'Ze kiest mij toch niet.'

'Het leven is een gevecht. Je moet knokken voor wat je wilt.'

'Ik weet eigenlijk niet...'

'Nou, ik wel,' zei professor Cohen. 'Denk je dat die ouderwetse mannen aan de Sorbonne mij zonder slag of stoot hebben aangenomen? Ik heb verdomd hard gewerkt om hen ervan te overtuigen dat een vrouw zeer goed in staat is om les te geven aan de universiteit.'

Ik keek op. In eerste instantie had ik alleen de paarse sjaal van de professor opgemerkt. Nu zag ik haar staalharde ogen.

'Volhardend zijn is geen slechte eigenschap,' vervolgde ze, 'hoewel mijn vader altijd klaagde dat ik het laatste woord moest hebben.'

'De mijne ook. Hij noemt me "meedogenloos".'

'Maak gebruik van die eigenschap.'

Ze had gelijk. In mijn lievelingsboeken gaven de heldinnen nooit op. Het was geen slecht idee van professor Cohen om mijn gedachten op papier te zetten. Schrijven was makkelijker dan een persoonlijk gesprek. Ik kon dingen doorstrepen en opnieuw beginnen, honderd keer als dat nodig was.

'U hebt gelijk...' zei ik tegen haar.

'Natuurlijk heb ik dat! Ik zal de directrice laten weten dat je tijdens mijn lezingen altijd de beste vragen stelt, maar jij bent degene die moet volharden.' En met een zwaai van haar sjaal beende ze de bibliotheek binnen.

Hoe ontmoedigd ik ook was, er was altijd wel iemand in deze bibliotheek die me een hart onder de riem stak. De American Library was meer dan stenen en boeken; de mensen die zich erbij betrokken voelden waren het cement. Ik had tijd in andere bibliotheken doorgebracht, met hun harde houten stoelen en hun beleefde '*Bonjour*, mademoiselle. *Au revoir*, mademoiselle.' Er was niets mis met die *bibliothèques*, maar het ontbrak er aan de kameraadschap van een hechte gemeenschap. De American Library voelde aan als thuis.

'Odile! Wacht!' Het was Mr. Pryce-Jones, de gepensioneerde Engelse diplomaat met zijn vlinderdasje met paisleymotief, gevolgd door catalogiseerder Mrs. Turnbull met haar scheve blauwgrijze pony. Professor Cohen moest hun hebben verteld hoe ontmoedigd ik me voelde.

'Niets is ooit verloren.' Hij gaf een onhandig klopje op mijn rug. 'Je weet de directrice vast voor je te winnen. Maak gewoon een lijstje met je argumenten, net zoals een diplomaat die zijn vak ook maar een beetje verstaat dat zou doen.'

'Hou op met dat kind zo in de watten te leggen!' zei Mrs. Turnbull tegen hem. Toen wendde ze zich tot mij: 'In mijn geboortestad Winnipeg zijn we gewend aan rampspoed. Het maakt ons tot wie we zijn. Winters met temperaturen van min veertig, maar ons hoor je niet klagen, in tegenstelling tot Amerikanen...' Ze herinnerde zich opeens waarom ze naar buiten was gestapt – de kans om iemand de les te lezen – en stak een knokige vinger op voor mijn neus. 'Verman je, en neem geen genoegen met een afwijzing!'

Met een glimlach besefte ik dat thuis een plek was waar geen geheimen bestonden. Maar ik glimlachte. Dat was in elk geval iets.

Terug in mijn slaapkamer, niet langer nerveus, schreef ik:

Geachte miss Reeder,
Ik wil u hartelijk bedanken voor uw uitnodiging om deze functie te bespreken. Ik vond het ontzettend fijn om een sollicitatiegesprek met u te mogen voeren. Deze biblio-

theek betekent meer voor me dan elke andere plek in Parijs. Toen ik klein was, nam mijn tante Caroline me altijd mee naar het voorleesuurtje. Door haar ben ik Engels gaan studeren en verliefd geworden op deze bibliotheek. Hoewel mijn tante niet meer in leven is, blijf ik haar opzoeken in de American Library in Paris. Ik sla boeken open op de insteekhoesjes achterin, in de hoop haar naam op het kaartje te zien staan. Door dezelfde romans te lezen als zij, krijg ik het gevoel dat ze nog dicht bij me is.

De bibliotheek is mijn toevluchtsoord. Ik vind er altijd wel een hoekje voor mij alleen tussen de boeken, om te lezen en te dromen. Ik wil ervoor zorgen dat iedereen die kans krijgt, vooral de mensen die zich anders voelen dan anderen en een plekje nodig hebben waar ze zich thuis voelen.

Ik ondertekende met mijn naam en besloot daarmee mijn sollicitatie.

2

Lily

FROID, MONTANA, 1983

Haar naam was mevrouw Gustafson en ze woonde naast ons. Mensen noemden haar achter haar rug om 'de Oorlogsbruid', maar ik vond haar helemaal niet op een bruid lijken. Ten eerste droeg ze nooit wit. En ze was oud. Veel ouder dan mijn ouders. Iedereen weet dat een bruid een bruidegom moet hebben, maar haar man was allang dood. Hoewel ze twee talen vloeiend sprak, praatte ze meestal met niemand. Ze woonde hier al sinds 1945, maar ze zou altijd worden beschouwd als de vrouw die ergens anders vandaan kwam.

Ze was de enige oorlogsbruid in Froid, net zoals dokter Stanchfield de enige dokter was. Ik gluurde soms door het raam van haar woonkamer, waar zelfs de tafels en stoelen anders dan anders waren – sierlijk als poppenhuismeubeltjes met fraai bewerkte notenhouten poten. Ik snuffelde in haar brievenbus, waarin brieven uit verre plaatsen zoals Chicago geadresseerd waren aan Madame Odile Gustafson. Vergeleken met de namen die ik kende, zoals Tricia en Tiffany, deed 'Odile' exotisch aan. Ze zeiden dat ze uit Frankrijk kwam. Om meer over haar te weten te komen, bestudeerde ik alles wat er in de encyclopedie over Parijs werd geschreven. Ik ontdekte de grijze waterspuwers van de Notre Dame en Napoleons Arc de Triomphe. Maar niets wat ik las kon antwoord geven op mijn vraag: Wat maakte mevrouw Gustafson zo anders?

Ze was niet zoals de andere dames in Froid. Die waren stevig als winterkoninkjes en droegen uitgelubberde vesten en onopvallende schoenen in saaie grijstinten. De andere vrouwen gingen met krulspelden in hun haar naar de buurtwinkel, maar mevrouw Gustafson zag er altijd piekfijn uit – in een plooirok en op hoge hakken – zelfs wanneer ze het vuilnis buitenzette. Een rode riem accentueerde haar taille. Dag in, dag uit. Ze droeg felgekleurde lippenstift, zelfs in de kerk. 'Die vindt zichzelf heel wat,' zeiden de andere dames wanneer ze naar haar bankje vóór in de kerk liep, met haar ogen verborgen achter de brede rand van haar klokhoedje. Niemand anders droeg een hoed. En de meeste parochianen zaten achterin, om Gods aandacht, of die van de priester, niet op zich te vestigen.

Die ochtend vroeg vader Maloney ons te bidden voor de 269 passagiers van een Boeing 747 die door Russische straaljagers uit de lucht was geschoten. Op televisie had president Reagan ons ingelicht over de aanval op het vliegtuig, dat onderweg was geweest van Anchorage naar Seoul. Terwijl de kerkklokken luidden, galmden zijn woorden in onze oren: 'Verdriet, geschoktheid, woede... de Sovjet-Unie heeft elke vorm van mensenrechten geschonden... deze onmenselijke wreedheid zou ons niet moeten verbazen...' De Russen zouden iedereen vermoorden, leek hij te zeggen, ook kinderen.

Zelfs in Montana deed de Koude Oorlog ons huiveren. Oom Walt, die op de Malmstrom Air Force Base werkte, zei dat er duizend Minutemen-raketten als aardappelen overal op onze velden waren geplant. Onder ronde cementen crypten wachtten de kernkoppen geduldig op het startschot. Hij pochte dat de Minutemen krachtiger waren dan de bommen die Hiroshima hadden vernietigd. Hij zei dat raketten andere raketten opzoeken, zodat de Sovjetwapens Washington voorbij zouden vliegen en zich op ons zouden richten. Als reactie daarop zouden onze eigen Minutemen worden gelanceerd en Moskou raken, in minder tijd dan ik nodig had om me klaar te maken voor school.

Na de mis slenterden de kerkgangers naar het zaaltje aan de overkant van de straat voor koffie, donuts en de broederschap van achterklap. Mama en ik stonden in de rij voor gebak; bij het koffiezetapparaat verzamelden papa en de andere mannen zich rond meneer Ivers, de directeur van de bank. Papa werkte zes dagen in de week in de hoop ooit zijn onderdirecteur te worden.

'De Sovjets laten niemand naar de slachtoffers zoeken. Goddeloze klootzakken.'

'Toen Kennedy president was, werd er zeventig procent meer aan defensie uitgegeven dan nu.'

'We zijn levende schietschijven.'

Ik luisterde zonder te luisteren – in het immer aanwezige besef van de Koude Oorlog waren deze grimmige gesprekken de achtergrondmuziek van onze zondagen. Ik was zo druk bezig met donuts op mijn bord stapelen dat het zeker een minuut duurde voordat ik besefte dat mama naar adem stond te happen. Normaal gesproken had ze een verklaring voor zo'n aanval: 'De boeren zijn aan het oogsten en het stof in de lucht wekt mijn astma op', of: 'Vader Maloney zwaait met die wierook in het rond alsof hij ons probeert uit te roken.' Maar deze keer greep ze me zonder uitleg bij mijn bovenarm. Ik loodste haar naar de dichtstbijzijnde tafel, naar een paar lege stoelen naast mevrouw Gustafson. Mama liet zich op een metalen stoel zakken en trok me naast zich.

Ik probeerde papa's aandacht te trekken.

'Niets aan de hand, maak je niet druk,' zei mama op een toon die geen tegenspraak duldde.

'Tragisch wat er met die mensen in dat vliegtuig is gebeurd,' zei mevrouw Ivers aan de overkant van de tafel.

'Daarom blijf ik zitten waar ik zit,' zei mevrouw Murdoch. 'Al dat heen-en-weergereis levert alleen maar problemen op.'

'Er zijn veel onschuldige mensen gestorven,' zei ik. 'President Reagan zei dat er een Congreslid is omgekomen.'

'Eén parasiet minder.' Mevrouw Murdoch schoof het laatste stukje van haar donut tussen haar bruine tanden.

'Wat een nare opmerking. Mensen hebben het recht om met het vliegtuig te reizen zonder dat ze uit de lucht worden geschoten,' zei ik.

Mevrouw Gustafsons ogen ontmoetten de mijne. Ze knikte, alsof mijn mening er iets toe deed. Hoewel het een hobby van me was geworden om haar te observeren, was dit de eerste keer dat zij míj opmerkte.

'Het is dapper van je om je standpunt te verdedigen,' zei ze.

Ik haalde mijn schouders op. 'Mensen moeten niet zo gemeen zijn.'

'Dat ben ik volmondig met je eens,' zei ze.

Voordat ik kon reageren brulde meneer Ivers: 'De Koude Oorlog duurt al bijna veertig jaar. Die gaan we nooit winnen.'

Instemmend geknik. 'Het zijn koelbloedige moordenaars,' vervolgde hij.

'Hebt u ooit een Rus ontmoet?' vroeg mevrouw Gustafson hem. 'Of met een Rus gewerkt? Nou, ik wel, en ik kan u vertellen dat ze niet anders zijn dan u of ik.'

Er viel een doodse stilte in de zaal. Waar had ze de vijand ontmoet en hoe kon het dat ze met hem 'gewerkt' had?

In Froid wisten we alles over iedereen. We wisten wie er te veel dronk en waarom, we wisten wie er sjoemelde met zijn belasting en wie zijn vrouw bedroog; we wisten wie er in zonde leefde met een of andere man in Minot. Het enige mysterie was mevrouw Gustafson. Niemand wist hoe haar ouders heetten of wat haar vader voor de kost deed. Niemand wist hoe ze Buck Gustafson tijdens de oorlog had ontmoet en hem zover had gekregen dat hij zijn jeugdliefde aan de kant zette en in plaats daarvan met háár trouwde. Geruchten wervelden om haar heen, maar bleven nooit hangen. Er lag pijn in haar ogen, maar was het smart of spijt? En hoe kon ze, na in Parijs te hebben gewoond, genoegen nemen met dit saaie gehucht tussen de graanvelden?

Ik was een 'voorste rij, hand omhoog'-leerling. Mary Louise zat achter me het tafelblad te bekladden. Vandaag stond juffrouw Hanson bij het krijtbord en deed haar best om de klas vol tieners geïnteresseerd te krijgen in *Ivanhoe*; Mary Louise mompelde: 'Ivan-no!' Aan de andere kant van het looppad zat Robby met een potlood tussen zijn gebruinde vingers. Zijn in laagjes geknipte haar – bruin, net als dat van mij – was achterovergekamd. Hij kon al rijden, omdat hij zijn ouders moest helpen met het vervoeren van graan. Hij bracht het potlood naar zijn mond; het roze vlakgummetje streek over zijn onderlip. Ik kon eeuwig naar zijn mondhoek blijven staren.

Franse kaas. Franse croissants. Franse frietjes. Alles wat goed was, was Frans. Voor zover ik wist smaakten Franse sperziebonen beter dan Amerikaanse. Franse liedjes waren ongetwijfeld beter dan de countrymuziek die door de enige radiozender in ons dorp werd uitgezonden. '*My life done broke down when that cud-smackin' cow left me for a younger bull.*' De Fransen wisten waarschijnlijk ook meer over liefde.

Ik wilde over de startbaan van een vliegveld zoeven, een modeshow lopen. Ik wilde optreden op Broadway, een kijkje nemen achter het IJzeren Gordijn. Ik wilde weten hoe Franse woorden zouden aanvoelen in mijn mond. Slechts één persoon die ik kende had ervaring met het leven buiten Froid: mevrouw Gustafson.

Hoewel we buren waren, leek het alsof ze lichtjaren bij ons vandaan woonde. Elk jaar met Halloween waarschuwde mijn moeder me: 'Het buitenlicht van de Oorlogsbruid is uit. Dat betekent dat ze niet wil dat er kinderen op haar deur bonzen.' Toen Mary Louise en ik koekjes verkochten voor de scouting, zei haar moeder: 'De oude dame heeft het niet breed, dus loop haar deur maar voorbij.'

Ik voelde me gesterkt door mijn gesprekje met mevrouw Gustafson. Het enige wat ik nodig had was de juiste schoolopdracht, zodat ik haar kon interviewen.

Zoals verwacht gaf juffrouw Hanson ons de opdracht een boekverslag over *Ivanhoe* te schrijven. Na de les liep ik naar haar bureau en vroeg ik haar of ik in plaats daarvan over een land mocht schrijven.

'Voor deze ene keer dan,' zei ze. 'Ik kijk ernaar uit om je opstel over Frankrijk te lezen.'

Ik was zo afgeleid door mijn plan dat ik toen ik naar het toilet ging vergat om onder de deurtjes van de hokjes te kijken en de buitendeur op slot te draaien. Dus toen ik klaar was, stond Tiffany Ivers daar met haar volgelingen bij de wasbakken haar tarwegouden haren te touperen voor de spiegel.

'Doortrekken is zo te zien niet gelukt,' zei ze. 'Daar komt nog een drol aan.'

Niet erg chic, maar toen ik naar mijn spiegelbeeld keek, zag ik alleen maar poepbruin haar. Ik bleef in de buurt van de wc-hokjes, want als ik mijn handen ging wassen, zou Tiffany mijn hoofd onder de kraan duwen en dan zou ik kleddernat worden. Maar als ik het níét deed, dan zou de hele school het te horen krijgen. Dat was Maisie ook overkomen – een maand lang wilde niemand naast 'Pieshanden' zitten. Met over elkaar geslagen armen stond het wc-kwartet te wachten.

De scharnieren van de deur piepten en juffrouw Hanson wierp een blik naar binnen. 'Ben je hier alweer, Tiffany? Je moet wel een erg zwakke blaas hebben.'

De meiden stapten naar buiten, met hun blikken op mij gericht alsof ze wilden zeggen: *Dit is nog niet voorbij.* Dat ik dat wel even wist.

Mijn moeder, de rasoptimiste, zou tegen me zeggen dat ik het van de zonnige kant moest bekijken. Dat die ouwe Ivers gelukkig maar één nakomeling had. En dat het vrijdag was.

Mijn ouders organiseerden op vrijdag gewoonlijk een etentje met een aantal mensen (mama roosterde spareribs, Kay bracht een salade mee en Sue Bob bakte een omgekeerde ananascake), dus bracht ik die avonden meestal bij Mary Louise door. Maar deze vrijdagavond bleef ik op mijn kamer om vragen voor mevrouw Gustafson te bedenken. Terwijl de volwassenen aten, klonk er gelach uit de eetkamer. Toen het stil werd, wist ik dat de dames zich terugtrokken zodat de mannen zich konden ontspannen aan tafel en dingen konden zeggen die ze niet konden zeggen waar hun echtgenotes bij waren, net als de *lords* en *ladies* in Engeland.

Terwijl de vrouwen de afwas deden, luisterde ik naar mama's andere stem, de stem die ze gebruikte wanneer ze bij haar vriendinnen was. Bij hen leek ze gelukkiger. Grappig hoe één persoon uit verschillende mensen kon bestaan. Ik bedacht dat ik ook niet alles van mama wist, hoewel ze niet zo mysterieus was als mevrouw Gustafson.

Aan mijn bureau schreef ik de vragen op die in me opkwamen – Wanneer was er voor het laatst iemand met de guillotine onthoofd? Zijn er in Frankrijk ook Jehova's getuigen? Waarom zeggen mensen dat u uw echtgenoot hebt ingepikt? Waarom blijft u hier nu hij is overleden? – zo geconcentreerd dat ik pas merkte dat mama achter me stond toen ik haar warme hand op mijn schouder voelde.

'Had je geen zin om vanavond naar Mary Louise toe te gaan?'

'Ik ben met mijn huiswerk bezig.'

'Op vrijdagavond,' zei ze, niet overtuigd. 'Zware dag gehad op school?'

De meeste dagen waren zwaar. Maar ik had geen zin om over Tiffany Ivers te praten. Mama toverde een cadeau ter grootte van een schoenendoos achter haar rug vandaan. 'Ik heb iets voor je gemaakt.'

'Dank je wel!' Ik scheurde het cadeaupapier open en er kwam een gehaakte trui tevoorschijn.

Ik trok hem over mijn T-shirt aan en mama trok aan de taille, tevreden met de maat. 'Je bent beeldschoon. Dat groen accentueert de vlekjes in je ogen.'

Een blik in de spiegel bevestigde dat ik er vreselijk truttig uitzag. Als ik die trui naar school zou dragen, dan zou Tiffany Ivers me levend verslinden.

'Hij is... mooi,' zei ik, te laat, tegen mama.

Ze glimlachte om haar teleurstelling te verbergen. 'Wat ben je aan het doen?'

Ik legde uit dat ik een opstel over Frankrijk moest schrijven en dat ik mevrouw Gustafson wilde interviewen.

'O, liefje, ik weet niet of we haar daar wel mee lastig kunnen vallen.'

'Het zijn maar een paar vragen. Kunnen we haar hier uitnodigen?'

'Ja, natuurlijk. Wat zou je haar willen vragen?'

Ik wees naar mijn vel papier.

Na een blik op mijn vragenlijstje blies mijn moeder hoorbaar haar adem uit. 'Weet je, misschien is er wel een reden waarom ze nooit is teruggegaan.'

Op zaterdagmiddag haastte ik me langs mevrouw Gustafsons oude Chevy de krakkemikkige trap op naar de veranda en drukte op de deurbel. Ding-deng-dong. Geen reactie. Ik belde nog een keer. Nog steeds geen reactie, dus probeerde ik de voordeur. Die ging krakend open. 'Hallo?' zei ik, en ik liep naar binnen.

Stilte.

'Is er iemand thuis?' riep ik.

In de stilte van de woonkamer waren de muren bedekt met boeken. Onder het grote raam stond een rij varens. De stereo, formaat vrieskist, was groot genoeg om er een lijk in te kunnen verstoppen. Ik bladerde door haar platenverzameling: Tsjaikovski, Bach, nog meer Tsjaikovski.

Mevrouw Gustafson kwam door de gang aanschuifelen alsof ze net was ontwaakt uit een middagdutje. Zelfs thuis, in haar eentje, droeg ze een jurk en haar rode ceintuur. Ze leek kwetsbaar op kousenvoeten. Ik bedacht opeens dat ik nog nooit een auto van een vriend voor haar huis had zien staan, en dat ze voor zover ik wist nooit familie ontving. Ze was een toonbeeld van eenzaamheid.

Een paar passen bij me vandaan bleef ze stilstaan en keek me achterdochtig aan, alsof ik een inbreker was die haar langspeelplaat van *Het zwanenmeer* kwam stelen. 'Wat wil je?'

U weet dingen die ik ook wil weten.

Ze sloeg haar armen over elkaar. 'Nou?'

'Ik ben een opstel over u aan het schrijven. Over uw land, bedoel ik. Zou u misschien bij ons langs willen komen zodat ik u wat vragen kan stellen?'

Haar mondhoeken gingen omlaag. Ze gaf geen antwoord.

De stilte maakte me nerveus. 'Het lijkt hier wel een bibliotheek.' Ik gebaarde naar de boeken, met namen die ik niet kende: Madame de Staël, *Madame Bovary*, Simone de Beauvoir.

Misschien was dit toch geen goed idee. Ik draaide me om om weg te gaan.

'Wanneer?' vroeg ze.

Ik keek om. 'Waarom niet nu?'

'Ik was ergens mee bezig.' Ze sprak op kordate toon, alsof ze een directeur was die snel verder moest met het bestieren van het domein van haar slaapkamer.

'Ik ben een opstel aan het schrijven,' zei ik nog eens nadrukkelijk, omdat school vlak na God, vaderland en American football kwam.

Mevrouw Gustafson stak haar voeten in haar hooggehakte schoenen en pakte haar sleutels. Ik volgde haar naar de veranda, waar ze de deur op slot deed. Ze was de enige inwoner van Froid die dat deed.

'Storm je altijd zomaar andermans huis binnen?' vroeg ze toen we het grasveld overstaken.

Ik haalde mijn schouders op. 'Meestal doen ze open.'

In onze eetkamer sloeg ze haar handen ineen om ze vervolgens slap langs haar zij te laten hangen. Haar ogen schoten naar het tapijt, het zitje bij het raam, de familiefoto's aan de muur. Haar mond bewoog om iets te zeggen, misschien iets als: 'O, wat enig!' zoals de andere dames zouden doen, maar toen klemde ze haar kaken op elkaar.

'Welkom,' zei mama terwijl ze een schaal met chocoladekoekjes op tafel zette.

Ik gebaarde naar onze buurvrouw dat ze plaats moest nemen. Mama zette mokken bij haar eigen bordje en dat van mij; haar theekopje zette ze voor mevrouw Gustafson neer. Ik kende het verhaal daarachter op mijn duimpje. Jaren geleden, toen mevrouw Ivers op 'kastelentocht' in Engeland ging, had papa haar geld gegeven om een mooi theeservies voor mama te kopen. Maar porselein is prijzig en mevrouw Ivers keerde terug met slechts één kop-en-schotel. Uit angst dat er iets zou breken, hield ze de kop-en-schotel gedurende de hele vlucht over de Atlantische Oceaan op haar schoot. Voor mij was het sierlijke, met parmantige blauwe bloemetjes versierde kopje net als mevrouw Gustafson afkomstig van een plek die beter was. Mooier.

Mama schonk de thee in; ik verbrak de stilte. 'Wat is het allerbeste aan Parijs? Is het echt de mooiste stad op aarde? Hoe was het om daar op te groeien?'

Mevrouw Gustafson gaf niet onmiddellijk antwoord.

'Ik hoop niet dat we u ontrieven,' zei mama tegen haar.

'De laatste keer dat ik op deze manier werd ondervraagd, was toen ik naar een baan in Frankrijk solliciteerde.'

'Was u zenuwachtig?' vroeg ik.

'Ja, maar ik had hele boekwerken uit mijn hoofd geleerd om me voor te bereiden.'

'Hielp dat?'

Ze glimlachte weemoedig. 'Er zijn altijd vragen die men niet bereid is te beantwoorden.'

'Dat soort vragen zal Lily niet stellen.' Mama had het tegen mevrouw Gustafson, maar haar waarschuwing was voor mij bedoeld.

'Het beste aan Parijs? Het is een stad van lezers,' zei onze buurvrouw.

Ze zei dat boeken bij haar vrienden thuis net zo belangrijk waren als meubilair. Ze bracht haar zomers door met lezen in de uitgestrekte groene parken van de stad. En bij de eerste tekenen van vorst verkaste ze, net zoals de potten met palmpjes in de Jardin des Tuileries 's winters naar de kas verhuisden, naar de bibliotheek, waar ze zich bij het raam opkrulde met een boek op schoot.

'Leest u graag?' Voor mij waren de klassiekers die we voor Engelse les moesten lezen een straf.

'Lezen is mijn leven,' antwoordde ze. 'Voornamelijk boeken over geschiedenis en actualiteiten.'

Dat klonk net zo opwindend als kijken hoe sneeuw smelt. 'En toen u zo oud was als ik?'

'Ik hield van romans als *The Secret Garden*. Mijn tweelingbroer was degene die geïnteresseerd was in het nieuws.'

Een tweelingbroer. Ik wilde naar zijn naam vragen, maar ze praatte alweer verder. Parijzenaren genieten bijna net zoveel van eten als van literatuur, vertelde ze. Het was meer dan veertig jaar geleden, maar ze herinnerde zich nog steeds het gebakje dat haar vader na haar eerste werkdag voor haar meebracht, een cakeje dat een *financier* werd genoemd. Ze sloot haar ogen en zei dat het boterachtige amandelpoeder goddelijk aanvoelde in haar mond. Haar moeder was dol op *opéra's*, laagjes donkere, pure chocolade afgewisseld met lagen in koffie gedrenkte cake... Fie-nan-sjee. O-peer-a. Ik proefde de woorden en genoot van het gevoel ervan op mijn tong.

'Parijs is een plek die tot je spreekt,' vervolgde ze. 'Een stad die meeneuriet met zijn eigen lied. In de zomer houden de Parijzenaren hun ramen open, en dan hoor je gepingel van de piano van een buurman, het geritsel van speelkaarten die worden geschud, statische ruis wanneer iemand aan de knop van de radio draait. Er is altijd wel een kind dat lacht, iemand die ruziemaakt, een klarinettist die op het plein speelt.'

'Dat klinkt fantastisch,' zei mijn moeder dromerig.

Op zondag na de mis waren mevrouw Gustafsons schouders altijd gebogen, en haar ogen waren als het neon uithangbord van bar Oasis op maandag: uitgeschakeld. Maar nu schitterden haar ogen. Terwijl ze over Parijs sprak, werden de hoekige lijnen van haar gezicht zachter, evenals haar stem. Ik vroeg me af waarom ze er ooit was weggegaan.

Mama verraste me door een vraag te stellen. 'Hoe was het leven tijdens de oorlog?'

'Zwaar.' Mevrouw Gustafsons vingers verstrakten om het theekopje. Wanneer het luchtalarm gilde, verstopte haar familie zich in de kelder. Het eten was op rantsoen en iedereen kreeg maar één ei per maand. De mensen werden steeds magerder, tot ze dacht dat ze gewoon zouden verdwijnen. Op straat dwongen nazi's Parijzenaren langs willekeurig opduikende controleposten. Ze opereerden altijd in groepjes, net als wolven. Mensen werden zonder reden gearresteerd. Of om nietszeggende redenen, zoals wanneer ze na een bepaalde tijd 's avonds nog buiten waren.

Was dat niet iets voor tieners? Angel, Mary Louises zus, moest altijd om een bepaalde tijd binnen zijn.

'Wat mist u het meest aan Parijs?' vroeg ik.

'Familie en vrienden.' Mevrouw Gustafsons ogen werden weemoedig. 'Mensen die me begrijpen. Ik mis Frans praten. Het gevoel dat ik thuis ben.'

Ik wist niet wat ik moest zeggen. Stilte sijpelde de kamer binnen. Mama en ik werden er zenuwachtig van, maar het leek onze buurvrouw, die haar laatste slokje thee nam, niet te storen.

Toen mijn moeder zag dat mevrouw Gustafsons kopje leeg was, sprong ze op. 'Ik zet even wat thee bij.'

Halverwege de keuken bleef mama plotseling stilstaan. Ze wankelde en één hand schoot naar voren om het kastje vast te grijpen. Voordat ik er zelfs maar aan dacht om in beweging te komen, was mevrouw Gustafson al opgesprongen en had ze haar arm om mama's middel geslagen om haar terug te begeleiden naar haar stoel. Ik hurkte naast mijn moeder neer. Haar wangen waren rood aangelopen en ze ademde langzaam en oppervlakkig, alsof de lucht haar longen niet kon bereiken.

'Niets aan de hand,' zei ze. 'Ik stond te snel op. Ik zou beter moeten weten.'

'Is dit al eerder gebeurd?' vroeg mevrouw Gustafson.

Mama keek naar mij, dus liep ik terug naar mijn stoel en deed alsof ik een paar kruimels wegveegde.

'Een paar keer,' gaf ze toe.

Mevrouw Gustafson belde dokter Stanchfield. In Froid waren alle volwassenen het over één ding eens: 'Als je in de stad een dokter belt komt hij niet, hoe ziek je ook bent. Hier neemt de assistente de telefoon op wanneer hij voor de tweede keer overgaat en staat Stanch binnen tien minuten voor je deur.' Hij bracht baby's in drie county's ter wereld – de eerste persoon die zovelen van ons in zijn warme, sproetige handen hield.

Hij klopte op de deur en liep naar binnen met zijn zwartleren tas.

'U had niet hoeven te komen,' zei mijn moeder beschaamd. Mij nam ze al mee naar Stanch als ik één keer nieste, maar zelf had ze nog nooit een afspraak voor haar astma gemaakt.

'Laat mij dat maar beoordelen.' Zachtjes streek hij haar haar opzij en hield de stethoscoop tegen haar rug. 'Diep ademhalen.'

Ze ademde in.

'Als dat diep ademhalen is...' Toen Stanch haar bloeddruk opnam, fronste hij. Hij zei dat haar onder- en bovendruk te hoog waren en schreef wat pillen voor.

Misschien had mijn moeder het mis toen ze dacht dat het astma was.

Na het avondeten lagen Mary Louise en ik languit op mijn vloerkleed om aan onze huiswerkopdrachten te werken. 'Wat zei mevrouw Gustafson?' vroeg ze.

'Dat de oorlog gevaarlijk was.'

'Gevaarlijk? In welk opzicht?'

'De vijand was overal.' Ik stelde me mevrouw Gustafson voor, onderweg naar haar werk, in straten vol schurftige wolven. Sommige gromden, sommige hapten naar haar hooggehakte hielen. Maar zij ging door. Misschien nam ze nooit twee keer dezelfde weg.

'Dus ze moest stiekem rondsluipen?'

'Ik denk het.'

'Zou het niet cool zijn als ze een geheim agent was?'

'Echt wel.' Ik stelde me voor dat ze geheime boodschappen doorgaf via muffe boeken.

'Over geheimen gesproken.' Ze legde haar potlood neer. 'Ik heb een sigaret van Angel gerookt.'

'Heb jij zélf gerookt? Zeg dat het niet waar is.'

Ze zei niets.

'Zeg dat het niet waar is,' herhaalde ik.

'Met Tiffany.'

Haar woorden kwamen hard bij me aan. 'Als je rookt, praat ik nooit meer met je,' zei ik. En ik hield mijn adem in.

We waren allebei twaalf, maar Mary Louise wist altijd alles als eerste. Van haar zus Angel hoorde Mary Louise over condooms en zuipfeesten. Ik mocht van mijn ouders geen make-up dragen, dus leende Mary Louise me die van haar. Ze was sterker en sneller dan ik, en ik voelde hoe ze me haar hielen liet zien.

'Ik vond er toch niet veel aan,' zei ze.

In de daaropvolgende weken verloor mama haar eetlust, en haar kleren slobberden om haar heen. Haar medicijnen werkten niet. Papa nam haar mee naar een specialist, die zei dat het alleen maar stress was. Ze was te moe om te koken, dus maakte papa broodjes klaar. Met Thanksgiving aten hij en ik samen een tosti aan de keukenbar. We wierpen blikken op de deuropening, in de hoop dat mama zich goed genoeg zou voelen om zich bij ons te voegen.

Hij schraapte zijn keel. 'Hoe gaat het op school?'

Ik haalde tienen en had geen vriendje, en Tiffany Ivers probeerde Mary Louise van me af te troggelen. 'Prima.'

'Prima?'

'Alle andere meisjes mogen make-up dragen. Waarom ik niet?'

'Zo'n mooi meisje als jij heeft die troep op haar gezicht niet nodig.'

Het meeste van wat papa zei drong niet tot me door. Ik hoorde zijn bezorgdheid niet, hoorde hem niet zeggen dat ik mooi was. Ik hoorde alleen dat ondubbelzinnige nee.

'Maar papa...'

'Ik hoop niet dat je ook zo tegen je moeder zeurt.'

Voor de duizendste keer keken we allebei naar de slaapkamerdeur.

Met onze rugzakken over onze schouders gehesen draafden Mary Louise en ik van school naar huis. In First Street bleven we stilstaan om Smokey de Duitse herder te aaien en liepen dan verder langs het huis van de Flesches, die zevenenveertig stenen kabouters in hun tuin hadden staan, eentje voor elk jaar dat ze getrouwd waren. Bij het hoekhuis schoof de oude mevrouw Murdoch haar kanten vitrage opzij. Als we afsneden over haar grasveld in plaats van over de stoep te lopen, dan belde ze onze ouders.

In Froid deden we allemaal onze boodschappen bij dezelfde kruidenier en dronken we uit dezelfde waterbron. We hadden een gezamenlijk verleden en vertelden keer op keer dezelfde verhalen. Mevrouw Murdoch was lang niet zo gemeen voordat haar man dood neerviel tijdens het sneeuwruimen. Buck Gustafson was nooit meer de oude geworden sinds de oorlog. We lazen dezelfde krant, vertrouwden op dezelfde dokter. Wanneer we ergens heen gingen reden we over onverharde wegen en keken naar oogstmachines die over de velden rondreden en het graan oppakten met hun grijpers. De lucht rook schoon. Puur. Onze monden en neusgaten vulden zich met de milde smaak van hooi, en het stof van de oogst pompte door ons bloed.

'Laten we naar een grote stad verhuizen.' Mary Louise wierp een geërgerde blik op mevrouw Murdoch. 'Waar niemand zich met ons bemoeit.'

'Waar we alles kunnen doen wat we willen,' voegde ik eraan toe. 'Zoals schreeuwen in de kerk.'

'Of helemaal niet naar de kerk gaan.'

Het bleef even stil terwijl we die ongehoorde mogelijkheid tot ons lieten doordringen, en we legden het laatste stuk naar mijn huis in stilzwijgen af. Vanaf de straat zag ik mijn moeder bij het raam staan. Door de weerspiegeling van het glas leek ze zo bleek als een geest.

Mary Louise liep door naar huis; ik liep naar de brievenbus en klampte me vast aan de verweerde paal, nog niet klaar om naar binnen te gaan. Mama bakte altijd koekjes terwijl ze met vriendinnen kletste bij het aanrecht. Soms haalde ze me op van school en dan reden we naar de Medicine Lake Refuge, haar favoriete plek om vogels te kijken. In de stationwagen wezen onze neuzen dezelfde kant op; de weg strekte zich voor ons uit, barstend van de mogelijkheden. Het was makkelijk om haar in vertrouwen te nemen over mijn aanvaringen met Tiffany Ivers of een slecht cijfer voor een proefwerk. Ik kon haar ook de goede dingen vertellen, zoals die keer met gym toen Robby aanvoerder van het team was en mij als eerste koos, nog vóór een van de jongens. Elke keer wanneer ik uit werd gegooid, klaagden ze steen en been, maar hij bleef in me geloven en zei: 'De volgende keer ben je ze te snel af.'

Mama wist alles over me.

Er waren tweehonderdzeventig soorten vogels bij Medicine Lake. We banjerden door het ruwe kniehoge gras. Aan het riempje om mama's nek hing een verrekijker. 'Haviken zijn misschien indrukwekkender,' zei ze, 'en plevieren hebben de plezierigste naam. Maar toch vind ik roodborstlijsters het leukst.'

Ik plaagde haar met het feit dat we zo ver hadden gereden om vogels te zien die ook in onze tuin voorkwamen.

'Roodborstlijsters zijn elegant,' zei ze tegen me, 'een goed voorteken, een herinnering aan de goede dingen die zich vlak voor onze neus bevinden.' Ze gaf me een stevige knuffel.

Maar nu bleef ze alleen thuis en had ze zelden de energie om te praten, zelfs tegen mij.

Op dat moment liep mevrouw Gustafson naar haar brievenbus, en ik overbrugde de bruine strook gras die ons van elkaar scheidde. Ze hield een brief tegen haar borst gedrukt.

'Van wie is die?'

'Van mijn vriendin Lucienne in Chicago. We schrijven elkaar al tientallen jaren. We zijn op hetzelfde schip hierheen gekomen – drie onvergetelijke weken van Normandië naar New York.' Ze keek me onderzoekend aan. 'Is alles in orde?'

'Ja, prima.' Iedereen kende de regels: Trek niet nodeloos de aandacht, niemand houdt van uitslovers. Draai je niet om in de kerk, zelfs niet als er achter je een bom afgaat. Wanneer iemand vraagt hoe het met je gaat, dan zeg je 'prima', ook al ben je verdrietig en bang.

'Wil je even binnenkomen?' vroeg ze.

Ik liet mijn rugzak voor een van haar boekenkasten op de grond ploffen. De boeken reikten van de grond tot aan het plafond, maar er stonden maar drie foto's, zo klein als polaroids. In mijn huis hadden we meer foto's dan boeken (de Bijbel, mama's natuurgidsen en een serie encyclopedieën die we op een rommelmarkt hadden gevonden).

Op de eerste foto stond een jonge marinier. Hij had mevrouw Gustafsons ogen.

Ze kwam naast me staan. 'Mijn zoon, Marc. Hij is gesneuveld in Vietnam.'

Toen ik een keer in de kerk de liturgieblaadjes uitdeelde, stond er een groepje dames vlak bij het wijwatervat. Net toen mevrouw Gustafson binnenkwam fluisterde mevrouw Ivers: 'Morgen is het Marcs sterfdag.' Mevrouw Murdoch antwoordde hoofdschuddend: 'Niets erger dan een kind te moeten verliezen. Misschien moeten we bloemen sturen of...'

'Misschien moeten jullie eens ophouden met dat geklets,' beet mevrouw Gustafson hun toe, 'al was het maar tijdens de mis.'

De vrouwen doopten hun trillende vingers in het wijwater, sloegen snel een kruisje en slopen naar hun kerkbanken.

Ik liet mijn hand over de bovenkant van het fotolijstje glijden en zei: 'Wat erg voor u.'

'Ja.'

De smart in haar stem gaf me een ongemakkelijk gevoel. Er kwam nooit iemand bij haar op bezoek. Geen schoonfamilie, geen Franse familie. Misschien was iedereen van wie ze ooit had gehouden dood. Ze vond het vast niet leuk dat ik hier was en nare herinneringen oprakelde. Ik bukte om mijn rugzak op te rapen.

'Wil je misschien een koekje?' vroeg ze.

In de keuken griste ik de twee grootste van het bord, en ik had ze al op voordat zij haar eigen koekje had aangeraakt. De suikerkoekjes, dun en knapperig, waren opgerold tot een kokertje.

Ze was net klaar met de eerste lading, dus hielp ik haar het volgende uur met het uitrollen van de rest. Ik waardeerde het dat ze niet over mijn moeder begon. Niet: 'We missen je moeder bij de oudercommissie, zeg tegen haar dat iedereen zijn steentje moet bijdragen.' Of: 'Ze mankeert niets wat een flink stuk varkensgebraad niet kan genezen.' Stilte had nog nooit zo fijn aangevoeld.

'Hoe heten deze koekjes?' vroeg ik terwijl ik er nog eentje pakte.

'*Cigarettes Russes.* Russische sigaretten.'

Communistenkoekjes? Ik legde het terug op het bord. 'Wie heeft u geleerd ze te maken?'

'Ik heb het recept van een vriendin die ze altijd serveerde wanneer ik boeken bij haar bezorgde.'

'Waarom haalde ze haar eigen boeken niet?'

'Ze mocht de bibliotheek niet in tijdens de oorlog.'

Voordat ik kon vragen waarom niet, werd er op de deur gebonsd. 'Mevrouw Gustafson?'

Het was mijn vader, wat betekende dat het zes uur was – etenstijd – en dat ik in de problemen zat. Ik veegde de kruimels van mijn mond en bereidde mijn verhaal voor. De tijd was voorbijgevlogen, ik moest blijven om te helpen met de...

Mevrouw Gustafson deed de deur open en ik verwachtte dat papa zich als een orkaan op me zou storten.

Zijn ogen waren opengesperd, zijn das zat scheef. 'Ik ga Brenda naar het ziekenhuis brengen,' zei hij tegen mevrouw Gustafson. 'Kunt u op Lily passen?'

Ik wilde zeggen dat het me speet, maar hij rende al weg zonder op antwoord te wachten.

3

Odile

PARIJS, FEBRUARI 1939

De schaduw van de kerk van Saint-Augustin viel dreigend over Maman, Rémy en mij heen toen we naar buiten stapten na opnieuw een saaie zondagsmis. Bevrijd van de benauwde wierookstank zoog ik ijzige teugen lucht naar binnen, blij om verlost te zijn van de pastoor en zijn sombere preek. Maman loodste ons vastberaden over de stoep, langs Rémy's op één na meest favoriete boekwinkel, langs de *boulangerie* met de door liefdesverdriet overmande bakker die het brood liet verbranden, en de drempel van ons gebouw over.

'Wie is het vandaag ook alweer, Pierre of Paul?' vroeg ze zich nerveus af. 'Wie het ook is, hij kan hier elk moment zijn. Odile, waag het niet om een chagrijnig gezicht te trekken. Het is logisch dat Papa die mannen wil leren kennen... Ze werken niet allemaal in zijn district. Een van hen zou wel eens de perfecte aanstaande echtgenoot voor je kunnen zijn.'

Weer een lunch met een nietsvermoedende politieagent. Het was ongemakkelijk wanneer een man interesse in me toonde, en vernederend wanneer hij dat helemaal niet deed.

'En trek een blouse aan! Niet te geloven dat je die vale kiel droeg naar de mis. Wat moeten de mensen wel niet denken?' zei ze, waarna ze de keuken in dook om naar het braadstuk te kijken.

In de hal, voor de afbladderende vergulde spiegel, vlocht ik mijn koperkleurige haar opnieuw in; Rémy verdeelde een klodder brillantine door zijn weerbarstige krullen. In Franse gezinnen was de zondagse lunch een ritueel dat bijna net zo heilig was als de mis, en Maman stond erop dat we er op ons paasbest uitzagen.

'Hoe zou Dewey deze lunch classificeren?' vroeg Rémy.

'Dat is niet zo moeilijk: 841. *A Season in Hell.*'

Hij lachte.

'Hoeveel van zijn ondergeschikten heeft Papa tot nu toe uitgenodigd?'

'Veertien,' zei hij. 'Ze durven vast niet te weigeren.'

'Waarom hoef jíj deze kwelling niet te ondergaan?'

'Omdat het niemand iets kan schelen wanneer mannen trouwen.' Met een ondeugende grijns pakte hij mijn sjaal, trok de prikkende wol over zijn hoofd en knoopte hem onder zijn kin vast, zoals onze moeder dat altijd deed. '*Ma fille*, vrouwen hebben maar een korte houdbaarheidstermijn.'

Ik giechelde. Hij wist me altijd op te beuren.

'En zoals het er bij jou uitziet,' vervolgde hij op Mamans schrille toon, 'blijf je voor altijd op de plank liggen!'

'Een boekenplank, als ik die baan krijg.'

'Wannéér je die baan krijgt.'

'Ik weet niet...'

Rémy trok de sjaal van zijn hoofd. 'Je hebt een bibliotheekdiploma, je spreekt vloeiend Engels en je haalde hoge cijfers tijdens je stage. Ik heb vertrouwen in je; heb vertrouwen in jezelf.'

Een klop op de deur. We deden open en daar stond een blonde politieagent in een halflange wollen jas. Ik zette me schrap – de protegé van vorige week had me begroet door met zijn vettige kaken over mijn gezicht te wrijven.

'Ik ben Paul,' zei deze. Hij raakte mijn wangen nauwelijks aan met de zijne.

'Het is me een genoegen jullie allebei te ontmoeten,' zei hij terwijl hij Rémy de hand schudde. 'Ik heb veel goeds over jullie gehoord.'

Hij klonk oprecht, maar ik kon nauwelijks geloven dat Papa iets over een van ons had gezegd wat ook maar in de buurt van positief kwam. Het enige wat wij hoorden waren opmerkingen over Rémy's teleurstellende cijfers (hoewel hij bij zijn rechtenstudie de beste debater van zijn jaar was!) en mijn tekortschietende huishoudelijke kwaliteiten ('Hoe kun je op een bed slapen dat vol ligt met boeken?').

'Ik heb de hele week naar deze dag uitgekeken,' zei de protegé tegen Maman.

'Een huiselijke maaltijd zal je goeddoen,' zei ze. 'We zijn blij dat je er bent.'

Papa duwde zijn gast in de leunstoel bij de haard en serveerde het aperitief (vermout voor de mannen, sherry voor de vrouwen). En terwijl Maman van haar zitje bij haar geliefde varens naar de keuken rende om te controleren of het dienstmeisje haar instructies wel goed uitvoerde, troonde Papa op zijn stoel in Lodewijk de Vijftiende-stijl, waar hij van onder zijn borstelige snor van alles uitkraamde. 'Wie heeft die *chômeurs intellectuels* nodig? Laat de "intellectuele werklozen" hun proza bedenken terwijl ze in de mijnen werken. In welk ander land wordt er onderscheid gemaakt tussen nette instappers en gewone werkschoenen? Van míjn belastingcenten!' Elke zondag kwam er een andere jongeman langs, maar mijn vaders langdradige verhandeling bleef steeds dezelfde. Voor de zoveelste keer legde ik uit: 'Niemand dwingt u om kunstenaars en schrijvers te steunen. U kunt de gewone postzegels kopen of die met een kleine toeslag.'

Naast me op de bank sloeg Rémy zijn armen over elkaar. Ik kon zijn gedachten lezen: *Waarom doe je nog moeite?*

'Ik heb nog nooit van dat programma gehoord,' zei Papa's protegé. 'De volgende keer dat ik naar huis schrijf, zal ik om die speciale postzegels vragen.'

Misschien was deze niet zo erg als de rest.

Papa wendde zich tot Paul. 'Onze collega's hebben hun handen meer dan vol aan de opvangkampen aan de grens. Al die vluchtelingen die hier binnenstromen – straks zijn er meer Spanjaarden in Frankrijk dan in Spanje.'

'Er heerst een burgeroorlog,' zei Rémy. 'Ze hebben hulp nodig.'

'Ze eigenen zich ons land toe!'

'Wat moeten onschuldige burgers dán doen?' vroeg Paul aan Papa. 'Thuisblijven en zich laten afslachten?'

Daar had mijn vader voor de verandering geen antwoord op. Ik keek eens goed naar onze gast. Niet het korte, rechtopstaande haar of de blauwe ogen in dezelfde kleur als zijn uniform trokken mijn aandacht, maar zijn sterke karakter en de rustige onverschrokkenheid waarmee hij opkwam voor zijn overtuigingen.

'Met al die politieke onrust,' zei Rémy, 'is één ding zeker. Er komt oorlog.'

'Onzin!' zei Papa. 'Er zijn miljoenen geïnvesteerd in beveiliging. Frankrijk is volkomen veilig met de Maginotlinie.'

Ik stelde me die linie voor als een gigantische greppel langs de grens met Italië, Zwitserland en Duitsland, waar legers die ons probeerden aan te vallen in hun geheel door werden verzwolgen.

'Moeten we echt over de oorlog praten?' vroeg Maman. 'Zo'n somber gesprek op een zondag! Rémy, waarom vertel je ons niet iets over je studie?'

'Mijn zoon wil stoppen met zijn rechtenstudie,' zei Papa tegen Paul. 'Ik heb uit goede bron vernomen dat hij regelmatig colleges overslaat.'

Ik pijnigde mijn hersenen om iets te bedenken wat ik kon zeggen. Maar Paul was me voor. Hij wendde zich tot Rémy en zei: 'Wat zou je dán willen doen?'

Het was een vraag waarvan ik wilde dat Papa hem had gesteld.

'De politiek in,' antwoordde Rémy. 'Proberen dingen te veranderen.'

Papa sloeg zijn ogen ten hemel.

'Of parkopzichter worden en aan deze corrupte wereld ontsnappen,' zei Rémy.

'Jij en ik zorgen ervoor dat mensen en bedrijven veilig zijn,' zei Papa tegen Paul. 'En hij gaat dennenappels en berenpoep beschermen.'

'Onze bossen zijn net zo belangrijk als het Louvre,' zei Paul.

Weer een antwoord dat Papa geen reactie ontlokte. Ik keek naar Rémy om te zien wat hij van Paul vond, maar hij had zich naar het raam gedraaid en was heel ergens anders met zijn gedachten, zoals we dat wel vaker deden tijdens die eindeloze zondagse lunches. Ik besloot er deze keer bij te blijven. Ik wilde horen wat Paul te zeggen had.

'Het eten ruikt verrukkelijk.' Ik probeerde Papa's aandacht van Rémy af te leiden.

'Ja,' viel Paul me bij. 'Ik heb in geen maanden een huiselijke maaltijd gegeten.'

'Hoe moet je vluchtelingen helpen als je stopt met je rechtenstudie?' vervolgde Papa. 'Je zult íéts moeten afmaken.'

'De soep zal inmiddels wel klaar zijn...' Mama plukte nerveus aan de verdorde blaadjes van haar varens.

Zonder iets te zeggen stormde Rémy langs haar naar de eetkamer.

'Werken wil je niet,' riep Papa hem na, 'maar je staat altijd als eerste in de rij om te eten!'

Hij wist niet van ophouden, zelfs niet in het bijzijn van een gast. Zoals gewoonlijk aten we aardappelpreisoep.

Paul complimenteerde Maman met de romige soep, en zij mompelde iets over het belang van een goed recept. Het geschraap van Papa's lepel over het aardewerk kondigde het einde van de eerste gang aan. Mamans mond ging half open, alsof ze wilde zeggen dat hij wat aardiger moest zijn. Maar ze zou Papa nooit openlijk op de vingers tikken.

Het dienstmeisje bracht de aardappelpuree met rozemarijn en het varkensgebraad binnen. Ik tuurde naar de klok op de schoorsteenmantel. Normaal gesproken leek er geen eind aan zo'n lunch te komen, maar ik zag tot mijn verrassing dat het al bijna twee uur was.

'Studeer jij ook?' vroeg Paul aan mij.

'Nee, ik ben klaar met mijn opleiding. En ik heb pas gesolliciteerd naar een baan bij de American Library.'

Een glimlach beroerde zijn lippen. 'Ik zou het helemaal niet erg vinden om op zo'n fijne, vredige plek te werken.'

Er verscheen een geïnteresseerde glans in Papa's zwarte ogen. 'Paul, als je het niet naar je zin hebt in het Achtste District, waarom laat je je dan niet overplaatsen naar míjn bureau? Voor de juiste persoon is er een vacature voor de functie van brigadier.'

'Dank u, meneer, maar ik ben tevreden met mijn huidige werkplek.' Paul hield zijn blik strak op mijn gezicht gericht. 'Heel tevreden.'

Plotseling leek het alsof Paul en ik alleen in de kamer waren. *En terwijl hij nu achterover in zijn stoel leunde en zijn diepliggende ogen op haar vestigde, had hij misschien één ogenblik van aarzeling bij haar kunnen waarnemen, één ogenblik waarin een verlangen haar aangreep zich aan zijn borst te werpen en hem al de lang opgekropte verlangens van haar hart toe te vertrouwen.*

'Meisjes die werken,' zei Papa snerend. 'Had je niet op zijn minst bij een Fránse bibliotheek kunnen solliciteren?'

Onwillig verliet ik de romantische scène met Paul, en met Dickens. 'Papa, de Amerikanen alfabetiseren niet alleen maar, ze gebruiken getallen die het Dewey Decimale Systeem heten...'

'Cijfers om letters in te delen? Dat moet een idee van een of andere kapitalist zijn – die geven meer om cijfers dan om letters!

Wat is er mis met de manier waarop wij dingen doen?'

'Miss Reeder zegt dat het niet erg is om anders te zijn.'

'Buitenlanders! God weet met wie je nog meer te maken krijgt!'

'Geef mensen een kans, ze zouden u nog kunnen verrassen...'

'Jij bent degene wie een verrassing te wachten staat.' Hij wees met zijn vork naar me. 'Het is verdomd moeilijk om met de burgerij om te gaan. Gisteren nog werd ik opgeroepen omdat er een senator was gearresteerd voor inbraak in een woning. Een oud vrouwtje trof hem bewusteloos in haar huis op de grond aan. Toen de onverlaat bijkwam, hield hij pas op met schelden toen hij moest overgeven. We moesten de tuinslang op hem zetten voordat we het hele verhaal uit hem konden krijgen. Hij had gedacht dat hij bij het huis van zijn minnares stond, maar toen zijn sleutel niet paste, was hij langs het plantenrek aan de muur omhooggeklauterd en door het raam naar binnen geklommen. Geloof me, je wilt echt niets met mensen te maken hebben, en breek me de bek niet open over dat tuig dat dit land om zeep helpt.'

En hij begon weer te klagen over buitenlanders, politici en omhooggevallen vrouwen. Ik kreunde, en Rémy schoof zijn kousenvoet onder tafel over de mijne. Getroost door dat kleine gebaar voelde ik de spanning in mijn schouders afnemen. We hadden die geheime manier om elkaar te steunen bedacht toen we klein waren. Wanneer mijn vader kwaad op ons was – 'Je hebt deze week al twee keer de ezelskap moeten dragen op school, Rémy! Ik zou dat ding aan je hoofd moeten vastnieten' – dan wist ik wel beter dan mijn broer te troosten met een vriendelijk woord. De laatste keer dat ik dat deed, zei Papa: 'Kies je zijn kant? Ik zou jullie allebei een pak slaag moeten geven.'

'Ze nemen vast een Amerikaanse aan in plaats van jou,' concludeerde Papa.

Ik wilde dat ik de alwetende *commissaire* zijn ongelijk kon bewijzen. Ik wilde dat hij mijn keuzes zou respecteren in plaats van me te vertellen wat ik zou moeten willen.

'Een kwart van de abonnees van de bibliotheek woont in Parijs,' wierp ik tegen. 'Ze hebben Franssprekende medewerkers nodig.'

'Wat zullen de mensen ervan denken?' vroeg Maman nerveus. 'Ze zullen zeggen dat Papa niet voor je kan zorgen.'

'Veel meisjes hebben tegenwoordig een baan,' zei Rémy.

'Odile hoeft niet te werken,' zei Papa.

'Maar dat wil ze wel,' zei ik zachtjes.

'Kom, laten we niet kibbelen.' Maman schepte de *mousse au chocolat* in kristallen schaaltjes. Het dessert, vol en romig, eiste onze aandacht op en zorgde ervoor dat we het in elk geval over één ding eens moesten zijn: Maman maakte de lekkerste mousse die er bestond.

Om drie uur stond Paul op. 'Bedankt voor de lunch. Het spijt me dat ik moet gaan, maar mijn dienst begint straks.'

We volgden hem naar de deur. Papa schudde zijn hand en zei: 'Denk over mijn aanbod na.'

Ik wilde Paul bedanken omdat hij het voor Rémy had opgenomen, en voor mij, maar met Papa erbij hield ik mijn mond. Paul kwam dichterbij, tot hij vlak voor me stond. Ik hield mijn adem in.

'Ik hoop dat je die baan krijgt,' fluisterde hij.

Toen hij me ten afscheid kuste, waren zijn lippen zacht op mijn wang. Het maakte me nieuwsgierig naar hoe zijn mond op de mijne zou voelen. Toen ik me voorstelde hoe onze eerste kus zou zijn, ging mijn hart sneller kloppen, net als toen ik *A Room with a View* voor het eerst las. Ik bladerde snel door de scènes, wachtend tot George en Lucy – die zo perfect voor elkaar waren – elkaar hun ongebreidelde liefde verklaarden en elkaar kusten op een verlaten piazza. Ik wilde dat ik de bladzijden van mijn leven sneller kon omslaan, om te weten te komen of ik Paul ooit zou terugzien.

Ik liep naar het raam en keek hem na terwijl hij zich door de straat haastte.

Achter me hoorde ik het klok-klok-klok van Papa die een digestief inschonk. De zondagse lunch was het enige moment van de week waarop Maman en hij zich overgaven aan de duistere herinneringen aan de Grote Oorlog. Na een paar slokjes reciteerde zij plechtig de namen van buren die waren omgekomen, alsof ieder van hen een kraal aan haar rozenkrans was. Voor Papa voelden de gevechten die zijn regiment had gewonnen aan als een nederlaag omdat zovelen van zijn medesoldaten waren gestorven.

Rémy kwam naast me bij het raam staan en begon aan Mamans varen te plukken. 'We hebben weer een huwelijkskandidaat weggejaagd,' zei hij.

'Je bedoelt dat Papá dat heeft gedaan.'

'Ik word gek van die man. Hij is zo kleingeestig. Hij heeft geen idee van wat er aan de hand is.'

Ik stond altijd aan Rémy's kant, maar deze keer hoopte ik dat Papa gelijk had. 'Meende je wat je zei... over oorlog?'

'Ik ben bang van wel,' zei hij. 'Er zijn moeilijke tijden in aantocht.'

Moeilijke tijden. *Hard Times.* 823. Britse literatuur.

'Burgers sterven in Spanje. Joden worden vervolgd in Duitsland,' vervolgde hij met een fronsende blik op het groene blaadje dat hij tussen zijn vingers hield, 'en ik moet colleges volgen.'

'Je publiceert artikelen die maken dat mensen zich bewust zijn van de benarde situatie van vluchtelingen. Je hebt een inzamelingsactie voor kleding voor hen georganiseerd en onze hele familie daarvoor gemobiliseerd. Ik ben trots op je.'

'Het is niet genoeg.'

'Op dit moment moet je je op je studie concentreren. Je was de beste van je jaar; nu heb je geluk als je slaagt.'

'Ik ben het zo beu om theoretische rechtszaken te bestuderen. Mensen hebben nú hulp nodig. Politici doen niets. Ik kan niet zomaar thuis blijven zitten. Iemand moet iets doen.'

'Je moet je examen halen.'

'Een diploma maakt geen verschil.'

'Papa heeft niet overal ongelijk in,' zei ik zacht. 'Als je ergens aan begint, moet je het afmaken.'

'Ik probeer je te vertellen...'

'Zeg alsjeblieft dat je niets ondoordachts hebt gedaan.'

Hij had zijn spaargeld aan een fonds voor vluchtelingen gedoneerd. Zonder het mijn moeder te vertellen had hij onze hele voorraad eten aan de armen gegeven, tot aan het laatste bodempje meel. Maman en ik hadden ons naar de markt gehaast om eten op tafel te krijgen voordat Papa thuiskwam, zodat hij er niet achter zou komen en Rémy de huid vol zou schelden.

'Vroeger begreep je het.' Hij liep met grote passen naar zijn kamer en sloeg de deur achter zich dicht.

Ik kromp ineen bij zijn beschuldiging. Ik wilde hem voor de voeten werpen dat híj vroeger nooit zo impulsief was, maar ik wist dat ruzie nergens toe zou leiden. Ik zou het nog wel een keer proberen wanneer hij was afgekoeld. Op dit moment wilde ik Papa en Paul en zelfs Rémy vergeten. *Hard Times.* Ik pakte het boek uit mijn boekenkast.

4

Lily

FROID, MONTANA, JANUARI 1984

Papa en ik stonden aan weerszijden van mama's ziekenhuisbed. Ze probeerde te glimlachen, maar haar mond trilde alleen maar. De kleur was uit haar lippen verdwenen en ze knipperde in slow motion met haar ogen. Om haar heen piepten machines. Waarom was ik niet meteen na schooltijd naar huis gegaan? Als ik dat had gedaan, dan was mama hier nu misschien niet.

Ik deed mijn ogen dicht en nam haar mee, weg van het half leeggegeten schaaltje met groene gelatinepudding, weg van de steriele stank van het ziekenhuis, naar het meer, waar we met z'n tweetjes rondzwierven terwijl we de moerasachtige geur diep inademden. Haar gezicht was roze van de warmte van de zon. Ze ontwaarde iets in het gras. Toen we dichterbij kwamen, zagen we dat het bierblikjes waren. Ze haalde een plastic tas uit de zak van haar windjack en begon ze op te rapen. Ik wilde alleen maar van het moment genieten en zei: 'Toe nou, mam. Laat liggen', maar ze negeerde me. Het was belangrijk voor haar om een plek beter achter te laten dan we hem hadden aangetroffen.

Dokter Stanchfield onderbrak mijn mijmering. Hij was gekomen om de diagnose van de specialist te vertalen: op de ecg was te zien dat mama een aantal stille hartaanvallen had gehad die ernstige schade hadden aangericht. Ik wist niet hoe we van mama, die volhield dat ze alleen een beetje kortademig was, op hartaanvallen waren uitgekomen. Het leek een lange weg zonder waarschuwingsborden, geen 'Vallende rotsblokken', geen 'Gevaarlijke rukwinden'. Hoe waren we hier aanbeland? En hoelang zou mama moeten blijven?

Voor het avondeten warmde papa een paar diepvriesmaaltijden op die we voor de televisie opaten. Zogenaamd om naar het nieuws te kunnen kijken, maar ik wist dat het was om Graham Brewster, de grootvaderlijke presentator, het woord voor ons te laten voeren. Vanavond interviewde hij een lid van de Bond van Bezorgde Wetenschappers over wat er zou gebeuren in het geval van een kernoorlog.

'Wordt mama weer beter?' vroeg ik aan mijn vader.

'Ik weet het niet. Ze lijkt minder moe.'

Meer dan 225 ton rook zou de lucht in worden geblazen, zei de natuurkundige van het Massachusetts Institute of Technology.

'Wanneer komt ze weer thuis?'

'Wist ik het maar; Stanch heeft er niets over gezegd. Heel snel, hoop ik.'

De rook zou de zon verduisteren en een ijstijd veroorzaken.

'Ik ben bang.'

'Eet wat,' zei papa.

Hoe ernstig de situatie nu ook is, besloot de wetenschapper, het kan altijd nog erger.

Ik schoof het vlees heen en weer met mijn vork. Mijn maag was verkrampt tot een steen, klopte traag en moeizaam, als een verward hart.

Na het eten verdween papa in de studeerkamer. Ik wikkelde het telefoonsnoer om mijn vingers en belde Mary Louise. In gesprek. Als haar zus Angel niet met een jongen uit was, dan hing ze aan de telefoon. Ik keek om me heen om er zeker van te zijn dat mijn vader niet in de buurt was en draaide toen 5896. Ik bad dat Robby thuis was. 'Hallo?' zei hij. 'Hallo? Is daar iemand?' Ik wilde dat ik met hem kon praten, maar ik wist niet hoe. Ik legde de hoorn op de haak, maar liet hem niet meteen los – zijn stem, diep en fluweelachtig, maakte dat ik me minder eenzaam voelde.

Bij mijn slaapkamerraam staarde ik omhoog naar de volle-maan, die terugstaarde. De wind rukte aan de broze takken. Toen ik klein was en bang was voor de storm, deed mijn moeder altijd alsof mijn bed een boot was en de windvlagen golven. Alsof de zee over ons grasveld golfde en ons naar een ver land voerde. Zonder haar was de wind gewoon de wind die langsraasde, op weg naar een betere plek.

Toen mama tien dagen later thuiskwam liet ze zich op het bed vallen. Papa zette kamillethee voor haar. Ik kroop naast haar onder de citroengele Afghaanse deken. Ze rook naar Ivory-zeep. Aan de dakrand hingen ijspegels. Sneeuw bedekte de telefoondraden. De uitgestrekte hemel was blauw, onze wereld wit.

'We hebben geluk vandaag.' Ze wees naar het raam. 'Veel haviken.'

Soms zweefden ze hoog boven het weiland aan de overkant van de straat. Soms vlogen ze laag, op zoek naar muizen. Mama zei dat vogels kijken beter was dan voor de televisie zitten.

'Toen ik zwanger was, zaten je vader en ik altijd dicht naast elkaar op het bankje bij het raam om naar de roodborstlijsters te kijken. Ik hield van de felle kleur van hun borstveren, een voorbode van de lente, maar hij gruwde van de manier waarop ze wurmen naar binnen slurpten. "Denk maar dat spaghetti is," zei ik dan tegen hem.'

'Jakkes!'

'Jij was bijna vernoemd naar de roodborstlijster: Robin. Toen je net was geboren zei ik tegen de verpleegster dat dat je naam was, hoewel ik wist dat je vader de voorkeur gaf aan Lily, omdat de lelietjes-van-dalen in bloei stonden toen we het huis kochten. Toen zag ik hem met jou. Je had je vingertjes om zijn pink geslagen; ze deden me aan die bloemetjes denken. Hij boog zich voorover en kuste je buikje. De manier waarop hij naar je keek... met zoveel liefde – ik veranderde van gedachten.' Ze had het verhaal al vaak verteld, maar om een of andere reden voegde ze er vandaag aan toe: 'Wanneer papa werkt, doet hij dat niet voor zichzelf. Hij wil dat wij ons veilig voelen. Hij is in armoede opgegroeid. Diep in zijn hart is hij bang dat hij alles kan kwijtraken. Begrijp je dat?'

'Een beetje.'

'Mensen voelen zich vaak niet op hun gemak, ze weten niet wat ze moeten zeggen of doen. Veroordeel hen er niet om. Je weet nooit wat er in hun hart omgaat.'

Mensen voelen zich vaak niet op hun gemak. Veroordeel hen er niet om. Je weet nooit wat er in hun hart omgaat. Wat bedoelde ze? Had ze het over zichzelf? Of over papa? Ik had Mary Louises moeder horen zeggen dat mijn vader zich gedroeg als een beurshandelaar op Wall Street, en dat hij meer om geld gaf dan om mensen.

'Papa is heel erg vaak weg,' zei ik.

'Ach liefje, het is jammer dat baby's geen herinneringen hebben aan hoe ze werden gekoesterd. Je vader hield je de hele nacht in zijn armen.'

Hij was een adelaar, zei ze, kalm en moedig. Ik had over adelaars gelezen en wist dat zowel het vrouwtje als het mannetje op de eieren zat.

'Mensen praten,' ging ze verder, 'maar wat doen ganzen?'

Ik haalde mijn schouders op.

'Ganzen gakken.'

'En mussen?'

'Mussen sjilpen.'

'Duiven?'

'Die koeren.'

Het leek wel een televisieprogramma over vogels. Ik giechelde.

'Weet je hoe ze het geluid noemen dat een valk maakt? Kiekeren.'

Dat klonk te gek om waar te zijn. Ik speurde haar gezicht af naar de waarheid, maar ze leek serieus te zijn. 'En wat doen kraaien?'

'Kraaien krassen.'

'Krassen,' herhaalde ik.

Het voelde aan als vroeger, toen alles nog goed en fijn was. Ik sloeg mijn armen om haar heen, zo stevig als ik kon, en wenste dat het altijd zo kon zijn als nu. Wij, samen op het grote messingen bed, warm vanbinnen.

's Ochtends zaten papa en ik met mama aan de keukenbar. Hij zei dat het geen kwaad kon als ik een dagje school miste.

'Ik heb geen babysitters nodig!' zei mama.

'Stanch vindt dat je nog in het ziekenhuis zou moeten liggen,' antwoordde papa.

Stilzwijgend aten we onze eieren met spek. Zodra we klaar waren bonjourde ze ons de deur uit. Op school kon ik alleen aan haar denken – in het ziekenhuis was ze tenminste niet alleen geweest. Halverwege de wiskundeles trapte Tiffany Ivers tegen mijn stoel. 'Hé, trutje,' zei ze. 'Meneer Goodan vroeg je iets.' Ik hief mijn hoofd, maar hij was al doorgelopen. Toen de laatste bel ging, rende ik naar huis. Door het raam zag ik mijn ouders binnen op het bankje in de erker zitten. Ik liep om het huis heen naar de achterdeur en kwam zachtjes via de keuken binnen.

'Stanch stelde voor dat we een verpleegster aan huis laten komen,' hoorde ik hem zeggen.

'Alsjeblieft zeg! Ik voel me prima.'

'Zou het zo erg zijn om wat hulp in huis te hebben? Ik denk dat het Lily wat meer lucht zou geven.'

Hij had gelijk, dat zou het zeker.

'Wie zou je willen vragen?'

'Sue Bob?'

Ik spitste mijn oren nog meer bij het horen van de naam van Mary Louises moeder.

'Ik wil niet dat mijn vriendinnen me zo zien,' zei mijn moeder.

'Het is maar een idee,' krabbelde papa terug.

Misschien kon mevrouw Gustafson helpen. Ik klopte bij haar aan. Deze keer wachtte ik tot ze opendeed.

'Mijn moeder is nog steeds ziek,' zei ik tegen haar.

'Het spijt me dat te horen.'

'En we hebben hulp in huis nodig, zodat ze zich niet te veel vermoeit. Zou u misschien...'

'Lil?' hoorde ik mijn vaders stem achter me. 'Wat doe je? We moeten terug naar je moeder.'

'Ik zou misschien wel kunnen helpen,' zei mevrouw Gustafson.

'Niet nodig,' zei mijn vader. 'We redden ons wel.'

Haar blik ging van hem naar mij. 'Laat me in elk geval wat te eten maken. Ik pak even wat ingrediënten.' Ze ging naar binnen en kwam terug met haar armen vol groenten en een pak room.

In onze keuken schilde ze aardappelen zo dun dat de schillen doorzichtig waren.

'Wat maakt u?'

'Aardappelpreisoep.'

'Wat is prei?'

'Een in Oost-Montana zeer ondergewaardeerde groente.'

Ze hakte de krullende wortels af en sneed de slanke witte stengel doormidden. Het rook naar een muffe ui. Ze sneed de prei klein en schoof de stukjes in de pan, waar ze in bruisende boter lagen te smoren terwijl de aardappelen kookten. Toen pureerde ze de prei en de aardappelen in de keukenmachine, voegde er een scheut room aan toe en schonk de witte soep in kommen.

'Het eten is klaar,' riep ik.

Papa liep naast mama, met zijn handen vlak bij haar middel als een ziekenbroeder. Ik rolde altijd met mijn ogen wanneer mijn ouders elkaar kusten, maar nu zou ik graag willen dat ze weer net zo klef werden als vroeger.

Na het dankgebed boog ik me over mijn kom en nam een eerste hap. De soep voelde zijdezacht en heerlijk aan. Ik probeerde snel te eten, maar hij was te heet.

'Soep is goed voor het geduld,' zei mevrouw Gustafson. Haar rug was recht toen ze de lepel naar haar mond bracht. Ik strekte mijn ruggengraat.

'Heerlijk,' zei mama.

'Het was de lievelingssoep van mijn zoon.' Het licht in mevrouw Gustafsons ogen dimde even. 'Je hebt maar een paar ingrediënten nodig om een gezonde maaltijd te maken, maar de industriële voedingsproducenten hebben de Amerikanen ervan overtuigd dat er geen tijd meer is om te koken. Je eet smaakloze soep uit blik, ook al smaakt in boter gesmoorde prei hemels. Ik ben het meer gaan waarderen toen het er niet was. Tijdens de oorlog miste mijn moeder vooral de suiker, maar ik miste de boter.'

'Dus het was moeilijk om aan eten te komen?' vroeg mijn vader.

'Goed eten wel. Ik weet niet welke "oorlogsdelicatesse" erger was – stokbrood gebakken met zaagsel omdat er een tekort aan bloem was, of een smakeloze soep die alleen van water en koolraap was gemaakt. Er stonden eindeloze rijen voor vlees, zuivel, fruit en de meeste groenten, maar koolraap konden ze niet aan de straatstenen kwijt. En weet je wat mijn schoonmoeder in al haar stoofschotels deed toen ik naar Montana kwam? Koolraap!'

We lachten. Ze maakte ons aan het lachen terwijl ze over van alles en nog wat praatte en ons even bevrijdde van de onnatuurlijke stilte die over ons gezin was neergedaald. Toen ze opstond om weg te gaan, zei mama: 'Dank je wel, Odile.'

Onze buurvrouw keek verbaasd. Ik vroeg me af of dat kwam doordat ze er niet aan gewend was om bij haar voornaam te worden genoemd. Uiteindelijk zei ze: 'Graag gedaan.'

Toen Mary Louise en ik thuiskwamen uit school hoorden we gelach uit de slaapkamer van mijn ouders komen. Odile had haar hakken uitgeschopt en de schommelstoel dichter naar het bed toe geschoven. Mama's haar was gewassen en in de krul gezet en ze droeg dezelfde steenrode lippenstift als Odile. Ze was prachtig.

'Wat is er zo grappig?' vroeg Mary Louise aan mijn moeder.

'Odile vertelde me net dat haar schoonfamilie haar naam niet kon uitspreken.'

'Ze noemden me "Ordeal", oftewel "beproeving"!'

'Het huwelijk: in goede en slechte tijden, en hoe getikt je schoonfamilie ook is,' zei mama, en ze moesten allebei lachen.

Toen Mary Louise en ik naar mijn kamer gingen om te leren, hoorden we mama vragen: 'Waar hebben uw man en u elkaar leren kennen, als ik vragen mag?'

'In een ziekenhuis in Parijs. In die tijd moest iemand die in militaire dienst was aan zijn meerdere toestemming vragen om te mogen trouwen. Toen die van Buck nee zei, daagde hij de majoor uit voor een kaartspelletje, *cribbage* – als hij won, mochten we trouwen; verloor hij, dan moest hij een maand lang de ondersteken schoonmaken.'

'Dat noem ik pas vastberaden!'

Ze gingen zachter praten, dus slopen Mary Louise en ik dichter naar de deur toe.

'Hij had het me niet verteld,' vervolgde Odile, 'en toen ik hier aankwam, ontstond er een schandaal. Ik wilde terug naar Parijs, maar ik had geen geld voor een retourticket. Ik dacht dat mensen vergevingsgezind zouden zijn... Niet dat ik behoefte had aan hun vergiffenis!'

'Welk schandaal?' fluisterde Mary Louise. 'Was ze zo'n cancandanseres? Praten mensen daarom niet met haar?'

Ik snoof. 'Zij praat niet met hén.'

Mama bracht die winter in een soort winterslaap door. Na schooltijd kroop ik bij haar in bed en vertelde ik haar over mijn dag. Dan knikte ze, maar ze deed haar ogen niet open. Papa bleef in de buurt, met haar lievelingskopje met kamillethee in de aanslag. Dokter Stanchfield schreef nog meer pillen voor, maar mama ging zich niet beter voelen.

'Waarom kan ze niet opstaan?' vroeg mijn vader hem. We stonden met z'n drieën bij de voordeur. 'Zelfs de kleinste inspanning put haar uit.'

'Haar hart heeft te veel schade opgelopen,' zei Stanch. 'Ze heeft niet veel tijd meer.'

'Maanden?' vroeg papa.

'Weken,' antwoordde Stanch.

Papa sloeg zijn armen om me heen terwijl de waarheid ons overmande.

Mijn ouders hielden vol dat school te belangrijk was om te missen, maar papa nam vrij van zijn werk en week niet van mama's zijde.

'Je verstikt me!' hoorde ik haar tegen hem zeggen. Ze hadden nooit ruzie, maar hij leek nu geen goed meer te kunnen doen. Wanneer ze zich druk maakte, kreeg ze het benauwd. Bang om de situatie nog erger te maken, ging hij weer aan het werk. Hij glipte bij het krieken van de dag de deur uit en kwam pas terug wanneer het donker was. Om haar niet te storen sliep hij op de bank. 's Nachts, wanneer het doodstil was in huis, hoorde ik mama kreunen. Elke raspende ademhaling, elke kuch en elke zucht maakte me bang. Dan lag ik diep weggekropen onder de dekens en durfde niet te gaan kijken of het wel goed met haar ging.

Na Odile over mama's raspende ademhaling te hebben verteld,

voelde ik me beter. Odile wist wat ze moest doen. Ze zette zelfs een opklapbed naast mama's bed om te kunnen blijven slapen. Toen mijn moeder protesteerde, verzekerde Odile haar dat het geen enkele moeite was. 'Ik heb met tientallen soldaten geslapen.'

Mama wierp een snelle blik op mij. 'Odile!' riep ze.

'Naast hen in de ziekenboeg, tijdens de oorlog.'

Om negen uur 's avonds kraakte de achterdeur: papa kwam thuis. Odile sloop van het opklapbed naar de keuken. Ik volgde haar op mijn tenen en drukte me stijf tegen de houten panelen in de gang.

'Je vrouw heeft je nodig, en je dochter ook,' zei Odile.

'Brenda zegt dat ze het gevoel krijgt dat ze al dood is als ik haar in deze ellendige toestand zie.'

'Wil ze daarom niet dat haar vriendinnen op bezoek komen?'

'Ze kan niet tegen de tranen, ook al zijn ze voor háár bestemd. Ze wil geen medelijden. Ik wilde er voor haar zijn, maar nu lijkt het me het beste om haar de afstand te geven waar ze om vraagt.'

'Je wilt nergens spijt van hebben.' De toon in mevrouw Gustafsons stem was veranderd van wrang in vriendelijk. Als de stem van een moeder.

'Kon ik maar iets doen.'

Aan de andere kant van de gang hoorde ik mama hoesten. Was ze wakker? Had ze me nodig? Ik haastte me naar haar kamer. Plotseling angstig bleef ik bij het voeteneind van het bed staan. Achter me zei papa: 'Brenda, lieverd?'

Odile gaf me een duwtje in mama's richting, maar ik stribbelde tegen en drukte mijn schouderbladen tegen haar handpalmen. Mama stak haar arm naar me uit. Ik durfde haar hand niet vast te pakken, maar was ook bang om het níét te doen. Ze omhelsde me, maar ik hield me stijf in haar armen.

'Er is zo weinig tijd,' fluisterde ze, 'te weinig tijd. Wees dapper...'

Ik probeerde te zeggen dat ik dat zou doen, maar de angst benam me mijn stem. Na een lange stilte duwde ze me van zich af en keek me aan. Gevangen in mama's bedroefde blik herinnerde ik me dingen die ze had gezegd: Baby's slapen door de liefde heen. Ganzen gakken, kraaien krassen. Mensen voelen zich vaak niet op hun gemak; ze weten niet wat ze moeten zeggen of doen. Veroordeel hen er niet om. Je weet nooit wat er in hun hart omgaat. Ik wilde dat je Robin was, maar je bent Lily. O, Lily.

5

Odile

PARIJS, MAART 1939

'Mademoiselle Reeder heeft gebeld,' zei Maman tegen me zodra Rémy en ik binnenstapten. 'Ze wil je spreken.'

Ik draaide me naar Rémy toe en zag mijn vlaag van hoop en opluchting weerspiegeld in zijn ogen.

'Weet je zeker dat die baan een goed idee is?' vroeg Maman.

'Heel zeker.' Ik omhelsde haar.

Rémy gaf me zijn groene boekentas. 'Hij brengt geluk. En je kunt er de boeken in doen die je mee naar huis gaat nemen.'

Ik haastte me naar de bibliotheek voordat miss Reeder van gedachten kon veranderen. Ik spurtte over de binnenplaats en stormde de wenteltrap op, om glijdend tot stilstand te komen bij de drempel van haar kantoor, waar ze achter haar bureau documenten zat na te kijken, met haar zilveren pen in de hand. Haar ogen stonden vermoeid, haar lippenstift was allang vervaagd; ze zag er afgepeigerd uit. Het wás ook al na zeven uur in de avond. Ze gebaarde dat ik moest gaan zitten.

'Ik ben de begroting aan het afronden.' Ze legde uit dat de bibliotheek, als particuliere instelling, geen overheidsgelden ontving maar voor alles, van de aanschaf van boeken tot de kosten voor de verwarming, afhankelijk was van beheerders en donateurs.

'Maar daar hoef jij je hoofd niet over te breken.' Ze sloeg de map dicht. 'Professor Cohen geeft hoog van je op, en ik moet zeggen dat ik onder de indruk ben. Laten we het eens over de baan hebben. Het is namelijk zo dat we eerder kandidaten hebben aangenomen die om een of andere reden niet konden blijven, dus vragen we werknemers nu een tweejarig contract te tekenen.'

'Waarom bleven ze niet?'

'Sommigen waren buitenlanders die Frankrijk gewoon te ver van huis vonden. Anderen hadden moeite met de omgang met het publiek. Zoals je al in je brief schreef, is deze bibliotheek een toevluchtsoord; de medewerkers doen hun uiterste best om dat zo te houden.'

'Ik denk dat ik het wel aankan.'

'Het salaris is bescheiden. Is dat een probleem?'

'Geen enkel.'

'Nog een laatste ding. De medewerkers hebben om beurten weekenddienst.'

Geen mis of huwelijkskandidaten meer? 'Ik wil graag op zondag werken!'

'Je bent aangenomen,' zei ze plechtig.

Ik sprong op. 'Echt waar?'

'Echt waar.'

'Dank u, ik zal u niet teleurstellen!'

Ze knipoogde ondeugend. 'En geen leden de hersenen inslaan!'

Ik lachte. 'Ik doe geen beloftes waar ik me misschien niet aan kan houden.'

'Je begint morgen,' zei ze, en ze boog zich weer over haar begroting.

Ik snelde naar buiten, in de hoop Rémy nog te treffen voordat hij naar zijn politieke bijeenkomst vertrok, en botste op de stoep tegen hem op.

'Je bent er nog!'

'Wat is het vonnis?' vroeg hij. 'Je bleef een eeuw weg.'

'Twintig minuten.'

'Zoals ik zei: een eeuw,' bromde hij.

'Ik heb de baan!'

'Ik zei het toch!'

'Ik dacht dat je bij je bijeenkomst zou zijn,' zei ik.

'Sommige dingen zijn belangrijker.'

'Jij bent de voorzitter. Ze hebben je nodig.'

Hij bedekte mijn voet met de zijne. 'En ik heb jou nodig. Zonder *toi* is er geen *moi*.'

Thuis liep ik de zitkamer in, waar Maman een sjaal voor me zat te breien.

'En?' Ze legde haar pennen neer.

'Ik ben bibliothecaresse!' Ik trok haar overeind en walste met haar door de kamer.

Eén-twee-drie.

Bóéken-onafhankelijkheid-geluk.

'Gefeliciteerd, *ma fille*,' zei ze. 'Ik praat Papa wel om, dat beloof ik.'

Ik wilde me onmiddellijk gaan voorbereiden op het werk en ging naar mijn kamer om mijn Dewey Decimale aantekeningen door te nemen. Gisteren, in de Jardin du Luxembourg, zag ik verscheidene 598 (vogels). Ooit ga ik 469 (Portugees) leren... Was er een getal voor liefde? Als ik mijn eigen persoonlijke getal zou hebben, wat zou het dan zijn?

Ik dacht aan tante Caro – zij was degene die me voor het eerst liet kennismaken met het Dewey Decimale Systeem. Wat vond ik het als kind heerlijk om tijdens het voorleesuurtje op haar schoot te zitten! Jaren later, toen ik negen was, liet ze me kennismaken met het kaartensysteem, een wonderlijk houten kastje met laatjes, elk met een letter erop.

'Hier zitten de geheimen van het universum in verborgen.' Tante Caro deed het laatje met de N open en onthulde honderden bibliotheekkaartjes. 'Op elk kaartje staat informatie die hele werelden openbaart. Kijk er maar eens in. Je vindt vast wel iets van je gading.'

Ik tuurde in het laatje, en toen ik door de kaartjes bladerde vond ik een snoepje. 'Noga!'

Ze leerde me hoe ik de volgende hint moest vinden, een signatuur die ons naar de juiste afdeling, de plank en het exacte boek zou leiden. Een speurtocht!

Tante Caro had de smalste taille en het grootste brein. Haar ogen waren maagdenpalmblauw, net als die van mijn moeder, maar in tegenstelling tot mijn moeders ogen, die waren verbleekt als de hemden van Papa's marine-uniformen, schitterden die van tante Caro levendig. Als lezer was ze een omnivoor die wetenschap, wiskunde, geschiedenis, toneelstukken en poëzie verslond. Haar boekenkasten puilden uit, dus was haar kaptafel een mengeling van rouge en Dorothy Parker, en van mascara en Montaigne. Haar kledingkast bevatte Horace en hooggehakte schoenen, kousen en Steinbeck. Haar liefde voor boeken en haar liefde voor mij doordrenkten mijn hele wezen als de amberachtige geur van de Shalimar die ze achter onze oren tipte.

Herinneringen aan tante Caro deden me weer beseffen waarom ik deze baan nódig had.

Op mijn eerste werkdag voelde ik me nog nerveuzer dan tijdens mijn sollicitatiegesprek. Stel dat ik miss Reeder teleurstelde? Stel dat iemand een vraag zou stellen waar ik geen antwoord op kon geven? Was tante Caro nog maar bij ons. Ik zou tegen haar hebben gezegd dat ze niet mocht langskomen op mijn eerste dag, maar dat zou ze toch hebben gedaan. Met haar armen vol Shelley en Blake zou ze naar me hebben geknipoogd, en mijn nervositeit zou zijn weggesmolten terwijl ik terugdacht aan wat ze had gezegd: de antwoorden waren hier, je hoefde er alleen maar naar te zoeken.

'Introducties,' zei de directrice kordaat, en ze stelde Boris Netchaeff aan me voor, de hoffelijke Frans-Russische hoofdbibliothecaris, onberispelijk als altijd in zijn blauwe pak met stropdas. Aan de uitleenbalie stonden de abonnees in de rij om langs hem te lopen zoals ze dat bij de pastoor van hun parochie zouden doen – voor de communie, voor een persoonlijk woord. De glinstering in zijn groene ogen vervaagde nooit, zelfs niet wanneer hij naar de langdradige verhalen van abonnees luisterde. Hij wist waar je de mooiste kleding kon kopen ('Bij mijn mannetje in de Bazar de l'Hôtel de Ville zit u altijd goed') of waar je op moest letten bij de aanschaf van een paard. De strenge Mrs. Turnbull zei dat hij een aristocraat was die eigenaar was geweest van een stal met volbloedpaarden. Mr. Pryce-Jones zei dat Boris in het Russische leger had gezeten. Er deden net zoveel geruchten de ronde als er boeken in de bibliotheek stonden.

Boris was befaamd om zijn bibliotherapie. Hij wist welke boeken een gebroken hart konden helen, wat je moest lezen op een zomerse dag en welke roman je moest kiezen voor een avontuurlijke ontsnapping aan de werkelijkheid. De eerste keer dat ik zonder tante Caro terugkeerde naar de bibliotheek, nu tien jaar geleden, leken de hoge boekenkasten op me af te komen. De titels die in de ruggen van verhalenbundels waren geperst spraken me niet aan zoals ze dat gewoonlijk deden. Ik stond daar met tranen in mijn ogen naar een waas van boeken te staren.

Boris liep met een bezorgde blik op me af. 'Heeft je tante je niet gebracht?' vroeg hij. 'We hebben haar al een tijdje niet gezien.'

'Ze komt niet meer terug.'

Hij pakte een boek uit de kast. 'Dit gaat over familie en verlies. En hoe we momenten van geluk kunnen ervaren, zelfs wanneer we terneergeslagen zijn.'

Ik vrees de stormen niet, want ik leer hoe ik mijn schip moet besturen.

Little Women was nog steeds een van mijn lievelingsboeken.

'Boris is hier ooit begonnen als hulpje – een soort bibliotheekleerling – en weet alles wat er te weten valt over de ALP,' zei miss Reeder.

Hij gaf me een hand. 'Jij bent een van onze abonnees.'

Ik knikte, blij dat ik werd herkend. Voordat ik kon antwoorden, troonde ze me mee naar de leeszaal, waar we naar een vrouw toe liepen die bij het raam zat te schrijven. Grijs haar omlijstte haar gezicht, een zwarte bril balanceerde op het puntje van haar neus. De tafel voor haar lag bezaaid met boeken over Engeland in het elizabethaanse tijdperk. Miss Reeder stelde de beheerder aan me voor: gravin Clara de Chambrun. Ik kende haar naam. Ik had onlangs *Playing with Souls*, een van haar romans, gelezen. Een gravin én een echte schrijfster!

'Weer een boek over de grote dichter aan het doorspitten?' vroeg de directrice. 'Waarom gebruikt u mijn kantoor niet?'

'Ik wil geen speciale behandeling! Ik ben een abonnee, net als ieder ander.'

Het accent van de gravin was overduidelijk niet Frans, maar ook niet Brits. Hadden ze gravinnen in Amerika? Dat mysterie zou ik later moeten oplossen. De directrice leidde me naar de afdeling kranten en tijdschriften, waar ik zou worden gestationeerd. Onderweg stelde ze me voor aan haar secretaresse mademoiselle Frikart (Frans-Zwitsers), boekhoudster miss Wedd (Brits) en boekenterugzetter Peter Oustinoff (een Amerikaan).

Ik liet mijn blik over de lange planken gaan waarop vijftien dagbladen en driehonderd tijdschriften lagen uit Amerika, Engeland, Frankrijk, Duitsland en verre landen als Japan. Toen miss Reeder me vertelde dat ik tevens verantwoordelijk zou zijn voor het prikbord, de nieuwsbrief en de nieuwskolom van de bibliotheek in de *Herald*, raakte ik in paniek. Hoe moest ik dat alles in hemelsnaam voor elkaar krijgen?

'Wist je,' zei ze, 'dat ik zelf ook op deze afdeling ben begonnen?

En kijk eens hoever ik ben gekomen.'

Er viel een saamhorige stilte waarin we keken naar abonnees die zaten te lezen, met gebogen hoofd en hun boek eerbiedig in hun handen.

Mr. Pryce-Jones kwam naar ons toe lopen. Hij deed me denken aan een kwieke kraanvogel met een paisley-vlinderdasje om. Naast hem liep een abonnee die met zijn borstelige witte bakkebaarden leek op een walrus. 'Goedenavond heren, mag ik u voorstellen aan de nieuwste aanwinst onder ons personeel,' zei miss Reeder, waarna ze terugkeerde naar haar kantoor.

'Bedankt voor uw advies om een argumentatie te schrijven,' zei ik tegen Mr. Pryce-Jones.

'Ik ben blij dat je de baan hebt gekregen,' zei hij, waarbij zijn vlinderdasje op en neer wipte. Met een gebaar naar zijn vriend voegde hij eraan toe: 'Deze twistzieke journalist is Geoffrey de Nerciat. Hij denkt dat het exemplaar van de *Herald* in deze bibliotheek zijn eigendom is.'

'Weer leugens aan het verspreiden, kerel?' vroeg Monsieur de Nerciat. 'Dat is het enige waar diplomaten goed voor zijn.'

'Ik ben Odile, bibliothecaresse en scheidsrechter,' grapte ik.

'Waar is je fluitje?' vroeg Mr. Pryce-Jones. 'Dat zul je bij ons nodig hebben.'

'Onze schreeuwwedstrijden zijn legendarisch,' pochte Monsieur de Nerciat.

'De enige die nog harder kan brullen dan wij is de gravin.'

'Waar we achter kwamen toen ze zich een keer tussen ons in wist te wringen en erop stond dat we onze meningsverschillen buiten uitvochten.' De Fransman wierp een blik op Clara de Chambrun.

'Ik schrok me rot! Ik dacht dat ze me aan mijn oor naar buiten zou slepen.'

Monsieur de Nerciat grijnsde. 'Die schone dame mag me overal naartoe slepen waar ze maar wil.'

'Ik betwijfel of haar echtgenoot dat zou kunnen waarderen.'

'Een generaal nog wel! Ik kan maar beter op mijn woorden passen.'

Het tweetal bleef met woorden schermen; ik stalde de dagbladen uit en bestudeerde de tijdschriften. Al snel was ik verdiept in inhoudsopgaves en vulde mijn hoofd zich met geschiedenis, mode en actualiteiten.

'Mademoiselle? Odile?'

Ik was zo verzonken in mijn werk dat het nauwelijks tot me doordrong.

'Pardon, mademoiselle?'

Ik voelde een hand op mijn bovenarm. Toen ik opkeek stond Paul daar.

Hij zag er oogverblindend uit in zijn uniform van *les hirondelles*, de zwaluwen, politieagenten die op de fiets patrouilleerden. Zijn marineblauwe cape accentueerde zijn brede borst. Hij moest rechtstreeks van zijn werk komen.

Ik zat ooit op een winderige dag in het park te lezen toen de wind de pagina's van mijn boek te pakken kreeg en ik niet meer wist op welke bladzijde ik was gebleven. Paul liet mijn hart fladderen zoals de wind die pagina's.

Toen kwam er een schokkende gedachte in me op: zou Papa hem hebben gestuurd?

'Wat doe jij hier?' vroeg ik vinnig.

'Ik ben hier niet voor jou.'

'Dat dacht ik ook helemaal niet,' loog ik.

'Veel toeristen vragen de politie om hun de weg te wijzen. Ik heb een boek nodig om mijn Engels te verbeteren.'

'Heeft mijn vader je verteld dat ik de baan heb gekregen?'

'Ik hoorde hem iets mopperen over omhooggevallen vrouwen.'

'Dus je bent hier op commando,' zei ik bits. 'Nog even en hij benoemt je tot hoofdrechercheur. Precies wat je wilt.'

'Jij hebt geen idee van wat ik wil.' Hij haalde een boeket bloemen uit zijn schoudertas. 'Dit is om je geluk te wensen op je eerste dag.'

Ik had hem moeten bedanken met een kus op elke wang, maar in een vlaag van verlegenheid begroef ik mijn neus in de bloemen. Mijn lievelingsbloemen: narcissen bevatten de belofte van de lente.

'Zal ik je helpen een paar boeken uit te zoeken?'

'Het zal een goede oefening voor me zijn als ik ze zelf opzoek.' Hij hield een bibliotheekkaart omhoog. 'Ik ben van plan hier regelmatig te komen.'

Paul beende naar de studiezaal en liet me in verwarring achter in het gangpad. Zijn lidmaatschapskaart was gloednieuw. Misschien was hij hier tóch voor mij.

In de loop van de ochtend wachtten de meeste abonnees geduldig terwijl ik hen hielp met het vinden van kranten of tijdschriften; slechts één iemand klaagde: 'Waarom weet niemand hier ooit waar de *Herald* is?' mopperde hij. Later vond ik de krant verkreukeld onder de aktetas van Monsieur de Nerciat.

Opeens hoorde ik tumult; ik liep van de afdeling kranten en tijdschriften naar de uitleenbalie, waar een vrouw met een rood aangelopen gezicht met een boek voor Boris' gezicht zwaaide en schreeuwde dat de bibliotheek moest stoppen met het uitlenen van 'immorele' romans. Toen hij weigerde de collectie te censureren, stormde ze naar buiten.

'Je hoeft niet zo geschokt te kijken,' zei hij tegen me. 'Dit gebeurt minstens één keer in de week. Er is altijd wel iemand die vindt dat het onze taak is de goede zeden te beschermen.'

'Gewoon uit nieuwsgierigheid: over welk boek had ze het?'

'*Studs Lonigan.*'

'Help me herinneren dat ik dat een keer moet lezen.'

Hij lachte, en toen ik naar hem keek, bedacht ik opeens hoe vreemd – en geweldig – het was dat we nu collega's waren.

'Ik heb iets voor je,' zei hij.

'O ja?' Ik hoopte dat hij een roman voor me had uitgezocht. Maar in plaats daarvan overhandigde hij me een lijst met daarop zeventig boeken die ik moest verzamelen en verzendklaar moest maken voor abonnees van buiten de stad. Ik keek op mijn horloge. Het was al twee uur. Ik had het zo druk gehad dat ik was vergeten te lunchen. Nu was het te laat. Mijn speurtocht leidde me over de drie verdiepingen met boeken, van *Summer*, 813, tot *Alcools*, 841. Tegen zessen deden mijn voeten pijn, evenals mijn hoofd. Ik had nog nooit zo'n intense vermoeidheid gevoeld, zelfs niet tijdens een examenweek. Ik had twintig mensen ontmoet en kon me geen enkele naam herinneren. Ik had de hele dag Engels gesproken en tientallen vragen beantwoord – *Is het waar dat Fransen kikkerbilletjes eten, en zo ja, wat doen ze dan met de rest van de kikker? Mag ik in de archieven kijken? Waar zijn de toiletten? Wat zei je, meisje? Praat eens wat harder!* Tegen het einde van mijn dienst ontglipte de taal me volledig. Het was alsof ik een roman opensloeg en alleen maar lege pagina's aantrof.

Met de half verlepte narcissen tegen mijn borst gedrukt stapte ik de koude avondlucht in. Rijp bedekte de kiezels van het pad en maakte ze glibberig. De blaren op mijn voeten prikten. De wandeling naar huis leek vijftien jaar te gaan duren in plaats van vijftien minuten. Terwijl ik voortstrompelde zag ik in het vage licht van de *lampadaire* plotseling een zwarte auto tot stilstand komen aan de overkant. Mijn vader stapte uit en deed het portier aan de passagierskant open.

'O, Papa, *merci*.' Opgelucht dat ik weer op Frans kon overschakelen liet ik me op de stoel vallen. Het was voor het eerst sinds het ontbijt dat ik zat.

'Heb je honger?' Hij stak me een gebaksdoos van Honoré toe. Toen ik hem opendeed, snoof ik de boterachtige geur van de *financier* op voordat ik een hap nam. Het cakeje viel uiteen in mijn mond; ik sloot mijn ogen en kauwde.

'*Ça va?*' vroeg hij. 'De eerste dag en je bent al uitgeput. Je hebt toch niet weer hoofdpijn?'

'Ik voel me prima, Papa.'

'Op jouw leeftijd,' zei hij zacht, 'hadden Maman en ik net een oorlog overleefd en rouwden we om het verlies van vrienden en familie. Jij bent pas twintig – we willen dat je van je jeugd geniet, een *beau* vindt, uit dansen gaat, niet dat je je afbeult in een of andere boekenfabriek.'

'Papa, alstublieft, vanavond niet...' Mijn hele leven hadden de gesprekken tussen mijn ouders over de oorlog om me heen gegalmd – tanks en loopgraven, mosterdgas en verminkte soldaten.

'Goed, dan hebben we het ergens anders over. Ik weet dat je nu op zondag werkt, dus heb ik voor woensdag een jongen uitgenodigd om te komen eten. Deze zegt dat hij leest!'

6

Odile

Elke ochtend, voordat de bibliotheek opengïng, bracht ik een bezoekje aan een andere afdeling. Op maandag had ik een afspraak op de boekhoudafdeling, met miss Wedd, de boekhoudster, die bekendstond om haar scherpe geest en haar verrukkelijke scones. Toen ze zich over haar grootboek boog, zag ik drie potloden uit haar bruine knot steken. Nadat ze de kolommen met uitgaven had uitgelegd – van kolen en brandhout tot aan boeken en lijm voor de ruggen – vroeg ik of ik haar mocht interviewen. Ik had een idee voor de maandelijkse nieuwsbrief die miss Reeder aan mij had uitbesteed. Naast de gebruikelijke boekrecensies en de lijst met boeken die het vaakst waren uitgeleend, wilde ik iets persoonlijks over abonnees en medewerkers toevoegen.

'Wat voor soort lezer bent u?' vroeg ik met mijn notitieblokje in de aanslag.

'Op school hield ik van wiskunde. Ik vond getallen altijd logischer dan mensen. Daarom zijn mijn lievelingsboeken die van de oude Grieken: Pythagoras en Heraclitus. We gebruiken hun werk en hun ideeën nog steeds. Ik ben niet zoals Boris en miss Reeder. Ik ben niet zo goed met mensen.' Ze stak een vierde potlood in haar haar. 'Maar ik hoop dat mijn inbreng hier er op een of andere manier toch toe doet. In meer dan tien jaar heb ik hele boekwerken gevuld met verhalen over gulle donateurs en ervaren medewerkers die lange werkdagen maken; alleen schrijf ik in verticale kolommen in plaats van horizontale regels.'

Haar interviewen was als kijken naar een ontluikende roos: ze bloeide op en de bloemblaadjes van haar wangen werden roze van hartstocht. 'Dank u,' zei ik, blij dat ik haar had uitgekozen. 'De lezers zullen uw antwoorden zeer waarderen, en ik kan niet wachten om Heraclitus te ontdekken.'

Ik vond het ook leuk om mijn collega's beter te leren kennen. Dinsdag bracht ik wat tijd door met Peter-de-terugzetter, de enige die lang genoeg was om bij de bovenste planken te kunnen. Door de boeken op het karretje aan de hand van hun signatuur te sorteren, had hij al tien boeken op de plank staan in de tijd dat ik er eentje had teruggezet. Hij had de imposante lichaamsbouw van een bokser, maar zodra de stem van de gezette Madame Frots als een misthoorn tussen de boekenkasten door schalde: 'Peter, liefje, o, Peter', dook hij de vestiaire in om de amoureuze abonnee te ontwijken.

Woensdag ging ik naar de jeugdafdeling, waar lage boekenkasten tegen de muren stonden en kleine tafeltjes en stoeltjes in groepjes voor de knetterende open haard waren opgesteld. Hoewel ik Muriel Joubert, de jeugdbibliothecaresse, nooit had ontmoet, had ik het gevoel dat ik haar kende, want haar keurige handtekening stond op het kaartje van elk boek dat ik leende. Vorige week nog was ze me net voor toen ik *My Ántonia*, *Belinda* en *The Interesting Narrative of the Life of Olaudah Equiano* wilde lenen. Aan de hand van de boeken die ze had gelezen, had ik me haar voorgesteld als een grijze dame. Ik trof echter een meisje van mijn eigen leeftijd dat me met alerte, violetkleurige ogen opnam. Zelfs wanneer je de zwarte vlecht meetelde die als een kroon op haar hoofd lag, kwam ze nauwelijks boven de een meter vijftig uit.

'Mademoiselle Joubert?' vroeg ik.

Ze zei dat ik haar Bitsi moest noemen, dat iedereen dat deed, sinds een abonnee uit Texas één lange blik op haar had geworpen en had uitgeroepen: 'Nee maar, jij bent ook maar een "*itsy-bitsy*" ding!' Ze zei dat ze me al wilde leren kennen sinds ze mijn naam op de kaartjes van haar lievelingsromans had zien staan.

'We zijn boekverwanten,' zei ze op de besliste toon waarop iemand 'de hemel is blauw' of 'Parijs is de beste stad ter wereld' zou verkondigen. Ik was sceptisch over het begrip 'zielsverwanten', maar in boekverwanten kon ik wel geloven: twee wezens, met elkaar verbonden door een passie voor lezen. Ze raadde me *The Brothers Karamazov* aan. 'Ik moest huilen toen ik het uit had.' Haar stem klonk verstikt van ontroering. 'Ten eerste omdat ik zo blij was dat ik het had gelezen. Ten tweede omdat het verhaal me zo raakte. En ten derde omdat ik de ontdekking ervan nooit meer zal ervaren.'

'Dostojevski is mijn favoriete dode schrijver,' zei ik.

'De mijne ook. Wie is je favoriete levende?'

'Zora Neale Hurston. De eerste keer dat ik *Their Eyes Were Watching God* leende, verslond ik de hoofdstukken en zoog ik de woorden in me op. Ik moest weten hoe het verderging. Zou Janie met de verkeerde man trouwen? Zou Tea Cake waarmaken wat ik hoopte voor Janie? En toen ik nog maar een handvol pagina's overhad, begon ik bang te worden voor het vooruitzicht dat de wereld waar ik zo van hield tot een einde zou komen. Ik was er nog niet aan toe om afscheid te nemen. Ik ging heel langzaam lezen om met volle teugen van de laatste scènes te kunnen genieten.'

Ze knikte. 'Dat doe ik ook, elke pagina zo lang mogelijk laten duren.'

'Ik had het boek binnen vier dagen uit, maar ik hield het de volle twee weken. Op de uiterste inleverdatum legde ik het op de balie, maar mijn hand bleef op de kaft liggen. Ik kon er geen afstand van doen. Boris vond nog drie andere boeken van miss Hurston voor me. Die verslond ik ook, als chocoladecake, als liefde. Ik leefde me zo in dat de personages tot leven kwamen.

Ik had het gevoel dat ik Janie kende, dat ze op een dag de bibliotheek zou komen binnenwandelen en me zou uitnodigen voor een kop koffie.'

'Dat gevoel heb ik ook bij mijn favoriete personages,' zei Bitsi.

Er kwam een moeder naar ons toe. 'Mijn zoon heeft deze uitgekozen' – ze hield twee sprookjesboeken omhoog – 'maar ze zien er nogal... beduimeld uit.'

'Ze zijn erg populair,' antwoordde Bitsi. 'Maar er staan gloednieuwe boeken op de plank met "nieuwste aanwinsten" als u daar de voorkeur aan geeft.'

Toen Bitsi geluidloos de woorden 'de plicht roept' vormde en moeder en zoon meetroonde naar de uitgestalde boeken, wierp ik een snelle blik in de studiezaal, in de hoop Paul daar te zien, maar hij was er niet.

Teleurgesteld liep ik door naar mijn bureau, waar een abonnee die haar *Harper's Bazaar* wilde ongeduldig met haar voet op de grond stond te tikken. 'Waar bleef je?' vroeg Madame Simon geërgerd.

Toen ik haar de laatste editie overhandigde, nog ingepakt in bruin papier, ontdooide ze een beetje en bekende ze dat ze thuis altijd als laatste aan de beurt was. Haar kunstgebit klapperde toen ze uitlegde dat alles wat ze bezat – de mottige nertsjas van een dode tante, het gebit dat van haar schoonmoeder was geweest – al iemand anders had gediend. Maar hier was ze de eerste die van mode kon genieten, al kon ze zich er niets van veroorloven. 'En al was dat zo, ik zou toch nergens in passen,' klaagde ze terwijl haar vlezige handen over haar stevige figuur gleden. Ze nam plaats naast professor Cohen.

Met haar blik op Boris gericht zei Madame: 'Ze zeggen dat hij zijn familiefortuin is kwijtgeraakt tijdens de Russische Revolutie en dat hij hier in Frankrijk helemaal opnieuw moest beginnen, zo arm als Job.'

'Wat zijn situatie ook is, die man is een prins,' zei de professor.

'Zijn vrouw is de prinses, of liever gezegd: wás. Nu zit ze achter de kassa. Hoe diep kan een mens zinken!'

'En dat zegt iemand die nooit haar eigen geld heeft hoeven te verdienen.'

Clara de Chambrun liep met grote passen voorbij, met haar armen vol papieren. 'En over adel gesproken,' gniffelde Madame, 'daar gaat de gravin van Ohio.'

'Er houdt zich onder jouw baret vandaag een wesp schuil met een behoorlijk venijnige angel. Clara is een zeer gewaardeerde beheerder die weet hoe je geld moet inzamelen. Zonder haar zouden we hier niet zitten. Aangezien je blijkbaar zo van mode houdt, zeg ik je dit: jaloeziegroen staat niemand goed.'

7

Margaret

PARIJS, MAART 1939

Nerveus aan haar parelketting draaiend stond Margaret te dralen op de drempel van de American Library. Het gebouw was zo stil als een kathedraal en ze wist niet zeker of ze naar binnen moest gaan. Margaret was zeker geen Amerikaanse, noch was ze in boeken geïnteresseerd. Maar na vier maanden in Parijs snakte ze naar Engels, in welke vorm dan ook. De Franse taal was een nasaal moeras waar ze doorheen had moeten waden in de winkels, bij de kapper en bij de bakker. Niemand op die plekken sprak Engels. Teruggeworpen op gebarentaal wees ze en stak dan een vinger op om aan te geven dat ze één croissant wilde. Ze knikte om duidelijk te maken wanneer ze iets begreep en haalde haar schouders op wanneer dat niet het geval was.

Thuis was het vooral haar echtgenoot Lawrence die het woord deed. Nanny zorgde voor Christina, en Jameson bestierde de flat hier met dezelfde efficiëntie als in Londen. Niemand had haar nodig. Margaret zei maar zelden iets.

Ze was ervan uitgegaan dat ze Parijs geweldig zou vinden. De haute couture, de lingerie, de parfums. Maar er was geen lol aan om in je eentje te winkelen. Wanneer ze kleren paste, waren er geen vriendinnen om haar figuur te bewonderen. Maar wat Margaret vooral miste, was haar moeders mening – was die jurk wel de geschikte kleur voor haar, zou ze een goed gesprek met Lawrence moeten voeren of kon ze hem beter met rust laten? Wat Margaret het meest verraste aan Parijs waren niet de schitterende jurken van Jeanne Lanvin of de chique hoeden die de vrouwen droegen; nee, het was hoe erg ze haar moeder miste.

Margaret begreep niets van het vreemde geld. En de winkelmeisjes bedonderden haar waar ze bij stond! Wanneer ze kousen kocht, zeiden ze in hun ingewikkelde taaltje tegen haar dat vijfenzeventig Franse franken de prijs voor één kous was, niet voor een paar. Maar toen een Parisienne achter haar in de rij dezelfde kousen aanschafte, betaalde ze de helft. Margaret kon niet terugvechten, ze kon niet op haar strepen gaan staan. Ze kon alleen maar met haar voet stampen, waar de winkelmeisjes om moesten giechelen. Grapjes ten koste van haar waren behoorlijk prijzig.

Ze ging niet meer naar buiten; ze hield op met haar best doen. Ze ijsbeerde door de flat of kroop weg in *le dressing*, waar ze onder haar avondjurken zat te huilen, hoewel het meer dan belachelijk was om je zo ellendig te voelen in de geweldigste stad van de wereld. Wat had ze opgeschept tegen haar vriendinnen! *Ik ga naar de wereldhoofdstad van de romantiek! Oh là là! Franse mannen zullen met me flirten! Oh là là! Champagne! Chocolade! Jullie moeten me komen opzoeken!* En wat schaamde ze zich voor de waarheid. Ze ging nog liever dood dan dat ze het haar vriendinnen zou vertellen – hoewel die zelfs niet belden of schreven. Toen Margaret Londen verliet, was ze over de rand van hun aarde gevallen.

Vanochtend was de vrouw van de consul, een vriendelijke vrouw, al was ze een beetje een slons, op bezoek gekomen. Toen Jameson haar komst aankondigde, rende Margaret naar de spiegel. Ze kon zich niet herinneren wanneer ze voor het laatst haar haar had gewassen. Haar ogen waren bloeddoorlopen. Ze schaamde zich voor de armoedige staat waarin ze verkeerde en had de butler het liefst opdracht gegeven om Mrs. Davies af te wimpelen. Maar ze snakte naar vriendinnen, en dit was de eerste keer dat ze visite kreeg. Ze verruilde haar smoezelige ochtendjas voor een mooie ivoorkleurige jurk. De vrouw van de consul wierp één blik op Margaret en stond erop dat ze dezelfde middag nog een bezoekje aan de American Library zou brengen. En hier was ze dan.

Er hing hier een natuurlijke kameraadschappelijke sfeer die ze nooit eerder had gevoeld. Vrouwen vroegen niet: 'Wat doet je man?' Nee, wat ze vroegen was: 'Wat ben je aan het lezen?' Margaret zuchtte. Nog meer flarden van gesprekken waar ze niet bij hoorde.

'Welkom bij de American Library.'

De jurk van de bibliothecaresse was grauw, maar het meisje zelf was best mooi, met dat haar dat door een zwarte strik omhoog werd gehouden. Haar ogen schitterden als de edelstenen die Marjorie Simsons tweede echtgenoot haar had gegeven toen ze drie jaar getrouwd waren. Lawrence gaf Margaret nooit meer dergelijke sieraden.

'Kan ik u ergens mee helpen?'

Margaret beet op haar gespannen onderlip en wenste dat ze voor de verandering eens kon zeggen wat ze echt wilde. Maar in plaats daarvan vroeg ze: 'Hebt u ook boeken voor mijn dochtertje? Ze is vier.'

De bibliothecaresse hield haar hoofd schuin. 'Wat dacht u van *Bella the Goat*?'

'Je hebt geen idee wat een opluchting het voor me is om ergens te zijn waar Engels wordt gesproken. Parijs is zó vreemd.' Margaret zweeg even. Dat kwam er verkeerd uit. Alles wat ze zei kwam verkeerd uit haar mond. 'Maar ik besef natuurlijk dat ík in Parijs de vreemde eend in de bijt ben.'

'U gaat zich hier vast thuis voelen,' zei de bibliothecaresse geruststellend. 'We hebben veel abonnees uit Engeland en Canada.'

'Dat is fijn. Heb je misschien ook iets voor mij?'

'Een roman van Dorothy Whipple? *The Priory* is een van mijn favorieten.'

Eigenlijk had Margaret op tijdschriften gedoeld. Ze had geen boek meer opengeslagen sinds die saaie George Eliot vlak voordat ze van school ging.

'Of *Miss Pettigrew Lives for a Day*, een sprookje voor volwassenen.'

Margaret kon wel een sprookje gebruiken.

'Als u moeite met de Franse taal hebt, dan hebben we een paar uitstekende boeken over grammatica. Eens kijken...'

Margaret was geroerd door zoveel aandacht. Wanneer mensen tijdens evenementen op de ambassade met Margaret praatten, hielden ze altijd één oog op haar gericht en het andere op de ruimte om haar heen. En zodra ze iemand zagen die interessanter was, lieten ze haar midden in het gesprek aan haar lot over.

'We hebben ook de *Vogue*,' voegde de bibliothecaresse eraan toe, 'als u daar de voorkeur aan geeft.'

Ze klonk teleurgesteld, dus zei Margaret: 'Nee, ik neem de boeken wel.'

Het meisje glom onmiskenbaar van enthousiasme. 'Dan gaan we die halen. Ik heet trouwens Odile.'

'Ik heet Margaret.'

Maar in plaats van naar de boekenkasten te lopen, liep Odile de trap op. Margaret volgde haar, en toen ze een deur passeerden met het opschrift ALLEEN VOOR PERSONEEL vroeg ze: 'Waar gaan we heen?'

'Wacht maar af.'

In de kleine personeelskamer zette Odile twee compleet verschillende theekopjes en een bordje met eenvoudige scones op tafel. Toen het meisje zich omdraaide om de ketel op het kookplaatje te zetten, streek Margaret met haar vinger over de ruwe rand van een scone, die zo leek op de scones die haar moeder altijd maakte. Ja, Parijs zat vol culinaire geneugten en ze had gesmuld van allerlei soorten luxe gebak. Toch hunkerde Margaret naar iets vertrouwds.

Odile nam plaats en gebaarde dat ze naast haar moest komen zitten. '*Raconte.* Dat betekent: "vertel".'

Voor het eerst sinds ze in Parijs was aangekomen was Margaret blij en voelde ze zich thuis.

8

Odile

L*'heure bleue*, die magische tijd van de dag tussen licht en donker, was aangebroken. Terwijl abonnees hun boeken lieten afstempelen en naar huis gingen, weefde de stilte haar web over de tafels en stoelen. Ik vond de bibliotheek fijn zo, wanneer alles rustig was en aanvoelde alsof het mij toebehoorde.

Ik hielp Boris met in het dikke leren grootboek bijhouden hoeveel abonnees er vandaag waren geweest (287), hoeveel boeken er waren uitgeleend (936), en welke details er te vermelden waren over het bibliotheekleven (er was weer een zwangere vrouw flauwgevallen – ze las pagina 43 van *Prospective Mother*).

'Het is al laat,' zei hij. 'Je hoeft niet te blijven.'

'Maar ik wil het graag.'

Boris gebaarde naar de lege leeszaal met een slanke hand die overdekt was met sneetjes van het papier. 'Hemels, nietwaar?' En zo begon ons nachtelijk ballet, waarvan we de choreografie in de afgelopen maand geperfectioneerd hadden. Hij controleerde of de ramen op slot waren en sloot de gordijnen; ik dimde de lichten om de plichtsgetrouwe studenten in de studiezaal te waarschuwen dat de bibliotheek op het punt stond te gaan sluiten. We spraken geen van beiden een woord terwijl we de stoelen rechtzetten. Er waren problemen te bespreken, taken toe te wijzen, maar dat kon allemaal wachten tot morgen. Na de hele dag vragen te hebben beantwoord, was de stilte onze beloning. Ik vroeg me af of Madame Simon gelijk had, of hij inderdaad een aristocraat was. Ik vroeg me af of hij me ooit genoeg zou vertrouwen om me iets over zijn leven te vertellen.

Het was mijn beurt om abonnees de deur uit te werken, dus deed ik mijn ronde. Terwijl ik tussen de boekenkasten met non-fictie door laveerde, zag ik titels die ik overdag nooit had opgemerkt. (Vanavond vond ik: *Hoe kook je water in een papieren zak*.) In de studiezaal wierp ik een blik tussen de boekenkasten en deed de beste ontdekking ooit: Paul. Hij bladerde door een Engels grammaticaboek.

Toen hij me op beide wangen kuste, probeerde ik hem in te ademen. Zijn huid geurde naar tabak, rokerig als lapsang souchong, mijn lievelingsthee. Ik had waarschijnlijk afstand moeten bewaren, maar de boeken waren toegeeflijke chaperonnes.

'Is het al sluitingstijd?' vroeg hij. 'Sorry dat ik beslag op je leg.'

'Dat geeft niet.' Leg beslag op me. Voor altijd.

'Ik ben hier al een paar keer eerder geweest.'

'O ja?'

'Maar jij had het steeds druk met andere abonnees.'

We stonden een paar centimeter bij elkaar vandaan, maar toch leek de afstand veel te groot. Toen ik me dichter naar hem toe boog, streken zijn lippen over de mijne. Ik liet mijn vingers over zijn wang glijden. Als iemand me gisteren had verteld dat we elkaar tussen de boeken zouden kussen, dan zou ik diegene hebben beschuldigd van het inhaleren van Gaylo-lijmdampen. Maar dit tedere lichaamscontact voelde perfect aan, alsof het zo moest zijn.

Ik had over passie gelezen – Anna en Vronski, Jane en Mr. Rochester – en had de bijbehorende rillingen gevoeld; althans, dat dacht ik. Maar geen scène in een boek kon het plezier van deze kus overbrengen.

Bij het horen van klikkende hakjes op de parketvloer zetten

Paul en ik allebei een snelle stap naar achteren. Hoewel we elkaar nauwelijks hadden aangeraakt, voelde elk deel van mijn lichaam – mijn huid, mijn bloed, mijn botten – hem nog steeds.

'Daar ben je.' Miss Reeders blik ging van mij naar Paul.

'Dank u, eh... mademoiselle Souchet,' zei hij. 'Nu weet ik waar ik informatie moet vinden over, eh... het voltooid deelwoord.' Hij stak het grammaticaboek omhoog en snelde de zaal uit.

Even speelde er een geamuseerd glimlachje om de mond van de directrice. 'Miss Wedd wacht op je.'

'Miss Wedd?'

'Het is betaaldag.'

Natuurlijk! Betaaldag. Hoe had ik dat kunnen vergeten?

'Wat ga je doen met je eerste maandsalaris?'

'Doen?' Mijn geest was vertroebeld.

'Een groot deel ga je natuurlijk sparen – het is belangrijk om een spaarpotje te hebben, maar het is net zo belangrijk om deze gelegenheid te vieren – misschien met een cadeau voor diegenen die je tot steun zijn geweest.'

'Wat een attent idee.' Had ik het maar zelf bedacht. 'Wie hebt ú bedankt?'

'Mijn moeder en mijn beste vriendin. Ik heb romans voor hen gekocht,' zei ze. 'Kom, laat miss Wedd niet langer wachten.'

Ik begaf me naar het bureau van de olijke boekhoudster. Er staken vandaag maar twee potloden uit haar knot. 'U had gelijk over die Griekse filosoof Heraclitus. Ik vond het geweldig dat hij zei: "Een mens kan niet twee keer in dezelfde rivier stappen..."'

'Het enige waar we op kunnen rekenen is verandering,' beaamde ze.

Ze telde mijn salaris uit. Elke frank vertegenwoordigde een overwinning wanneer ik een vraag kon beantwoorden, schaamte wanneer ik een antwoord niet wist, dagen waarop ik een vreemde taal moest spreken, nachten die ik lezend doorbracht om boeken te kunnen aanbevelen. Ik wist dat ik van mijn werk hield, maar het verbaasde me hoe zwaar het kon zijn.

Ik stak de biljetten in mijn zak. Dit was de echte reden waarom ik deze baan had gewild: geld stond gelijk aan stabiliteit. Ik weigerde uiteindelijk berooid en alleen achter te blijven zoals tante Caroline.

De volgende middag ging ik naar de bank en stortte ik mijn salaris, op een paar franken na, die ik hield om uit te geven. Daarna ging ik naar het treinstation om twee kaartjes naar Fontainebleu te kopen, voor Rémy, om hem te bedanken voor zijn onwrikbare steun. Nog meer dan van muziek en boeken hield hij ervan om door het bos te zwerven. Ik was van plan hem het cadeau tijdens het avondeten te geven, maar hij verdween al na een paar happen van tafel.

'Hij eet bijna niets meer,' mopperde Maman. 'Vindt hij mijn eten niet lekker?'

Papa nam haar mollige hand in de zijne. 'Het was een heerlijke maaltijd.'

'Jij eet de laatste tijd anders liever buiten de deur,' zei ze op scherpe toon.

'Toe, Hortense,' zei hij sussend.

'Waarom ga je niet even kijken hoe het met Rémy gaat,' zei Maman tegen mij.

Hij zat aan zijn bureau met zijn papieren uitgespreid voor zich. Ik gaf hem de kaartjes en verwachtte dat hij zou zeggen dat we zo snel mogelijk moesten gaan. Maar hij drukte alleen een afwezige kus op mijn wang. Hij was steeds vaker... weg. Zelfs wanneer hij bij ons was, was hij dat niet. Ik miste hem. Ook nu zei hij niets, maar hij ging ook niet verder met het schrijven van zijn verhandeling.

'Ben je vandaag naar college geweest?'

'Wat heeft het voor zin om rechten te studeren als niemand de wetten nog respecteert? Duitsland lijft Oostenrijk in... Japanse soldaten plunderen in China... De wereld is gek geworden, en het kan niemand ene moer schelen.'

In zekere zin had hij gelijk. Gekibbel tussen abonnees voelde voor mij werkelijker aan dan conflicten die ver van mijn bed plaatsvonden. Ik herinnerde me het laatste meningsverschil en pakte een vel papier dat ik in het midden bij elkaar kneep en bij mijn hals hield. 'Dit is Mr. Pryce-Jones, met zijn paisley-vlinderdasje.' Ik verplaatste het papier naar mijn mond. 'En dit is Monsieur de Nerciat, met zijn wollige walrussnor.'

Vlinderdasje: 'Herbewapening is wat we nodig hebben! We moeten ons voorbereiden op oorlog.'

Snor: 'Wat we nodig hebben is vrede, niet meer wapens.'

Vlinderdasje: 'Struisvogel! Haal je kop eens uit het zand.'

Snor: 'Beter een struisvogel dan een stommeling. In de Grote Oorlog...'

Vlinderdasje: 'Ik weet niet waarom je door blijft zeuren over de oorlog! Het enige wat hetzelfde is gebleven, is dat vreselijke kapsel van jou.'

Rémy lachte.

'Als je dít al grappig vindt, dan zou je eens een livevoorstelling in de bibliotheek moeten bijwonen.'

'Ik heb een krappe deadline voor dit artikel.'

'Toe nou,' probeerde ik hem over te halen. 'Je zult zien dat het mensen wél iets kan schelen.'

Donderdag was het voorleesuurtje, mijn favoriete gebeurtenis van de week. Ik vond het prachtig om te zien hoe de kleintjes zich onderdompelden in verhalen, net zoals ik dat vroeger met tante Caro deed. Onderweg erheen wierp ik een blik in de studiezaal, in de hoop Paul daar aan te treffen. Hij was er niet. *The Death of the Heart*, 823. Ik zei tegen mezelf dat hij niet elke dag naar de bibliotheek kon komen. Bij de herinnering aan onze kus bracht ik mijn vingers naar mijn lippen. Maar wellicht binnenkort?

Op de jeugdafdeling liep ik naar de haard, waar een aantal moeders zich had verzameld. De meesten stonden met elkaar te kletsen, maar één vrouw hield zich afzijdig.

'Hallo,' zei ze terwijl ze met haar parelketting speelde. 'Leuk je weer te zien.'

Het was de eenzame Engelse. Margot? Nee, Margaret.

'*The Priory* was prachtig,' vervolgde ze. 'Ik vond het zo mooi dat ik drie andere boeken van Mrs. Whipple heb geleend. Ik was nooit zo'n lezer, maar nu heb ik me vast voorgenomen om elke dag samen met mijn dochter te lezen.'

'Wie is je dochter?' vroeg ik.

Ze wees naar het blonde meisje dat naast Boris' dochtertje Hélène zat. De meisjes babbelden geanimeerd met elkaar terwijl ze wachtten tot Bitsi zou beginnen, wat nu elk moment kon gebeuren. Ik tuurde naar de klok boven de deur en zag tot mijn verbazing Rémy binnenkomen. Hij maakte een grote boog om de kinderen heen en liep op mij af.

'Wat fijn dat je er bent,' zei ik tegen hem.

'Hoe kon ik wegblijven na je solovoorstelling? Ik wilde wat tijd met je doorbrengen op je lievelingsplek. We hebben het allebei zo druk gehad...'

'Je bent hier nu, daar gaat het om.'

Bitsi, gezeten op een kruk, bladerde door de pagina's van een boek. Ze schraapte haar keel en het werd stil in de zaal. Twintig kleutertjes schoven dichter naar haar toe. Terwijl ze voorlas uit *Miss Maisy* werd Bitsi's toon dieper, en haar blik hypnotiseerde het publiek. Betoverd raakte een jongetje haar wijde rok aan, die tot over haar ballerina's viel.

Toen ik een blik op Rémy wierp, zag ik dat Bitsi er een fan bij had – hij hield zijn ogen strak op haar gezicht gericht. Toen ze klaar was begon hij te klappen; anderen volgden zijn voorbeeld.

'Dus dat is je "boekverwant",' zei hij. 'Is ze echt net zo belezen als jij?'

'Waarschijnlijk nog meer.'

'Ze heeft talent,' zei hij.

'Ze liet de personages tot leven komen.'

'Nee, ze wérd de personages.' Hij stevende op Bitsi af.

Ik volgde hem.

'*Vous êtes magnifique,*' zei hij.

'*Merci,*' fluisterde ze, met haar blik nu strak op de grond gericht.

Ik wilde hem aan Mr. Pryce-Jones en Monsieur de Nerciat voorstellen, dus trok ik aan zijn mouw. Hij merkte het niet.

'Je moet wel een droge keel hebben,' zei hij tegen Bitsi. 'Mag ik je uitnodigen voor een *citron pressé*?'

Het was de eerste keer dat ik hem interesse in een vrouw zag hebben. Minstens zes klasgenoten waren mijn vriendin geworden om hém te kunnen ontmoeten. Wanneer ik hem aan een meisje voorstelde, was hij altijd beleefd, maar hij ging nooit zelf een gesprek aan.

Ik hoopte dat Bitsi de uitnodiging zou aannemen. Het zou geen kwaad kunnen als ze een keer wat eerder wegging.

Bitsi legde haar hand op zijn elleboog. Hij knipperde met zijn ogen, een fractie trager dan normaal, een zwijgend merci, waarna hij haar naar buiten begeleidde. Ik probeerde mezelf wijs te maken dat het heel natuurlijk was dat Rémy zich tot haar aangetrokken voelde. Het was niet hun bedoeling om mij daar alleen achter te laten.

Boris tikte op mijn rug. 'Het goede nieuws,' zei hij, 'is dat we boeken doneren.'

'Wat is het slechte nieuws?'

'Het zijn er meer dan driehonderd, en jij mag ze sorteren.'

Hij overhandigde me een lijst, en toen ik de titels las, keerde ik terug uit het rijk van zelfmedelijden. Oké, Rémy's bezoek was dus niet zo verlopen als ik had verwacht. Volgende keer beter.

'Toen ik hoorde dat de bibliotheek duizenden boeken naar universiteiten stuurde, vond ik dat bewonderenswaardig. Maar dat was natuurlijk voordat ik degene was die ze moest inpakken!' grapte ik.

Boris lachte. 'Jij liever dan ik.'

De achterkamer puilde uit van de lege kratten en stapels boeken. 'Goede reis,' zei ik tegen een boek met een harde kaft terwijl ik het in het krat voor het American College of Tehran in Perzië legde; een ander boek ging naar het Seaman's Institute in Italië; boek drie, vier en vijf gingen samen op reis naar Turkije. Ik had het gevoel alsof ik al uren bezig was, maar toen ik op de klok keek waren er nog maar tien minuten verstreken. Het zou een eindeloze, eenzame middag worden.

Er werd op de deur geklopt. 'Ik vroeg aan de meneer bij de receptie waar je was gebleven, en hij stuurde me hierheen,' zei Margaret.

'Ik kan wel wat gezelschap gebruiken. Zou je me een handje willen helpen?' zei ik, maar toen zag ik haar roze zijden jurk. Die zou onder het stof komen te zitten als ze hier bleef, en bovendien werkten vrouwen in dure couture niet.

'Waarom niet? Ik heb niets beters te doen.'

Ik bood aan haar dochtertje op te halen, maar ze zei dat Christina zich prima leek te vermaken met Hélène en haar vader. Ik liet Margaret zien hoe ze de bestemming voor elk boek kon vinden. Ze baande zich gracieus een weg tussen de stapels door en pakte de boeken zorgvuldig in. '*Bon voyage*,' fluisterde ze tegen elk exemplaar.

Ik staarde naar haar.

'Je denk vast dat ik gek ben omdat ik tegen boeken praat,' zei ze.

'Helemaal niet.'

'"Bon voyage", die twee woorden zijn het enige Frans dat ik me van school herinner. Mijn moeder had gelijk: ik had beter mijn best moeten doen.'

'Het is nog niet te laat! Ik zal je een paar termen leren. *Bon vent* betekent "goede wind". Dat zeggen we om iemand veel geluk of een voorspoedige reis te wensen. We zeggen *bon courage* om iemand moed in te spreken.'

'*Bon courage!*' zei ze tegen een scheikundehandleiding.

'*Bon vent!*' zei ik tegen een wiskundeboek voor beginners.

We giechelden terwijl we afscheid van de boeken namen.

'Wat heeft jou naar Parijs gebracht?'

'Mijn man is attaché aan de Britse ambassade.'

'Geen slecht kringetje om je in te bevinden.'

'Nou, het is anders een behoorlijk krengerig kringetje.' Ze kromp ineen. 'O, vertel alsjeblieft tegen niemand dat ik dat heb gezegd. Je snapt wel waarom ík de diplomaat niet ben.'

Plotseling verlegen boog Margaret zich weer over de boeken.

'Je bezoekt vast chique gelegenheden,' zei ik, in de hoop dat ze me over de feesten zou vertellen.

'Gisteren dronken we thee in de residentie van de Nederlandse ambassade, maar ik vind dit veel leuker.'

'Hoe is dat mogelijk? Je ontmoet vast mensen uit de hele wereld.'

'Die zijn in mijn man geïnteresseerd, niet in mij.' Ineens liepen er tranen over haar met rouge aangezette wangen. 'Ik mis mijn moeder, ik mis theedrinken met mijn vriendinnen.'

Ik wist niet hoe ik moest reageren. Miss Reeder zei dat buitenlanders in Parijs vaak heimwee hadden, en dat wij als medewerkers hun gevoel van eenzaamheid konden verlichten.

'Sorry, dit was niet de bedoeling.' Margaret droogde haar tranen. 'Mijn moeder noemt me "de theepot met de lekke tuit".'

'Het zal niet lang duren voordat ze je *la Parisienne* noemt.' Ik deed de deksel op het laatste krat. 'Je hebt me heel erg geholpen.'

'Echt waar?'

'Je zou hier vrijwilligster moeten worden.'

'Ik heb helemaal geen opleiding gehad. Wat als ik een fout maak?'

'Het is een bibliotheek, geen operatiekamer! Er gaat niemand dood als je een boek op de verkeerde plek neerzet.'

'Ik weet niet...'

'Je zult nieuwe vrienden maken, en ik kan je Frans leren.'

Ik liep met Margaret mee naar de binnenplaats, waar haar dochtertje met Hélène aan het spelen was. Een schaduwachtige schemering viel over de stad en kroop over de muur, over het grasveld en de klimop in de plantenpot in de richting van de bibliotheek. De duisternis kon maar tot op zekere hoogte doordringen – de lampen in de leeszaal schenen fel. Door het raam zagen Margaret en ik Madame Simon heimelijk om zich heen kijken, waarna ze een poedel uit haar tas haalde. Ze zette hem op haar schoot en professor Cohen en zij wreven over het buikje van het dier. Verdiept in hun eigen geluk merkten ze Boris en zijn vrouw Anna niet op die in het hoekje zaten, met hun donkere hoofden naar elkaar toe gebogen. De twee raakten elkaar geen moment aan, maar ze straalden een tedere liefde uit. Met een knokige vinger bij haar mond maande de strenge Mrs. Turnbull een paar studenten tot zwijgen. Die arme Peter-de-terugzetter dook weg tussen de boekenkasten om de matrone te ontwijken die hem achtervolgde als een prooi. Onze boekhoudster, die hem observeerde, sloeg haar hand voor haar mond om haar lach te dempen.

Er lag verlangen in Margarets blik terwijl ze naar de taferelen keek die zich binnen afspeelden. Iets vertelde me dat ze de bibliotheek nodig had. Iets vertelde me dat de bibliotheek háár nodig had. Boven stoffige boeken had ons gesprek gestroomd als de Seine. Ik hoopte vurig dat Margaret onze gelederen zou komen versterken.

9

Odile

PARIJS, JUNI-JULI 1939

Het was examenweek en alle tafels waren bezet, op één plekje na. Monsieur Grosjean, met zijn oranje oorwarmers, ging pontificaal in het midden van de leeszaal staan. Boris en ik keken toe en bereidden ons voor op wat er zou gebeuren. 'Wat gaat de onvoorspelbare vriend doen?' vroeg hij aan mij.

'Noem mij Ismaël,' begon Monsieur hardop te lezen. 'Wat jaren geleden – het doet er niet toe hoelang precies – toen ik weinig of geen geld op zak had en er aan wal eigenlijk niets was wat me interesseerde, vond ik dat ik maar eens wat moest gaan varen en het waterige deel van de wereld bezien...' Toen Boris naar de lege stoel wees en hem verzocht stilletjes voor zichzelf te gaan lezen, antwoordde Monsieur: 'Ik verdom het om bij die geparfumeerde Joden te gaan zitten.'

Miss Reeder liep op hem af, met op elkaar geknepen lippen en een frons op haar gezicht. Het was de eerste keer dat ik haar boos zag. Monsieur zette een stap naar achteren. 'Ik ben zo bij u,' zei ze afgemeten. De directrice riep de jonge vrouwen – studentes aan de Sorbonne – bij zich en bood haar verontschuldigingen aan. Ze beloofde hun dat ze in alle rust zouden kunnen studeren. Daarna berispte ze Monsieur Grosjean met de woorden: 'Er is in deze bibliotheek geen plaats voor dergelijke praat.'

'Ik zeg alleen wat anderen denken,' mompelde hij.

'Denk dan zelf nog maar een keer goed na,' zei ze.

'Vertel me niet wat ik moet doen!' Monsieur zwaaide wild met zijn hand en raakte haar bijna.

Boris greep Monsieur Grosjean bij de arm en begeleidde hem naar de deur. In zijn gebreide spencer met stropdas speelde Boris de rol van uitsmijter verbluffend goed.

'Ik wilde dat stukje over "dat het in mijn ziel mistig en miezerig is als in november" nog uitlezen.'

'Welke ziel?' zei Boris.

'Laat me los...'

'U bent geen slachtoffer,' zei Boris terwijl hij Monsieur naar buiten duwde. 'U bent een onuitstaanbare man die al te veel mensen heeft beledigd. Nog één woord en ik zorg er persoonlijk voor dat u hier nooit meer een voet over de drempel zet.'

Miss Reeder suste de onrust onder de abonnees over het opstootje; ik besloot te gaan kijken hoe het met Boris ging. Ik trof hem aan op de binnenplaats, vlak bij de donkerrode rozen waar de conciërge altijd tegen praatte alsof het haar kinderen waren. Boris leunde tegen de muur, met een Gitane tussen zijn vingers geklemd.

'*Ça va?*'

Hij gaf geen antwoord; ik leunde naast hem tegen de muur en we keken naar de rook die de lucht in kringelde.

'Na de Revolutie was ik genoodzaakt mijn land vaarwel te zeggen,' zei hij. 'Het was pijnlijk om te vertrekken, maar mijn broer en ik geloofden dat we hier een betere en intelligentere plek zouden vinden. Is Frankrijk niet het land van de Verlichting? In Rusland werden veel mensen in pogroms vermoord. Onze buurman werd gedood, alleen maar omdat hij een Jood was. Dus toen ik die man zo hoorde praten...'

'Het spijt me.'

'Haat is blijkbaar overal.' Hij nam een haal van zijn sigaret; toen hij de rook uitblies klonk het als een zucht. 'Zelfs in onze bibliotheek.'

Papa had gelijk gehad toen hij zei dat werken met de burgerij demoraliserend kon zijn. In de bus terug naar huis stortte ik me op de pagina's van mijn trouwe vriend, 813, *Their Eyes Were Watching God*, en ik draaide me naar het raam toe om het schemerlicht op te vangen. *Ze wist dingen die niemand haar ooit had verteld. Zoals de woorden van de bomen en de wind. Ze sprak vaak tegen vallende zaadjes en zei: 'Ik hoop dat je op zachte grond valt', want dat had ze zaadjes tijdens het vallen tegen elkaar horen zeggen. Ze wist dat de wereld een hengst was die in het blauwe heideveld rolde. Ze wist dat God de oude wereld elke avond afbrak en een nieuwe bouwde wanneer de zon opkwam. Het was prachtig om hem vorm te zien krijgen met de zon en te zien oprijzen uit het grijze stof van zijn schepping. De vertrouwde dingen en mensen hadden niet aan haar verwachtingen voldaan, dus hing ze over het hek en keek naar de weg die in de verte verdween.* Toen de bus met piepende remmen voor een rood stoplicht stopte, schrok ik op uit mijn boek.

Waar waren we? Ik zocht naar iets bekends in de omgeving en kreeg het imposante, dreigende commissariaat van mijn vader in het oog. Ik was ver van huis, maar misschien kon ik met Papa mee terugrijden als hij nog aan het werk was. Ik speurde de straat af naar zijn auto; in plaats daarvan zag ik hém, met zijn gleufhoed laag op zijn voorhoofd en een onbekende vrouw aan zijn arm. Misschien troostte hij het slachtoffer van een misdrijf, een winkelier die was beroofd. Ik keek naar de naam van het gebouw achter hen: Normandy Hotel. Dan moest ze een receptioniste of kamermeisje zijn. Papa lachte om iets wat ze zei en kuste haar, niet op beide wangen, maar vol op de mond.

Hoe kon hij dat Maman aandoen? Die sloerie was niet eens

knap, met d'r sprietige haar en d'r bolle wangen. Het licht sprong genadig op groen en de bus hobbelde verder over de keien, weg van daar.

Met een misselijk gevoel stapte ik bij de volgende halte uit. Tijdens de wandeling naar huis probeerde ik wijs te worden uit wat ik had gezien. Hoelang was dit al aan de gang? Wat had Maman gedaan om dit te verdienen? Wat had ze níét gedaan? Ik bladerde door de pagina's van mijn geheugen. Op een avond had Maman tijdens het eten gezegd dat Papa graag 'buiten de deur at'. Had ze op een affaire gezinspeeld?

In de hal liet ik mijn boekentas vallen en schreeuwde Rémy's naam. Hij was *Of Mice and Men* aan het lezen. 'Steinbeck kan wachten,' zei ik. We gingen naar onze geheime plek, weg van onze ouders, weg van de wereld, onder mijn bed, waar het licht nauwelijks doordrong. Ik schoof achter Rémy aan over het parket. Het voelde goed om weer terug te glippen naar onze jeugd, naar de laatste plek waar iemand ons zou zoeken.

'Papa. Met een vrouw. Niet Maman,' wist ik amechtig uit te brengen.

'Waarom ben je daar zo verbaasd over?'

Zijn nonchalance deed net zoveel pijn als het zien van Papa met die sloerie. 'Wist jij het? Waarom heb je niets gezegd?'

'We hoeven elkaar niet alles te vertellen.'

Sinds wanneer?

'Belangrijke mannen hebben minnaressen,' vervolgde hij. 'Het is een statussymbool, zoals een gouden horloge.'

Geloofde Rémy dat écht? En Paul ook? Papa's affaire voelde aan als verraad, niet alleen tegenover Maman, maar tegenover ons gezin. Hoe was het mogelijk dat Rémy dat niet inzag? Ik keek naar hem, maar ik kon de uitdrukking op zijn gezicht niet onderscheiden. Ik wist niet wat hij dacht. Ik wist niet wat ík moest denken. Mijn vingers klauwden in de springveren van de matras.

'Bitsi zei dat beseffen dat ouders hun eigen leven en verlangens hebben deel uitmaakt van volwassen worden,' besloot hij.

Bitsi zei.

Ik herinnerde me die andere keer dat Rémy en ik het niet met elkaar eens waren geweest. De zomer waarin we negen werden bleef hij in bed vanwege een longaandoening; Maman bedekte zijn bleke borst met mosterdpleisters om de benauwdheid te verlichten. Ik bleef bij hem, om hem voor te lezen of naar hem te kijken terwijl hij doezelde – elke dag, behalve zondag, wanneer Maman en ik met oom Lionel en tante Caro naar de mis gingen. Ik mocht oom Lionel graag omdat hij vaak zei dat hij wenste dat hij een dochter had zoals ik. Daar werd tante Caro altijd emotioneel van, en dan verzekerde Maman haar dat ze snel zouden worden gezegend met een kindje. Maar Maman – die zei dat ze altijd gelijk had – zou erachter komen dat ze deze keer maar half gelijk had.

Toen mijn oom niet meer meeging naar de mis, verklaarde tante Caro dat op zo'n luchtige toon – hij had griep of hij moest klanten naar Calais brengen – dat niemand besefte dat er iets mis was. De laatste keer dat we de kerk verlieten zei mijn moeder zelfs: 'Ik vind het fijn zo, vrouwen onder elkaar.'

Ik rende vooruit, met mijn gedachten al bij het dessert.

'Ik ben blij dat je er zo over denkt,' zei tante Caro. 'Want ik heb een nieuwtje.'

De giftige ondertoon in haar stem maakte dat ik bleef stilstaan. Ik keek niet om. Ik wilde er niet door Maman van worden beschuldigd dat ik voor luistervink speelde.

'Lionel was de laatste tijd erg afstandelijk.'

'Afstandelijk?'

'Ik had het gevoel dat er een ander was. Toen ik ernaar vroeg, gaf hij toe dat hij een minnares had.'

'Zo gaat dat in de wereld,' zei Maman. 'Het verbaast me dat hij je de waarheid heeft verteld.'

Ze klonk zo verbitterd dat ik me omdraaide. Ze schonken geen van beiden aandacht aan mij.

'Hij moest wel.' Tranen welden op in tante Caro's ogen. 'Hij heeft haar zwanger gemaakt. Ik heb een scheiding aangevraagd.'

'Een scheiding.' Maman werd bleek. 'Wat moeten we de mensen vertellen?'

Mijn moeders gedachten schoten altijd onmiddellijk naar: *Wat zullen de mensen denken?* Ze wierp een nerveuze blik op monseigneur Clement, die op de trap van de kerk stond.

'Is dat alles wat je te zeggen hebt?' zei tante Caro.

'Dan kun je de mis niet meer bijwonen.'

'Dat is dan jammer, maar ik kan de Schrift in mijn eentje lezen. Laten we gaan.'

Maman verzette geen stap. 'Je moet naar huis toe om je zaken daar te regelen.'

'Ik hoopte eigenlijk bij jou te kunnen logeren.'

'Je moet naar je eigen appartement toe.'

'Dat kan niet. Lionel heeft haar in ons huis ondergebracht.'

'Dat is míjn probleem niet.'

Het was schokkend om te zien hoe Maman, die zo'n hekel aan confrontaties had, vóór de kerk, voor God en iedereen, ruzie stond te maken. Hoe kon ze zo wreed zijn tegen haar eigen vlees en bloed?

'Alsjeblieft,' zei tante Caro. 'Ik kan het niet verdragen om alleen te zijn.'

Mamans blik schoot naar mij. Ik verwachtte dat ze haar zus zou omhelzen, zoals ze dat bij mij deed wanneer ik viel en mijn knie schaafde, maar Maman zei alleen maar: 'Ik wil niet dat de kinderen worden beïnvloed.'

Een gescheiden vrouw was nog erger dan een gevallen vrouw. Mijn moeder geloofde wat de kerk wilde dat ze geloofde, maar ze zou toch zeker wel een uitzondering maken voor haar eigen zus?

'Ik kan nergens heen,' zei tante Caro. 'Ik heb geen geld.'

'Maman, alstublieft,' zei ik. Maar haar gezicht verhardde alleen maar.

'Scheiden is een zonde.'

'We kunnen vergiffenis voor een zonde vragen tijdens de biecht,' antwoordde ik.

Wanneer Maman niet met logica kon winnen, gebruikte ze kracht. Ze greep me bij mijn arm en sleurde me de straat door naar huis. Ik keek om naar tante Caroline, die ons nakeek, met een bevende hand tegen haar borst gedrukt.

Thuis aangekomen ging ik regelrecht naar Rémy's kamer, maar toen ik de deurknop omdraaide versperde Maman me de weg. 'Maak je broer niet van streek.'

De daaropvolgende dagen vroeg ik af en toe naar tante Caro, ervan overtuigd dat Maman zou zwichten. Ze zei: 'Als je haar naam nog één keer noemt, dan stuur ik je weg.' Ik geloofde haar.

Twee weken lang vermande ik me en zweeg ik, of werd ik overmand door mijn zwijgen. Ik ging naast Rémy op het bed zitten, niet in staat nog langer iets voor hem geheim te houden. Zijn gezicht was asgrauw, en ik wist dat hij uitgeput was door de hardnekkige hoestbuien die zijn lichaam teisterden. 'Je ruikt naar het gebraden vlees op zondag met die mosterdpleisters,' zei ik plagend.

'Heel grappig.'

'Sorry.' Ik stak mijn hand uit naar zijn haar. Als hij toeliet dat ik het in de war maakte, dan vergaf hij me mijn grapje. Deed hij dat niet, dan was hij nog boos.

Hij liet het toe.

'Voel je je al wat beter?'

'Niet echt.'

'O.' Ik durfde het niet te vertellen – Maman had gewaarschuwd dat ik hem niet van streek mocht maken. Mijn ouders en ik leefden in angst voor een terugval. We fluisterden wanneer we dachten dat Rémy sliep, we slopen op onze tenen langs zijn kamer.

Wat is er? voelde ik hem vragen.

Niets, antwoordde ik.

Vertel, drong hij aan.

Soms communiceerden we op die manier.

Hij luisterde terwijl mijn pijn naar buiten vloeide: ik had geloofd dat mijn moeders liefde onvoorwaardelijk stroomde, maar ze had de afvoer dichtgedraaid als een kraan. En wat moest er van onze tante worden?

'Maman heeft me verteld dat tante Caro terug wilde verhuizen naar Mâcon,' zei hij langzaam.

Mijn hoofd ging met een ruk naar achteren. Wílde?

'Waarom heeft tante Caro dan geen afscheid genomen?' wierp ik tegen. 'Waarom heeft ze niet geschreven?'

Daar had mijn spraakzame broer voor de verandering geen antwoord op.

'Jij gelooft wat je wilt geloven liever dan de waarheid,' zei ik beschuldigend.

'Je moet het verkeerd hebben begrepen. Maman zou nooit zo wreed kunnen zijn.'

Zijn weigering me te geloven was net zo pijnlijk als het feit dat mijn moeder haar zus verloochende.

'Jij was er niet bij,' zei ik. 'Omdat je zogenaamd ziek was, zoals gewoonlijk.'

Zijn gezicht liep rood aan. Hij ging rechtop zitten en deed zijn mond open. Ik zette me schrap en bereidde me voor op de tegenaanval. In plaats daarvan kokhalsde hij, en nog een keer, waarna hij zo hard moest hoesten dat hij zwart bloed opgaf. Hulpeloos gaf ik hem mijn zakdoek en streelde zijn rug; alle gedachten aan winnen waren in één klap verdwenen.

Twee maanden later woonde Rémy de mis weer bij. Net als Maman knielde hij liefdevol voor het kruis, in de overtuiging dat zijn geloof hem erdoorheen had gesleept. Ik liet hem geloven wat hij wilde geloven. Ik had geleerd dat liefde niet geduldig was, en niet barmhartig. Liefde was voorwaardelijk. De mensen die het dichtst bij je stonden konden je de rug toekeren, afscheid nemen om iets wat totaal onbelangrijk leek. Je kon alleen op jezelf vertrouwen.

Mijn passie voor lezen groeide – boeken pleegden geen verraad. Terwijl Rémy zijn zakgeld verspilde aan snoep, spaarde ik het mijne op. Hij was de clown van de klas, ik de studiebol. Wanneer zijn vrienden me mee uit vroegen, zei ik nee. Liefde was uit den boze. Ik zou een vak leren, een baan krijgen en geld sparen, zodat ik, wanneer het onvermijdelijke gebeurde, me kon redden.

Vermoeid na een rusteloze nacht probeerde ik de abonnees zo goed mogelijk te helpen. Het was lastig om mijn gedachten erbij te houden. Papa had een minnares, Rémy bracht elk moment van de dag met Bitsi door, en Paul was niet teruggekomen om me op te zoeken. Ik bleef bij de uitleenbalie staan in de hoop dat Boris een boek voor me zou hebben.

'Je lijkt vandaag nogal zwaarmoedig.' Hij overhandigde me 891.73. 'Ga naar het Hiernamaals. Daar heb je van niemand last.'

Met Tsjechov tegen mijn borst gedrukt sloop ik de trap op, langs de studenten op de eerste verdieping die niet doorhadden dat het lente was, naar de rustige tweede verdieping waar de boeken stonden die zelden werden uitgeleend: het Hiernamaals.

Terwijl ik tussen de boeken door zweefde, vervulde de stilte me van vrede. Verscholen tussen de boekenkasten las ik: *Hij had twee levens: het ene, openbaar, gezien en gekend door iedereen die het interesseerde... en een tweede leven dat zich in het geheim voltrok...* We zouden onze geliefden nooit kennen, en zij zouden óns nooit kennen. Het was hartverscheurend, het was waar. Toch bood het me troost: door de verhalen van andere mensen te lezen, wist ik dat ik niet alleen was.

'Daar ben je!' zei Margaret. Haar gezicht – dat normaal gesproken onberispelijk gepoederd was – glom van de inspanning van het tillen van dikke boekwerken, en van voldoening. De onzekere jonge vrouw die ik die eerste keer had ontmoet was veranderd in een zelfverzekerde jongedame die wist wat ze deed.

'Wat moest je vandaag doen?'

'De encyclopedieën verplaatsen.' Ze wreef over haar bovenarmen en voegde eraan toe: 'Je moet sterk zijn om hier te werken.'

'Het is heel aardig dat je er zoveel tijd aan besteedt.'

'Geven is makkelijk wanneer je ergens in gelooft, en ik geloof in de bibliotheek.'

Ik vroeg me af of ik Paul mijn hart moest geven. 'Maar stel dat je er niets voor terugkrijgt?'

'Ik weet niet of je iets terug zou mogen verwachten wanneer je iets geeft.' Ze keek me vragend aan. 'Wat doe je in je eentje hierboven?'

'Inventariseren.'

'Je lijkt zo droefgeestig.'

'Het gaat prima met me.'

'Ja, dat zie ik,' zei ze luchtig. 'Het is benauwd hier. Je hebt wat frisse lucht nodig.'

Buiten, met *The Lady with the Dog and Other Stories* onder mijn arm geklemd, troonde ik Margaret mee door een aantal zijstraatjes.

'Waar gaan we heen?' vroeg ze.

Ik fronste. Zat Pauls bureau aan de Rue Washington?

Ik had liefde zien mislukken. Nu wilde ik liefde zien slagen. Ik moest weten of hij zich net zo voelde als ik: hoopvol, terughoudend. Ik had een baan en werd steeds onafhankelijker. Misschien kon ik een kansje wagen.

'Is er iets?'

'Ik...' Ik wist niet hoe ik moest zeggen wat ik allemaal voelde, en zo'n vrouw van de wereld als zij was trouwens vast niet geïnteresseerd in mijn problemen.

'Heb je zin om op *quatorze juillet* mee te gaan naar het feestje op de ambassade?'

Ik draaide me naar haar toe. 'Meen je dat?'

'Natuurlijk! Ik wil je opvrolijken. Kom naar mijn flat toe, dan kunnen we ons samen optutten. Je mag wel een van mijn jurken lenen. Eh... ik bedoel niet dat je zelf geen jurken hebt.'

Ik hoorde nauwelijks wat ze zei. Daar was het bureau. Hoera! Ik bleef abrupt stilstaan. Margaret keek argwanend naar de tralies voor de ramen. Toen er een vijftal knappe politieagenten naar buiten stapte, verscheen er een begrijpende blik op haar gezicht. 'Hoop je misschien een bekende tegen het lijf te lopen? Ik hoop wel dat hij politieagent is en geen inbreker.'

'Nee hoor, hij is politieagent.'

'Ga hem begroeten.'

'Dat zou Papa nooit goedvinden. Hij zegt dat politiebureaus vol zitten met boeven.'

'Is je vader hier?'

'Nee.'

'Dan zie ik niet in waarom je niet naar binnen kunt gaan.' Ze opende de houten deur en duwde me naar binnen. Het vage licht drong nauwelijks door de walm van sigarettenrook heen. Op het bankje naast me loerde een man in een besmeurd onderhemd naar me. Ik klemde *The Lady* tegen mijn borst. Hij schoof wat dichterbij; ik deed een stap opzij. Misschien had Paul de functie die mijn vader hem had aangeboden aangenomen en werkte hij hier niet meer. Misschien had hij hier helemaal nooit gewerkt. Ik was een idioot. Ik had niet moeten komen. Onderweg naar de uitgang voelde ik een hand op mijn elleboog. Ik trok mijn arm weg, klaar om de zwerver een mep met Tsjechov te geven; in plaats daarvan keek ik in twee bezorgde blauwe ogen.

'Toen ik ervan droomde om je terug te zien, was het niet hier,' zei Paul.

Ik liet het boek zakken. 'Wilde je me terugzien?'

'Natuurlijk. Maar nadat ik je in zo'n beschamende positie had gebracht ten overstaan van je bazin...'

'Dat heb je niet gedaan. En hoe dan ook, we hebben je gemist... in de bibliotheek.'

'Ik heb... de bibliotheek ook gemist,' zei hij.

Ik wachtte tot hij verder nog iets zou zeggen, maar toen hij dat niet deed, zei ik: 'Ik moet gaan. Er wacht buiten een vriendin...'

'Mijn dienst is net voorbij; mag ik jullie beiden op een etentje trakteren?'

In de bistro leidde de ober, in zijn keurige zwarte blazer met vlinderdasje, ons naar een rustig tafeltje achter in het vertrek, uit de buurt van de agenten die over hun bierglazen heen naar ons staarden. Hoewel ze me geen van allen bekend voorkwamen, vroeg ik me af of een van hen wel eens op zondag bij ons had geluncht.

Uit de keuken kwam de verrukkelijke geur van gekaramelliseerde appels aanzweven.

'Wat is dat voor heerlijke geur?' vroeg Margaret.

'Tarte tatin,' antwoordde ik. 'Mijn op twee na favoriete dessert, na profiteroles en Mamans chocolademousse.'

'En mijn op drie na favoriete,' zei Paul.

'Ik heb het nog nooit gegeten,' zei Margaret, 'maar ik weet nu al dat het mijn nieuwe favoriet wordt.'

Plotseling verlegen veegde ik de broodkruimels van het geruite tafelkleed. 'Praat met hem,' zei ze geluidloos tegen me. De stilte werd luider terwijl ik probeerde te bedenken wat ik moest zeggen. Misschien kon ik iets over zijn baan vragen. Ik dacht aan Papa, die chagrijnig uit zijn werk kwam, klagend over de onverlaten met wie hij te maken had gehad. Rémy en ik wisten nooit zeker of hij criminelen of collega's bedoelde.

'Waarom heb je er in vredesnaam voor gekozen om politieagent te worden?' flapte ik eruit.

'Ze bedoelt dat het zo'n gevaarlijk beroep is,' zei Margaret. 'Ze vertelde pas nog hoezeer ze onze mannen in het blauw bewondert.'

'Het is iets wat ik altijd heb willen doen,' zei hij. 'Mensen helpen en ervoor zorgen dat ze veilig zijn.'

'Dat moet heel bevredigend zijn!' zei ze.

'Waarom wil iemand in vredesnaam bibliothecaresse zijn?' vroeg hij met een *étincelle*, een vonkje, in zijn ogen.

'Soms hou ik meer van boeken dan van mensen.'

'Boeken liegen en stelen niet,' zei hij. 'We kunnen op ze vertrouwen.'

Ik was verbaasd, en voelde me aangemoedigd bij het horen van die echo van mijn eigen gevoel.

'Wat voor soort lezer ben jij?' vroeg ik.

'Vraag je dat voor jezelf of voor de nieuwsbrief van de bibliotheek?'

Ik voelde mijn wangen rood worden van trots. 'Lees je mijn nieuwsbrief?'

'Ik vond miss Wedds antwoord geweldig, en ik heb die ouwe Heraclitus opgezocht.'

'Een mens stapt nooit twee keer in dezelfde rivier,' zeiden hij en ik in koor.

'Ik vraag het voor mezelf,' zei ik verlegen.

'Ik hou voornamelijk van leerboeken. Aardrijkskunde vooral. Ik vond het leuk om de Engelse grammatica opnieuw te bestuderen, iets met regels. Iets waar ik naar kan wijzen en waarvan ik kan zeggen: Ja, precies, dát. Ik denk dat het komt doordat ik het belangrijk vind dat dingen waar zijn.'

Ik stond op het punt tegen te werpen dat romans meer waarheid konden bevatten dan het leven, maar hij vervolgde: 'Waarschijnlijk omdat ik te maken heb met boeven die regels aan hun laars lappen. Het kan criminelen niets schelen wie ze pijn doen. Ze vertellen mooie verhalen, en je wilt geloven dat ze een reden hadden om te doen wat ze deden. Het is niet leuk om er vervolgens achter te komen dat iemand die je vertrouwde recht in je gezicht heeft staan liegen.'

'Dat is pijnlijk,' zei ik, met mijn gedachten bij Papa en zijn sloerie.

De ober schraapte zijn keel. Ik was vergeten dat we in een druk restaurant zaten en dat die lieve Margaret naast me zat. Nadat *le serveur* onze bestelling had opgenomen, zei Paul in gebrekkig

Engels tegen haar: 'Ik weet niet of ik zo ver van huis zou kunnen wonen. Ik heb bewondering voor je.'

'Dat is aardig van je,' zei ze. 'Ik had ontzettende last van heimwee, maar toen ontmoette ik Odile.'

'Margaret is zeer behulpzaam geweest in de bibliotheek.'

Blozend vroeg ze: 'Heb je nog vakantieplannen?'

'In de zomer help ik mijn tante altijd op de boerderij,' zei hij.

'In de buurt van Parijs?' vroeg Margaret.

'In Bretagne.'

'Ga je weg?' zei ik teleurgesteld. De ober bracht onze *steak frites*, maar ik had geen honger meer en prikte wat in mijn frietjes.

Na het eten bedankte Margaret Paul, waarna ze in een taxi stapte. Onder de zachte gloed van de straatlantaarns liep hij met mij mee naar huis. Ik wist niet of ik me moest haasten, zoals ik gewoonlijk deed, of dat ik me aan zijn tempo moest aanpassen. Ik wist niet of ik mijn hand in mijn zak moest steken of hem losjes langs mijn zij moest laten hangen zodat hij hem kon vastpakken als hij dat zou willen. Toen we de trap op liepen, vroeg ik me af of hij zich naar me toe zou buigen tot zijn lippen de mijne raakten, tot ik hem kon inademen als lucht. Op het bordes kwam hij niet dichterbij. Ik verborg mijn teleurstelling door mijn hoofd te buigen om naar de sleutel te zoeken, die ergens op de bodem van mijn tasje lag.

Toen ik hem in het slot probeerde te steken, raakte Paul mijn pols aan. Ik verstijfde.

'Ik was van plan je mee uit te vragen,' zei hij.

'Echt waar?'

'En toen bood je vader me een baan aan.'

Ik liet de sleutel vallen.

Paul deed aardig tegen me vanwege Papa. Wat had ik mezelf voor schut gezet door naar hem op zoek te gaan op het bureau. Ik voelde me misselijk. Ik moest over de drempel stappen en de deur tussen ons dichtdoen. Ik bukte, mijn vingers grabbelden naar de sleutel, maar Paul was sneller. Hij pakte de sleutel in één hand en mijn elleboog in de andere.

'Ik ben geschikt bevonden,' zei hij terwijl hij me overeind trok, 'en heel eerlijk gezegd heb ik de loonsverhoging nodig om een fatsoenlijke plek te vinden om te wonen.'

Ik staarde naar het blauwe knoopje van zijn overhemd. 'Gefeliciteerd. Wanneer begin je?'

'Ik heb zijn aanbod afgeslagen.'

'Echt waar?'

'Ik wil dat je nooit aan mijn gevoelens twijfelt.'

Mijn hart kwam tot bloei. Hij bedekte mijn mond met de zijne. In eerste instantie tuitte ik mijn lippen, als een filmsterretje, maar toen opende ik mijn mond en streelde zijn tong de mijne. Toen Paul zijn hoofd hief, staarde ik hem vol verwondering aan; ik had het gevoel alsof ik tijdens die lome kus in één klap in *Wuthering Heights* terecht was gekomen.

Toen ik op *quatorze juillet* bij Margarets flat arriveerde, leidde een butler me naar de zitkamer, waar portretten van hooghartige mannen op me neerkeken. Ik liep bij ze vandaan naar de vleugel die in de hoek geparkeerd stond. Hij was net zo groot als Papa's auto. Mijn nerveuze vingers sloegen een paar toetsen aan. Niemand die ik kende had een butler, of een vleugel – dingen uit romans, niet uit het echte leven. Door het raam zag ik de kapel met de gouden koepel waar Napoleon was begraven. Ze hadden hier behoorlijk hooggeplaatste buren, kon je wel zeggen. Thuis deden we de ramen zelden open vanwege het kolengruis dat vanaf het treinstation onze kant op waaide. Door het lage plafond voelde onze flat op goede dagen knus aan, en op slechte dagen ontzettend bedompt. Vanuit mijn slaapkamerraam keek ik uit op het gebouw tegenover het onze – op drie meter afstand – waar slappe korsetten hingen te drogen aan een waslijn boven Madame Feldmans wastobbe. Zonlicht en prachtige uitzichten waren een luxe.

Margaret was niet bepaald de grijze muis die ik had verwacht.

'Hebben we je laten wachten? Christina wilde niet uit haar badje komen,' zei Margaret, met haar dochter in haar armen. Het kleine meisje verborg haar gezicht in de kraag van Margarets blouse, en het enige wat ik zag waren haar vochtige pijpenkrullen.

'We kennen elkaar van het voorleesuurtje van vorige week,' hielp ik Christina herinneren. 'Dat vind ik het fijnste uur van de week.'

Haar hoofd kwam tevoorschijn. 'Ik ook.'

Er kwam een kindermeisje voor Christina, en ik volgde Margaret door haar kobaltblauwe slaapkamer naar de kleedkamer, die net zo groot was als miss Reeders kantoor. Eén muur hing vol couturejurken voor dagelijks gebruik, een andere vol avondjaponnen die stuk voor stuk meer waard waren dan een jaarsalaris. Ik kon nauwelijks geloven dat één vrouw zoveel had, en ik kon het niet laten om er met open mond naar te staren. Die kleuren! Karamel, toffee, pepermunt, drop! Ik kon niet ophouden met de jurken aanraken.

'Wil je er eentje passen?'

'Nou en of!'

Ik kon niet kiezen, dus overhandigde Margaret me de zwarte japon. Ik hield hem voor mijn bovenlichaam en walste door de kleedkamer. 'Kom op,' zei ik. 'Waar wacht je op?'

Ze trok de groene jurk van het hangertje en danste samen met me door het vertrek. Ik begon de woorden van 'La Vie en Rose' te kwelen en Margaret zong mee, tot we buiten adem waren van het dansen en zingen en giechelen, en we ons onder de zijden jurken op de grond lieten vallen.

'Stoor ik?' De man sprak Engels met een sterk Frans accent. Zijn dunne zwarte snor kon wedijveren met die van provocateur Salvador Dalí.

Margaret en ik stonden op en ze stelde ons aan elkaar voor.

'*Enchanté*,' zei hij tegen me.

Vanwege zijn chique clientèle werd Monsieur in de societybladen de *Coiffeur des Célébrités* genoemd. Hij overlegde nooit met cliënten over hun wensen; hij wist altijd precies wat er moest gebeuren. Ik bezorgde Margaret saaie dagen waarop ze boeken repareerde; zij bezorgde mij een afspraak met de populairste stylist van Parijs.

Margaret liet me de zwarte japon passen, zodat haar dienstmeisje hem kon inkorten, waarna ze me voor haar art-decokaptafel neerzette.

'Paul is een aardige vent,' zei ze terwijl Monsier Z mijn haar begon te kammen.

'Denk je dat hij en ik genoeg met elkaar gemeen hebben? Hij is politieagent en ik ben, nou... ik.'

'Lawrence en zijn trawanten van Cambridge kunnen sonnetten reciteren. Dat wil nog niet zeggen dat ze iets over liefde weten. Paul geeft duidelijk om je, en dat is belangrijker dan de naam van zijn functie of wat voor boeken hij leest.'

Ik had tegen haar moeten zeggen dat ik het waardeerde dat ze me probeerde gerust te stellen, maar Monsieur Z begon mijn hoofdhuid te masseren en ik gaf me over aan het zalige gevoel. Ik had niet beseft hoeveel ik had gepiekerd – over mijn ontluikende gevoelens voor Paul, de pijnlijke afstand tussen Rémy en mij, mijn vader die meer aandacht voor zijn minnares had dan voor ons – tot de spanning wegvloeide. Wanneer Maman mijn haar onder handen nam, rukte ze de kam ruw door de klitten heen. Die van Monsieur gleed door mijn lokken als een mes door de boter.

Dit was de eerste keer dat mijn haar door een professional onder handen werd genomen, en ik was betoverd door de manier waarop Monsieur lokken van mijn haar rond de hete tang wikkelde en zo een zee van golvende krullen creëerde.

Toen hij klaar was, met een zwaai van zijn handen en een resoluut 'Voilà!', riep Margaret uit: 'Net Bette Davis. Je zou een geweldige femme fatale zijn.'

Terwijl Monsieur Margarets haar tot een ingewikkelde wrong

boven op haar hoofd begon te draaien, vroeg ze: 'Denk je dat miss Reeder een aanbidder heeft?'

'De ambassadeur escorteerde haar naar het gala van de bibliotheek.'

'Ze zeggen dat Bill Bullitt een sluwe onderhandelaar is, maar dat hij ook nogal een charmeur is. Ik ken een Noorse consul die perfect voor haar is. Ik zal hem adviseren lid te worden van de bibliotheek.'

'Dan zal hij achteraan in de rij moeten aansluiten.'

Toen Monsieur Z de laatste hand aan Margarets kapsel had gelegd, keek ze niet in de spiegel; ze keek naar mij.

'Wat vind je ervan?'

'Schitterend,' zei ik uit de grond van mijn hart. 'Vanbinnen en vanbuiten.'

Ze bloosde, en ik vroeg me af hoelang het geleden was sinds ze een compliment had gekregen.

'Lawrence wordt meteen weer halsoverkop verliefd op je,' zei ik.

'Vast niet... Hij heeft het heel druk.'

'Te druk om tegen je te zeggen dat je mooi bent?'

'Niet iedereen ziet me zoals jij me ziet.' Zonder ook maar één blik in de spiegel te werpen stond ze op.

Ze trok de groene strapless jurk aan en overhandigde mij de ingekorte japon. De zijde gleed over mijn huid, zo anders dan de kriebelige wol van mijn winterkleren en het stijve linnen dat ik zomers droeg. Ze trok mijn rits omhoog en heel even, terwijl ik mijn spiegelbeeld bewonderde, kon ik niet ademhalen. Mijn eigen jurken hingen als een tafelkleed om mijn bovenlichaam. Deze japon wérkte, hij trok mijn taille samen en drukte een buste omhoog waarvan ik niet eens wist dat ik hem bezat. Hoewel ik mezelf wijsmaakte dat het lijfje strak zat, besefte ik dat het kille gevoel rond mijn ribben pure afgunst was. Margaret had zoveel, en ik had zo weinig.

'Dit was voor het eerst dat ik het leuk vond om me voor te

bereiden op een feestje in Parijs,' zei ze. 'Ik hoop dat je nog een keer wilt komen.'

Mooie jurken en kappers die aan huis kwamen – ik zou best aan luxe kunnen wennen. Haar uitnodiging om terug te komen deed de golf van jaloezie verdwijnen.

Toen we door de gang zweefden om ons bij Lawrence in de studeerkamer te voegen, fluisterde mijn japon een sensueel *ja, ja, ja* terwijl hij mijn kuiten streelde. Kon Paul me zo maar zien.

Lawrence zat in een leunstoel, half verscholen achter de *Herald*. Naast me schraapte Margaret haar keel. Hij legde de krant neer. Donkere wimpers omfloersten zijn turquoise ogen. *Mon Dieu*, hij was oogverblindend in zijn smoking! 'Je bent beeldschoon!' Hij stond op en kuste mijn hand. Ik verwachtte dat hij Margaret zou kussen, maar hij hield zijn aandacht op mij gericht en bleef mijn hand vasthouden. 'Als ik niet al getrouwd was...' Hij trok zijn wenkbrauwen een paar keer snel achter elkaar op en ik giechelde, volledig gecharmeerd.

'Kent u Mr. Pryce-Jones toevallig?' vroeg ik, om aan te tonen dat ook ík iemand in verheven diplomatieke kringen kende.

'Die man is een legende! Hij schreef het protocol voor de Frans-Britse relaties en heeft sinds 1926 geen debat verloren. Hoe ken jij hem?'

'Hij is een van onze vaste bibliotheekbezoekers,' zei Margaret trots.

Lawrence hield zijn blik op mij gevestigd. 'Het is aardig van je dat je haar bibliothecaressetje laat spelen.'

Naast me verstijfde Margaret. Het deed me denken aan een regel uit *Their Eyes Were Watching God*: *Toen steef en streek ze haar gezicht, en plooide het tot exact datgene wat mensen wilden zien...*

'Ze "speelt" helemaal niets,' antwoordde ik. Ik trok mijn hand uit de zijne en sloeg mijn arm om haar middel. 'Margaret is bijzonder bekwaam.'

Er hing een wonderlijke stroming in de lucht. Hij was veranderd van charmant in neerbuigend; zij was in hout veranderd. Ik herinnerde me mijn moeders advies aan nicht Clotilde: *Laat de periode van hofmakerij zo lang mogelijk duren. Alles verandert wanneer je eenmaal getrouwd bent.* Had Maman dít bedoeld?

'Je ziet er knap uit.' Margaret sprak het zinnetje uit alsof het uit een uitgekauwd toneelstukje kwam dat ze niet langer wilde spelen.

'Jij ook,' zei hij afwezig terwijl hij zijn zakhorloge raadpleegde. 'Zullen we? De chauffeur staat te wachten.'

In de residentie van de Britse ambassadeur schitterden vrouwen met juwelen onder het felle licht van de kroonluchters. Net als Lawrence droegen alle heren een zwarte smoking. Het was het soort feest waarvan ik had gedroomd. Ik stond te popelen om te horen over de plekken die de andere gasten hadden bezocht, de boeken die ze hadden gelezen.

Lawrence liet ons aan ons lot over en haastte zich naar een rondborstige brunette toe. 'Als je niet al gelukkig getrouwd was, zou ik je schaken.'

'Schat, laat je daar vooral niet door weerhouden!' Ze streelde zijn borst alsof Margaret er niet bij was.

Het is een krengerig kringetje. Margarets opmerking over diplomatieke kringen kreeg eindelijk betekenis. Ik wierp een geërgerde blik op Lawrence, kwaad omdat hij Margaret zo vernederde, en kwaad op mezelf omdat ik me had laten inpalmen door zijn nietszeggende vleierij.

'Laat je avond niet door hem vergallen.' Margaret gebaarde naar een stevige matrone. 'Dat is de vrouw van de consul. Zij gaat over verloren zielen.'

'Mrs. Davies,' riep Margaret. 'Wat fijn u te zien. Bedankt voor uw advies om een bezoek aan de bibliotheek te brengen.'

'Je ziet er een stuk beter uit,' antwoordde ze op warme toon.

'Hebt u mijn nieuwe en beste vriendin al ontmoet?'

'Eén vriendin kan al het verschil maken,' zei Mrs. Davies. 'Ja, onze paden hebben elkaar wel eens gekruist tijdens de lezingen van professor Cohen.'

Ik had niet geweten dat Mrs. Davies een onofficiële doch belangrijke afgevaardigde van het corps diplomatique was, en ik keek toe terwijl ze iedere nieuwe gast persoonlijk begroette. 'Wat ben je mooi,' zei ze tegen een bleke dame, die opbloeide bij het compliment. 'Kun je je al een beetje aanpassen?' vroeg ze een verloren uitziende *Italienne* die nerveuze blikken om zich heen wierp. 'Frankrijk kan de droom van een vrouw zijn, maar het kost soms wat tijd om aan de realiteit te wennen.'

'We kunnen niet toelaten dat Hitler Europa platwalst!' zei Mr. Pryce-Jones. Zijn mening echode net zo door de balzaal als door de bibliotheek wanneer Monsieur de Nerciat en hij kibbelden. 'We moeten de handen ineenslaan en vechten.'

'Beseft hij niet dat dit een feest is?' zei ik.

'Hij praat tegenwoordig alleen nog maar over oorlog,' antwoordde Margaret.

'Heb je *Othello* vorige week gezien?' vroeg Mrs. Davies.

Een aantal gasten gaf simultaan antwoord, blij met de gelegenheid om over iets anders te praten dan over de oorlog. 'Wat vreemd om Shakespeare in het Frans te zien!' '*Très bizarre!*' 'Arme Desdemona.'

'Het Franse leger is sterker dan ooit, zegt *Général* Weygand.'

'*Général* Weiss zegt dat de Franse luchtmacht de beste van Europa is. We hoeven ons nergens zorgen om te maken!'

'We moeten bondgenootschappen sluiten,' hield Lawrence vol. 'Italië was een bondgenoot, maar Mussolini heeft een verdrag met Hitler getekend.'

'Weet iemand de naam van een gerenommeerde kleermaker?'

'Je moet echt naar Chez Geneviève gaan. Dat heeft Emma Jane Kirby ook gedaan, en haar japon is schitterend!'

'Het is toch niet te geloven dat die Emma met een man flirt die drie keer zo oud is als zij?' fluisterde Margaret, starend naar de blonde schoonheid. 'Hij moet wel walgelijk rijk zijn!'

'En die oude bok vindt het maar al te leuk,' antwoordde ik.

'De jonge Lawrence heeft gelijk,' zei Mr. Pryce-Jones. 'We moeten observeren wat er om ons heen gebeurt.'

'Onzin. We moeten Hitler gunstig stemmen,' antwoordde de ambassadeur.

'Stomme oude dwaas,' fluisterde Margaret.

'Incompetente dwaas!' brulde Lawrence.

'Champagne,' riep de vrouw van de consul uit. 'Meer champagne.'

Fantastique! De laatste keer dat ik een glas champagne had gedronken was met oud en nieuw. Ploppende kurken – een feestelijk geluid, mijn meest favoriete geluid in de hele wereld – kondigden bedienden aan die door de zaal wervelden en glazen champagne offreerden. Alles werd me op een zilveren blaadje aangeboden. Bubbels glinsterden in mijn glas, ijzige stroompjes gleden door mijn keel. Ik was zo verblind dat ik Lawrence' lompe gedrag en de kibbelende diplomaten vergat.

Ik bekeek de nevelige landschappen van Turner aan de muren, proefde van de kaviaar die werd aangeboden door wit gehandschoende mannen. Margaret had dit allemaal, altijd; dankzij haar had ik het één avond, en ik was van plan ervan te genieten. Een uitbarsting van vuurwerk deed de hemel oplichten. Ik wilde kijken, dus trok ik haar mee naar buiten, waar we ons bij de andere feestvierders op het gazon voegden. De zwoele geur van rozen omringde ons. Hoge stenen muren onttrokken de stad aan het zicht. De statige residentie – met de verlichte ramen – leek te gloeien. Boven onze hoofden schoten lichtpuntjes omhoog om knetterend los te barsten, en ik werd overspoeld door een loom gevoel van geluk dat me alle zorgen over oorlog, over Rémy, over Papa, over Paul, deed vergeten.

10

Odile

Paul kwam zo vaak naar de bibliotheek dat miss Reeder hem 'onze trouwste abonnee' begon te noemen. De middagen dat hij op patrouille was, zette hij zijn fiets neer op de binnenplaats en hielp hij me met klusjes, zoals het openscheuren van het dikke papier dat tijdschriften zoals *Life* en *Time* beschermde tijdens het oversteken van de oceaan. Helaas was het onder het nieuwsgierige oog van Madame Simon onmogelijk om een kus te stelen.

Thuis was het al niet beter. Paul en ik zaten op tweeëndertig centimeter van elkaar verwijderd en raakten onze thee niet aan. 'Denk je dat het nog zal ophouden met regenen?' vroeg ik, me ervan bewust dat Maman ons om de hoek stond af te luisteren.

'De bewolking begint al op te trekken.'

Hij zou de volgende dag naar Bretagne vertrekken, maar toch praatten we hier over de regen als volslagen vreemden bij een bushalte.

'Laten we een stukje gaan lopen,' zei Paul. 'Ik wil je mijn favoriete plek in Parijs laten zien.'

'Ik weet niet of dat zo'n goed idee is,' zei mijn moeder vanuit de gang.

'Alstublieft, Maman.' Mijn stem klonk schor van verlangen. 'Hij zal het grootste deel van augustus weg zijn.'

'Voor deze ene keer dan. Maar blijf niet te lang weg.'

Zijn hand lag warm tegen mijn onderrug toen hij me door de steeg loodste, door de symfonie van toeterende claxons, langs een winkelier die vlak buiten zijn deur een sigaret stond te roken, naar het Gare du Nord. Onder het grote glazen dak van het station liepen mannen in blauwe overalls bagage te kruien. Reizigers riepen en duwden terwijl ze zich een weg naar de treinen baanden.

Paul wees naar het perron, waar een bebrilde jongeman een vrouw kuste die zojuist uit een rijtuig was gestapt. 'Ik kom hier om in het gezelschap van liefde te verkeren. Je zult wel denken dat ik gek ben, om mensen te bespioneren...'

Ik schudde mijn hoofd. Dat was precies waarom ik las – om een kijkje te nemen in het leven van anderen.

Een muzikant met een trompetkoffer snelde voorbij. Een groepje scouts vergaapte zich aan een locomotief. Een moeder liet de handen van haar kleuters los, en ze renden op een man in een lange regenjas af. Hij tilde hen op en zwierde met hen in het rond.

'Wat schattig,' zei ik.

Paul kon zijn ogen niet van het tafereel afhouden.

'Wat is er?' vroeg ik.

'Niets.'

'Niets?'

Hij keek het herenigde gezin na dat het station verliet. 'Mijn ouders en ik woonden hier vroeger vlakbij.'

'O ja?'

'Totdat mijn vader wegging... ik was zeven. Mijn moeder zei dat hij een lange treinreis aan het maken was. Dus ging ik hierheen, in de overtuiging dat hij terug zou komen.' Hij draaide zich naar me toe. 'Ik kom hier nog steeds.'

Ik trok hem dichter naar me toe en hij begroef zijn gezicht in mijn haar. Ik voelde zijn onrustige hartslag tegen de mijne. Misschien was het niet gevaarlijk om te vertrouwen.

'Ik heb dit nooit aan iemand verteld,' zei hij.

Op de terugweg zeiden we allebei geen woord. Langzaam liepen we de trap op naar mijn voordeur.

'Blijf je eten?' vroeg ik.

Hij kuste mijn slaap, mijn wang, mijn lippen. 'En doen alsof ik me niet ellendig voel omdat ik morgen vertrek? Dat kan ik niet.'

Terwijl ik hem nakeek tot hij onder aan de trap was verdwenen, ging er achter me een deur open.

'Ik dacht al dat ik iemand hoorde,' zei Rémy. 'Stond je in jezelf te praten?'

'Nee, tegen Paul.' Ik wilde Rémy vertellen dat ik me het ene moment blij en licht als een vuurvliegje voelde, maar dat ik me soms, zoals nu, wanneer ik niet bij Paul was, ellendig voelde. 'Er is geen ogenblik dat ik niet aan hem denk.' Ik had geprobeerd Paul buiten de kantlijnen van mijn geest te houden, maar hij had zich naar het midden verplaatst, naar de kern van mijn verhaal.

'Je bent verliefd,' zei Rémy. 'Ik ben blij voor je.'

'Ik hoop dat jij net zo gelukkig bent.'

'Dat kwam ik je vertellen. Ik ben verliefd op Bitsi.'

Ze waren perfect voor elkaar, en ik was trots dat ik er een kleine rol in had gespeeld dat ze elkaar hadden gevonden. 'Ik probeerde je in contact te brengen met Monsieur de Nerciat en Mr. Pryce-Jones, maar misschien was Bitsi een betere keuze.'

'Misschien?'

'Heb je het haar al verteld?'

'Ik wilde het jou eerst vertellen.'

We deelden zoveel met elkaar. Hij was de eerste lezer van mijn nieuwsbrief, en ik was de enige die zijn artikelen voor de rechtsbeschouwing mocht redigeren. In de keuken praatten we tot in de kleine uurtjes bij een pot thee. We kenden elkaars geheimen. Rémy was mijn veilige haven.

Maar alles was aan het veranderen. Ik ging met Paul, hij met Bitsi. Ik had een baan, hij zou weldra afstuderen. Dit zou het laatste jaar kunnen zijn dat we onder hetzelfde dak woonden. We waren al sinds vóór onze geboorte bij elkaar, maar uiteindelijk zouden we afzonderlijke levens leiden. Ik vroeg me af hoeveel tijd we nog samen hadden.

Toen we die dag klaar waren met werken, overhoorde ik Margaret de Franse les van gisteren. 'Werkwoorden zijn in drie families verdeeld. Tot welke familie behoren liefhebben, spreken en eten?'

'*Aimer*, *parler* en *manger* behoren tot de familie eindigend op -er,' zei ze. 'Families – wat een enige manier om naar woorden te kijken.'

'Vergeet je Frans niet wanneer je in Londen bent.'

'Ik blijf maar twee weken weg.'

We liepen door naar de binnenplaats, waar Rémy's fiets tegen de muur stond.

'*Merci* voor je suggestie om vrijwilliger te worden,' zei ze. 'Ik heb eindelijk het gevoel dat ik ergens bij hoor.'

'*Merci à toi!* Zonder jou zou ik nog steeds kratten aan het vullen zijn. Of voor dat politiebureau staan.'

'Onzin!' Haar wangen liepen rood aan en ze keek vergenoegd.

'Ik weet niet wat ik zonder jou zou moeten doen.' Ik had nog meer tegen haar kunnen zeggen, maar in mijn familie bespraken we onze gevoelens niet. *Zonder jou zou ik nooit de moed hebben opgebracht om Paul op te zoeken. Jou bijles geven heeft me weer doen beseffen hoe mooi de Franse taal is, iets wat ik als vanzelfsprekend was gaan beschouwen. De saaiste klussen – boeken versturen, scheuren in tijdschriften repareren, oude kranten naar de archiefkamer brengen – vliegen voorbij wanneer jij bij me bent.*

Toen ze zei: 'Lieve vriendin, ik zou ook niet weten wat ik zonder jóú moest doen', wilde ik dat ik haar op beide wangen had gekust. In plaats daarvan hees ik me op het zadel van Rémy's fiets, met mijn gedachten bij het avondeten.

'Kun je fietsen?' vroeg ze.

'Jij niet dan?' Ik haalde mijn voet van de trapper. 'Ik kan het je leren!'

'Dat lukt me toch nooit, en als ik val zet ik mezelf voor schut.'

'Wat kan het je schelen als een paar Parijzenaren zien dat je je knie schaaft? Is dat niet het mooie van in het buitenland zijn? Je kunt doen wat je wilt zonder dat iemand thuis het ooit te weten komt.'

Ik hield de fiets stevig vast en Margaret zwaaide haar been over de stang. De fiets kwam wiebelend in beweging. Ze klemde het stuur met één hand vast en greep met de andere mijn arm.

'Ik kan dit niet.'

'Je doet het al. Hou het stuur met twee handen vast.'

'Ik weet niet of dit wel een goed idee is.'

'Je leert Frans en je woont in een vreemd land – daarbij vergeleken stelt fietsen niets voor,' zei ik terwijl ik haar een zacht duwtje gaf. '*Bon vent!*'

Toen Margaret meer vaart kreeg, wapperde haar rok op tot boven haar knieën. 'Als ik val, klim ik er meteen weer op.'

'Zo mag ik het horen!'

Langzaam trapte ze de pedalen rond. 'Ik vind het eng.'

'Vertrouw op mij!' Ik draafde naast haar mee. 'Ik zorg ervoor dat je niets overkomt.'

'Ik vertrouw je,' riep ze. Opwinding won het van de onzekerheid in haar stem.

Ik rende met uitgestoken armen, klaar om haar op te vangen als ze zou vallen.

Parijs was heet en vochtig in augustus, dus vertrokken veel abonnees naar Nice en Biarritz om van de zon te genieten, of naar huis om familieleden in New York en Cincinnati te bezoeken. Aan mijn bureau genoten miss Reeder en ik van een zeldzaam moment van rust. Ze zag er vrolijk uit in haar polkadotjurk. Haar haar was tot een chignon gedraaid en ze had haar zilveren pen tussen haar vingers, klaar om een toespraak te componeren of een bedankje te schrijven.

De meeste mensen in mijn leven – van mijn vader en mijn leraren tot ambtenaren en obers – zeiden 'nee'. Ik wilde op ballet. 'Nee, daar heb je de juiste bouw niet voor.' Ik wilde op schilderles. 'Nee, daar heb je niet genoeg talent voor.' Ik wilde een glas rode wijn. 'Nee, witte wijn past beter bij het gerecht dat je hebt besteld.' Miss Reeder was anders. Toen ik vroeg of ik wat dingen mocht veranderen op de afdeling kranten en tijdschriften, was ik geschokt toen ik miss Reeder 'ja' hoorde zeggen.

Er was zoveel wat ik haar graag zou willen vragen. Wat vinden uw ouders ervan dat u hier woont? Waar hebt u de moed vandaan gehaald om naar het buitenland te verhuizen? Zal ik ooit zo dapper zijn? Hoewel ik Maman al hoorde zeggen: 'Niet nieuwsgierig zijn. Bemoei je met je eigen zaken!' borrelden de vragen in me op, totdat er eentje naar buiten stroomde: 'Wat heeft u naar Frankrijk gebracht?'

'Een liefdesaffaire.' Haar hazelnootbruine ogen glansden.

Ik boog me dichter naar haar toe. 'Echt waar?'

'Ik werd verliefd op Madame de Staël.'

'De schrijfster?'

'In haar tijd zei men dat er drie grootmachten in Europa waren: Groot-Brittannië, Rusland en Madame de Staël. Ze beledigde Napoleon door te zeggen dat "Spraak nu eenmaal niet zijn taal was". Hij reageerde door haar boek te verbieden en haar te verbannen.'

'Ze was voor niemand bang.'

'Wist je dat ik een keer het herenhuis waar ze ooit heeft gewoond ben binnengeslopen? Ik wilde niet verdergaan dan de binnenplaats, maar toen een bediende "bonjour" zei alsof ik daar thuishoorde, liep ik door naar binnen en sloop ik de trap op. Ik liet mijn hand over de leuning glijden en vergaapte me aan de muren waar ooit haar familieportretten hadden gehangen. Dat klinkt waarschijnlijk nogal dweepziek.'

'Het klinkt als liefde. Kwam u echt voor een schrijfster?'

'Ik was destijds in Spanje om de bijdrage van de Library of Congress aan de Iberische Wereldtentoonstelling te organiseren. Toen ik hoorde dat hier een vacature was, greep ik mijn kans. En jij? Wil je graag reizen? Heb je altijd bibliothecaresse willen worden?'

'Ik heb hier altijd willen werken. In mijn brief vertelde ik u dat ik in de bibliotheek wilde werken vanwege mijn herinneringen aan de tijd toen ik hier met mijn tante kwam. U doet me trouwens aan haar denken – niet alleen door uw chique chignon, maar door de vriendelijke manier waarop u mensen behandelt en de manier waarop u uw liefde voor boeken met hen deelt.'

De gravin verscheen met een aantal mappen onder haar armen. Haar haar deed me denken aan de zee op een bewolkte dag: witte lokken krulden als golven boven krachtige grijze stromingen. Door de leesbril op het puntje van haar neus zag ze eruit alsof ze op het punt stond ons de les te lezen.

'We moeten praten,' zei ze tegen miss Reeder.

'We kunnen ons gesprek later voortzetten als je wilt,' zei miss Reeder tegen mij voordat ze de beheerder naar haar kantoor vergezelde.

Terwijl ik de kranten recht legde las Boris me voor uit *Le Figaro*: 'Monsieur Neville Chamberlain diende het voorstel in om het zomerreces van het parlement te laten duren van 4 augustus tot 3 oktober, tenzij onverwachte gebeurtenissen het noodzakelijk maken om gedurende die tijd bijeen te komen.'

'Ik wil op vakantie,' zei ik, wensend dat ik bij Paul kon zijn.

'Zorg dat je wordt gekozen voor het parlement,' grapte Boris.

Ik kon me deze keer in elk geval verheugen op de zondagse lunch. Rémy had Bitsi uitgenodigd, wat gelijkstond aan het aankondigen van een verloving. Ik was alleen bang dat Papa alles zou verpesten door hem te vernederen.

Ik verzamelde de kranten van vorige week en bracht ze naar boven, naar het archief, langs miss Reeders kantoor. De deur stond open, dus wierp ik een blik naar binnen.

Het gezicht van de directrice stond grimmig. 'Ik heb een brief ontvangen van de universiteitsbibliotheek in Straatsburg. Monsieur Wickersham schreef dat Madame Kuhlmann en hij 250 kratten met boeken hebben ingepakt en geëvacueerd.'

'Er is oorlog op komst.' De stem van de gravin haperde even.

Straatsburg lag gevaarlijk dicht bij Duitsland. Hadden bibliothecarissen boeken in veiligheid gebracht terwijl politici helemaal niets hadden gezegd over het evacueren van mensen?

'De kratten zijn naar de regio Puy-de-Dôme verscheept,' zei miss Reeder. 'Wij moeten ook vooruitplannen.'

Was het zuidwesten veiliger dan Straatsburg? Veiliger dan Parijs?

'Ik zal onze meest waardevolle stukken meenemen naar mijn buitenhuis. De publicaties van de jonge Seeger, de eerste drukken. Daar zullen ze veilig zijn.'

'We leggen een voorraad eten in blik, flessen water en kolen aan. Zand om vuur te doven.'

De gravin zuchtte. 'En gasmaskers, als deze oorlog ook maar iets op de vorige lijkt. Tien miljoen slachtoffers, en evenzoveel gewonden en verminkten. Ik kan niet geloven dat het opnieuw gebeurt.'

Doden... gewonden... verminkten... Ik had het onderwerp oorlog steeds vermeden; was over iets anders begonnen zodra Rémy erover begon en naar de jeugdafdeling gevlucht wanneer Mr. Pryce-Jones er maar over door bleef drammen. Maar nu zag het ernaar uit dat de collectie van de bibliotheek misschien gevaar liep. Dat wíj misschien gevaar liepen. Ik moest het feit onder ogen zien dat ons wellicht een oorlog te wachten stond.

11

Odile

Om 11.55 uur op de dag van Rémy en Bitsi's verlovingslunch – *les fiançailles* – zaten mijn ouders en ik naast elkaar op de divan. Ik droeg een roze zijden blouse die Margaret me voor deze heuglijke dag had geleend. Mamans met rouge aangezette wangen leken op rijpe pruimen en ze droeg haar camee-broche, die ze alleen bij heel speciale gelegenheden tevoorschijn haalde. Papa's pak zat te strak en hij trok aan zijn stropdas. De deurbel ging. Rémy trok zijn blazer recht en haastte zich om Bitsi binnen te laten. Haar haar was zoals altijd tot een kroon gevlochten, maar ze droeg een limoengroene japon in plaats van haar dagelijkse bruine jurk. Rémy en zij staarden elkaar aan. Ik werd overvallen door een ademloosheid die grensde aan pijn, en wenste dat Paul bij me was.

Toen Bitsi ons eindelijk in het oog kreeg, ontweek ze mijn blik. Was het verlegenheid of was ze ergens boos om? Ik liet mijn theekopje wel eens in de gootsteen staan en zij herinnerde me er regelmatig aan dat niemand erop zat te wachten om mijn troep achter me op te ruimen.

Maman keek Bitsi stralend aan. 'Odile en Rémy hebben zoveel goeds over je verteld.'

Papa hees zichzelf overeind. 'Ik heb gehoord dat jij ook zo'n carrièremeisje bent.'

'Ik help mijn familie, meneer.' Bitsi beantwoordde zijn blik onvervaard.

'Dat is mooi van je,' zei hij.

Maman ademde beverig uit. Misschien zou Papa zich gedragen.

'Je werkt met kinderen,' zei hij. 'Dat betekent vast dat je er zelf ook een paar zou willen.'

Bitsi bloosde, en Rémy sloeg zijn arm beschermend om haar heen.

'Let maar niet op *le commissaire*,' zei hij.

Ik keek Papa geërgerd aan. Nooit in staat water bij zijn wijn te doen; hij moest altijd zeggen wat hij dacht.

'Hou je ook van breien?' vroeg Maman aan Bitsi om de discussie weer op veilig terrein te brengen.

'Na lezen is het mijn favoriete tijdverdrijf. Ik vis ook graag.'

Papa gebaarde naar de zitkamer, waar hij de decanteerkaraffen voor het aperitief had klaargezet, maar Maman wees naar de eetkamer. Ze kon niet voorkomen dat Papa Bitsi op de huid zat alsof ze een nieuwe rekruut was, maar ze kon het kruisverhoor wel beperken.

Papa prijkte aan het hoofd van de tafel. Ik zat naast Maman tegenover het gelukkige paar. Bitsi zat naast Papa. Toen het dienstmeisje het gebraad en de aardappelen binnenbracht, bediende Papa eerst Bitsi, Maman en mij, en daarna Rémy en zichzelf. Terwijl we aten bleef Bitsi mijn blik ontwijken. Ik voelde hoe Maman in gedachten in haar juwelendoosje rommelde, op zoek naar grootmoeders opalen ring die Rémy aan Bitsi kon geven. Er zou een trouwfeest worden gehouden, gevolgd door een huwelijksreis. Ik vroeg me af of de pasgehuwden hier zouden komen wonen, in elk geval in het begin.

Rémy keek naar Bitsi, die zijn hand stevig vastpakte. Met haar aan zijn zijde was hij zelfverzekerder.

'Ik heb iets mee te delen,' zei hij.

Dit was het moment. Ze waren verloofd. Bitsi durfde mijn

blik niet te beantwoorden omdat ze iets geheimhield. Nou, het was helemaal geen geheim! Ik hief mijn wijnglas om het paar te feliciteren.

'Ja?' Papa grijnsde naar Bitsi.

'Ik heb me aangemeld bij het leger,' zei Rémy.

Maman sloeg haar hand voor haar mond. Papa's mond viel open. Mijn arm bleef als bevroren in de lucht hangen. Het kille verzet en de onvermurwbare toon in Rémy's stem deden me pijn. Het voelde aan alsof hij een patroon vol kogels had leeggegooid op tafel, in onze waterglazen en over het restje jus. Ik besefte pas dat ik beefde toen ik de wijn zag trillen in mijn glas. Alleen Bitsi bleef kalm. Rémy had zijn plannen al met haar besproken. En ze keurde ze blijkbaar goed. Misschien had ze hem zelfs aangemoedigd.

'Wat?' zei Maman. 'Maar waarom?'

Ik kan niet zomaar thuis blijven zitten, had Rémy gezegd. *Iemand moet iets doen.*

'Ik wil iets zinvols doen.'

'Doe dat dan hier.' Ze gebaarde naar Papa. 'Ga bij de politie.'

Ik kon Rémy's gedachten lezen: *Het laatste wat ik wil is net zo worden als hij.*

Papa duwde zichzelf bij de tafel vandaan en stond op. Zijn stoel schraapte over de grond en viel om.

Ik verwachtte dat hij in de aanval zou gaan met het volledige arsenaal dat hij tot zijn beschikking had. Minachting – hoe denk jíj soldaat te worden? Je kunt nauwelijks rechtop staan. Minachting – als je mij niet eens wilt helpen met het omhakken van een kerstboom, dan betwijfel ik of je een mens kunt vellen. Een schuldgevoel aanpraten – wat doe je je arme moeder aan? Superioriteit – denk je dat het leger zit te wachten op een zwakkeling als jij? Ze nemen alleen echte mannen zoals ik aan. Woede – ik ben het hoofd van dit huishouden. Hoe durf je je aan te melden zonder mij daarover te informeren!

In plaats daarvan verliet hij zonder een woord te zeggen de kamer. Een tel later sloeg de voordeur met een klap dicht. Maman en ik wisselden verwilderde blikken. Bitsi fluisterde iets tegen Rémy. Hij keek naar mij.

Nou? hoorde ik hem zeggen.

Hij wachtte tot ik mijn zegen zou geven, maar het enige wat ik uit mijn mond kon krijgen was: 'Niet doen...'

Er lag een gekwetste blik in zijn ogen. Hij had op mijn steun gerekend.

Ik wilde niet dat er een kloof tussen ons was. Niet nu. 'Je weet toch hoe erg ik je zal missen?' zei ik op een geforceerd vrolijke toon. 'We moeten de tijd voordat je weggaat zo goed mogelijk benutten.'

'Ik vertrek over drie dagen.'

'Wat?!' zei ik.

'Papa heeft overal contacten, en ik wilde hem niet de tijd geven om iemand te vinden die me het leger uit kan schoppen voordat ik de basis zelfs maar heb bereikt.'

Maman stond op en zette Papa's stoel overeind.

12

Lily

FROID, MONTANA, MAART 1984

Mijn moeders begrafenis vond plaats op de eerste dag van de lente. Haar kist vóór in de kerk ging bijna geheel schuil onder rode rozen. Ik kon me nauwelijks voorstellen dat mama daarin lag en niet thuis op haar plekje bij het raam zat. Papa en ik zaten met gebogen hoofd op de voorste rij, met Odile en Mary Louise naast ons. Mijn onderlip hield maar niet op met trillen, dus sloeg ik mijn hand voor mijn mond. Odile greep mijn andere hand stevig vast. Ik wilde niet dat ze losliet.

Papa keek naar alles behalve naar de kist – naar het verbleekte schilderij van Jezus; naar de gebrandschilderde ramen waar we niet door naar buiten konden kijken. Hij leek op iemand die op de verkeerde trein was gestapt en op een totaal onverwachte plek was gearriveerd. Achter ons zag ik dokter Stanchfield, met zijn tas naast zich als een trouwe echtgenote. Robby, tussen zijn ouders in. Mary Louises vader met een dot pruimtabak in zijn wang gepropt. Sue Bob, binnensmonds vloekend. Zelfs Angel was gekomen. En elke leraar die ik ooit had gehad.

Vrouwen lazen voor uit de Bijbel, met haperende stemmen.

Daarna spraken, een voor een, mama's vriendinnen. Sue Bob zei dat ze een geweldig gevoel voor humor had. Kay zei dat mama de zachtste schouder had om op uit te huilen. Mijn maag verkrampte, snot droop uit mijn neus, speeksel verzamelde zich in mijn mond. Ik stikte half in mijn poging het binnen te houden en begon te hoesten. Mary Louise sloeg op mijn rug. Hard. De pijn voelde fijn aan.

Het gegalm van het orgel kondigde het einde van de dienst aan; het droevige gejammer begeleidde ons naar buiten. De kerkgangers staken de weg over naar het zaaltje. Normaal gesproken klaagden de mannen over belastingen en de vrouwen over elkaar; de kinderen, bevrijd van de kluisters van de mis, schreeuwden en stoeiden met elkaar. Deze keer liepen we in stilte. Angel liet een cassettebandje in mijn zak glijden. Papa's baas sloeg een arm om zijn stevige vrouw heen, alsof hij bang was dat zij hem ook kon worden ontnomen. Robby slenterde op mij af. Hij droeg een zwarte Wranglers in plaats van een blauwe spijkerbroek. Hij stak me een zakdoek toe. Ik pakte hem aan. Met zijn vuisten diep in zijn zakken gestoken keerde hij terug naar zijn ouders, die goedkeurend knikten. Ik nam aan dat ze hem leerden zich als een man te gedragen.

Een lange tafel was overladen met eten. Een van de dames bracht papa en mij naar onze plek, een andere schepte voor ons op. Plakken gebraden vlees, aardappelpuree en jus. Hij had zelf niets van dit alles geregeld. De vrouwen waren oude rotten op het gebied van de dood en deden alles wat nodig was, sereen en efficiënt. Ze kookten, schepten op, maakten schoon. Achter het buffet of in de keuken deden ze alles wat ze konden om de ergste dag van ons leven zo gesmeerd mogelijk te laten verlopen.

Om ons heen praatten mensen, die een poging deden zich te gedragen alsof het leven gewoon doorging.

'Een mooie dienst.'

'Zo jong...'

'Wat moet hij nu met Lily?'

Na afloop volgden vader Maloney, papa en ik de lijkwagen naar de begraafplaats. Bij het graf, terwijl de pastoor de zegen uitsprak, was ik blij dat papa en ik alleen waren tijdens dit stille moment met mama. Een meter bij ons vandaan pikte een roodborstlijster in het gras. Toen papa het in het oog kreeg, legde hij zijn hand op mijn schouder, en de tranen rolden over mijn wangen.

We werden in het donker wakker. Mama was altijd de eerste geweest die de gordijnen openschoof, zodat ik ontwaakte met een kus op mijn voorhoofd en naar binnen stromend zonlicht. Sinds de begrafenis had papa zijn koffie gedronken en had ik ontbijtgranen gegeten in een mistige schemering. Het kwam gewoonweg niet in ons op om het licht binnen te laten.

Ons huis had ooit druk en levendig aangevoeld. Het eetclubje. Mama en haar vriendinnen op zaterdagmiddag, giechelend. Ze was er altijd geweest wanneer ik thuiskwam van school. Nu keerde ik terug in een stil huis. Wanneer ik door de gang liep om naar bed te gaan, was er niemand die riep: 'Slaap lekker!' Op school, voor de rij kluisjes, deden kinderen een stap naar achteren wanneer ze me zagen, bang dat wat mij was overkomen ook hun kon overkomen. Leraren vroegen niet één keer naar mijn huiswerk. Op zondag, wanneer papa en ik door het middenpad naar onze kerkbank schuifelden, zei God geen woord.

Elke dag kwam ik thuis met zoveel dingen die ik mijn moeder moest vertellen. Ik miste haar vragen over mijn dag, ik miste haar. Ik liet mijn vinger over de rand van haar kopje glijden, dat veilig in het keukenkastje stond. Ik had het nooit gebruikt, uit angst dat ik haar lievelingsvoorwerp zou breken. Kon ik dat laatste moment maar overdoen. Dan zou ik zeggen: *Je was de beste moeder van de hele wereld. Ik heb je nodig. Wij hebben je nodig. Ik vond het zo heerlijk om samen met jou naar roodborstlijsters te kijken en te hopen dat we kolibries zouden zien. Was ons nog maar één ochtend gegund. Eén omhelzing. Nog één kans om te zeggen dat ik van je hou.*

Ik bracht mijn weekeinden bij Mary Louise thuis door, hangend op zitzakken. Zoals gewoonlijk klaagden we over de enige dingen die we kenden: school en familie. 'Mijn vader kan nauwelijks een blik soep opendraaien,' zei ik terwijl ik mijn ogen ten hemel sloeg.

'Dat geldt ook voor jullie, stelletje oenen,' zei Angel terwijl ze haar satijnen jasje aantrok.

'Als jij zo'n genie bent, waarom zak je dan voor wiskunde?' vroeg Mary Louise.

'Ik heb tenminste een leven, dat kan ik van jou niet zeggen.' Ze stampte de deur uit.

Hun gekibbel was beter dan de stilte thuis. Alleen Mary Louises moeder behandelde me hetzelfde als altijd. Het had iets vreemd troostends om te horen te krijgen: 'Doe niet zo verdraaid bijdehand.'

Het hele dorp sprong bij om papa en mij van eten te voorzien. Hij kocht een diepvriezer om alle ovenschotels in te bewaren. We spraken nauwelijks tijdens het eten – de nieuwslezer, onze trouwe metgezel, deed het woord voor ons. Onze gesprekken waren stijf; pauzes duurden zo lang als reclameblokken.

Toen de zomervakantie was aangebroken, liet Angel Mary Louise en mij kennismaken met Bo en Hope van *Days of our Lives*. Hun televisieliefde deed me mijn verdriet een uurtje vergeten terwijl ik hun lessen in me opnam: liefde is verlangen, liefde is pijn, liefde is seks. Ik stelde me Robby en mij voor met verstrengelde lichamen en zielen.

Mijn kijkverslaving duurde een maand. Toen de thermometer meer dan vijfendertig graden aangaf, nam mijn vader vroeg vrij van zijn werk en kwam hij me ophalen bij Mary Louise. Hij keek langs ons naar de televisie, waar de geliefden weer eens innig met elkaar verstrengeld stonden te tongzoenen.

Papa's wenkbrauwen schoten omhoog en trokken vervolgens samen tot een onverzettelijke frons. 'Ik kwam je halen voor een ijsje,' zei hij. Het was zijn bedoeling geweest om ook Mary Louise uit te nodigen, maar nu was hij kwaad en gaf hij haar de schuld van een keuze die ik zelf had gemaakt. Dat zag ze, en ze maakte geen aanstalten om op te staan. Ik liep met grote passen naar de stationwagen en zat de hele weg naar de Tastee Freez te mokken. Een aardbeienmilkshake kon mijn woede niet doen bekoelen.

'Waarom mag ik zelf niet bepalen waar ik naar kijk?'

'Je moeder zou het niet goedvinden,' zei hij, wat de beste manier was om me tot zwijgen te brengen.

Thuis aangekomen beende mijn vader naar Odiles huis toe. Half tegen de auto geleund luisterde ik hoe hij klaagde over de gevaren van de programma's die overdag op televisie werden uitgezonden en over Mary Louises tolerante ouders. Boven Odile uittorenend op de veranda deed hij zijn portemonnee open en haalde er een aantal biljetten uit. Hij dacht dat iedereen net zo in geld geïnteresseerd was als hij. Ze duwde zijn hand weg.

'Ik heb iemand nodig om op haar te passen,' zei hij, gevolgd door de waarschuwing: 'En geen soapseries.'

'Ik heb geen babysitter nodig!' schreeuwde ik.

De volgende ochtend bevond ik me op de plek waar ik altijd had willen zijn, maar de reden dat ik er was vervulde me met wrok. Dat begreep ze, en ze bleef in haar tuin werken. Tijdens de lunch probeerde ik nors te blijven, maar de ham-kaastosti's die ze serveerde braken mijn verzet. We aten onze *croque-monsieurs* met mes en vork, aangezien er een laagje borrelende Zwitserse kaas bovenop lag. Alles aan Odile was elegant, zelfs de manier waarop ze haar brood at. In Froid viel ze op als een pauw in een kippenhok, maar misschien was ze in Parijs niet meer dan een doodgewone kip. Ik verlangde ernaar haar wereld te zien. Zou ze ooit teruggaan? Zou ze mij meenemen?

Terwijl we de afwas deden, vroeg ze me haar te leren mijn lievelingskoekjes te maken – met stukjes chocolade erin. Verrassend genoeg wist ze een aantal basisdingen niet, zoals het feit dat het de bedoeling is dat je de gardes schoonlikt. Dat is nou juist het leukste aan bakken.

Mijn moeder liet me altijd zoveel koekjes eten als ik wilde, maar van Odile mocht ik er maar twee. Toen ik er meer wilde pakken, zei ze: 'Twee zijn voedsel voor de maag, de rest voor de ziel. We vinden wel een andere manier om je hart tot rust te brengen.' Ze overhandigde me een boek. 'Literatuur, geen koek.'

Ik kreunde en plofte op haar brokaten bank neer. Zelf nam ze plaats op wat ze haar 'Lodewijk de Vijftiende'-stoel noemde, die er duur uitzag met zijn met houtsnijwerk versierde poten. Misschien was ze ooit rijk geweest en had haar gouvernante haar, toen ze zo oud was als ik, laten rondlopen met de stoffige familiebijbel op haar hoofd. Ik woonde al een eeuw, nou ja, niet letterlijk natuurlijk, naast Odile en wist bijna niets over haar leven. Ik keek naar de laden van haar buffetkast en vroeg me af wat erin zat. Misschien kon ik er stiekem in gluren...

'Lees,' beval ze.

The Little Prince begon met een jongen die eenvoudige tekeningen maakte. Wanneer hij ze aan volwassenen liet zien, begrepen ze er niets van. Ik wist hoe hij zich voelde: niemand begreep hoe erg ik mijn moeder miste. 'Jezus heeft haar in de hemel nodig, liefje,' zeiden de dames, alsof ik haar hierbeneden niet nodig had. Ik las verder. 'Het is zo'n mysterieuze plek, het land van tranen' – de woorden van een dode vliegenier troostten me meer dan de holle frasen van mensen die ik kende. 'Alleen met het hart kun je goed zien. Het wezenlijke is voor de ogen onzichtbaar.' Het boek nam me mee naar een andere wereld, naar een plaats waar ik kon vergeten.

Odile zei dat *Le Petit Prince* oorspronkelijk in het Frans was geschreven en dat ik een vertaling aan het lezen was. Ik wilde het origineel lezen, om het verhaal te begrijpen zoals het mij had begrepen. Ik wilde welbespraakt zijn zoals de prins, elegant zoals Odile. Ik zei tegen haar dat ik Frans wilde leren. 'Ik wil het je met alle plezier leren!' zei ze. In een notitieboekje schreef ze: *le mariage, la rose, la bible, la table.* Toen ik haar vroeg waarom er de ene keer 'le' en de andere keer 'la' stond, zei ze dat Franse zelfstandig naamwoorden mannelijk of vrouwelijk waren.

'Huh?'

'Laat ik het anders zeggen. Het zijn... jongens of meisjes.'

'Zijn tafels in Frankrijk meisjes?'

Ze lachte, een mooi, klingelend geluid. 'Zoiets.'

La table? Ik stelde me tafels voor die jurken droegen. Een kort spijkerrokje of een enkellange bloemetjesjurk. Het leek stom, maar toen herinnerde ik me mama die haar haar kamde aan haar kaptafel terwijl haar knieën langs de geruite tafelrok streken. Het klonk eigenlijk wel logisch dat een tafel een vrouw was.

Het was vier maanden geleden dat mijn moeder was overleden, en voor het eerst voelde ik me niet ontroostbaar wanneer ik aan haar dacht.

De avonden bracht ik altijd in mijn eentje door; papa sloot zich op in de studeerkamer. Aan mijn bureau nam ik de Franse les van die dag nog eens door en herhaalde de woorden tot ze niet meer vreemd aanvoelden. Odile had me mijn eigen Frans-Engelse woordenboek gegeven – een sinaasappel is *une orange,* maar een citroen is *un citron. Je voyage en France. Je préfère Robby. Odile est belle. Paris est magnifique.* Basiszinnetjes, simpele genoegens, één woord per keer, elke zin in de tegenwoordige tijd, geen verdriet van het verleden, geen zorgen over *le futur.* Ik hield van *le français,* een brug naar *la France,* een wereld die alleen Odile en ik kenden, een plaats met desserts om van te watertanden en geheime tuinen, een plaats waar ik me kon verschuilen. Ik kon mijn verdriet niet onder controle krijgen – daarvoor zat het te diep en was het te overweldigend – maar ik kon wel werkwoorden vervoegen. Ik begin – *je commence*; jij eindigt – *tu finis*. In deze geheime taal van verlies sprak ik over mijn moeder: *j'aime Maman*.

Op de eerste schooldag stonden Mary Louise en ik gapend tussen de mosterdgele keukenblokken. Ons thuishonk was het huishoudkundelokaal, een verplicht vak in dat jaar. Ik bad dat Robby in onze groep zou zitten en slaakte een zucht van opluchting toen ik hem zag binnenkomen.

Mevrouw Adams keek op haar klembord en deelde de leerlingen op in tweetallen. 'Lily en Robby.'

Ik gaf Mary Louise een por met mijn elleboog en kon mijn geluk niet op. Toen ik naar hem toe schuifelde wist ik helemaal niets te bedenken om te zeggen. Geen 'Hoe was de oogst?'. Zelfs geen 'Hoi'. Hij schonk me iets wat op een glimlach leek. Dat was genoeg.

Toen mevrouw Adams ons een receptenkaartje toestak, pakten we het geen van beiden aan, dus legde ze het op het aanrechtblad naast de potten met meel, suiker en zout. Zij aan zij lazen Robby en ik de instructies door, en ik voelde de warmte van zijn lichaam. Ik woog de ingrediënten af, hij mengde ze met een roerspatel. We schepten het deeg in de vormpjes en tuurden daarna als trotse ouders in de oven om de cupcakes te zien rijzen.

Toen ze goudbruin waren, haalde ik ze eruit. Hoewel ze heet waren, nam Robby meteen een hap van een van de cakejes. Hij kauwde twee keer en zei toen: 'Gadverdamme!'

'Hou op met die geïntjes.' Ik stak een stuk cake in mijn mond. Het smaakte naar een beschimmelde, in zout gedrenkte spons. Ik spuugde het uit in de prullenbak. 'Ik moet het zout en de suiker hebben verwisseld.'

'Zo erg is het niet.'

'Ben je gek geworden?' zei ik, bijna in tranen, voornamelijk doordat het zout in mijn mond brandde, maar ook omdat ik niet wilde dat we een onvoldoende kregen.

'Je bent bang dat je een slecht cijfer krijgt.'

Robby schrokte een cupcake naar binnen en slikte hem bijna zonder te kauwen door. Zijn ogen traanden ervan, maar hij had alweer een nieuwe gepakt. Ik stak er ook eentje in mijn mond en werkte de gele klont kokhalzend weg.

Mevrouw Adams gaf Tiffany en Mary Louise een compliment over hun meesterwerk, en daarna waren wij aan de beurt. Ze tilde onze lege bakplaat op. 'Hoe moet ik jullie nu beoordelen?'

Met een door de scherpe smaak van het zout vertrokken gezicht haalden Robby en ik onze schouders op.

'Nou, wat staan jullie daar nog!' zei ze. 'Ga opruimen.'

Aan de gootsteen staken we onze handen in het warme zeepsop om onze beslagkom en de rest van het kookgerei af te wassen. Een belletje steeg op in de lucht, en we keken het na terwijl het wegdreef. Ik was nog nooit zo gelukkig geweest.

Tijdens maatschappijleer maakte juffrouw Davies zich druk over het feit dat de Russen de Olympische Spelen in Los Angeles hadden geboycot. 'Waarschijnlijk bang dat hun sporters zouden overlopen! Hoe moeten we de Koude Oorlog winnen als zij niet met ons willen wedijveren?' Met een half oor naar de verbitterde monoloog van onze lerares luisterend gaven Mary Louise en ik briefjes aan elkaar door. 'Ik verga van de honger,' schreef ze. 'Kaasfrietjes als lunch?'

Bij mijn kluisje deed ik snel wat lippenstift op voordat we de straat overstaken naar de Husky House. Ik duwde de vlekkerige glazen deur open en daar, midden in de cafetaria, zat Robby met Tiffany Ivers balancerend op zijn schoot. Haar turquoise cowboylaarzen bungelden een paar centimeter boven de grond. Ik voelde mijn ogen wijd opengaan terwijl ik als aan de grond genageld bleef stilstaan.

Mary Louise botste tegen me op. 'Hé!' Toen zag ze wat ik zag:

Robby die zat te kronkelen; Tiffany Ivers' triomfantelijke grijns.

'Waarom hij?' vroeg ik. 'Ze kan iedereen krijgen die ze wil.'

'Je kunt niet kiezen op wie je verliefd wordt,' zei Mary Louise.

'Waarom verdedig je haar altijd?'

'Waarom laat je je zo door haar opfokken?'

Ik kreeg last van maagzuur van het zout. Of kwam het door de aanblik van Tiffany Ivers op Robby's schoot? 'Ik ga naar huis.'

'Gun haar de overwinning niet.'

Ik rende naar Odiles huis en liep meteen door naar binnen. 'Waarom ben je niet op school?' vroeg ze. 'Is er iets gebeurd?'

Ik zweette me een ongeluk. 'Ik zag iets... en nu ben ik misselijk.'

Terwijl ze een glas water voor me haalde, bladerde ik door haar Frans-Engelse woordenboek. Ik nam een grote slok en vroeg toen: 'Wat zijn de ergste Franse woorden om iemand te beschrijven?'

'*Odieux, cruel. Odious*, wreed.'

Ik had eigenlijk op 'slet' en 'trut' gehoopt, maar die woorden waren ook wel oké.

'Waarom concentreer je je op het negatieve, *ma grande*? Heeft dit iets te maken met die jongen naar wie je altijd zo verliefd kijkt na de mis?'

Jezus, wist de hele parochie het?

'Nou?' zei ze.

Toen ik het haar vertelde, zei ze: 'Soms interpreteren we signalen verkeerd. Ik nam veel aan over Paul, mijn eerste... vriendje, maar ik had het mis. Misschien zat Robby wel zo te kronkelen omdat ze hem een ongemakkelijk gevoel bezorgde.'

'Het maakt niet uit.' Ik sloeg mijn armen over elkaar. 'Hij heeft afgedaan voor me.'

'Sluit je hart niet af.'

Ik dacht aan de dierbaren die zij had verloren en voelde me schuldig over mijn geklaag. 'U hebt een oorlog overleefd; ik red het niet eens op junior high.'

'We hebben meer met elkaar gemeen dan je denkt. Laat me je vertellen welke woorden jou beschrijven: *Belle, intelligente, pétillante.*'

Ik voelde me al beter. 'Wat betekent dat laatste?'

'Sprankelend.'

'Vindt u me sprankelend?'

Ze glimlachte wrang. 'Je kwam mijn leven binnen als de Avondster.'

Als Bobby liever bij Tiffany was, prima. In de klas hield ik mijn ogen strak op de leraar gericht. Ik weigerde naar hém te kijken. Ik kon het niet. Mary Louise gaf een briefje aan me door en fluisterde: 'Het is van Robby.' Waarschijnlijk een uitnodiging voor zijn bruiloft. Ik gooide het in *la poubelle. Je déteste l'amour. Je déteste* Tiffany Ivers. Je *déteste* iedereen.

Ik vreesde Robby en Tiffany een keer te zullen tegenkomen tijdens een van hun afspraakjes – zijn arm om haar heen tijdens het concert van het koor of samen een donut etend na de mis – maar die dag kwam nooit. Rond Halloween besefte ik dat Odile gelijk had gehad over het verkeerd interpreteren van signalen. Ik probeerde zijn blik op te vangen, maar hij keek mijn kant niet eens meer op.

Iemand anders had echter wel afspraakjes. De dames van Froid schoven vrijwel elke vrijgezelle vrouw in papa's richting. In het zaaltje van de kerk koppelden ze hem aan een giechelende blonde caissière die pas bij de bank was komen werken.

'Hij is vel over been,' zei de oude mevrouw Murdoch.

'Geen eetlust meer,' zei mevrouw Ivers. 'Maar hij heeft wel een vette spaarrekening.'

Tijdens het herfstconcert van de fanfare zetten ze hem naast een bloemiste met vettig haar neer. 'Hij is een goede kostwinner,' fluisterde mevrouw Ivers tijdens de *Danse Macabre*. En tijdens de geldinzameling van de brandweer in de vorm van een spaghettimaaltijd koppelden ze hem aan mijn lerares Engels. Papa luisterde naar haar gemekker over *Macbeth* en keek niet bepaald gelukkig, maar hij raffelde het diner ook niet af. Mary Louise en ik waren de eersten die vertrokken.

'Gadverdamme,' zei ik tegen haar terwijl ik naar de dode bladeren op de stoep schopte.

'Walgelijk,' beaamde ze.

'Je vader heeft meer afspraakjes dan jij,' zei Tiffany Ivers terwijl ze langs ons glibberde.

In Mary Louises kamer zongen we luidkeels 'You May Be Right' met Angels bus haarlak als microfoon. Iets aan de boze ondertoon in Billy Joels stem sprak me aan. Om middernacht bonsde Sue Bob op de deur en riep dat we stil moesten zijn.

De volgende ochtend draafden Mary Louise en ik door het steegje – de snelste weg naar mijn huis. Twee huizen van mijn deur verwijderd verstijfden we als antilopen toen we papa bij de achterdeur zagen met de blonde bankbediende, die blozend de mouw van zijn overhemd streelde. Hij verstrengelde zijn vingers met de hare.

'Gadverdamme!' siste Mary Louise. 'Ze hebben handseks.'

'Ze is blijven slapen.'

'Denk je dat hij met haar gaat trouwen?'

Er waren nog maar acht maanden verstreken sinds mama was overleden.

Smart is een zee, gevormd door je eigen tranen. Zilte golven bedekken de donkere dieptes waar je in je eigen tempo doorheen moet zwemmen. Het kost tijd om conditie op te bouwen. Soms doorkliefden mijn armen het water en had ik het gevoel dat alles in orde zou komen, dat de kust niet meer zo ver weg was. Maar dan kon één herinnering, één moment, me bijna laten verdrinken en was ik weer terug bij af, worstelend om mijn hoofd boven de golven te houden, uitgeput, wegzinkend in mijn verdriet.

Een week later, na de mis, toen Mary Louise en ik in het zaaltje gebakjes stonden uit te zoeken, dook de blondine op, die mijn vader verwachtingsvol aankeek. Zijn blik bleef van mij naar haar schieten. 'Meisjes,' zei hij uiteindelijk. 'Ik wil jullie graag voorstellen aan Eleanor. Ze is... Dit is Lily, en dit is Mary Louise, haar partner in crime.'

'Aangenaam kennis te maken. Ik heb zoveel over jullie gehoord,' piepte ze als een demente parkiet.

'Lily?' hoorde ik mijn vader zeggen. 'Gaat het wel?' Ik schudde mijn hoofd. Hij mocht verdergaan met zijn leven. Ik bleef bij mama. Ik herinnerde me haar hand, bestoven met meel, die me de gardes aangaf, bedekt met klonten koekjesdeeg; haar lach wanneer ik mijn tong om het metaal krulde in een poging er zo veel mogelijk van af te likken. Ik herinnerde me het clownspak dat ze voor Halloween voor me maakte, haar voet op het pedaal van de naaimachine, haar hoofd gebogen in concentratie. Ik herinnerde me dingen die ik me onmogelijk kon herinneren. Mama die over me waakte terwijl ik sliep. Mama die met een tedere uitdrukking op haar gezicht op haar buik klopte, waarin ik genesteld lag. Ik herinnerde me dat ik de trui die ze had gehaakt niet wilde dragen omdat hij niet zoals die van Tiffany Ivers uit de winkel kwam. Ik herinnerde me de manier waarop mama glimlachte om haar teleurstelling te verbergen. Als ik hem kon vinden, zou ik die trui elke dag dragen.

Voor mijn veertiende verjaardag nam papa me mee naar Jeans 'n Things, dat eigendom was van mevrouw Taylor, die bruin getoupeerd haar had en drie kerkbanken voor ons zat. Angel en haar vriendinnen hadden hun eigen T-shirts ontworpen met hun namen op de achterkant geprint, en papa had besloten er ook zo eentje voor mij te kopen. Ik was onder de indruk dat hij zelf op dat idee was gekomen.

Het T-shirt was verkrijgbaar in vijf kleuren; oranje was de enige in mijn maat. Daarna de opdruk. Plaatjes van konijntjes, vogels en rockbands. Normaal gesproken zou papa twintig keer op zijn horloge hebben gekeken, uit angst om te lang weg te blijven van zijn werk, maar nu bestudeerde hij ze een voor een met me.

'Je moeder zou de adelaar hebben gekozen,' zei hij zo zacht dat ik hem nauwelijks hoorde.

Ik koos de adelaar. Mevrouw Taylor haalde de fluweelachtige letters tevoorschijn – groot, medium en klein; rood, zwart en blauw. Hij en ik lieten ze allemaal door onze handen gaan.

'Je moeder zorgde altijd voor de cadeaus. Ik heb nooit beseft wat ze allemaal deed.'

'Bedankt, pap,' zei ik, en ik gaf hem een stevige knuffel, zoals ik mama die laatste dag zo graag had willen knuffelen.

Ik droeg het T-shirt op de terugweg naar huis.

Odile bracht een cake – *chocolat*! – en Mary Louise en een paar andere meisjes van school waren erbij toen ik de kaarsjes uitblies. De rook kringelde nog omhoog toen Eleanor Carlson zonder kloppen binnenviel.

'Wat doet zíj hier?' zei Mary Louise met een geërgerde blik.

'Wat een leuke verrassing.' Papa kuste Eleanor Carlson op de wang.

'Gefeliciteerd met je verjaardag!' tjilpte ze.

'Fijn je te zien.' Odile gaf me een por.

'Ja, enig,' mompelde ik.

Mary Louise sloeg zonder een woord te zeggen haar armen over elkaar.

Papa en Eleanor Carlson deden hun best om elkaar niet aan te raken en niet te dicht bij elkaar te staan. Maar hij glimlachte vaker naar haar dan naar mij, en het was míjn feestje. Om de dag zo snel mogelijk te laten eindigen propte ik de taart naar binnen en rukte ik het papier van mijn cadeaus.

Na het feest gooiden Mary Louise en ik de papieren borden in de vuilnisbak terwijl papa een verse pot koffie zette. Zijn vriendin opende het keukenkastje met het serviesgoed. Van alles wat er stond koos ze mijn moeders favoriete kop-en-schotel met de frivole blauwe bloemetjes. Ja, natuurlijk. Papa leek niet eens verbaasd.

Mary Louise nam het tafereel in zich op; mijn pijn stond op haar sproetige gezicht geschreven. Ze wist dat ik dat kopje zelf nooit zou gebruiken. Op zachte maar felle toon verwoordde ze mijn woede, mijn pijn, mijn hartzeer: 'Denkt die trut nou echt dat ze hier zomaar kan binnenwandelen en kan pakken wat ze wil?'

Eleanor zette de kop-en-schotel op het aanrecht en draaide zich om naar de koffiepot. Mary Louise stak haar arm uit en mepte het porselein op de grond, waar het met een droevige maar o zo bevredigende klap uit elkaar spatte. Witte en blauwe sneeuwvlokjes verspreidden zich over het linoleum. Niemand bewoog. We keken toe terwijl het laatste scherfje onder de koelkast schoot en daar bleef liggen.

'Dat deed je expres!' schreeuwde mijn vader tegen Mary Louise. 'Waarom doe je zoiets gemeens?'

Hij ging maar door en door, maar zij was het gewend om de volle laag te krijgen. Met halfgesloten ogen tegen zijn spuug onderging ze zijn tirade stoïcijns.

Papa's vriendin keek toe en vroeg zich waarschijnlijk af waar hij zich zo druk om maakte.

'Mijn hemel, het is maar een kopje!' zei Eleanor. Ze pakte stoffer en blik achter de deur vandaan en begon de scherven van mijn moeders leven op te vegen.

13

Odile

PARIJS, AUGUSTUS 1939

Rémy bereidde zich op zijn toetreding tot het leger voor zoals hij zich op college voorbereidde: door wat koud water in zijn gezicht te plenzen en een paar boeken in een tas te gooien. Ik zat somber op de rand van zijn bed. Rancune hing tussen ons in: ik had het gevoel dat hij me in de steek liet en zich halsoverkop in het gevaar stortte; hij was teleurgesteld door mijn gebrek aan enthousiasme voor zijn plan. Ik vond dat hij moest blijven, hij popelde om te gaan.

'Neem een trui mee,' zei ik. 'Je wilt geen kouvatten.'

'Ze geven me daar alles wel wat ik nodig heb.'

Ik was eerder naar de bank geweest om mijn zekerheid voor de toekomst op te nemen. 'Hier,' zei ik, en ik drukte de francs in zijn handen.

'Ik heb je geld niet nodig.'

'Maar je neemt het wel aan.'

'Ik moet gaan.' Hij legde de biljetten op het bed.

Ik volgde hem naar de buitendeur, waar onze ouders stonden te wachten. Bezorgd trok Maman Rémy's kraag recht en vroeg: 'Heb je een schone zakdoek?'

Papa gaf Rémy een messingen kompas. 'Uit mijn eigen legertijd,' zei hij met schorre stem.

'Bedankt, Papa.' Hij gooide het kompas in de lucht, ving het weer op en liet het in zijn zak glijden. 'Ik zal die *krauts* eens wat laten zien.'

'Beloof dat je zult schrijven.'

Hij kuste mijn wangen. 'Beloofd.'

Met zijn tas over zijn schouder gehesen sprong hij de trap af alsof hij even naar buiten wipte om een baguette te kopen.

Als voorzorgsmaatregel tegen luchtaanvallen bleef het 's nachts aardedonker in de Lichtstad – geen straatlantaarns, geen neonverlichting van cabaretvoorstellingen, geen aangestoken lampen in de leeszaal. Parijzenaren werd geadviseerd om gasmaskers bij zich te dragen. Veel mensen, zoals mijn neven en nichten, propten zo veel mogelijk van hun bezittingen in hun auto's en vertrokken. Miss Reeder hielp radeloze landgenoten met het boeken van hun terugreis naar Amerika. Leraren braken hun zomervakantie af om hulp te bieden bij het evacueren van leerlingen naar het platteland. De stilte op de jeugdafdeling was huiveringwekkend.

Thuis was het ook stil. Dit was de eerste keer dat Rémy en ik langer dan vier dagen van elkaar gescheiden waren. Net als de zonsopkomt en het brood op onze tafel was hij er altijd geweest, slurpend van zijn café au lait, gorgelend na het poetsen van zijn tanden, neuriënd terwijl we samen lazen. Rémy verzorgde de achtergrondmuziek van mijn dagen. Nu was het leven stil.

Hij had vastberaden zijn keuze gemaakt om bij het leger te gaan, en dat had me enigszins gerust moeten stellen. In plaats daarvan zocht ik troost bij Maman en Papa. Voorheen hadden Rémy en ik aan één kant gestaan en onze ouders aan de andere, net zoals we aan de eettafel zaten. Nu raakten we met z'n drieën verenigd in onze bezorgdheid, in onze ongeruste blikken op de lege stoel. Rémy had nog niet geschreven.

'Wanneer komt Paul terug uit Bretagne?' vroeg Maman. Ze deed haar best om ongemakkelijke stiltes op te vullen.

Ik stak mijn hand in mijn zak en raakte zijn laatste brief aan. Hij schreef elke dag om me te vertellen hoe erg hij me miste en hoeveel hectares er nog geoogst moesten worden.

Ik zuchtte. 'Niet snel genoeg.'

In de vestiaire lagen bruinleren gasmakers – met op de bovenkant de opdruk THE AMERICAN LIBRARY IN PARIS – bij de muur. Toen ik het mijne op de grond gooide kwam Bitsi binnenwaaien, die vriendelijk bonjour tjilpte. Ik reageerde niet.

'Wat lees je tegenwoordig?' vroeg ze. 'Ik heb *Emma* net uit.'

'Ik kan het niet opbrengen om te lezen nu Rémy weg is.'

'Het is geen wedstrijdje "doen wie hem het meeste mist",' zei ze onderweg naar de deur.

Ik wist niet wat ik moest zeggen, of eigenlijk had ik te véél te zeggen. Hoe durf je Rémy aan te moedigen om zich aan te melden. Misschien is hij wel in gevaar!

Margaret kwam binnen en hing haar strohoed aan een haakje. 'Is er iets mis?'

'Ja, Bítsi.'

Margaret zei dat ze thee zou zetten en ermee naar mijn bureau zou komen. 'Zo, wat is er allemaal aan de hand,' vroeg ze terwijl ze de darjeeling inschonk.

'Rémy is altijd kwetsbaar geweest – de eerste die kouvatte, de laatste die met gym werd gekozen. En toch moedigde Bitsi hem aan om zich in het gevaar te storten. En hij had mij niet eens verteld dat hij zich bij het leger wilde aanmelden.'

'Was er een reden waarom hij jou niet in vertrouwen nam?'

Margarets ogen stonden zo ernstig dat ik mezelf een waarheid hoorde bekennen die ik nu pas begreep: 'Hij heeft geprobeerd het me te vertellen.' Mijn theekopje trilde in mijn hand. 'Had ik maar geluisterd. Hij was er altijd voor me, maar die ene keer dat hij mij nodig had...'

'Wees niet te streng voor jezelf.'

'Ik had hem van gedachten kunnen doen veranderen.'

'Misschien is dit iets waarvan hij vond dat hij het moest doen.'

'Misschien...'

Margaret gebaarde naar het tafereel dat zich voor ons afspeelde. Peter-de-terugzetter leidde Helen rond, onze nieuwste medewerkster, een documentaliste van Rhode Island met een pluizige boblijn en dromerige ogen. Het tweetal dwaalde tussen de boekenkasten door, mijmerend over New England, 917.4, de meest magische plek op aarde; ik had genoeg liefdesverhalen gelezen om het ontstaan ervan te herkennen wanneer ik het zag.

Boris kwam naar ons toe met een lange rol papier en zei dat we de ramen moesten afdekken als bescherming tegen rondvliegende glasscherven in het geval van een bombardement.

'Hoe gaat het met je broer?' vroeg hij, en hij rolde het papier op tafel uit.

Ik sneed een groot stuk af. 'Hij heeft nog steeds niet geschreven.'

'Hoelang is hij al weg?'

'Twee weken.'

'Toen ik bij het leger ging,' zei Boris terwijl hij met een oude verfkwast lijm op het papier smeerde, 'werden we zo gedrild dat we 's avonds uitgeput op ons veldbed neerstortten. Er was geen tijd voor correspondentie. Daar zorgde de sergeant wel voor; hij wilde dat we ons vroegere leven achter ons lieten.'

'Je hebt waarschijnlijk gelijk...'

'Maar het is moeilijk voor de achterblijvers.'

Boris begreep het. We zeiden weinig maar toch veel terwijl we de bibliotheek in duisternis hulden. Met al die ramen deden we er twee dagen over.

Op 1 september riep het leger alle mannen van achttien tot

vijfendertig op. Boris, de buurjongens met wie ik was opgegroeid, de bleke promovendi die praktisch in de studiezaal woonden, de bakker die de baguettes liet verbranden – ze werden allemaal gemobiliseerd. Papa vroeg of hij zijn politieagenten in Parijs mocht houden; Paul kreeg vrijstelling om op de boerderij van zijn tante te blijven werken – voorlopig althans.

Overal zag ik bewijzen van een dreigende oorlog: bij het leger, dat alle gelederen had versterkt; in de *Herald* met de onheilspellende koppen; en op het prikbord van de bibliotheek, waarop naast de bestsellerlijst een nieuw stuk papier met het zegel van de Amerikaanse ambassade hing met daarop de mededeling: 'Met het oog op de heersende situatie in Europa wordt Amerikaanse staatsburgers geadviseerd terug te keren naar de Verenigde Staten.'

Zou miss Reeder het advies van de ambassade opvolgen? Stel dat de Britse ambassadeur een soortgelijke verklaring afgaf en ik Margaret kwijtraakte?

Ik rende langs het kaartensysteem waar tante Caro me had laten kennismaken met Dewey en een compleet sterrenstelsel; door het pad waar Paul en ik elkaar voor het eerst hadden gekust; langs de achterkamer waar Margaret en ik vriendinnen waren geworden, naar miss Reeders kantoor.

De directrice draaide zachtjes heen en weer op haar stoel, met haar pen in de hand en haar aandacht gericht op de papieren die op haar bureau waren uitgespreid. Het aroma van haar koffie verspreidde zich door de lucht. Ik zag geen dozen of andere tekenen dat ze aan het inpakken was. Ze was hier. Zolang zij hier was, kwam alles goed. Mijn paniek zakte weg en ik haalde langzaam en diep adem.

'Gaat u niet naar huis?' vroeg ik.

'Naar huis?'

'Gaat u niet weg?'

Ze trok haar wenkbrauwen samen en keek me verwonderd

aan, alsof die gedachte nooit bij haar was opgekomen. Miss Reeder antwoordde: 'Ik bén thuis.'

1 september 1939

Liefste Paul,
Ik mis je vreselijk. Ik wil je armen om mijn middel voelen en je iets geruststellends in mijn oor horen fluisteren. Ik heb pijn in mijn borst sinds Rémy in het leger is gegaan. Ik vind de manier waarop we uit elkaar zijn gegaan vreselijk. Alles zal beter zijn wanneer jij terugkeert.

Nu de meeste mannen bij jullie in de buurt waarschijnlijk door het leger zijn opgeroepen, zal je tante je vast harder nodig hebben dan ooit, maar ik heb je óók nodig, en ik tel de dagen tot je terug bent.

Heel veel liefs,
Je prikkelbare bibliothecaresse

Ik kon niet ontsnappen aan het feit dat Rémy een nieuwe vertrouwenspersoon had, maar ik kon wel aan háár ontsnappen door zo veel mogelijk op de afdeling kranten en tijdschriften te blijven.

Zoals altijd werd mijn hart ook vandaag wat lichter toen ik naar mijn vaste bezoekers keek. Professor Cohen, gehuld in een paarse sjaal, zuchtte bij een prachtig stukje tekst in *Voyage of the Dark*. Naast haar klikte Madame Simons kunstgebit terwijl ze zwijmelde bij de mode in *Harper's Bazaar*. Tegenover hen zaten Monsieur de Nerciat en Mr. Pryce-Jones te kibbelen.

'De beste whisky's worden in Schotland gemaakt,' zei de Engelsman. 'Ik ben zelf half Schots.'

'Vertel mij wat,' mompelde de Fransman. 'En de andere helft is scheef.'

'Glendronach is de beste.'

Niet bereid te erkennen dat Groot-Brittannië ook maar iets van waarde produceerde, wierp de Fransman tegen: 'George Dickel uit Tennessee smaakt beter.'

'Een smaakproef is de enige manier om erachter te komen wie er gelijk heeft,' zei ik tegen hen.

'Odile, je bent geniaal!'

Bitsi kwam naast me staan. 'Mijn broer is opgeroepen,' zei ze. 'Hij is gisteren vertrokken.'

'De mijne is weken geleden vertrokken,' zei ik. 'Maar daar wist je alles van, nietwaar?'

'Rémy zou alsnog zijn opgeroepen.'

'Moet ik me daar beter door voelen?' beet ik haar toe.

De aanwezige abonnees keken verrast op. 'We maken ons allemaal zorgen,' zei professor Cohen sussend.

Ik wendde me van Bitsi af, sloeg de *Herald* open en las het hoofdartikel: 'Ondanks de heersende bezorgdheid en angst is het niet gezegd dat er een wereldoorlog zal uitbreken. Niemand, behalve Herr Hitler zelf misschien, zal met zekerheid kunnen zeggen dat dat zal gebeuren.' Ik besefte pas dat ik het hardop had voorgelezen toen ik Madame Simons gezicht zag vertrekken.

'Welke oorlog?' giechelde ze nerveus. 'Europa is moe, niemand wil vechten.'

'Je weet niet wat je zegt,' zei professor Cohen. 'Kinderen vechten om speelgoed, mannen vechten om territorium.'

'Laten we daar nu niet aan denken,' zei Monsieur de Nerciat terwijl hij me bezorgd opnam. Hij pakte de *Herald* uit mijn handen en sloeg hem open op de pagina's met societynieuws, waar over twee volledige kolommen de laatste nieuwtjes over de Amerikaanse Kolonie in Parijs werden verkondigd. '"Mr. Eli Grombecker uit New York vloog met de Clipper naar Europa. Mr. en Mrs. Bromund uit Chicago bevinden zich, samen met anderen die onlangs een bezoek aan Berlijn brachten, in Le Bristol. Mrs. Minnie K. Oppenheimer en miss Ruth Oppenheimer uit Miami verblijven in het Continental."'

'Een oorlog zal de socialites er niet van weerhouden om te gaan winkelen,' zei Mr. Pryce-Jones.

'En dan het nieuws van de Britse Kolonie,' vervolgde Monsieur de Nerciat: '"De Maharadja van Tripura en de Yuvarani van Baris verblijven in het George v. De gravin van Abingdon heeft zich bij de graaf gevoegd in Le Prince de Galles."'

We moesten allemaal lachen. Die socialites namen zichzelf wel erg serieus, maar ze zorgden er in elk geval voor dat we de gespannen politieke situatie heel even vergaten.

Na het werk ging ik naar huis, hopend op een brief van Rémy, maar het bakje op het tafeltje bij de deur was nog steeds leeg. Ik hoorde stemmen in de zitkamer en wierp een blik naar binnen – Paul! Hij sprong op toen hij me zag. Me bewust van mijn ouders liet ik mijn hand maar kort op zijn bovenarm rusten terwijl hij me een kuise kus op de wang gaf.

Op de divan, op twintig centimeter afstand van elkaar, fluisterde ik: 'Ik heb je gemist.'

'Ik heb jou méér gemist. Jij had tenminste nog je vaste bibliotheekbezoekers als gezelschap. Ik had behalve mijn tante alleen maar koeien, kippen en geiten.'

'Je zou kunnen stellen dat Mr. Pryce-Jones een koppige, oude geit is.'

'Ja, maar hij heeft je nog nooit gebeten!'

Mijn vader keek met zelfingenomen welwillendheid naar ons. 'Ik wist dat Paul de ware voor je was.'

'Ja, Papa, de veertiende huwelijkskandidaat die u mee naar huis nam was scheepsrecht.'

'Jullie zullen snel meer tijd samen hebben,' antwoordde hij. 'Nu iedereen het over oorlog heeft, zullen je collega's Parijs verlaten en zal de bibliotheek haar deuren sluiten.'

'Miss Reeder zegt dat we openblijven,' zei ik. 'Er gaat niemand weg.'

'Je zult tijd hebben om uit te rusten.' Met een plagende knipoog voegde hij eraan toe: 'Misschien ben je dan zelfs wel op tijd thuis voor het avondeten.'

Wanneer Papa het over zijn werk had, had hij het over plicht. Hij kon niet begrijpen dat ik van de bibliotheek hield. De extra uren die ik met Helen-de-vraagbaak doorbracht om antwoorden voor abonnees te leren vinden, was geen verplichting voor me; het voelde aan als schatgraven. 'Het is belangrijk om te onthouden hoe lastig het kan zijn om om hulp te vragen,' benadrukte ze. 'Wees nooit ongeduldig: alle vragen zijn op hun manier waardevol.' Samen met haar spitte ik bibliografieën en encyclopedieën door om alle antwoorden te vinden, van het aantal inwoners van Cuba tot de geschatte waarde van een bepaalde Chinese vaas. Elke dag bracht vragen met zich mee die antwoorden behoefden. Na tientallen academische essays te hebben geschreven, besloot professor Cohen een poging te doen tot een roman, en stortte ze zich op het zestiende-eeuwse Italië. 'Wat droegen Venetianen? Wat dronken ze? Wat stopten ze in hun zakken?' vroeg ze.

'Weet u zeker dat ze zakken hadden?' vroeg Helen.

'Ik heb geen idee!' antwoordde de professor, en we zetten met z'n drietjes koers naar Venetië, tussen de boekenkasten door navigerend.

Ik was nodig in de bibliotheek. Ik was daar gelukkig.

'Ik kan niet uitrusten,' zei ik tegen mijn vader. 'Miss Reeder zegt dat boeken begrip bevorderen, wat nu belangrijker is dan ooit.'

Toen hij zijn mond opendeed om me tegen te spreken loodste Maman hem mee de kamer uit en deed de deur achter hen dicht.

Ik schoof dichter naar Paul toe. 'Hij is onmogelijk!'

'Hij maakt zich zorgen om je.'

'Ja, dat zal wel...'

Paul kuste mijn handen, mijn wangen, mijn lippen. Ik wilde meer. Zijn huid op de mijne, onze lichamen met elkaar verstrengeld. Een kus was als de proloog van een schitterend boek dat ik tot de laatste bladzijde wilde lezen.

Er werd aan de deurknop gemorreld; haastig schoven we bij elkaar vandaan. Mama haastte zich naar de plantenbakken en begon haar varens water te geven.

Als kind vond ik het heerlijk om in bed te lezen. Elke avond nadat Maman 'Licht uit' had gezegd, smeekte ik om het hoofdstuk te mogen uitlezen, maar het had geen zin. Maman besloot, zowel toen als nu, wanneer het tijd was om te stoppen.

Ik was de middagedities van de kranten aan het uitstallen toen miss Reeder – wit als hobbylijm – wankelend de leeszaal betrad. We wisten allemaal onmiddellijk dat er iets mis was. Mr. Pryce-Jones en Monsieur de Nerciat hielden op met redetwisten. Professor Cohen keek op van haar boek. De directrice bleef voor de geblindeerde ramen stilstaan en zei: 'De ambassade belde.' Haar stem trilde. 'Engeland en Frankrijk hebben Duitsland de oorlog verklaard.'

Wanneer Papa over zijn jaren in de loopgraven sprak, kon ik me de gevechten alleen voorstellen als vervaagde foto's die van veraf waren genomen. Nu zag ik de plaatjes van tanks en gewonde soldaten in levendige kleuren voor me. Was Rémy in de strijd verwikkeld? Was hij gewond?

'Hebben ze gezegd waar er wordt gevochten?' vroeg Bitsi voordat ik het kon doen.

'Ik wilde dat ik meer wist,' zei miss Reeder. 'Ambassadeur Bullitt zal ons op de hoogte houden.'

Na abonnees te hebben gerustgesteld, verzamelde ze alle werknemers in haar kantoor. 'Jullie zouden moeten vertrekken, terug naar huis of naar het platteland, waar jullie veilig zullen zijn,' zei ze tegen ons, op zo'n autoritaire toon dat ik in gedachten mijn gele jurk en blauwe sjaal al in een koffer gooide.

'Wat gaat ú doen?' wilde Mrs. Turnbull weten.

'Ik blijf,' antwoordde miss Reeder zonder aarzelen.

'Ik beman de uitleenbalie wel,' zei Bitsi.

'Ik wil blijven,' zei onze boekhoudster miss Wedd.

'Ik ook.' In mijn hoofd legde ik mijn kleren terug in de kast. Mijn plaats was hier. Ik wilde alles doen wat ik kon om ervoor te zorgen dat onze bibliotheek open zou blijven.

'Ik kan niet zo snel terug naar Rhode Island,' zei Helen-de-vraagbaak.

Peter-de-terugzetter richtte zijn blik op haar. 'Ik wil niet weg.'

Miss Reeder keek ons dankbaar aan. 'Desondanks moeten we doen wat we kunnen om ervoor te zorgen dat onze abonnees veilig zijn.'

Peter-de-terugzetter sleepte emmers met zand naar de bovenste verdieping, voor het geval luchtaanvallen brand zouden veroorzaken. Miss Wedd plakte de routebeschrijving naar de dichtstbijzijnde schuilplaats – het metrostation – op de muur. Tijdens de veiligheidsoefening ontruimde miss Reeder de leeszaal, met haar armen rond de schouders van angstige studenten geslagen. Ik leidde mijn vaste bezoekers van de afdeling af. Professor Cohen griste *Good Morning, Midnight* van de plank alsof ze haar beste vriendin uit een brandend gebouw redde terwijl ze verkondigde: 'Ik laat Jean Rhys niet achter.' Helen-de-vraagbaak had flessen drinkwater bij zich; de conciërge schakelde de elektriciteit uit. Bij de deur stond Bitsi met de lantaarn te zwaaien. En een stoet van verdwaasde boekenwurmen sjokte de twee straten door naar de veiligheid van het station. In de schemerige metrotunnel vroegen we ons af wat er zou gebeuren, en wanneer.

14

Odile

Boris slenterde de leeszaal binnen alsof hij terugkeerde van een lange lunch in plaats van van zes dagen in het leger. Abonnees zwermden om hem heen en verdrongen elkaar om hem welkom terug te heten. Monsieur de Nerciat en Mr. Pryce-Jones waren de eersten om Boris stevig de hand te schudden. Professor Cohen was de volgende. 'We zijn blij dat je veilig thuis bent. Wat zullen je vrouw en dochters opgelucht zijn.' Ik probeerde hem te bereiken, maar hij werd omsingeld door een drom boekenwurmen. Ik liep naar het karretje en pakte een boek om het terug te zetten op de plank. De signatuur op de rug was 223. Was dat godsdienst of filosofie? De dingen die ik zeker wist, raakten vertroebeld. Sinds Rémy was vertrokken, merkte ik dat ik vaak midden in een vertrek stond en niet kon bepalen waar ik zou moeten zijn.

Boris vond me diep in 200. 'Hoe gaat het met je?' vroeg hij.

'Ik ben zo bezorgd om Rémy.'

Hij zette mijn boek op de plank. 'Ik ken het gevoel. Mijn broer Oleg heeft zich aangemeld bij het Vreemdelingenlegioen.'

'Ik hoop dat hij veilig is. Jij kon in elk geval terugkeren.'

'Dankzij miss Reeder, die een brief aan het leger heeft geschreven. Ik ben blijkbaar onmisbaar.'

'Onmisbaar. Dat klinkt fijn.'

Het was haar ook gelukt de conciërge bij ons te houden. En goddank kreeg Papa toestemming om zijn politieagenten in Parijs te houden. Hij wilde zijn mannen voor gevaar behoeden, zelfs al was hij niet in staat om zijn eigen zoon te beschermen. Ik was ziek van bezorgdheid om Rémy, maar dankbaar, zo dankbaar, dat ik Paul niet zou verliezen.

Boris zette een ander boek terug op zijn plaats. 'Ik zou mijn plicht in het Franse leger hebben vervuld. Ik heb tenslotte al een keer in een oorlog gevochten.'

'O ja?'

'Ik was in opleiding voor cadet toen de Russische Revolutie uitbrak. Sommigen van ons waren nauwelijks vijftien jaar oud, maar we liepen van huis weg om bij het leger te gaan.'

'Vijftien...'

Hij legde uit dat zijn kameraden en hij dachten dat vanaf tien passen afstand een aardbei aan jam schieten een man van hen had gemaakt, en dat het toen zijn beste vriend en hij plannen maakten om ervandoor te gaan, hun grootste zorg was in welk uniform ze er het knapst uit zouden zien. 'We vroegen ons af of we moesten gaan lopen of een paard moesten nemen. Of we honger moesten lijden of de voorraadkast moesten plunderen met het risico dat de norse kok wakker zou worden. In dienst gaan was makkelijk,' besloot hij zijn verhaal. 'Net als de meeste kinderen konden we niet verder dan een week vooruitkijken.'

Dat was ook de manier waarop Rémy het huis had verlaten: vol verlangen om op avontuur te gaan, erop gebrand om Papa te bewijzen dat hij een man was.

'Mijn kapitein was niet veel ouder dan ik. Hij gaf ons bevel gericht te schieten, maar het valt niet mee om je eigen landgenoten te doden.' Boris slikte. 'Om wie dan ook te doden.'

De boekenkasten waren hoog en zo heilig als een biechtstoel. Hij staarde naar de rijen boeken die als soldaten in het gelid stonden. 'Tegenover ons, aan de andere kant van de rivier, stond een vijand op de uitkijk,' vervolgde hij. 'Ook een Rus. Ik haalde de trekker over en schampte zijn oorlel.'

'Zijn oorlel?'

Boris haalde zijn schouders op. 'Het was een knap schot. Ik wilde die knaap niet doden. Ik wilde hem alleen wegjagen.'

'Dat heb je goed gedaan.'

Hij pakte een nieuw boek en liet met een sombere blik zijn hand over de kaft glijden. 'Later kwam mijn regiment oog in oog te staan met het zijne, en diezelfde soldaat doodde mijn beste vriend.'

'Wat erg voor je.'

'Ik ben zelf twee keer geraakt.' Zijn vinger gleed over een litteken op zijn wang. Het lijntje was zo vaag dat ik het had aangezien voor een lachrimpel. 'Maar wat me bijna de das omdeed was de tyfus. De ziekenboeg was erger dan het front. Ik ben opgegroeid in een luidruchtige familie en ging na de militaire opleiding meteen het leger in. Ik was nog nooit een moment alleen geweest, had nooit mijn eigen gedachten onder ogen hoeven te zien. Afgezonderd zijn in dat ziekenhuis was het dieptepunt van mijn leven. Eén ding hield me op de been – de gedachte dat mijn zusjes bij elkaar waren.'

Hij gebaarde naar de jeugdafdeling, waar Bitsi liep te ijsberen.

'Zij en ik zijn géén zusjes.'

Er lag zoveel verdriet in zijn ogen toen hij me aankeek. 'Ik moet terug naar de uitleenbalie,' zei hij op afgemeten toon, en hij liet me alleen met mijn spijt en wrok.

15

Odile

Drie dagen na het uitbreken van de oorlog riep miss Reeder de Soldiers' Service in het leven. Om de Franse en Britse troepen een hart onder de riem te steken en afleiding te bezorgen, en om hun te laten weten dat hun vrienden van de bibliotheek hen niet in de steek lieten, stelden we pakketten met boeken samen voor kantines en veldhospitalen. Paul en ik leverden de kratten af bij La Poste. Het was vreemd rustig in Parijs, als in een statig hotel met weinig gasten, maar in de bibliotheek wemelde het van de abonnees die het vanzelfsprekend vonden dat we open zouden blijven. Ze bleven boeken lenen en kranten doorspitten om het laatste nieuws te lezen.

'Mensen blijven lezen,' zei de directrice. 'Oorlog of geen oorlog.'

Ze had een oproep gedaan voor donaties en schreef brieven aan trouwe leden zoals gravin Clara de Chambrun. Miss Reeder riep me bij zich in haar kantoor, waar ze vertelde dat ze een aantal journalisten in de bibliotheek had uitgenodigd; ze wilde dat ik hun over het programma zou informeren. Ze wachtten op me in de leeszaal.

'Ik?' zei ik. 'Krantenmensen zijn... onaangenaam.' Toen ik mijn eerste artikel voor de rubriek van de bibliotheek bij de *Herald* inleverde, merkte een van hen een typefout op: '*pubic*' relations in plaats van public relations. Elke keer wanneer ik een nieuw artikel inleverde, vroeg een van hen of mijn onderbuik al toe was aan een relatie.

'Ze kunnen grof zijn,' gaf miss Reeder toe. 'Ze reizen heel Frankrijk door om verslag te doen van de oorlog. Maar als een van hen zich misdraagt, dan mag je hem van mij z'n kop inslaan.'

Ik voelde mijn wangen rood worden bij de gedachte aan mijn sollicitatiegesprek, waarin ik precies daarmee had gedreigd. 'O nee, ik...'

'Ik weet het. Dat meisje ben je niet meer. Je bent volwassen geworden en doet het fantastisch. Iedereen is dol op je rubriek in de *Herald*, en je nieuwsbrief is een genot om te lezen, vooral je interviews voor de rubriek "Wat voor soort lezer ben jij?". Het is geweldig om iemand te leren kennen aan de hand van de boeken waar hij of zij van houdt.'

Onderweg naar de leeszaal stond ik mezelf toe om even na te genieten van miss Reeders complimenten. Bij de haard aangekomen wreef ik met mijn ene voet over de andere terwijl ik moed verzamelde om de blasé krantenmensen in hun gekreukte regenjassen toe te spreken. Maar voordat ik iets kon zeggen, begonnen ze al vragen te stellen.

'Zijn de Fransen zo geïnteresseerd in Amerikaanse boeken?' wilde een journalist met dunner wordend grijs haar weten. Hij zag er vermoeid, nee, afgemat uit. 'En hebben soldaten wel tijd om te lezen?'

'Een van de generaals heeft vrachtwagens vanaf de Maginotlinie naar ons toe gestuurd om leesmateriaal op te halen,' zei ik kordaat. 'Ja, de soldaten hebben tijd, en het is ons doel om de mannen die ziek, gewond of eenzaam zijn te steunen. Wij moeten hulp verlenen op het morele vlak.'

'Het morele vlak? Waarom dan boeken? Waarom geen wijn?' grapte een roodharige journalist. 'Daar zou je míj blij mee maken.'

'Het een sluit het ander niet uit,' kaatste ik terug.

Ze lachten.

'Maar in alle ernst, waarom boeken? Omdat geen enkel ander ding dat mystieke vermogen bezit om mensen door andermans ogen te laten kijken. De bibliotheek is een van boeken vervaardigde brug tussen culturen.'

Een voor een trokken ze hun jas uit en lieten ze zich in een stoel zakken terwijl ik uitlegde hoe mensen ons hun donaties konden doen toekomen. Sommige journalisten krabbelden wat informatie op papier, andere leken te mijmeren over boeken die ze hadden gelezen. De afgemat uitziende man staarde naar de boekenkasten; misschien dacht hij terug aan een roman die hem troost had geboden na een zware dag.

'We hebben allemaal wel een boek dat ons voor altijd heeft veranderd,' zei ik. 'Een boek waardoor we weten dat we niet alleen zijn. Wat is het uwe?'

'*All Quiet on the Western Front*,' zei hij.

833. 'Help het nieuws verspreiden. Help ons de boeken waar u van hield bij onze soldaten te bezorgen.'

Zodra het nieuws bekend werd, begonnen de donaties binnen te stromen. De medewerkers stelden voor elk regiment een kleine bibliotheek samen van vijftig tijdschriften en honderd boeken. Om negen uur 's avonds rondden Margaret, miss Reeder en ik het werk voor die dag af. De directrice schreef de adresetiketten, Margaret typte de inhoudsopgave voor elke collectie en ik deed de boeken in de kratten.

Bitsi stormde de kamer binnen, zwaaiend met een brief. 'Hij lag er toen ik thuiskwam.'

Had Rémy háár eerst geschreven?

'O, wat fijn om iets van hem te horen,' zei Margaret.

'En was het niet aardig van Bitsi om terug te komen om ons dat nieuws te vertellen?' Miss Reeder wierp me een scherpe blik toe.

Ze had gelijk. Het was geen wedstrijd 'doen wie er als eerste een brief krijgt'. Maar toch...

'Hij is gestationeerd in de buurt van Lille,' zei Bitsi. 'Ver bij de gevarenzone vandaan.'

'Nóg wel,' zei ik scherp.

'Het was zijn eigen idee om zich aan te melden.'

'Jij hebt hem aangemoedigd.'

'Om zijn overtuigingen te volgen.'

'Die misschien zijn dood wel worden!' Ik hees de lijvige, onverkorte editie van Victor Hugo in een krat, waar hij met een oneerbiedige plof neerkwam.

'Alsjeblieft.' Haar albasten handen, zo fragiel, grepen de mijne, die besmeurd waren met blauwe inkt. 'Ik wil zo graag bij iemand zijn die ook van hem houdt.'

'Ik moet het mijn ouders vertellen.' Ik maakte mijn vingers los uit de hare. 'Wat zullen ze opgelucht zijn.'

'Odile, liefje...' Miss Reeder hield meelevend haar hoofd schuin.

Omdat vriendelijkheid me aan het huilen zou maken, fluisterde ik snel 'tot morgen' en stormde de trap af. Toen ik mijn ouders over de brief vertelde, moest er een scherpe ondertoon in mijn stem hebben gelegen, want Maman zei dat het Bitsi's schuld niet was dat hij zich had aangemeld. Na alle politieke verhandelingen die hij had geschreven, had zijn keuze geen verrassing moeten zijn. Papa zei dat ik aardig voor Bitsi moest zijn, in Rémy's belang.

Twee dagen later werd er een brief bezorgd. *Mijn regiment is op een boerderij gestationeerd. Een zwerfkat loopt ons als een hondje achterna, zelfs tijdens veldoefeningen. We hebben nog geen krijgshandelingen, behalve wanneer we moeten uitmaken wie van ons de afwas moet doen.*

Ik haalde iets makkelijker adem.

De verzoeken stroomden binnen, vanuit heel Frankrijk, maar ook uit Algerije, Syrië en het Britse hoofdkwartier in Londen.

Werknemers en vrijwilligers van het Rode Kruis, de YMCA en de quakers stonden hutjemutje in onze achterkamer om ons te helpen soldaten boeken te bezorgen. We noteerden zorgvuldig alle voorkeuren (non-fictie of fictie, thrillers of biografieën) en talen (Engels, Frans of beide) en zorgden ervoor dat iedere militair die een aanvraag had gedaan twee keer per maand een persoonlijk pakket kreeg.

Miss Reeder maakte foto's van vrijwilligers die boeken inpakten, Bitsi schreef bemoedigende briefjes aan soldaten en Margaret en ik openden de aanvragen. Ik las er een voor van een leraar Engels, nu een Franse korporaal, die om lesboeken vroeg om zijn regiment Engels te leren.

'Welke zullen we sturen?' vroeg Bitsi aan mij.

Ik deed alsof ik het niet hoorde.

Met een nerveuze blik van Bitsi naar mij las Margaret voor: 'Ik ben in het oosten van Frankrijk gelegerd, en een paar van ons lezen Engels. Mogen we vragen om wat boeken en tijdschriften, en misschien wat meisjes (niet te oud) die met ons zouden willen corresponderen?'

Volledig in de ban van de verzoekjes die we ontvingen las ik een volgende hardop voor: 'Wij, een paar kameraden en ikzelf, zijn op het Franse platteland tussen Saar en Moezel. En zoals u kunt bedenken, hebben wij weinig plezier. Als het mogelijk is, kunt u ons dan oude exemplaren van *National Geographic* sturen? Het zal ons plezier doen, omdat we deze mooie artikelen graag lezen.'

'Het moet moeilijk zijn voor de soldaten, zo ver van huis,' zei Margaret. 'Wat ontzettend fijn dat we iets voor hen kunnen doen.'

'Bedankt voor je toewijding,' zei miss Reeder met een stem die zo troostrijk was als warme chocolademelk. 'We mogen van geluk spreken dat jij bij ons bent.'

'Wat zou ik zonder jullie allemaal moeten doen?' Tranen welden op in Margarets ogen. 'O jeetje, daar is de lekke theepot weer.'

'We zijn de laatste tijd allemaal een beetje emotioneel,' antwoordde miss Reeder met haar blik op mij gericht.

Er werden weinig schoten gelost in Frankrijk, hoewel de situatie langs de Maginotlinie gespannen bleef. Generaals waren ervan overtuigd dat de vijand daar zou aanvallen. We hadden honderden boeken naar de soldaten aldaar gestuurd. Een aantal van hen schreef terug en sommigen voegden heel attent een blijk van waardering toe: een aquarelletje van een keuken aan het front, schetsen van een vijandelijk vliegtuig dat ze hadden neergeschoten, een pakje sigaretten. Margaret en ik lazen een brief van een Britse kapitein:

> Wat ontzettend vriendelijk van u om me zo'n prachtig boekenpakket te sturen. Ik heb enorm veel waardering voor wat u voor ons doet en vind het ontzettend belangrijk om de mannen zo veel mogelijk ontspanning te bieden.
>
> We willen onze erkentelijkheid betonen voor het goede werk dat u doet voor onze soldaten. We zijn u zeer dankbaar voor wat u in de vorige oorlog deed en nu weer doet.

Onze Soldiers' Service was zo omvangrijk geworden – duizenden gedoneerde boeken, tientallen vrijwilligers – dat zakenlui in het aangrenzende gebouw ons een volledige verdieping ter beschikking stelden. Stapels romans en tijdschriften reikten tot aan het plafond, een literaire toren van Pisa. Miss Wedd bakte scones voor ons en hield de statistieken bij over de boeken die we verstuurden. Dat najaar verscheepten we twintigduizend boekwerken naar Franse, Britse en Tsjecho-Slowaakse troepen, en ook naar het Vreemdelingenlegioen. Net als miss Reeder was ik vooral trots op onze service voor individuele soldaten. Minder trots was ik op het feit dat ik nauwelijks een woord met Bitsi had gewisseld.

Maman mopperde dat ik nooit meer thuis was en Paul grapte

dat hij vrijwilliger moest worden om nog wat tijd met me te kunnen doorbrengen, maar ik merkte dat ik, net als Rémy, 'iets moest doen'. Hoe verloren ik me zonder hem ook voelde, ik wist dat het erger moest zijn voor al die soldaten die ver van huis waren. Ik stopte bemoedigende kaartjes in hun boeken.

Onzeker over de toekomst bladerde ik vaak naar de laatste pagina van een roman, in de hoop op een gelukkig einde. In *Villette*, 823. *Laat ons hier stilstaan: ineens maar. Er is genoeg gezegd. Verontrust geen kalm en vriendelijk hart; laten zonnige fantasieën blijven hopen. Laten zij zelf zich het heerlijke beeld scheppen van de vreugde, vers geboren uit de grootste angst, de verrukking der verlossing uit gevaar, het voorlopige uitstel uit de verschrikkingen des doods, het werkelijkheid worden van de terugkeer.* Kon ik maar vooruitlezen in het boek van mijn eigen leven om mezelf gerust te stellen. Er zou een eind aan de oorlog komen. Rémy zou thuiskomen. Paul en ik zouden met elkaar trouwen.

Opnieuw uitgeput kroop ik die avond met een boek in bed.

> Hij doorkruiste de kamer, pakte mijn arm en greep me bij mijn middel. Hij leek me te verslinden met zijn vurige blik...
>
> 'Nooit,' zei hij tandenknarsend, 'nooit was iets zo fragiel en ontembaar tegelijk. Als een riethalm voelt zij aan in mijn hand! (En de kracht van zijn greep onthutste me.) Ik zou haar kunnen buigen... dat wilde, prachtige wezen!'
>
> 'Uit jezelf zou je zacht komen aanvliegen en je tegen mijn hart nestelen, als je dat zou willen: tegen je wil vastgegrepen, zou je als een geest aan de greep ontsnappen – je zult verdwijnen eer ik je geur kan inhaleren. O! Kom, Odile, kom!'

'Odile!' Maman bonsde op de deur. 'Het is middernacht geweest.' Ik pakte pen en papier en schreef:

Lieve Rémy,

Ik zou de hele nacht kunnen lezen, maar Maman blijft aan mijn hoofd zeuren tot ik het licht uitdoe. Vandaag was weer een hectische dag. Het is drukker dan ooit in de bibliotheek – abonnees die eind augustus zijn vertrokken, zijn weer teruggekeerd, en we doen ons best om jullie allemaal van boeken te voorzien. Paul komt geregeld langs om kratten naar het station te brengen. Margaret zegt dat hij voor mij komt, maar dat weet ik nog zo net niet. Ik weet niet hoe hij zich voelt. We hebben nog nooit 'Ik hou van je' tegen elkaar gezegd. We zijn nooit alleen. Misschien houd ik hem wel bewust op afstand. Hoop doet pijn. Ik ben bang dat zijn gevoelens voor mij zullen verdwijnen.

Ik herinnerde me dat Papa en oom Lionel allebei iemand anders hadden gevonden. Vonken doven toch, of niet?

'Licht uit, Odile!'

1 december 1939

Lieve Odile,

Bedankt voor het boek! Jane Eyre is net zo'n pittige tante als jij. Wat slim om je overpeinzingen in de kantlijn te schrijven. Bij elke pagina die ik omsla voelt het aan alsof we de roman samen lezen. Hoe kun je in vredesnaam sympathie hebben voor Mr. Rochester? Hij is een ploert! Ik begin te twijfelen aan je smaak wat mannen betreft.

Margaret heeft gelijk – Paul is vrijwilliger geworden om dicht bij jou te zijn. Hoop zou geen pijn mogen doen. Het zou je moeten opwinden, als een bord vol sterren voor je neus, glinsterend van de mogelijkheden.

Ik heb geen verzoek ingediend om met Kerstmis met verlof te mogen. Veel soldaten in mijn eenheid hebben kinderen, en ik wil dat zij de feestdagen met hun gezin kunnen doorbrengen. Ik zal proberen in het voorjaar terug te keren naar Parijs.

Je hebt met geen woord over Bitsi gerept. Haar brieven hebben iets droefgeestigs. Ik krijg de indruk dat ze helemaal geen tijd met vrienden doorbrengt, dat ze nooit eens kan lachen. Ze gaat naar haar werk en weer naar huis. Ze voelt zich waarschijnlijk ellendig nu haar broer gemobiliseerd is. Het idee dat ze ongelukkig is doet me veel pijn. Ik wil niet dat ze alleen is. Zorg jij alsjeblieft voor haar nu ik dat niet kan.

Liefs,
Rémy

16

Odile

Voor het eerst begroette mijn familie het nieuwe jaar in de afwezigheid van mijn tweelingbroer. We aten met z'n drieën zwijgend onze *confit de canard*. Mijn innerlijke metronoom sloeg de laatste dagen naar alle kanten uit – ik was in tranen, ik was sereen, ik was verward, ik voelde me prima. In de bibliotheek bleven we pakketten naar onze soldaten sturen. Bezig blijven – boeken inpakken, abonnees helpen – hielp me mijn tranen binnen te houden.

Paul hielp me kratten naar het station slepen, waar ze op treinen zouden worden gezet om te worden vervoerd. Vandaag lichtte zijn hele gezicht op toen hij me zag. De adem stokte in mijn keel. Ons bewust van het feit dat roddeltante Madame Simon toekeek (en ze keek altijd toe), zeiden Paul en ik hallo alsof we elkaar voor het eerst ontmoetten, met vluchtige kusjes op beide wangen.

Vanaf de drempel van de jeugdafdeling keek Bitsi toe terwijl we een kar met boeken naar de deur manoeuvreerden. Ik deed alsof ik haar niet zag. Ik had Rémy's laatste brief twee weken geleden ontvangen, maar had nog steeds niet gedaan wat hij had gevraagd.

Bij de ingang van de bibliotheek nam miss Reeder het tafereel in ogenschouw. 'Je hebt Bitsi niet begroet,' zei ze.

'Ik heb haar vanochtend gedag gezegd.'

'Jullie waren ooit vriendinnen.'

'De trein vertrekt straks,' onderbrak Paul ons. 'We moeten de boeken naar het station brengen.'

'We praten wanneer je terug bent,' zei miss Reeder op afgemeten toon tegen me.

Ik maakte me geen zorgen. Zodra ze haar kantoor binnenstapte, zou ze overspoeld worden door een waterval van vragen van abonnees en beheerders, en dan zou ze mij vergeten.

Paul duwde de kar over de stoep. 'Heb je gezien dat Boris zijn gasmasker als lunchtrommel gebruikt? Misschien is het een teken dat het leven ondanks de oorlog weer normaal is geworden.'

'Het echte teken is dat hij weer verder schrijft aan "Boris' Passie".'

'Wat is dat?'

'De geschiedenis van de bibliotheek. Anekdotes en statistieken. Hij zou een heel hoofdstuk kunnen wijden aan de verschillende manieren waarop mensen naar *The Grapes of Wrath* vragen: Grapes of Rats van Steinbaum, Grapes of Gravity, Grapevine Wraths, Vines of Grapes, Gabe's Wrath, en niet te vergeten The Rapes of Wrath.'

Paul grinnikte. 'Ik snap niet dat hij zijn gezicht dan in de plooi kan houden.'

Vlak voor het station struikelde ik over de stoeprand. Paul legde zijn handen op mijn heupen om me in evenwicht te houden, en ik was de boeken onmiddellijk vergeten. Het enige wat ik zag, was hij. Het enige wat ik wilde, was hij. Ik wilde zo graag 'Ik hou van je' zeggen, maar ik was bang. Bang dat hij niet hetzelfde voelde.

Hij streelde mijn rug. '*Ça va?*'

'*Oui.*'

'*Je t'aime,*' fluisterde hij.

'Ik hou ook van jou.'

Ik verwachtte een donderslag of een zonsverduistering, iets van magie om dit moment kracht bij te zetten. In plaats daarvan botste er een oude man tegen ons op die riep: 'Kijk waar je loopt!'

Paul en ik lachten – het absurde van de situatie, de opluchting dat we eindelijk hadden uitgesproken wat we voelden. 'Nou,' zei ik.

'Ja, nou,' zei hij.

We liepen verder, het station in.

Na de boeken te hebben afgeleverd, wandelden we met een omweggetje terug naar de bibliotheek. Liefde hing in de lucht als de geur van versgebakken brood. Ik merkte opeens het hartvormige hekwerk van balkons op. Een ballade die uit een radio in de verte klonk. Cafés met tafeltjes voor twee. Paul – mijn geliefde – kuste me bij de toegang van de binnenplaats. Dromerig wandelde ik het kiezelpad op.

Miss Reeder zat in haar eentje bij de uitleenbalie. Ik zag aan haar mond dat ze verdrietig was.

'Is er iets?' vroeg ik. 'Waar is Boris?'

'Ik heb tegen hem gezegd dat ik met je moet praten.'

'Met mij?'

'Kinderachtige ruzies zijn slecht voor het moreel van het personeel, en onze abonnees verdienen beter.'

Zat ik in de problemen vanwege Bitsi? 'Zij is begonnen!'

'Het American Hospital heeft vrijwilligers nodig,' zei ze. 'Ik wil dat je daarheen gaat.'

Ik wil dat je gaat.

'Maar we hebben hier zoveel werk te doen,' stribbelde ik tegen.

'Dat klopt.'

'Ik heb geen woord tegen Bitsi gezegd!'

'Precies. Je hebt geen woord gezegd.' Ze bleef me in de ogen kijken alsof ze zocht naar een wijsheid die daar nog niet te vinden was. 'Je moet volwassen worden. Een week in het ziekenhuis werken zal je leren relativeren.'

'Wanneer wilt u dat ik ga?'

'Nu, graag. Je krijgt gewoon doorbetaald. Meld je in het ziekenhuis bij zuster Letson. Ze verwacht je.'

Ik voelde me klein, een pluisje stof dat miss Reeder van een plank had geveegd. Te verbluft om iets te zeggen knikte ik haar toe en liep ik onder de slaphangende Franse en Amerikaanse vlaggen door, de binnenplaats op, langs de border met verlepte viooltjes en de straat op. Bij metrostation Monceau draafde ik de verweerde trap af, waar ik Margaret tegen het lijf liep. Toen ik haar vertelde dat ik was verbannen, hield ze meelevend haar hoofd schuin. 'Je hebt zoveel respect voor miss Reeder,' zei ze. 'Zou het kunnen dat ze gelijk heeft?'

'Waarom denkt iedereen dat zij overal het antwoord op weet?'

'Misschien kun je met Bitsi praten,' vervolgde Margaret. 'Is dat niet wat Rémy zou willen?'

En hoe zat het met wat ík wilde? Waarom zag miss Reeder niet in dat ze niet rechtvaardig was? Ik verdiende het niet te worden verbannen zoals Jean Moreau, die zijn neus snoot in boeken die hij afkeurde. Ik had niets verkeerd gedaan.

'Ik moet gaan.'

In de chique buitenwijk Neuilly, onder de kastanjebomen op de Boulevard Victor Hugo, deed ik het ijzeren hek van het ziekenhuis open en haastte ik me over het pad. Een verpleegster met een wit kapje op en een wit schort aan gaf vrijwilligers een lesje eerste hulp voordat ze ons een rondleiding gaf. 'Als we waren zoals de Fransen,' zei ze, 'dan zouden we hier overal plaquettes hebben. "Exact op deze plek heeft Joséphine Baker gezongen." "Hier begon Hemingway met het schrijven van *The Sun Also Rises* nadat we zijn blindedarm hadden verwijderd."'

Ze stelde ons voor aan dokter Jackson, die uitlegde: 'Het is rustig in de gevechtszone, maar we moeten paraat zijn.'

Er was papier tegen de ramen geplakt, maar dat vond hij niet voldoende om het licht tegen te houden. Ik kreeg de derde verdieping toegewezen en kalkte de ruiten vol blauwe verf, waarbij er meer op mijn jurk terechtkwam dan op het glas. Hoewel ik mijn vaste klanten en de boeken om me heen miste, stortte ik me vol overgave op mijn taak en probeerde ik het gat in mijn hart te vergeten dat ik zelf had gegraven.

Op de afdeling, die honderdvijftig bedden telde, lagen een stuk of tien soldaten die gewond waren geraakt bij een bombardement aan de Maginotlinie. Ze hadden pijn. Ze hadden geen privacy. Ze kregen geen bezoek van familie of vrienden. Hun moreel ging achteruit. Ik zorgde ervoor dat de soldaten boeken en tijdschriften op hun nachtkastjes hadden. Lezen bood ontsnapping, afleiding, geestelijke privacy.

Een Bretonse krullenbol werd al snel mijn lievelingspatiënt omdat hij een deugniet was, net als Rémy. Toen ik de dienbladen van de lunch weghaalde, vroeg hij: 'Wilt u me voorlezen, mademoiselle?'

'Heb je een lievelingsschrijver?'

'Zane Grey. Ik hou van cowboyverhalen.'

Ik pakte het beduimelde exemplaar van *Névada* uit de boekenkast in de hoek, ging naast hem zitten en begon te lezen. Toen ik het eerste hoofdstuk uit had, vroeg ik: 'Wat vind je ervan?'

Hij grijnsde. 'Ik had het waarschijnlijk zelf wel kunnen lezen – mijn been is gebroken, mijn hersenen doen het nog. Maar jij hebt zo'n prettige stem, je bent zo mooi...'

'Schavuit.' Ik boog me naar hem toe om zijn haar in de war te maken, net zoals ik dat bij mijn broer zou hebben gedaan. Met mijn hand halverwege in de lucht verstijfde ik. Wat als Rémy iets overkwam en hij in een ziekenhuis terechtkwam, of erger? Hij had één ding gevraagd. Ik moest het goedmaken met Bitsi.

Kon ik de oorlog de schuld maar geven van mijn onbeschofte gedrag jegens haar... Maar het was waar, ik gedroeg me inderdaad onvolwassen. Als ik een betere verstandhouding met mijn broer en Bitsi wilde hebben, dan moest ik veranderen. Ik wilde het. Maar kón ik het ook?

'Gaat het wel goed, mademoiselle?'

'Beter dan met jou,' zei ik plagend. 'Mijn been is nog heel.'

Na mijn dienst haastte ik me naar de bibliotheek, waar ik de zware geur van boeken opsnoof. Ik vond Bitsi terwijl ze kinderboeken op hun plaats zette.

'Kom mee theedrinken.'

Hoop gloorde in haar violette ogen. 'En het werk dan?'

'Miss Reeder vindt het vast niet erg.'

'Ik mis hem,' fluisterde Bitsi.

Ik bedekte haar voet met de mijne, zoals ik dat bij Rémy zou hebben gedaan.

17

Odile

PARIJS, MEI 1940

Op de binnenplaats stonden de rozen in bloei, de zoete geur ervan dreef de bibliotheek binnen. Ondanks de zwoele dagen was iedereen prikkelbaar. Men maakte zich zorgen over dierbaren ver van huis, over oorlogscommuniqués die dodelijke gevechten in Finland meldden, over de kans dat Frankrijk de volgende zou kunnen zijn. Mr. Pryce-Jones zei tegen Monsieur de Nerciat dat hij moest 'oprotten'. Boris complimenteerde professor Cohen met haar nieuwe attachékoffertje, maar Madame Simon foeterde: 'Als ik zie wat júllie hebben terwijl hardwerkende Fransen zoals mijn zoon een schijntje krijgen...' Gelukkig konden Bitsi en ik het weer goed met elkaar vinden.

Ik was zo diep in gedachten verzonken dat ik het gefluister van haar ballerina's niet hoorde tot ze vlak naast me stond. 'Miss Reeder wil ons spreken. Personeelsvergadering.'

Bitsi en de conciërge waren de laatsten die arriveerden; zij kwam naast me staan.

Miss Reeder stond achter haar bureau en schraapte haar keel. 'Ik heb nieuws. Duitse troepen zijn België, Luxemburg en Nederland binnengedrongen. Ze hebben het noorden en oosten van Frankrijk gebombardeerd.'

Het noorden. Rémy was in het noorden. *Laat hem alsjeblieft ongedeerd zijn.* Ik zocht Bitsi's hand en hield hem stevig vast.

Miss Reeder zei dat we ons op bombardementen en zelfs krijgsgeweld moesten voorbereiden. Het was gewoonweg niet te voorspellen. In Parijs wonende medewerkers moesten de stad verlaten, buitenlandse medewerkers het land.

'Terug naar huis?' vroeg Helen-de-vraagbaak.

'Ik ben bang van wel,' antwoordde miss Reeder.

'Vertrekt u zelf ook?' vroeg Boris.

'Ga alstublieft niet weg,' mompelde Bitsi half in zichzelf.

'Nee,' zei de directrice. 'De bibliotheek blijft open.'

Goddank. Bitsi kneep in mijn hand. We waren bang, maar we hadden in elk geval de bibliotheek nog.

'Dat was alles.' Bij die woorden, die altijd het eind van een vergadering aangaven, schoten we als biljartballen uiteen – om het nieuws te verspreiden, om stilletjes in de vestiaire te huilen. Verdwaasd wankelde ik de afdeling kranten en tijdschriften op, waar Paul voor het rek met tijdschriften liep te ijsberen.

'Ik heb het net gehoord,' zei hij. 'Je moet ziek van angst zijn om Rémy.'

Hij spreidde zijn armen en ik gleed in zijn omhelzing.

Een week later kwam miss Reeder met een bezorgde frons op haar voorhoofd naar me toe. 'Het American Hospital kan de toestroom niet meer aan,' zei ze tegen me. 'Waarom ga je ze niet een paar dagen helpen. De kans is klein, maar misschien kom je iemand tegen die je broer of zijn regiment kent.'

'En de bibliotheek dan?'

'Boeken overleven ons allemaal. Probeer zo veel mogelijk informatie te krijgen.'

Verpleegsters renden van de ene operatiekamer naar de andere, met hun gesteven kapjes scheef op hun hoofd, hun schorten doordrenkt met bloed. Soldaten met vuile verbanden hingen op stoelen in de gangen. Vrijwilligers wasten de gezichten en voeten van de mannen. Ik vulde een kom met warm water en knielde neer voor een militair, en een volgende, en een volgende. Steeds wanneer ik het bloed van het gezicht van een donkerharige soldaat waste, hoopte ik Rémy's schrandere ogen te zien. Talloze gezichten later stond ik op om mijn rug te strekken en te kijken of ik op de ziekenafdeling van dienst kon zijn, waar de gewonden op smalle bedden lagen. Ik wist niet of ik opgelucht was omdat Rémy niet hier tussen de gewonden lag of bang omdat hij daarbuiten aan het vechten was.

Toen het licht werd, liet ik me in de personeelskamer op een veldbed vallen, om twee uur later alweer wakker te worden om het ontbijt rond te brengen. In hun pyjama's waren Franse en Engelse soldaten gestript van hun uniform, rang en nationaliteit. De sociale rangorde werd bepaald door de ernst van hun verwondingen. Ik beoordeelde de wonden als volgt: als een man flirtte, voelde hij zich beter; was hij stil, dan had hij pijn.

Op een brancard, die rechtstreeks uit de operatiekamer kwam, kreunde iemand. Ik liep naar hem toe en depte zijn gefronste voorhoofd met mijn zakdoek, die Maman met lavendelwater had gespoeld.

'Jij,' zei hij.

'Ik,' antwoordde ik.

'Jij waste mijn gezicht. Je aanraking was zacht...' Hij doezelde weg en schrok weer wakker. 'Ik hou van je.'

'Na alles wat ze in je hebben gepompt,' antwoordde ik, 'zou je nog van een geit houden.'

De volgende avond hielp ik hem op zaal met het schrijven van een brief aan zijn familie in Amerika. Hij was de grens met Canada overgestoken en had zich aangemeld bij de Royal Air Force. 'Ik ben niet iemand die aan de zijlijn kan blijven staan,' zei hij. Hij gebaarde naar mijn handen, die ruw waren van het wassen van de gewonden. 'Jij ook niet.'

'Normaal gesproken kalefater ik boeken op, geen mensen.'

'Boeken?'

'Ik ben bibliothecaresse.'

'Roep je ook "Sst" tegen mensen?'

Ik gaf een speelse por tegen zijn arm. 'Alleen tegen brutale soldaten.'

'Waren we nu maar in de bibliotheek.'

'Wat voor soort lezer ben jij?' Het was voor het eerst in weken dat ik die vraag stelde.

'De Bijbel. Waar ik vandaan kom, zijn ze nogal van de Bijbel.'

'Wil je dat ik er eentje voor je regel?'

'God, nee! Ik bedoel, nee dank je, ik heb hem al gelezen.'

'Zal ik je morgen dan iets anders te lezen brengen?'

'Dat zou ik fijn vinden.'

Hij gaapte, en een paar tellen later viel hij in slaap. Het was bijna negen uur in de avond en ik moest naar huis voordat Maman haar varens kaalplukte van bezorgdheid. Toen ik naar de deur liep stak een soldaat, Thomas genaamd, zijn hand naar me uit; zijn vingers streken over mijn met bloed bevlekte jurk. Hij was negentien. Hiervóór was hij kapper. Gisteren, toen ik hem een exemplaar van *Life* met Lana Turner op de omslag bracht, weigerde hij het tijdschrift open te slaan. 'Ik hoef niet verder te kijken,' hield hij vol.

'Niet weggaan, mademoiselle Boekenwurm.' Hij greep naar mijn zoom.

Ik streek zijn haar – bruin, net als dat van Rémy – van zijn voorhoofd.

'Niet weggaan,' fluisterde hij nogmaals.

Maman zou moeten wachten. Ik trok de deken op tot onder zijn kin.

'Praat tegen me,' zei hij.

'Waarover?'

'Maakt niet uit.'

'Kon je mijn vaste bezoekers in de bibliotheek maar ontmoeten. Er is een Engelsman – stel je een kraanvogel met een paisley-vlinderdasje voor. En zijn Franse vriend – een walrus met een borstelige snor. Elke dag steken ze een stinkende sigaar op en bekvechten ze met elkaar. Het onderwerp van vandaag: Prousts madeleine – had dat geen croissant moeten zijn? Dat van gisteren: Wie is de grootste sportman wiens voornaam met een J begint? Johnny Weissmuller of Jesse Owens?'

Ik werd beloond met een glimlachje. 'Ze hebben het allebei fout – het is Jack Beresford, de roeier. Ik wil meer horen.'

'Dan hebben we Madame Simon, met haar tweedehands kunstgebit dat niet in haar grote mond past. Oh là là, wat houdt die dame van roddelen.'

'Net als de vrouwen van mijn kerk. Ga door.'

'De laatste kletspraat ging over mijn favoriete abonnee, een professor met een mysterieus verleden. "Ze is getrouwd met een man die half zo jong is als zij," begon Madame Simon, maar onze catalogiseerder, de strenge Mrs. Turnbull met haar scheve blauwgrijze pony, onderbrak haar: "Nee, hij was twee keer zo óúd als zij." Nou, ze hadden allebei gelijk – de eerste man van de professor was twee keer zo oud als zij en de tweede half zo jong als zij. Daarna volgden speculaties over nummer drie.'

'Nummer drie?' zei hij. 'Da's pas leven.'

Ik wierp een blik op de klok. Bijna elf uur.

'Niet weggaan,' zei hij.

Zijn stem klonk hees, dus tilde ik zijn hoofd op en gaf hem een slokje water. 'Je zult nooit alleen zijn,' beloofde ik hem. 'Zal ik nog meer vertellen? Je zou de professor al van verre herkennen, want ze draagt altijd paars. Ze praat over boeken alsof het haar beste vrienden zijn...'

'Ik wil haar ontmoeten.'

Ik bleef de hele nacht bij hem. Ik vertelde verhalen, kalmeerde zijn koortsachtige dromen en hield zijn hand vast tot hij stierf.

18

Odile

PARIJS, 3 JUNI 1940

Ik bevond me op een paar straten afstand van de bibliotheek, onderweg om boeken op te halen voor mijn soldaten in het ziekenhuis, toen het plotseling doodstil werd in de stad. Geen koerende duiven, geen kwebbelende Parijzenaren. Alleen luid gebrom. Ik keek op en zag vliegtuigen – tientallen en tientallen. Mijn hart bonsde in het kuiltje tussen mijn sleutelbeenderen. In de verte hoorde ik het gekletter van brekend glas toen er bommen ontploften. Een sirene baande zich gillend een weg door de straten. Mensen renden om me heen, botsten tegen me op. Ik proefde rook en wist dat ik het op een lopen moest zetten en dekking moest zoeken. Als verdoofd staarde ik naar de aanvallers in de helderblauwe lucht. Het enige waar ik aan kon denken was Rémy. Waar was hij? Waren dit de geuren en geluiden die hem omringden?

Toen het bombardement voorbij was – had het een uur geduurd? Twee uur? Of waren het maar twintig minuten? – hield ik me de hele weg naar de bibliotheek met mijn rug tegen de muren van gebouwen gedrukt. Bij de receptie verzamelden de medewerkers zich om me heen. Ik keek naar Bitsi, die zei: 'O, gunst!'; naar de directrice, die nu een lichte rimpel tussen haar wenkbrauwen vertoonde; naar Margaret, die haar parels vastklemde; en naar Boris, die zei: 'Ze gaat flauwvallen!'

Miss Reeder duwde me op een stoel. Boris schonk whisky in een theekopje om mijn zenuwen tot bedaren te brengen.

'Je bent veilig,' zei hij tegen me. 'Voorlopig althans.'

'Duitse troepen komen nooit voorbij de Maginotlinie,' zei Margaret.

'We hebben lang genoeg tegen beter weten in gehoopt dat het allemaal wel zou meevallen,' zei miss Reeder, 'nu moeten er plannen worden gesmeed.'

'Bedoelt u dat we hier weg zouden moeten gaan?' zei Bitsi. 'Ik zou niet weten waar mijn moeder en ik naartoe zouden moeten.'

De sirene krijste nog in mijn oren en het drong niet tot me door wat ze precies zeiden. Ik wist alleen dat ik terug moest naar het ziekenhuis; mijn soldaten hadden me nodig. Ik stond op van de stoel.

'Je kunt beter hier blijven,' zei Bitsi.

Nee. Ik moest terug naar de gewonden.

Het ziekenhuis was gespaard gebleven, maar binnen was iedereen behoorlijk aangeslagen. Met leesmateriaal in mijn trillende handen liep ik over de afdeling, tussen de bedden door, tussen bezorgde gezichten door. Toen het tijd was voor het avondeten had niemand veel trek. De verpleegsters en ik boden kommen met soep aan en haalden de soldaten ertoe over om te eten.

Thuis klaagde Maman: 'Je komt elke avond later thuis. Paul is hier en het braadstuk was al een uur geleden klaar.'

'Is er al een brief van Rémy?'

'Nog niet,' zei Papa.

'Wat een afschuwelijke dag,' zei Paul terwijl we in ons eten prikten. Ik had behoefte aan zijn aanraking, dus verschoof ik mijn been tot het tegen het zijne rustte.

'Goed nieuws in Duinkerken. "Een verbeten strijd woedt

voort..."' las Papa voor uit het oorlogscommuniqué. '"Subliem verzet van de geallieerde troepen."'

'Ik bid dat de oorlog voorbijgaat en dat hij snel thuis zal zijn,' zei Maman, met één hand tegen haar pijnlijke slaap en de andere op de rugleuning van Rémy's stoel.

Toen ik de volgende ochtend bij de bibliotheek aankwam, zat miss Reeder in haar eentje aan een tafel in de leeszaal een krant te lezen. Onberispelijk in haar blauwe jersey jurk, haar wimpers licht aangezet met mascara, een vleugje lippenstift; ze liet zich er niet door haar angsten van weerhouden om naar het werk te komen.

Misschien voelde ze mijn blik, want ze keek op. Ik zag zoveel op haar gezicht: bezorgdheid, nieuwsgierigheid, moed, genegenheid. 'Is er iemand van je familie gewond geraakt tijdens het bombardement?' vroeg ze.

'Nee.'

'Mooi zo.' Ze hield een paar telegrammen omhoog. 'Mijn familie smeekt me om naar huis te komen.'

Dat kon ik ze niet kwalijk nemen. Soms wilde ik zelf ook vertrekken. 'Hoe houdt u het hier vol?'

Zachtjes omvatte ze mijn kin. 'Dankzij mijn geloof in de kracht van boeken – we doen belangrijk werk, door ervoor te zorgen dat kennis beschikbaar is en door eensgezindheid te creëren. En dankzij mijn geloof.'

'In God?'

'In jonge vrouwen zoals jij en Bitsi en Margaret – ik weet dat jullie de wereld zullen verbeteren.'

De vaste bezoekers verzamelden zich om ons heen om het nieuws te lezen. *Le Figaro* prees de Parijzenaren om hun koelbloedigheid. Het dagblad meldde dat er 1084 bommen waren gelanceerd, met 45 dodelijke slachtoffers en 155 gewonden onder de burgerbevolking als gevolg. Op een foto was een gebombardeerd gebouw te zien zonder voorgevel; je keek zo de kamers in, alsof het een poppenhuis was.

'Elke confrontatie is een "indrukwekkend gevecht" of een "moedige strijd",' zei Monsieur de Nerciat.

'Elke dag worden er meer nieuwsartikelen gecensureerd,' zei professor Cohen. 'Wat houden ze voor ons achter?'

Mr. Pryce-Jones vroeg of hij me onder vier ogen kon spreken. Zijn melkblauwe ogen waren omfloerst van bezorgdheid. 'Als ik een broer had, dan zou ik het willen weten.'

In de vestiaire, tussen kapotte paraplu's en gammele stoelen, bekende de gepensioneerde diplomaat dat de communiqués niet het hele verhaal vertelden.

'Maar... in de krant staat dat we aan de winnende hand zijn.'

Nee, zei hij. Volgens zijn informant bij de ambassade waren er tienduizenden Franse en Britse soldaten gevangengenomen. Bij Duinkerken omsingelden Duitsers de geallieerde troepen, die met hun rug tegen Het Kanaal stonden. Engelse schepen trotseerden aanvallen van de vijand en voeren naar de kust om hun soldaten op te pikken. Weldra zou er op het vasteland geen Britse militair meer te vinden zijn.

Ik liet me op een stoel zakken, niet in staat de enorme kloof tussen wat we lazen en wat hij me vertelde te overbruggen. De Britten trokken zich terug, slechts een paar weken nadat de strijd echt was begonnen. Wat zou er met de Franse troepen gebeuren? Wat zou er met Rémy gebeuren?

'Het spijt me, *ma grande*.'

'Ik ben blij dat u het me hebt verteld. Waarom konden ze onze soldaten niet redden?'

'Volgens mijn informanten hebben ze er zoveel gered als ze konden. Vergeet niet dat het niet alleen marinevaartuigen maar ook vissersbootjes en sloepen waren die driehonderdduizend man probeerden te evacueren.'

De Maginotlinie zou ons beschermen, Frankrijk had het beste

leger – niets dan leugens. *O, Rémy, waar ben je nu?* Ik ging ervan uit dat ik het zou weten als hem iets was overkomen, maar ik voelde helemaal niets.

Een paar dagen later, toen ik onderweg was naar huis, liep ik de lommerrijke boulevard op, in de verwachting tussen mademoiselles door te moeten laveren die zich vergaapten aan handschoenen van Kislav (zijde of katoen, leer of kant) en mantelpakjes van Nina Ricci (afgezet met eekhoornstaarten, *bien sûr*) in de etalages. In plaats daarvan liepen er duizenden mensen over de stoepen en op de weg, zoveel dat ik de andere kant van de straat niet eens kon zien. Ze keken allemaal verdwaasd, verwilderd. Ik kon me geen voorstelling maken van wat deze mensen moesten hebben doorstaan, voor welke oorlogsgruwelen ze waren gevlucht.

Sommige gezinnen zaten op wagens die door ossen werden getrokken, met matrassen hoog opgestapeld achter zich. Anderen sjokten te voet voort, slepend met plunjezakken of met huisraad volgestouwde wandelwagens voor zich uit duwend. Ik zag boeren op klompen, stadsmensen met glanzend gepoetste veterschoenen en pumps. Een oud vrouwtje in een jurk met zweetvlekken klemde een gietijzeren koekenpan tegen haar borst; haar echtgenoot zeulde met een jutezak. Zelfs kinderen droegen iets – een bijbel, een tas waar kleren half uit hingen, een vogelkooi. Sommigen liepen in kleine groepjes, anderen waren alleen. Een soldaat met een smerig verband om zijn arm botste bijna tegen me op. Een meisje van mijn leeftijd strompelde voort terwijl ze met gestrekte armen een baby voor zich uit hield alsof ze niet precies wist hoe ze het kind moest dragen. Misschien was haar man opgeroepen en was zij alleen achtergebleven met de kleine. Ze schudde hem zachtjes heen en weer, alsof ze hem probeerde wakker te maken. De wangetjes van de baby vertoonden een ziekelijke groene tint, de armpjes en beentjes waren bevroren in de tijd. Niet in staat de waarheid onder ogen te zien wendde ik me af.

Naast me smeekte een boer zijn stier om in beweging te komen. Een moeder mompelde iets tegen een kleuter. Maar de meeste mensen zwegen, alsof ze geen woorden hadden voor wat ze hadden gezien. Aan hun getormenteerde gezichten zag ik dat voor hen het leven nooit meer hetzelfde zou zijn. Ik bleef stilstaan op straat, uit respect voor hen, zoals je dat bij een begrafenisstoet zou doen, waarna ik naar huis strompelde.

Tijdens het eten zei Papa dat hij samen met zijn personeelsleden dienbladen met koffie naar de onverwachte vluchtelingen had gebracht. De meesten kwamen uit het noordoosten van Frankrijk. Velen van hen hadden hun dorp nooit eerder verlaten. 'Ze waren gevlucht voor Duitse soldaten. De mannen met wie ik heb gesproken – eenvoudige boeren en handelslieden – kregen geen hulp of instructies. Hun burgemeester was de eerste die ervandoor ging.'

'Wat gebeurt er toch met de wereld?' zei Maman. 'Die arme mensen. Waar zullen ze terechtkomen?'

Hij kneep in haar hand en zei: 'In het zuiden, waar jij en Odile ook naartoe gaan. Ik moet mijn plicht hier vervullen, maar ik wil dat jullie naar een veilige plek gaan.'

Wat hij zei klonk logisch. Ik verwachtte dat Maman zich erbij neer zou leggen, maar ze schoot naar achteren alsof hij haar met een verzoek tot echtscheiding om de oren had geslagen.

'Non!'

'Toe, Hortense...'

Ze rukte haar hand los uit de zijne. 'Dit is de plek waar Rémy naar zal terugkeren. Ik ga niet weg.'

Point final.

Wij Parijzenaren waren een blasé volk. We liepen snel, maar we haastten ons nooit. We gaven geen krimp wanneer we verliefde stelletjes in het park zagen. We waren elegant, zelfs wanneer we het vuilnis buitenzetten; welbespraakt, zelfs wanneer we iemand beledigden. Maar begin juni, toen het nieuws ons bereikte dat er Duitse tanks op enkele dagen afstand van de stad waren gezien, vielen wij Parijzenaren uit onze rol. Er was zoveel te zeggen – pak die koffer in, vergrendel de deur, schiet op – dat we ervan stotterden. Sommigen renden naar het station om dierbaren op treinen naar veilige oorden te zetten. Anderen sloten zich aan bij de verslagen stoet van karren en kruiwagens, auto's en fietsen terwijl schoenmakers, slagers en kleermakers hun ramen dichttimmerden en vertrokken. Elk geblindeerd appartement, elke gesloten deur was een bewijs dat er iets vreselijks stond te gebeuren.

De Britse ambassade adviseerde haar personeelsleden Parijs te verlaten, dus besloten Lawrence en Margaret met hun dochter naar Bretagne te rijden. 'Totdat het allemaal is overgewaaid,' zei Margaret, die bleef volhouden dat ze maar een paar weken zouden wegblijven. Ik dacht terug aan de angstige gezichten van al die Fransen die van het ene op het andere moment vluchteling in hun eigen land waren geworden, en was daar nog niet zo zeker van.

Hoewel Parijs een spookstad was geworden, bleven mijn vaste bezoekers rondwaren op de afdeling kranten en tijdschriften. Dicht naast elkaar aan tafel gezeten plozen we de kranten uit. Zou Parijs opnieuw gebombardeerd worden? Zouden de Duitsers helemaal tot hier kunnen oprukken? Zelfs de generaals wisten het niet. Misschien was dat nog wel het angstaanjagendste – we hadden geen idee wat er zou gebeuren.

'Ga je naar Engeland?' vroeg professor Cohen aan Mr. Pryce-Jones.

Zijn hoofd ging met een ruk naar achteren. 'Geen denken aan! Ik zou niet weten wat ik zonder Parijs zou moeten.'

Monsieur de Nerciat vroeg naar Rémy, maar ik schudde mijn hoofd, bang dat ik zou gaan huilen zodra ik mijn mond opendeed.

'De politici zijn gevlucht,' zei Mr. Pryce-Jones, die zo vriendelijk was om van onderwerp te veranderen.

'De diplomaten ook.'

'Ahem,' zei de Engelsman, en Monsieur voegde er snel aan toe: 'Huidig gezelschap uitgezonderd.'

'Parijs zonder politici is als een hoerenkast zonder *filles de joie*,' zei Mr. Pryce-Jones.

'Vergelijkt u Parijs met een huis van lichte zeden?' vroeg ik.

'Erger nog!' zei Monsieur. 'Hij vergelijkt politici met prostitués.'

'Wie de schoen past,' zei ik, en de mannen lachten.

'Bill Bullitt is er nog,' zei Mr. Pryce-Jones, wijzend op een foto in *Le Figaro*. 'Hij zei dat er nog nooit een Amerikaanse ambassadeur was gevlucht – niet tijdens de Franse Revolutie, niet toen de *boches* in 1914 kwamen – en dat hij het verdomde om de eerste te zijn.'

'Ik las op een affiche dat Parijs een open stad zou zijn,' zei ik. 'Wat houdt dat in?'

'Dat Parijs zich niet zal verdedigen en de vijand niet zal aanvallen. Het is een manier om de veiligheid van de inwoners te waarborgen.'

'Dus geen bommen meer?' vroeg ik aarzelend. Je kon oorlogscommuniqués niet altijd geloven, maar ik had het volste vertrouwen in Mr. Pryce-Jones.

'Bommen niet, nee,' antwoordde hij. 'Maar wel Duitsers.'

Margaret stormde de bibliotheek binnen met een gezicht dat zo bleek was als haar parels. Haar blik schoot door het vertrek en ze rende op me af. 'Ik moest het nog één keer vragen,' zei ze. 'Weet je zeker dat je niet meegaat?'

'Als Rémy terugkomt...'

'Ik begrijp het.' Ze greep mijn handen vast. 'Wat als we elkaar nooit meer terugzien?'

Het was een vraag zonder antwoord. Het enige wat ik tegen haar kon zeggen was: 'Je bent mijn beste vriendin.'

'Ik weet niet wat ik zonder jou moet doen. Ik hou van de bibliotheek, maar ik hou nog meer van jou.'

Buiten toeterde een auto.

'Dat is Lawrence. Christina is waarschijnlijk lastig,' zei ze beverig. 'Ik kan beter gaan. *Bon courage.*'

Ik hou van de bibliotheek, maar ik hou meer van jou. Ik voelde het precies zo. We waren net als Janie en Pheoby in mijn lievelingsboek. We konden elkaar alles vertellen.

Toen ik mijn beste vriendin zag vertrekken, veranderde ík in een lekke theepot. Ik knipperde verwoed met mijn ogen om de vaste bezoekers niet te laten merken dat ik van streek was en haastte me naar het kaartensysteem. Ik bladerde door de kaartjes en liet mijn tranen op het dikke papier druppelen, zodat al mijn angst zorgvuldig verborgen bleef in de lade met de letter O.

'Margaret doet er verstandig aan om weg te gaan.' Professor Cohen drapeerde haar sjaal over mijn schouders.

'Gaat u ook weg?'

Ze glimlachte wrang. '*Ma grande,* niemand heeft mij er ooit van beschuldigd dat ik ergens verstandig aan deed.'

Een bibliotheek is een heiligdom van feiten, maar nu sijpelden geruchten de afdeling kranten en tijdschriften binnen, waar professor Cohen en Madame Simon aan tafel zaten te kletsen. 'Ik heb gehoord dat ze op de scholen alleen nog maar Duits leren,' zei Madame tegen mij terwijl ik een stapel tijdschriften recht legde. 'We mogen niet meer op de stoep lopen, dat is alleen aan Duitsers voorbehouden. Luister je naar me, meisje?' Ze porde in mijn borst. 'Ze zullen alles verkrachten wat op twee benen rondloopt. Vooral mooie meiden zoals jij.' Ik probeerde haar te negeren, maar mijn maag draaide zich om van angst. 'Smeer jezelf in met mosterd zodat ze je niet meer willen aanraken.'

'Zo is het wel genoeg!' zei professor Cohen.

De directrice had vervoer geregeld om collega's naar Angoulême te brengen, waar ze het personeel van de Amerikaanse kliniek zouden bijstaan. Ik wilde hen uitzwaaien, maar Papa beval me thuis te blijven.

'Ik moet afscheid nemen!'

'Geen sprake van.'

'Als ik niet ga, is miss Reeder helemaal alleen.' Ik herinnerde me hoe een snikkende abonnee in haar armen was ingestort. De directrice bleef hier, en het was niet eens haar eigen land dat in oorlog was.

'Ik maak me geen zorgen om haar, ik maak me zorgen om jou.'

'Miss Reeder zegt...'

'Miss Reeder zegt! En hoe zit het met wat ík zeg?'

'En de bibliotheek dan?' vroeg ik.

'Hoezo, de bibliotheek?' zei hij ongelovig. 'Snap je dan niet welk gevaar er dreigt?'

De volgende ochtend werden we wakker van een stem die uit de luidsprekers schalde: 'Protestacties en vijandige handelingen tegenover Duitse troepen worden met de dood bestraft!'

19

Miss Reeder

PARIJS, 16 JUNI 1940

Was dit echt Parijs? Miss Reeder vond van niet. De straten waren verlaten, marktkramen bleven onbemand. Zelfs de mussen waren gevlucht. Ze liep met kordate passen naar de bushalte, langs de bloemenwinkel, waar spinnenwebachtige karkassen van hortensia's stonden, en langs een dichtgetimmerde bakkerij. Ze verlangde naar de vertrouwde, magische geur van croissants. Normaal gesproken nam ze bus 28 naar de bibliotheek, maar het openbaar vervoer reed niet meer. Dus ging ze te voet verder, met haar attachékoffertje en gasmasker in de hand. Ze kromp ineen toen ze een drietal Duitse soldaten in het oog kreeg die liepen te patrouilleren. Bezorgd over waar ze dat soort mannen nog meer zou kunnen aantreffen, versnelde miss Reeder haar pas, met haar gedachten slechts bij één ding: de bibliotheek.

Ze stak de Seine over. Er was verder geen levende ziel te bekennen op de grote Place de la Concorde, er reed geen enkele auto over de Champs-Élysées, het grootste verkeersknooppunt van Frankrijk. In de meest bruisende stad van de wereld kon je een speld horen vallen. De stilte was bizar. Ze had zich nog nooit zo alleen gevoeld. Toch voelde ze zich gerustgesteld bij het zien van de ambassade, en heel even kwam ze in de verleiding om naar binnen te gaan en ambassadeur Bullitt te laten weten dat de bibliotheek open bleef – hij wás tenslotte de erevoorzitter. Maar ze wist dat de minister-president, voordat de Franse regering was verkast, aan de Amerikaanse ambassadeur had gevraagd om de confrontatie aan te gaan met de Duitse generaals die arriveerden en de orde te handhaven. Het deinende hakenkruis boven op het luxueuze Hôtel de Crillon, recht tegenover de ambassade, maakte duidelijk dat de ambassadeur genoeg werk te doen had.

De directrice liep de binnenplaats van de bibliotheek op, precies op het moment waarop de conciërge de luiken opendeed. Ze was net op tijd om de slaperige ogen van haar wereld te zien opengaan.

'Ik ben in mijn kantoor. Geen bezoekers vóór negen uur,' zei ze zoals altijd tegen de conciërge, om vervolgens een pot koffie te gaan zetten. Aan haar bureau gezeten las ze de telegrammen nogmaals door, in de hoop dat ze van de ene dag op de andere zouden zijn veranderd, net als alles om haar heen. 'Er worden geen verzoeken om financiële hulp meer behandeld,' had de derde vicepresident van het bestuur vanuit New York geschreven. 'Er kan onzekerheid bij onze donateurs ontstaan over de vraag of de bibliotheek haar activiteiten zal kunnen voortzetten.' Een ander schreef: 'We nemen aan dat de bibliotheek inmiddels is gesloten. Ik betwijfel of ze in de nabije toekomst nog bestaansrecht heeft.'

'Ik heb mijn post niet verlaten,' wilde ze schreeuwen. 'Wij zijn hier nog.' Ze moest hen ervan zien te overtuigen dat de ALP open moest blijven. 'Bibliotheken zijn longen,' krabbelde ze op een vel briefpapier. Haar pen kon haar gedachtegang nauwelijks bijhouden. 'Boeken zijn de frisse lucht die we inademen om ons hart op gang te houden, om onze fantasie te laten voortbestaan, om hoop levend te houden. Abonnees rekenen op ons voor nieuws, voor een gevoel van saamhorigheid. Soldaten hebben boeken nodig; ze moeten weten dat hun vrienden bij de bibliotheek om hen geven.

Ons werk is te belangrijk om er nu mee op te houden.' Ze las nog eens wat ze had geschreven: te waar, te sentimenteel. Ze veranderde haar instelling en stelde nog meer brieven op, eentje aan Mr. Milam van de American Library Association, de volgende aan het bestuur in New York: 'We geven de studenten wat ze nodig hebben, de burgers de boeken die ze willen en de soldaten wat we kunnen. Want het is belangrijk om standvastig te blijven, om te hopen op een breder georiënteerde bijdrage aan de mensheid.'

Ze schonk een kop koffie in.

'Zit er nog wat in die pot?' vroeg Bill Bullitt, die zijn kale hoofd om de hoek van de deur van haar kantoor stak.

'Ambassadeur.'

'Directrice,' zei hij. 'Je weet waarom ik hier ben.'

'Om me te adviseren terug te keren naar de Verenigde Staten,' zei ze toonloos.

'President Roosevelt heeft mij opgedragen Parijs te verlaten, en ik ben hier nog steeds. Hoe kan ik een ander adviseren iets te doen wat ik zelf weiger.'

'Waar is ons gezond verstand?' zei ze met een miniem glimlachje.

'Dat hebben we waarschijnlijk in de Verenigde Staten achtergelaten.'

Ze keek toe terwijl hij een kop koffie voor zichzelf inschonk.

Hij ging zitten. 'Ga naar Hôtel Le Bristol, waar de andere Amerikanen verblijven.'

'Dat kan ik me niet veroorloven.'

Hij nam een slokje. 'Laat dat maar aan mij over.'

'Ik red me thuis prima.'

'Zit er een schuilkelder onder jullie gebouw die tegen gifgas bestand is?'

Ze gebaarde naar het gasmasker dat bij de boekenkast op de grond lag.

'Het openbaar vervoer zal een tijdje ontregeld zijn,' zei hij. 'Le

Bristol ligt hier vier straten vandaan.'

Het zou handiger zijn om dicht bij de bibliotheek te verblijven.

De patstelling ging gepaard met stilte.

'Kun je me íéts vertellen?' vroeg ze uiteindelijk.

De zelfverzekerde toon die hij had aangeslagen verdween. 'We hebben alles op alles moeten zetten in de onderhandelingen met de Duitsers. Beloof me dat je voorzichtig bent. En dat je je intrek in dat hotel neemt.'

'Ik zal er vanavond naartoe gaan.' Ze overhandigde hem de correspondentie die via diplomatieke post moest worden verzonden.

'Ik zal je niet langer ophouden.' Hij liet zichzelf uit.

Iets in haar wenste dat ze had geluisterd toen haar ouders haar hadden gesmeekt om aan boord te gaan van een schip. Ze had een foto van hen in haar tas. Elke keer wanneer ze een baguette kocht of naar haar zakdoek zocht, smeekten de ogen van papa en mama haar om naar huis te komen. Kon ze hun maar aan het verstand brengen dat Parijs haar thuis was. Ze had hier haar leven en haar levenswerk opgebouwd.

Het was de juiste keuze geweest om te blijven. Als haar ouders haar één ding hadden geleerd, dan was het om haar mannetje te staan, of het nu ging om de omgang met een kwaadaardige klasgenoot of met de dominante catalogiseerder van de Library of Congress. Zonder principes ben je niets. Zonder idealen nergens. Zonder moed niemand. Ook al smeekten ze haar om naar huis te komen, ze waren er trots op dat ze bleef. *Lieve papa en mama,* schreef ze. *Er zijn veel dingen die ik tegen jullie zou willen zeggen, veel gedachten die ik jullie zou willen sturen, maar helaas zal ik op jullie hart en begrip moeten rekenen om te weten wat er allemaal in mijn hoofd omgaat...*

Le Bristol. Haar ouders zouden gerustgesteld zijn als ze wisten dat ze zich onder landgenoten bevond. Het hotel had een lange historie van zeer gerenommeerde gasten: filmsterren, erfgenamen, edelmannen, edelvrouwen en nu een bibliothecaresse. Na het werk wandelde ze naar haar huis aan 1 Rue de la Chaise om haar spullen op te halen. Toen ze haar sleutel in de voordeur stak, kwam Madame Palewski op haar afrennen. De olijfkleurige huid van de conciërge was krijtwit.

'Wat is er gebeurd?' vroeg miss Reeder.

'Mijn man was in de Poolse bibliotheek toen ze kwamen.' Madame begon te huilen. 'Ze marcheerden naar binnen. Eisten de sleutels. Ze hebben het hele gebouw overhoopgehaald. De archieven, de zeldzame manuscripten. De directeur probeerde hen tegen te houden. Soldaten dreigden hem mee te nemen.'

'Is je man ongedeerd?'

'Ja. Maar ze hebben alles gestolen...'

De nazi's waren drie dagen in Parijs en het begon nu al. Miss Reeder had gehoopt dat kerken en bibliotheken – stille plekken van toewijding – ongemoeid zouden worden gelaten.

Ze besefte dat ze weldra oog in oog zou komen te staan met de vijand.

20

Odile

2 juli 1940

Lieve Rémy,

Waar ben je? We willen je zo graag zien, iets van je horen. Met ons is alles goed. Nadat Papa me tien lange dagen thuis had gehouden, gaf hij me eindelijk toestemming om weer aan het werk te gaan. Ik maakte me ontzettend bezorgd om de directrice, helemaal alleen in de bibliotheek, maar ze houdt vol dat het 'best spannend' was om als enige het fort te bewaken. Het voelde vreselijk eenzaam zonder de anderen, die inmiddels net zijn teruggekeerd.

Ik slaakte een vreugdekreet toen ik Bitsi binnen zag komen; Monsieur de Nerciat had er de grootste schik in om een bibliothecaresse tot stilte te kunnen manen. Maar het goede nieuws werd gevolgd door het slechte – Boris legde uit dat de nazi's ook Angoulême hadden bereikt. De strenge Mrs. Turnbull reist van daaruit rechtstreeks naar Winnipeg. Als Canadese, en dus een Britse onderdaan, wordt ze beschouwd als een vijandelijke vreemdeling.

De nazi's kopen hier de winkels leeg, van zeep tot naainaalden. We noemen hen 'toeristen' omdat ze foto's van monumenten nemen alsof ze op vakantie zijn. Wanneer ze naar de weg vragen – Waar is de Arc de Triomphe? Waar is de Moulin Rouge? – zeggen we dat we het niet weten. Nu er een avondklok is ingesteld, is het 's avonds na negen uur stil in de stad. Ze hebben ons gedwongen onze klok een uur vooruit te zetten, zodat onze tijdzone gelijk is aan die van hen. Steeds wanneer ik op mijn horloge kijk, word ik eraan herinnerd dat we op hún tijd leven, op hún voorwaarden.

Niemand kan geloven dat Frankrijk heeft verloren, en zo snel. Op de kansel zwaaide de pastoor met zijn bijbel naar ons en brulde dat de nederlaag Gods straf is voor ons gebrek aan normen en waarden.

Papa zei dat er wat mensen zijn gearresteerd voor het kalken van leuzen of het gooien van stenen naar Duitsers, maar dat de situatie verder vrij rustig is. Paul lijkt woedend genoeg om iemand te kunnen vermoorden. Hij zegt dat zijn werk nu bestaat uit het regelen van het verkeer voor de nazi's. Ze hebben hem opgedragen witte handschoenen te dragen, waardoor hij zich 'verdomme net een butler' voelt. Binnenkort gaat hij zijn tante op de boerderij helpen met de oogst. De verandering van omgeving zal hem goeddoen.

Het moet vreselijk voor je zijn om Bitsi niet in je armen te kunnen houden. Ze mist je erg. Ik zweer je dat ik mijn allerliefste best zal doen om goed voor haar te zorgen.

We hebben geen nieuws van Margaret ontvangen en hopen dat ze veilig is. De weinige overgebleven abonnees lenen meer boeken dan ooit, misschien als een manier om aan deze verontrustende metamorfose te ontsnappen – Boris noemt het 'Frans' Kafka'.

Liefs,
Odile

BRITSE VLOOT BRENGT TWEE FRANSE OORLOGSSCHEPEN TOT ZINKEN – MEER DAN 1000 FRANSE OPVARENDEN GEDOOD, luidde de kop. Volgens de *Herald* vreesden de Engelsen in Oran, aan de andere kant van de Middellandse Zee, dat de Franse marine zou toestaan dat hun schepen door nazi's werden geconfisqueerd. De Engelse admiraal stelde de Fransen een ultimatum: geef je over of we brengen jullie schepen tot zinken – jullie hebben zes uur om de vaartuigen over te dragen. Toen *l'admiral* weigerde, vielen de Engelsen aan. Ik las het artikel twee keer door, maar begreep het nog steeds niet. Vochten bondgenoten tegen elkaar?

'Verrader!' schreeuwde Monsieur de Nerciat tegen Mr. Pryce-Jones. Ik hoefde de krant niet te lezen om te weten dat Frankrijk de diplomatieke banden met Engeland had verbroken. Dagenlang zag ik Monsieur door de bibliotheek stampen, mopperend dat hij geen stoel kon vinden die niet door verraad was bezoedeld.

Boris kwam naast me staan. 'Telefoon voor je,' zei hij met smart in zijn groene ogen. 'Je vader.'

Ik rende naar de uitleenbalie en greep de hoorn beet. 'Papa? Is het Rémy?'

'Kom naar huis, liefje,' zei hij.

Ik ging Bitsi halen, die een groepje kinderen zat voor te lezen. Eén blik op mij en ze liet haar boek vallen. Terwijl we de bibliotheek uit renden, greep ik haar hand en trok haar mee. We renden door de straat, zo snel mogelijk naar... Ik bleef stilstaan. 'Wat is er?' vroeg ze. Ik schudde mijn hoofd. Ik wilde er opeens zo lang mogelijk over doen om naar huis te gaan, bang dat Rémy... Ik kon het niet zeggen, kon het zelfs niet denken. Op dit moment leefde hij nog. Zodra we thuiskwamen misschien niet meer.

Ons leven samen speelde zich voor mijn geestesoog af. Onze vijfde verjaardag, toen Maman die chocoladecake met verbrande randjes had gebakken. De dag dat Papa ons had meegenomen voor een ponyrit in het Bois de Boulogne. Die keer dat Rémy en ik de suikerpot met zout hadden gevuld, zodat Maman en haar vriendinnen bijna in hun thee stikten. Toen ze tegen Papa klaagde, in de verwachting dat hij boos op ons zou worden, liet hij zo'n bulderende lach horen zoals ik die volgens mij sindsdien niet meer van hem heb gehoord. Maman, die ook niet gek was, gebruikte sinds die tijd suikerklontjes. Eindeloze zondagse lunches waarbij een knipoog van Rémy het enige was wat voorkwam dat ik gek werd. De belangrijkste maaltijd van mijn leven, toen ik Paul leerde kennen. Rémy kwam in elke herinnering voor.

Totdat hij bij het leger ging, was hij de eerste tegen wie ik 's ochtends sprak, en 's avonds de laatste. Mijn beste vriend, mijn wederhelft. Niet dat ik dat ooit tegen hem had gezegd. Stel dat we onze laatste woorden tegen elkaar hadden uitgesproken? Ik herinnerde me de dag dat hij het huis verliet. Wat had ik gezegd? Neem je trui mee, straks vat je nog kou? Schiet op, anders mis je je trein?

'Hou op,' zei Bitsi.

'Waarmee?'

'Met wat je ook aan het doen bent.'

Thuis liet Papa Bitsi en mij plaatsnemen op de bank naast Maman, die zo bleek was als een aspirientje. Hij zocht steun bij de haard.

'We hebben nieuws over Rémy ontvangen,' zei hij.

21

Lily

FROID, MONTANA, APRIL 1985

Papa en ik kwamen om halfvier bij de kerk aan. Ik doopte mijn vingers in het ranzige wijwater en ontdekte de overvloed aan roze rozen waarmee de kerkbanken waren versierd. Er waren bijna net zoveel bloemen op de bruiloft als op mijn moeders begrafenis, nu iets langer dan een jaar geleden. Ik had hoofdpijn en zou het liefst in bed willen kruipen en de herinneringen aan mama als een warme deken over me heen willen trekken.

Eleanors moeder snelde op me af. 'Klaar voor de grote dag?' vroeg ze aan mijn vader. Mij omhelsde ze. Mijn neus belandde in de anjer die ze als corsage droeg, en ik nieste. 'Noem me maar oma Pearl,' zei ze; ze troonde me mee naar de achterkamer, waar ik werd voorgesteld aan drie giechelende bruidsmeisjes die, net als 'oma Pearl', uit Lewiston kwamen. Mijn jurk was net zo knalroze als die van hen. Eleanor stond zichzelf te bewonderen in de hoge spiegel; een sluier verhulde haar gezicht en chignon.

'Net zo mooi als Lady Di,' zei ik. Ik meende het oprecht – ze hadden dezelfde reeënogen.

Ik wilde haar aardig vinden. Ik wilde dat ze mij aardig vond. Maar toen ze me tegen haar met lovertjes overdekte boezem trok en me stevig vasthield, hield ik mijn armen stijf naast mijn lichaam; ik was er nog niet aan toe om haar een knuffel te geven.

'Lieverd,' zei ze. 'Ik beloof dat ik voor je zal zorgen alsof je mijn eigen kind bent.'

Het was geen onaardige belofte, en ik wist hoe ik erop moest reageren. Na mijn lessen over *les adjectifs* had Odile gezegd: *Ik zal je Engelse woorden leren. Woorden waarvan men verwacht dat je ze zegt.* 'Ik hoop dat papa en u heel gelukkig zullen worden,' zei ik tegen Eleanor. Ondanks dat ik het zinnetje had geoefend klonk het gemaakt.

In het Frans werden twee vormen van het Engelse 'you' gehanteerd: informeel en formeel. *Tu* voor vrienden en dierbaren, *vous* voor kennissen en mensen die we op afstand willen houden. Ik zou papa *tu* noemen, maar Eleanor *vous*.

Het orgel begon de canon van Pachelbel te dreunen en we haastten ons naar ons plekje achter in de kerk. Mevrouw Olson – de enige organist in de stad – wachtte op geen enkele bruid; bruiloften verliepen volgens háár schema. Ik schuifelde door het gangpad en zag Robby op de vierde rij van achteren zitten. Hij keek naar mij. Alleen naar mij. Ik veegde mijn zweterige handpalmen aan mijn jurk af en liet me tussen Odile en Mary Louise op de voorste kerkbank glijden. De bruidsmeisjes en bruidsjonkers waren als volgende aan de beurt, in keurige rijtjes van twee. De overheersende klanken van 'Daar komt de bruid' vulden de kerk. Papa stond op precies dezelfde plek als waar mama's kist had gestaan. Haar ivoren kist was door hetzelfde gangpad gedragen als waar Eleanor en haar vader nu door kwamen aangeschreden.

'Beminde gelovigen,' begon vader Maloney, die het vonnis zou voltrekken, en mijn ogen vulden zich met tranen. Uit angst dat mijn vader het zou zien, boog ik mijn hoofd en staarde ik naar het knielbankje. Odile schoof haar voet over de mijne. De druk gaf me iets om me op te concentreren.

'Getrouwd, terwijl Brenda nog maar net dood is,' zei Sue Bob.

'Dat James het aanlegt met zo'n jonge meid,' zei mevrouw Ivers, hoewel zij degene was geweest die hen had gekoppeld.

'Hij doet het voor Lily,' zei de oude mevrouw Murdoch. 'Dat meisje heeft een moeder nodig.'

Fluister, fluister, fluister. Ik probeerde niet te luisteren.

'U mag nu de bruid kussen' is meestal het leukste gedeelte van een huwelijksvoltrekking omdat het romantisch en bijna het einde van de ceremonie is, maar het voelde vreemd aan om mijn vader een andere vrouw te zien kussen. Mary Louise gaf me een por met haar elleboog, alsof zij haar ogen ook niet kon geloven.

In de hal wapperden pastelkleurige linten tussen de tl-balken. 'Ik word kotsmisselijk van al dat roze,' zei Mary Louise. Onderuitgezakt op de metalen klapstoeltjes volgden we de bruid en bruidegom die rondliepen en gasten begroetten. Het was een kwestie van tijd voordat ze een kind zouden hebben om mij te vervangen, net zoals ze mama hadden vervangen.

De bruidstaart, bijna net zo hoog als Eleanor, weerspiegelde de schuimpjesachtige uitstraling van haar roomkleurige jurk. Papa en zij sneden de taart aan; zijn hand lag over de hare op het zilveren mes. Ze stopten kruimels in elkaars mond. Camera's flitsten. Papa wenkte me om een stukje te komen halen. Natuurlijk was Tiffany Ivers me voor.

'De taart is in elk geval lekker,' zei ze.

'Hou je mond.' Ik pakte twee bordjes, een voor Mary Louise en een voor mij.

'Ik probeer alleen maar aardig te zijn.' Ze wendde zich tot mijn vader. 'Gefeliciteerd, meneer en mevrouw Jacobsen.'

Hij had onze confrontatie gezien en vroeg zich waarschijnlijk af waarom zijn dochter niet net zo lief kon zijn als Tiffany Ivers. De bordjes trilden in mijn handen. Voordat papa me een standje kon geven, ging ik ervandoor en baande ik me een weg tussen de bruiloftsgasten door.

Opeens stond Robby voor mijn neus. 'Klote, hè?'

Ik hoorde zoveel in die woorden. *Wat erg voor je dat je moeder dood is gegaan. Dit moet een moeilijke dag voor je zijn.*

'Ja.'

Hij droeg mijn bordjes naar Mary Louise en bleef nog even bij ons tafeltje staan dralen, waarna hij terugliep naar zijn ouders. Ze at haar eigen stuk taart én het mijne op. Toen de dj een langzaam nummer opzette, staarde ik naar het knipperende UITGANG-bordje boven de deur. Ik had geen zin om meneer en mevrouw Jacobsen innig in elkaars armen te zien. Papa tikte op mijn arm. 'Vader-dochterdans, Lil.' Hij leidde me naar de dansvloer, waar meneer Carlson rustig rondjes draaide met Eleanor. We zouden moeten dansen, maar we stonden daar alleen maar. 'In de kerk,' zei mijn vader, 'zag ik je met je hoofd gebogen zitten.'

Ik verstijfde.

'Ik ben óók een beetje verdrietig,' bekende hij.

Hij pakte mijn hand en langzaam bewogen we samen heen en weer. De rest van de receptie bleef zijn bekentenis in mijn oren galmen.

Papa en Eleanor vertrokken in onze stationwagen, met achterop een PAS GETROUWD-bordje. Opgelucht dat de beproeving voorbij was, draafde ik met Mary Louise naar huis. In mijn kamer verkleedde ik me in mijn adelaars-T-shirt. Zij schopte de roze jurk onder het bed.

Chez Odile werd ik wakker van de geur van boterachtige croissants. Ik was nog steeds van slag en at niet veel. Ik vroeg me af hoe het leven zou worden wanneer papa en Eleanor terugkwamen van hun huwelijksreis, hun *lune de miel*, hun 'honingmaan'. Er zouden dingen veranderen en ik was bang dat er geen ruimte meer voor mij zou zijn.

'Wat kijk je bedroefd.' Odile overhandigde me *The Outsiders*.

'Het gaat over familie, over de familie waarin je wordt geboren en de familie die je vormt met verwante zielen. Het gaat over hoe we een plek voor onszelf maken in deze wereld.'

'Uw boeken hebben geluk,' zei ik terwijl ik naar haar boekenkasten keek. 'Ze weten exact waar ze moeten staan en naast wie. Had ik ook maar een Dewey-nummer.'

'Ik heb me wel eens afgevraagd wat mijn nummer zou zijn als ik er een zou hebben. We zouden ons eigen nummer kunnen bedenken.'

Dat bracht een conversatie op gang. Zouden we literatuur of non-fictie zijn? Zou Odiles nummer Frans of Amerikaans zijn, en bestond er ook een Frans-Amerikaans nummer? Zouden we hetzelfde nummer kunnen delen, om altijd samen te kunnen zijn? We voegden 813 (Amerikaans), 840 (Frans) en 302.34 (vriendschap) toe en creëerden onze plank met 1955.34-waardige boeken. Een paar van de favorieten waren *Le Petit Prince, Little Women, The Secret Garden, Candide, The Long Winter, A Tree Grows in Brooklyn, Their Eyes Were Watching God.* Toen we klaar waren had ik het gevoel dat ik, wat er ook gebeurde, altijd een plek bij Odile zou hebben.

De volgende ochtend hingen Mary Louise en ik bij Odile op de bank en dronken we café au lait die voornamelijk uit *lait* bestond terwijl zij in haar tuin bezig was. Toen mijn koffie op was, snuffelde ik in de laden van haar buffetkast.

'Denk je nog steeds dat ze een spion was?' vroeg Mary Louise.

Ik haalde mijn schouders op. Uit de rekeningen maakte ik op dat haar kleren bij een boetiek in Chicago vandaan kwamen. Niet echt een verrassing – ik wist dat ze niet van Jeans 'n Things afkomstig waren. Op een verbleekte kerstkaart drong iemand die Lucienne heette erop aan dat Odile contact met haar ouders zou opnemen voordat het 'te laat' was.

'Ze staat bij het raam,' siste Mary Louise. 'Straks ziet ze je.'

'Er is iets gebeurd in Parijs. Er is een reden waarom ze hier is gebleven.'

Toen de schuifdeur openging, duwde ik de lade met een klap dicht.

Na de huwelijksreis kwam mijn vader me halen bij Odile, net toen ze klaar was met me overhoren over *les verbes*. Ze nodigde hem uit binnen te komen, maar hij sloeg het aanbod af. We bleven op de veranda staan, verwarmd door de lentezon. Ik maakte me zorgen om wat hij zou zeggen. Getallen waren gemakkelijk voor papa. Ze klopten altijd. Woorden waren lastiger. Hij begreep nooit hoeveel gewicht ze in de schaal legden.

'Bedankt dat u voor Lily hebt gezorgd,' zei hij.

'Het was me een genoegen.' Odile keek me stralend aan.

'U kunt een stapje terug doen nu Ellie er is,' zei hij.

'Een stapje terug?' herhaalde ze.

'Lily zou meer tijd thuis moeten doorbrengen.'

Odile opgeven? Ik peinsde er niet over. Zij stond aan mijn kant, wat er ook gebeurde. Ik kon haar alles vertellen. Papa commandeerde me altijd, maar Odile deed dat nooit. Ze vertrouwde erop dat ik de juiste keuzes zou maken.

Ik zou haar auto wassen, haar gras maaien, haar varens water geven – alles om les van haar te blijven krijgen. Voordat ik dat tegen haar kon zeggen, zei ze in het Frans: 'Morgen om dezelfde tijd.'

'*Oui, merci*,' zei ik, overlopend van dankbaarheid.

Eleanor zegde haar baan op en papa pakte zijn gewone leven weer op. Na een lange dag bij de bank kwam hij thuis bij een vrouw, een dochter en een warme maaltijd. Elke zaterdagochtend liet Eleanor me stofzuigen en een doek met citroen-Pledge over alle oppervlakken halen. 'Een jonge vrouw moet dat soort dingen leren. Later ben je me er dankbaar voor.' Toen ik erover klaagde, zei papa dat ik naar Eleanor moest 'luisteren'. Daarmee bedoelde hij 'gehoorzamen'.

Zelfs toen de school zijn deuren had gesloten voor de zomervakantie stond ze vroeg op en kneedde ze haar krullen in vorm met mousse. Voordat papa naar zijn werk vertrok, streek ze tien keer zijn das glad. Mijn moeder streek mijn shirts nooit, maar Eleanor deed dat wel. 'Niemand zal ooit kunnen zeggen dat ik niet voor je heb gezorgd.' Wanneer ik tijdens het eten romige maissoep op het tafelkleed knoeide, snelde ze onmiddellijk naar de gootsteen en keerde terug met een natte doek om het schoon te maken.

Ik wilde een tijdje van haar bevrijd zijn en popelde om naar het voortgezet onderwijs te gaan. Ik hoopte dat Robby eindelijk verliefd op me zou worden, dat Tiffany zou verhuizen (of beter nog, dat ze de *choléra* zou krijgen). Elke avond op mijn kamer oefende ik de Franse *leçon* van die dag, en zei vervolgens wat ik in het Engels niet hardop durfde te zeggen: *Je t'aime, Robby, je t'adore.*

Op de eerste schooldag trok ik mijn adelaars-T-shirt aan. Hoewel het inmiddels twee maten te klein was en de opdruk bijna helemaal afgebladderd was, deed het me aan mijn moeder denken wanneer ik het droeg.

In de keuken rammelde papa met zijn sleutels. 'Klaar om te gaan?'

'We hebben nieuwe kleren voor je gekocht,' verzuchtte Eleanor. 'Wil je die alsjeblieft gaan aantrekken?'

Ik sloeg mijn armen over elkaar. 'Nee.'

We keken naar mijn vader, scheidsrechter tegen wil en dank.

'Ik hoor het ze al zeggen! "Kijk dat arme kind, die Lily,"' zei Eleanor op overdreven toon, '"ze draagt een broek met hoogwaterpijpen en een afgedragen T-shirt. Wat zou haar arme moeder daarvan zeggen?"'

'Mensen praten toch wel, dat betekent nog niet dat we hoeven te luisteren.' Papa wees op zijn horloge. 'Als we nu niet weggaan, komen we te laat.'

'Jij je zin,' zei Eleanor.

Het was geen echte overwinning.

In het klaslokaal zat ik op de voorste rij, met Mary Louise achter me. Robby ging naast me aan het tafeltje aan de andere kant van het looppad zitten. Toen ik 'Bonjour' zei, keek hij om zich heen alsof hij dacht dat ik het tegen iemand anders had.

'Je kunt het misschien beter bij Engels houden,' raadde Mary Louise me aan.

'Mond dicht,' snauwde juffrouw Boyd, 'anders geef ik iedereen extra huiswerk mee!'

Bref, le lycée was dezelfde teleurstelling die zich in een groter gebouw afspeelde met andere leraren, en thuis begroette Eleanor me met een nieuwe lijst met huishoudelijke klussen. 'Ik ben niet degene die heeft beloofd lief te hebben, tevreden te stellen en te gehoorzamen,' mompelde ik terwijl mijn vloermop het linoleum nauwelijks raakte.

Soms droomde ik over mijn moeder. Over hoe we naar een zwerm overvliegende ganzen keken. Hoe we uit volle borst 'Jingle Bells' zongen. Hoe we koekjes bakten. Zodra mijn wekker ging, was mama verdwenen. Dan werd ik zo door verdriet overmand dat ik diep wegdook onder de dekens.

'Opstaan, luilak!' Eleanor bonsde op mijn deur. 'Je komt nog te laat op school.'

'Ik voel me niet lekker,' jammerde ik.

'Je klinkt anders niet ziek.'

Maar met Thanksgiving besloot Eleanor toch Odile uit te nodigen, die de droge kalkoen beter te verteren maakte. Toen onze buurvrouw bekende dat ze de feestdagen altijd in haar eentje had doorgebracht sinds haar man was overleden, gaf papa een klopje op Eleanors hand, en we zagen dat hij trots op haar was. Terwijl ik brokken naar krijt smakende pompoentaart heen en weer schoof op mijn bord, vroeg Eleanor aan Odile of ze een foto wilde maken voor een kerstkaart. Mijn vork bleef stil in de lucht hangen. Papa en Eleanor stonden op en poseerden voor de foto, maar mijn hart brandde bij de gedachte aan mijn moeder die van de familiekaart werd geveegd.

Kerstvakantie. Geen huiswerk meer. Tiffany Ivers was bij familie in het oosten. Geen wolkje aan mijn lucht. Mary Louise en ik maakten een sneeuwpop (met knikkers als ogen, mond en oorbellen) als verrassing voor oma Pearl. Altijd wanneer ze Eleanor belde, wilde ze ook mij spreken. En sinds de bruiloft had ze me elke maand iets gestuurd – een grappige kaart, een abonnement op *Seventeen*, paarse moonboots. Over Eleanor bleef ik mijn twijfels houden, maar oma Pearl vond ik aardig.

'Wat vindt u ervan?' vroeg ik aan Odile, die naar buiten stapte om de post te halen.

'Ze heeft een kleurtje nodig.'

Mary Louise knoopte de fuchsiaroze sjaal los die ze van haar zus had 'geleend' en bond hem om de ijzige nek van de sneeuwpop. Helaas reed Angel voorbij en zag ze dat we iets hadden gebruikt wat van haar was. Ze pakte een schep en sloeg onze creatie tot een losse berg sneeuw. Toen ze eindelijk klaar was, konden we de knikkers niet eens meer vinden.

Eleanors ouders kwamen aanrijden, en ik had mijn armen al om oma Pearl heen geslagen voordat ze uit de auto kon stappen. Papa en meneer Carlson laadden de bagage uit en verdwenen in de woonkamer, terwijl wij vrouwen begonnen met het maken van de gemberkoekjes. Aan het aanrecht neuriede Odile 'Silent Night' terwijl ze het deeg plette met de deegroller; ik drukte de kerstvormpjes in de kleverige stroopmassa. Oma Pearl roerde in de hete cider. Eleanor stuiterde door de keuken alsof ze nodig moest plassen.

'Kind, wat is er met jou aan de hand?' vroeg haar moeder.

'Ik kan het niet langer voor me houden,' piepte Eleanor. 'Ik ben in verwachting!'

'Mijn kindje krijgt een kindje,' riep oma Pearl uit.

Wát?!

'Wanneer ben je uitgerekend?' vroeg oma Pearl.

'Achtentwintig april.'

Wist papa het? Waarom had hij het me niet verteld?

'Een baby!' Odile klapte in haar handen. 'Wat geweldig!'

'Je doopjurk ligt in mijn bruidskist,' zei oma Pearl. 'Ik zal hem naar je toe sturen.'

'Ik heb wat garen dat heel geschikt zou zijn voor een babydekentje,' voegde Odile eraan toe.

We hadden geen slaapkamer over. Waar moest dat kind slapen? Mussen pikten zwaluwnesten in en gooien de jongen eruit. Spreeuwen stalen van mussen. Gluiperig, maar mama zei altijd dat dat nu eenmaal de natuur was.

Weg met het metalen bureau en de gedeukte dossierkast. Weg met oude bankafschriften en telefoonrekeningen. Weg met de programma's van muziekconcerten en foto's van vogels – alles wat aan het leven met mijn moeder herinnerde. Voor Eleanor leken het misschien niet meer dan oude papieren, maar voor mij waren het herinneringen. Gelukkig zag ik ze bij het vuilnis liggen, en ik verstopte ze in mijn kamer.

Papa's studeerkamer was nu een babykamer. Eleanor hield pastelkleurige verfstaaltjes omhoog die leken op de paaseieren die we zojuist hadden geschilderd. Uiteindelijk verfden we de kamer zonnig geel. Mama zou hebben gezegd dat het houten wiegje op een nest leek, maar dat zei ik niet tegen Eleanor. Ik had het niet meer over mijn moeder, want elke keer wanneer ik dat deed, trok ze haar neus op alsof mijn woorden stonken.

Op 1 mei wuifde Eleanor – die gigantisch was – me uit toen ik naar school ging, met haar hand vlak boven haar dikke buik. Die avond lag ze in het ziekenhuisbed alsof ze een marathon had gelopen en had gewonnen. Mannen boden papa sigaren aan en sloegen hem op de rug. Hij grijnsde als een idioot. Mevrouw Ivers gaf de baby een spaarobligatie. De haakgrage mevrouw Murdoch had schoentjes gehaakt. Het hele dorp verdrong zich rond het wiegje tijdens de schaarse bezoekuren. Toen Mary Louise langskwam, sloegen we onze ogen ten hemel en deden we na wat we hadden gehoord.

'Een jongen! De Heer zij geprezen!'

'De familienaam zal blijven voortbestaan!'

Later, toen ik de baby vasthield, dacht ik aan mijn moeder en werd ik overspoeld door melancholie. Toen Joe zich in de holte van mijn elleboog nestelde, boog ik me voorover om zijn geur op te snuiven. Hij rook naar suikerkoekjes. Misschien zou alles toch nog goed komen.

Eenmaal weer thuis sliep Eleanor nauwelijks. Als ze de hele nacht wakker had kunnen blijven om over Joe te waken, dan had ze dat gedaan. Mama had gelijk gehad. Baby's wisten niet hoeveel geluk ze hadden – ze sliepen door het grootste deel van de liefde heen. Na drie maanden zonder fatsoenlijke nachtrust liep Eleanor onophoudelijk te gapen. Ze was niet meer de pronte parkiet, maar een dikke duif die van de wieg naar de schommelstoel waggelde. Haar huid werd vlekkerig en haar haar was vettig.

'Je bent een moeder, maar je bent ook een vrouw,' zei Odile tegen haar. 'Verzorg jezelf. Je hebt rust en beweging nodig.' Om de beurt hielden zij en ik Joe vast zodat Eleanor op Jane Fonda's aerobicsvideo kon dansen. We gluurden om de deur van de woonkamer om naar Eleanor in haar roze gympakje te kijken terwijl ze haar benen zo hoog mogelijk opgooide. 'Net de cancan in Parijs,' fluisterde Odile.

Terwijl Eleanor en ik wachtten tot papa zou thuiskomen van zijn werk vroeg ze: 'Hoeveel woog je moeder?'

'Ik heb geen idee.'

De volgende dag overviel ze me bij de keukenbar. 'Wat voor luiers gebruikte ze? Gaf ze borstvoeding?'

Straks ging ze me nog vragen hoe de melk had gesmaakt. Voordat Eleanor in huis kwam, hadden we geen weegschaal. Ze woog zichzelf altijd één keer in de week. Nu, opgeblazen en vastbesloten 'de babypondjes kwijt te raken', stapte ze tien keer per dag op de weegschaal.

'Gaf ze borstvoeding?' vroeg Eleanor nogmaals. 'Gebruikte ze katoenen luiers?'

'Ze gebruikte zijden luiers. En ja, ze gaf me vijf keer per nacht borstvoeding. Oma Jo kwam, maar mama wilde geen hulp aannemen. Zei dat ze die niet nodig had.'

Ik had verwacht dat de kous daarmee af zou zijn, maar Eleanor begon gewoon weer opnieuw. 'Hoeveel woog ze?'

'Vraag het aan papa.'

'Hoeveel?'

Ik werd gestoord van haar stomme vragen. Het duurde even voordat ik doorhad dat ze zichzelf met mijn moeder vergeleek. Nou, Eleanor mocht in mijn moeders pannen koken en van haar borden eten. Ze mocht in haar huis wonen en me bemoederen zoveel ze wilde. Maar Eleanor zou nooit mijn moeder zíjn. Ik gaf een onmogelijk antwoord: 'Vijfenveertig kilo.'

'Vijfenveertig kilo?' Eleanors lip trilde.

Ik vond het fijn wanneer ik na school thuiskwam en Eleanor met Odile samen aan tafel thee zag drinken, want Eleanor zeurde nooit aan mijn hoofd wanneer we bezoek hadden. Vandaag, terwijl Joe in het wiegje naast hen lag te kwijlen, spraken ze over dingen die nog ver weg waren: Eleanor zou ooit weer gaan studeren; Odile zou ooit haar vriendin Lucienne, de oorlogsbruid, opzoeken in Chicago. Toen Odile haar een bord met druiven voorhield, klopte Eleanor op haar buik en zei: 'Ik probeer af te vallen.'

Ik lachte inwendig. Alsof ze dik zou worden van een druif.

'Je zult de komende maanden niet afvallen,' zei Odile.

Eleanor fronste. 'Wat bedoel je?'

'Je bent zwanger.'

Nóg een baby? De lust om te lachen verging me.

'Maar ik heb Joe pas vijf maanden geleden gekregen,' protesteerde Eleanor.

'Ik heb genoeg vrouwen gezien om de symptomen te herkennen.'

'James zei tegen me dat het veilig zou zijn.'

'Hoe oud ben je dat je gelooft wat een man je vertelt?'

Eleanor lachte, maar niet van harte. Een grapje? En... er zat iets in Odiles stem. Iets wrangs. Iets waardoor ik me afvroeg wat een man háár had verteld.

Eleanor werd zo kolossaal als een *château*, met een buik die zo dik was dat haar hoofd er piepklein bij leek. Haar zwangerschapskleren zaten raar; haar boezem en achterste kwamen in opstand tegen het strakgespannen katoen. Ze verfde haar haar niet meer en er verscheen een donkere uitgroei. Alleen ordinaire vrouwen lieten dat gebeuren.

'Bij Joe was het heel anders.' Ze klonk verward.

Ze werd pafferig en opgezwollen, alsof haar hele lichaam zwanger was, niet alleen haar buik, en zodra ze opstond werd ze duizelig. Toen ze de hele dag in bed bleef, net als mama, bleef ik aan Eleanors zijde. Ik herinnerde me een regel uit *Bridge to Terabithia*: *'Het leven was zo teer als een paardenbloem. Eén windvlaag uit welke richting dan ook en het werd aan flarden geblazen.'* Als kind dacht ik dat alleen oude mensen doodgingen. Nu wist ik beter. Waarom was ik niet aardiger tegen Eleanor geweest? Ik voelde me vreselijk om de misselijke voldoening die ik erin had geschept om haar te kwetsen. Zo erg was ze niet. Ze had mijn vader er zelfs van overtuigd dat hij me zakgeld moest geven, omdat 'de dochter van een bankier moest leren met geld om te gaan'. *Ga alsjeblieft niet dood,* bad ik.

Odile kwam langs. Ik vond het fijn dat ze niet aanklopte maar gewoon naar binnen liep, alsof ze bij de familie hoorde.

'Je bent zo lieflijk als een madonna,' zei ze tegen Eleanor.

'Echt?'

Eerlijk? Ze leek meer op Jabba the Hutt. Ik wist dat de waarheid weinig heilzaam zou zijn, dus knikte ik.

'Maar laten we voor de zekerheid dokter Stanchfield bellen,' zei Odile.

Hij nam Eleanors bloeddruk twee keer op en zei dat ze bloed moest laten prikken, hetzelfde als wat hij over mama had gezegd.

'Komt het wel goed met haar?' vroeg ik.

'Je stiefmoeder heeft een te hoge bloeddruk, wat niet gezond is voor haar en de baby.'

Terwijl Joe en Eleanor een dutje deden, probeerde Odile mij af te leiden door me *bébé*-woorden te leren: wieg, *couffin*; luiers, *couches*, maar zolang Eleanor aan dat bed gekluisterd was, zou dat me allemaal aan mijn *derrière* roesten.

'Hoe zeg je "hoge bloeddruk"?' vroeg ik.

'*La tension.*'

Tension... spanning. Dat woord zei genoeg.

'Zullen we een stukje gaan wandelen?' vroeg Odile.

Ze geloofde heilig in frisse lucht. De gure noordenwind blies om ons heen terwijl we door Main Street liepen, langs de kerk, langs de dwergconiferen, om uiteindelijk bij de begraafplaats uit te komen. Net als de andere dames was Odile gek op begraafplaatsen. Ik niet. Het deed pijn om BRENDA JACOBSEN, GELIEFDE ECHTGENOTE EN MOEDER in graniet gegraveerd te zien. Mama was al langer dan twee jaar dood. Aan de voet van haar grafsteen lagen chrysanten, net als op de graven van Odiles zoon en echtgenoot. Ik wist dat ik mijn hoofd zou moeten buigen en zou moeten bidden, maar ik wierp een blik op Odile. Haar hoofd was gebogen, haar gezicht stond somber. Ik besefte opeens dat ze haar familie miste: Buck en Marc, maar ook haar ouders en haar tweelingbroer. Ik wilde zo graag weten wat er met hen was gebeurd.

22

Odile

PARIJS, AUGUSTUS 1940

'Misschien had ik je niet naar huis moeten laten komen,' zei Papa, 'maar ik nam aan dat je zo snel mogelijk wilde weten...'

'*Monsieur?*' smeekte Bitsi.

'Rémy leeft nog,' zei papa.

Ik ademde sissend uit.

'Waar is hij?' vroeg Bitsi. 'Is hij onderweg naar huis?'

'Hij is gevangengenomen,' antwoordde Papa.

'Gevangen?' herhaalde Bitsi.

'Hij zit in wat ze een Stalag noemen,' zei Papa, 'een krijgsgevangenenkamp.'

Maman huilde en ik sloeg mijn arm om haar heen.

'Hij leeft nog,' zei ik tegen haar.

'We weten waar hij is,' zei Papa. 'Probeer dat een troost te laten zijn.'

Hij had gelijk. Die arme Bitsi had in geen maanden een brief van haar broer ontvangen.

'Ik wilde dat we nieuws over Julien hadden,' zei Papa op meelevende toon tegen haar.

Ze beet op haar lip en ik zag dat ze haar best deed om niet in huilen uit te barsten.

Papa haalde een kaart uit de zak van zijn blazer. Ik trok het stuk papier uit zijn hand en las het vage schrift: *Je suis prisonnier.* Ik ben een gevangene. Eronder stonden twee regels:

1. Ik ben gezond.
2. Ik ben gewond.

Optie nummer twee was omcirkeld. Rémy was alleen en gewond.

Bitsi, die bleek was geworden toen ze de kaart had gelezen, zei dat ze het haar moeder moest laten weten. Papa en ik liepen met haar mee naar de voordeur. Ze kuste hem op de wang, wat hem een zweem van een glimlach ontlokte.

We liepen terug naar Maman. Papa knielde naast haar neer en veegde teder haar tranen weg. Hij en ik sloegen allebei een arm om haar middel en hielpen haar naar bed. In hun kamer liep papa te ijsberen terwijl Maman bleef huilen.

'Zal ik dokter Thomas bellen?' vroeg ik.

'Geen medicijn in de wereld kan dit verhelpen,' zei papa. 'Ik blijf wel bij haar. Jij moet uitrusten.'

Voor deze ene keer stribbelde ik niet tegen. Ik voelde me schuldig dat ik Maman alleen liet met haar verdriet, maar was opgelucht dat ik me even met dat van mezelf kon bezighouden. Stalag. Een nieuw woord in het vocabulaire van verlies. Tot aan vandaag hadden we onszelf kunnen wijsmaken dat Rémy onderweg naar huis was. Wat moesten we onszelf nú vertellen?

Aan mijn bureau schreef ik, met zijn vulpen:

Lieve Rémy,

We vinden het vreselijk dat je ver van huis en gewond bent. We zijn zo bezorgd.

Het gaf wat verlichting om mijn hart uit te storten, maar zo'n brief zou Rémy geen troost bieden. Ik schroefde de pen open en liet de inkt over het papier druppelen. Ik begon opnieuw.

Lieve Rémy,

Verder dan *Lieve Rémy* kwam ik niet.

De volgende ochtend kleedde ik me aan en liep ik naar de kamer van mijn ouders. Maman lag weggedoken onder de dekens. Ze jammerde zacht, met haar ogen gesloten, alsof ze niet wakker kon worden uit een nachtmerrie. Papa stond voor de kledingkast zijn overhemd dicht te knopen.

'Ik blijf wel bij haar,' zei ik.

'Maman zou niet willen dat je haar zo zag.' Hij liep met me mee naar de voordeur. 'Ik weet wel iemand die op haar kan letten.'

Buiten liepen er maar een paar mensen over straat, en er was geen auto op de weg te bekennen. Ook in de bibliotheek was het vreemd rustig. Ik miste Margaret. Ik miste Paul. Ik miste zelfs het geluid van de strenge Mrs. Turnbull die studenten sissend tot stilte maande.

'Ik heb het nieuws over Rémy gehoord. Wat erg.' Professor Cohen stak me een roman van Laura Ingalls Wilder toe met de titel *The Long Winter*. 'Ik heb een nogal toepasselijk stuk aangestreept. Tijdens een sneeuwstorm zit een pioniersgezin dicht bij elkaar in hun hut. Ze krijgen het maar niet warm. De vader begint op zijn viool te spelen en zegt tegen zijn drie dochters dat ze moeten dansen. Giechelend beginnen ze te huppelen en zo voorkomen ze dat ze doodvriezen. Later moet de vader de veestapel verzorgen, anders gaan de dieren dood. Wanneer hij naar buiten stapt, kan hij niet verder dan twee meter voor zich uit kijken. Hij houdt zich aan de waslijn vast om de schuur te bereiken. Binnen wacht de moeder met ingehouden adem op zijn terugkeer.' Toen ik de roman aanpakte, legde professor Cohen haar handen over de mijne. 'We kunnen niet zien wat ons te wachten staat. Het enige wat we kunnen doen is de lijn vasthouden.'

Voor het avondeten gluurde ik om de hoek van de deur van de kamer van mijn ouders, waar Maman lag te slapen. Naast het bed zat een verpleegster. Dunner wordend bruin haar omlijstte een blozend gezicht. Ze kwam me bekend voor. Iemand uit de bibliotheek? Een vrijwilligster in het ziekenhuis?

'Ik ben Odile.'

'Eugénie,' zei ze.

'Hoe gaat het met haar?'

'Je moeder heeft zich niet bewogen. Ik ben bang dat ze in shock is.'

Dagen verstreken. Na werktijd zwierven Bitsi en ik door de Jardin des Tuileries.

'Hoe gaat het met je moeder?' vroeg ik.

'Ze staat bij de deur te wachten alsof mijn broer elk moment kan thuiskomen.'

Sommige Parijzenaren raakten aan de bezetters gewend. Sommigen dreven handel met hen door filmpjes voor hun camera's aan hen te verkopen, of bier om hun dorst te lessen. Anderen weigerden hen te erkennen en deden alsof ze er niet waren. Sommige vrouwen aanvaardden complimentjes en uitnodigingen voor een etentje. Anderen tuitten vol afschuw hun lippen. In de metro wierp ik boze blikken naar een magere Duitse soldaat tot hij zijn ogen neersloeg.

Het was geruststellend om te weten dat Eugénie thuis was en een oog op Maman hield terwijl ze het andere op haar breiwerk gericht hield. Toch bleef ik me afvragen waar ik haar van kende. Iemand die had geholpen met de Soldier's Service? De moeder van een klasgenoot?

Tot papa en ik haar op een avond uitzwaaiden en hij haar in haar jas hielp en aanbood haar naar huis te brengen, een voorstel dat hij de werkster nooit had gedaan. Eugénie snoof beledigd en haastte zich de trap af. En opeens wist ik het – deze 'verpleegster' was de lichtekooi die samen met hem bij dat hotel was.

'Hoe durft u haar hier binnen te halen?' siste ik.

Even leek hij van zijn stuk gebracht. Toen telde hij met een berekenende glinstering in zijn ogen op wat ik precies zou kunnen weten, trok daar zijn eigen schuldgevoel van af en calculeerde hoe hij de aandacht tussen zijn minnares en mijn moeder zou kunnen verdelen. Na alle onderdelen van die chaotische som te hebben bekeken, koos hij zijn verdediging net zo goed als Rémy bij debatten tijdens zijn rechtenstudie.

'Wat voor keuze hebben we? Je tante Janine vragen om terug te keren uit de vrije zone? Een vreemde over de vloer halen?'

'Misschien kunnen we tante Caro proberen te vinden. Zij zou het willen weten. Ze zou willen helpen.'

'Je moeder zou een toeval krijgen als we achter haar rug om met Caroline praatten.'

'Maar Papa...'

'Misschien wil jíj voor Maman zorgen?'

Ik was bang om te verdrinken in de bodemloze diepte van haar verdriet. 'Kunnen we geen verpleegster inhuren?'

'De verpleegsters die niet zo verstandig waren om te vluchten draaien diensten van tien uur in ziekenhuizen. Eugénie doet het prima.'

Ik snoof. 'U hebt ongetwijfeld ook genoten van haar verzorgende kwaliteiten buiten het werk om.'

'Praat niet over dingen waar je niets van weet! Bovendien is Eugénie praktisch een verpleegster.'

'Dat ik in de bibliotheek werk maakt mij nog niet "praktisch een boek". Maman heeft een échte verpleegster nodig.'

Ik stampte naar mijn slaapkamer. Zijn minnares hier in huis

halen! Als Paul hier was, zou hij Papa wel wat gezond verstand bijbrengen. Ik sloeg mijn armen om mijn bovenlichaam en wenste dat Paul me vasthield. Steeds wanneer mijn vader me teleurstelde, wanneer ik het moeilijk had met een onaardige abonnee, wanneer ik Rémy zo erg miste dat het pijn deed, was Paul de balsem die ik op mijn gekwetste ziel smeerde.

Om zes uur klopte mijn vader op mijn deur. 'Etenstijd.'

'Ik heb geen honger meer!'

De hele nacht lag ik wakker en fantaseerde ik dat ik de confrontatie met de lichtekooi aanging. Met een rood gezicht van schaamte zou ze zich verontschuldigen voor het feit dat ze het lef had om dezelfde lucht in te ademen als mijn moeder. Ze zou beloven haar schaduw nooit meer op onze drempel te laten vallen. Ze zou nooit meer met Papa praten.

Voordat ik naar mijn werk ging, nam ik een kijkje bij Maman. Teder als een geliefde streelde Eugénie Mamans haar; teder als een moeder veegde ze haar neus af. Ik had Mamans nachtjapon niet één keer verschoond, had de ondersteek niet één keer geleegd. Deze wildvreemde was naar voren gestapt en had alles gedaan wat ik niet had gekund. Langzaam verdampte mijn woede.

Ik kustte Maman op de wang. Ze verroerde zich niet.

'Geen verbetering?' Toch vond ik het nog steeds moeilijk om Eugénie recht aan te kijken.

'Acht zakdoeken gisteren. Beter dan de dag ervoor, toen gebruikte ze er twaalf.'

'O, Maman...'

'Ik weet hoe ze zich voelt.'

'Uw zoon ook?'

'In de Grote Oorlog. Hij was nog een dreumes toen ze ons dorp bombardeerden. Ik hoop dat je moeder er nooit achter zal komen hoe ik me voel.' Eugénie streelde Mamans arm. 'Dit leven is zwaar, zo zwaar, Hortense. Maar je kinderen hebben je nodig. We kunnen een brief aan je zoon schrijven. Je dochter is hier, wil je haar even zien?'

Maman tilde haar hoofd op en staarde met hulpeloze ogen naar me.

25 augustus 1940

Lieve Rémy,

We missen je en hopen dat je weldra naar huis zult kunnen komen. Als je ons hebt geschreven, dan vrees ik dat je brieven nog niet zijn aangekomen. Maman en Papa maken het goed. Paul is weg, helpen met de oogst. Ik mis hem vreselijk en kan me niet voorstellen hoe erg jij Bitsi moet missen.

Steeds meer mensen komen naar de bibliotheek voor saamhorigheid, voor rust. Hoewel er veel abonnees zijn gevlucht (met onze boeken!), zijn wij op volle sterkte. Miss Reeder weigert iemand weg te sturen.

Ik heb nog niets van Margaret gehoord, maar Bitsi heeft een kaart van haar broer ontvangen, dus dat was geruststellend. Ze maakt het goed, al treurt ze om jou.

Zal deze brief je bereiken? Er is zoveel wat ik je wil vertellen.

Liefs,

Odile

25 augustus 1940

Liefste Paul,

Bedank je tante alsjeblieft voor haar vriendelijke uitnodiging. Ik zou haar dolgraag willen ontmoeten en ik verlang ernaar jou te zien, maar ik moet in Parijs blijven voor het geval we iets van Rémy horen.

Gisteren heeft Bitsi een kaart van haar broer ontvangen. Hij is ook krijgsgevangen gemaakt. Ik moest bijna huilen toen ik het hoorde. Hoeveel ik ook van de bibliotheek hou, soms is het werk ondraaglijk.

Wanneer ik oog in oog sta met Bitsi is het alsof ik in de spiegel kijk – ik zie mijn eigen bezorgdheid in haar gefronste wenkbrauwen, mijn verdriet in haar krijtwitte gezicht. Het is voor haar twee keer zo erg, omdat zowel haar geliefde als haar broer gevangen is genomen. Ik heb een theekopje met viooltjes op haar bureau neergezet. Kon ik maar meer doen. Ik wilde dat ik beter nieuws had en minder melodramatische overpeinzingen. Wanneer verwacht jij terug te keren?

Heel veel liefs,

Je prikkelbare bibliothecaresse

25 augustus 1940

Lieve Margaret,

Ik heb je al vaak geschreven, maar heb nog geen brief van jou mogen ontvangen. Ik hoop dat het goed met je gaat. Hier hebben we het zwaar gehad. Rémy zit in een Stalag, Maman is ingestort en Papa heeft zijn minnares in huis gehaald om voor haar te zorgen. Ze had zich vast niet gerealiseerd dat haar dienstverlening zou bestaan uit het legen van ondersteken! Nou ja, elke baan heeft zijn nadelen. Het gaat wat beter met Maman, maar nog niet goed. Ze vindt het fijn om bediend te worden. Of misschien weet ze wie de 'verpleegster' is en wil ze haar laten lijden. Maman kennende is het een beetje van allebei.

Parijs is overspoeld door nazi's, zelfs de nationale bibliotheek. Onze bibliotheek ontvangt aanvragen van krijgsgevangenen, maar de nazi-autoriteiten geven ons geen toestemming om boeken naar de geallieerde soldaten te sturen die in Duitsland gevangenzitten. Het is hartverscheurend.

Hoor mij eens, ik klink al net zo zuur als Madame Simon. Ik zal eindigen met leuker nieuws. Peter-de-terugzetter en Helen-de-vraagbaak brengen zoveel tijd met elkaar door – ze picknicken op de binnenplaats tijdens hun lunchpauze, houden elkaars hand vast wanneer ze denken dat er niemand kijkt – dat ze Helen-en-Peter zijn geworden. Ze zijn verliefd, en dat is heerlijk om te zien.

Kom naar huis! De bibliotheek is niet hetzelfde zonder jou.

Liefs,

Odile

Begin september trok miss Reeder het bruine papier weg dat voor de ramen zat. Toen ik naar buiten keek zag ik niet het kiezelpad of de plantenpot met klimop. Het enige wat ik zag waren kwijtgeraakte brieven en vrienden die ver weg waren. En ik zag Margaret, die met knerpende voetstappen over het pad kwam aanlopen!

'Rémy?' was het eerste woord dat uit haar mond kwam, waardoor ik nog meer van haar ging houden. 'Heb je nog iets van hem gehoord?'

'Niet sinds die kaart.'

'Mijn lieve vriendin.' Ze omhelsde me. 'Ik maakte me zorgen om jou en Rémy, en om de bibliotheek...'

'*Raconte!*' zeiden we in koor. Vertel! Ik wilde alles weten.

Ze vertelde over hun vlucht uit Parijs. 'De wegen waren overspoeld met auto's. Duitse piloten schoten op burgers, dus elke keer wanneer er een vliegtuig overvloog, stopten de auto's met piepende remmen en doken mensen de greppel in. We kwamen zonder benzine te zitten en moesten de laatste vijftien kilometer naar Quimper lopen. Christina heeft de hele weg gebruld. Hoe moet je oorlog aan een kind uitleggen?'

Lawrence had hen terug willen sturen naar Londen, maar Margaret had geweigerd. 'Voor het eerst voelde ik me belangrijk, alsof mijn werk, nou ja, mijn vrijwilligerswerk, ertoe deed.'

'Je bént ook belangrijk,' verzekerde ik haar. 'We hebben je hier nodig.'

'*Sincèrement*, ik ben zo blij dat ik weer boeken mag gaan repareren!'

'Is Lawrence ook blij dat hij weer terug is?'

Margaret friemelde aan haar parels. 'Hij is in de vrije zone.'

Frankrijk was in tweeën gehakt: het noorden was door de Duitsers bezet en het zuiden werd bestuurd door maarschalk Philippe Pétain, de held van de Grote Oorlog.

'Jammer dat Lawrence zo ver weg is,' zei ik. 'Werkt hij daar?'

'Hij is bij... een kennis.'

'Hoelang blijft hij weg?'

Margaret zocht naar woorden, net zoals ik wanneer ik een hele dag tussen Frans en Engels had moeten schakelen. 'Ach, wat maakt het ook uit!' zei ze uiteindelijk. 'Laat me je over de terugreis vertellen. Om ervoor te zorgen dat we genoeg benzine hadden, vulde ik oude theepotten.'

'Geen lekkende, mag ik hopen!'

Een week later, toen Paul voor de deur stond – met haar dat door de zon gebleekt was tot de kleur van hooi en blozende wangen – staarde ik alleen maar. 's Nachts in bed had ik me onze hereniging vaak voor de geest gehaald. Dan wierp ik me aan zijn borst en overlaadde ik hem met kussen. Zijn handen lagen op mijn kont, waardoor mijn lichaam in vuur en vlam kwam te staan. Maar toen hij me in zijn armen nam, bleef ik stokstijf staan. '*Je t'aime*,' zei hij. Toen ik zijn lippen op mijn slaap voelde, ontspande mijn lichaam zich en begon ik te huilen. Met zijn arm om me heen leidde hij me naar buiten, een stukje bij de deur vandaan, omdat hij wel begreep dat ik mijn ouders niet bezorgd wilde maken. Ik had me groot gehouden voor hen, voor Bitsi, voor de vaste bibliotheekbezoekers, maar bij Paul hoefde ik niet te doen alsof.

'Samen komen we hierdoorheen,' zei hij.

Mijn gesnik nam in hevigheid af en ik drukte me dichter tegen hem aan. Ik zou voor eeuwig in Pauls armen kunnen blijven staan. Nou ja, totdat Maman naar buiten kwam. Toen ze de manden met aardappelen, boter en gedroogde ham zag die hij had meegebracht, zei ze tegen hem: 'De liefde van Odile gaat door haar maag.'

'Een goede kostwinner,' zei Papa.

Aan de tafel in de woonkamer bleven mijn ouders om ons heen hangen. De zorgelijke lijntjes op Mamans gezicht vervaagden een beetje en Papa lachte voor het eerst in een maand.

'Ik heb je gemist,' fluisterde Paul tegen me. 'Konden we maar vijf minuutjes alleen zijn.'

'We kunnen morgen bij jou thuis afspreken.'

'Vier van mijn collega's hebben een kamer op mijn verdieping. Als ze je zien is je reputatie naar de maan.'

KRIEGSGEFANGENENPOST

15 augustus 1940

Lieve Maman en Papa,

Het gaat goed hier. Ik ben aan de beterende hand. In de barak heeft een arts uit Bordeaux een veldbed vlak bij het mijne. Hij snurkt, maar zijn aanwezigheid is geruststellend. Bedankt voor jullie kaarten. Kunnen jullie een paar dingen sturen? Een warm hemd, ondergoed, zakdoeken en een handdoek. Wat naaigaren. Scheerzeep en een scheermes. En als het niet te veel moeite is eten dat lang houdbaar is, misschien wat paté in blik.

Maak jullie alsjeblieft geen zorgen. We worden redelijk goed behandeld en mogen niet klagen over de omstandigheden.

Jullie liefhebbende zoon,
Rémy

KRIEGSGEFANGENENPOST

15 augustus 1940

Lieve Odile,

Hoe gaat het met je? En met Bitsi en Maman en Papa en Paul? Mijn schouder geneest goed. Ik werd vlak bij Duinkerken geraakt door vijandelijk vuur. Deed verdomd veel pijn! Hoewel ik ook altijd klaagde dat het verdomd veel pijn deed wanneer jij me onder tafel schopte. Een aantal mannen in mijn eenheid werd gevangengenomen. Wij klaagden over ons lot, tot we hoorden hoevelen er waren gedood.

We – Franse soldaten en ook een aantal Britse – marcheerden door wat aanvoelde als bijna heel Duitsland, met weinig eten of rust. Je kent me, ik ben nooit erg sportief geweest. Na weken lopen waren we blij dat we hier aankwamen en in een bed konden slapen – ook al waren het niet meer dan een paar houten planken – in plaats van op de koude, drassige grond.

Bedankt voor je brieven. Het spijt me dat ik niet eerder terug kon schrijven.

Liefs,
Rémy

30 september 1940

Lieve Rémy,

De hemel zij dank dat je ons hebt laten weten wat je nodig hebt – Maman wilde rozenkransen sturen, zodat jij en de anderen 'naar behoren konden bidden'. Ze heeft vandaag, voor het eerst sinds eeuwen, de mis bijgewoond. Het ging niet zo goed met haar, dus had Papa een verpleegster voor haar geregeld.

In eerste instantie zag ik het niet zo zitten dat er een vreemde voor Maman zou zorgen, maar toen zag ik hoe goed ze het met elkaar konden vinden. Eugénie draagt een vest met een witte blouse, een alledaagse vrouw met ronde schouders en melancholieke ogen. Zo nu en dan speelt er een weemoedige glimlach om haar lippen. Net als bij Maman. 's Avonds, voordat Papa uit zijn werk komt, drinken we met z'n drietjes thee.

Hij komt steeds later thuis. Zijn auto is gevorderd, dus neemt hij de bus. Helaas rijden die bijna niet meer omdat er nauwelijks brandstof beschikbaar is.

Nu jij weg bent, zeurt Papa twee keer zoveel aan míjn hoofd. En hij is overbezorgd geworden – hij wil niet dat ik uitga, zelfs niet naar een vroege voorstelling. De nazi's hebben hun eigen bioscopen en bordelen, dus het is heus wel veilig voor Bitsi, Margaret en mij. Wanneer de lichten worden gedimd, uiten we onze ware gevoelens – zodra Hitler in het bioscoopjournaal te zien is, begint iedereen te sissen.

Doordat de *Soldaten* ons vertellen wat *verboten* is, sijpelt de Duitse taal in ons hoofd. En hun soldaten leren Frans. Een schele *Kommandant* probeerde een gesprek aan te gaan met onze boekhoudster – weet je nog, de onverschrokken scone-bakker met een voorliefde voor dode Griekse wiskundigen? 'Bonjour, mademoiselle. Vous êtes belle,' zei de officier, waarop miss Wedd antwoordde: 'De mazzel!' Toen hij dat niet begreep, voegde ze er '*Auf Wiedersehen*!' aan toe.

Liefs,
Odile

Het viel niet mee om mijn brieven luchtig te houden, vooral nu Parijs was overspoeld door nazi's. Tijdens een personeelsvergadering vertelde Boris ons dat ze meer dan honderdduizend boeken uit de Russische bibliotheek vlak bij de Notre-Dame in beslag hadden genomen.

'Meer dan honderdduizend boeken,' herhaalde Margaret zwakjes.

Ik was daar een keer met tante Caro geweest, toen ik nog klein was. Na de mis in de kathedraal van Quasimodo op het eiland in de rivier de Seine, staken we over naar de linkeroever en liepen we via de Rue de la Bûcherie naar een *hôtel particulier*. De deuren van het herenhuis stonden open, dus wierpen we een blik naar binnen. 'Welkom, welkom,' hoorden we. De bibliothecaresse, die een leesbril aan een zilveren kettinkje om haar nek droeg, overhandigde me een prentenboek. Tante Caro en ik waren verrukt geweest over de woorden, die niet alleen in een buitenlandse taal, maar tevens in een onbekend alfabet waren geschreven.

De muren waren van de grond tot aan het plafond bedekt met boekenplanken – zo hoog dat je een ladder nodig had om bij de bovenste planken te kunnen. Tante Caro liet me helemaal naar boven klimmen. Die dag was onvergetelijk, net als elke andere dag met mijn tante.

Nu stelde ik me die boekenplanken leeg voor. Stelde me de bibliothecaresse voor met tranen in haar ogen. Stelde me een abonnee voor die een boek kwam terugbrengen en erachter kwam dat het het laatst overgebleven boek was.

'Waarom plunderen ze bibliotheken?' vroeg Bitsi.

Boris legde uit dat de nazi's de culturen van bepaalde landen wilden uitroeien, door hun werken over wetenschap, literatuur en filosofie systematisch te confisqueren. Hij voegde eraan toe dat ook de persoonlijke verzamelingen van prominente Joodse families waren geplunderd.

'Joodse abonnees,' zei ik, 'onder wie professor Cohen.'

Gisteren had ik in de leeszaal, op het tafeltje in de hoek, stapels boeken zien liggen. Erachter ontwaarde ik wit haar en een pauwenveer. Het was bijna alsof de professor een barricade van bibliotheekboeken had opgeworpen – werken van Chaucer, Milton en Auston, om er een paar te noemen.

De professor leek me niet op te merken toen ik dichterbij kwam.

'De klassiekers opnieuw aan het lezen?' vroeg ik.

'De nazi's hebben mijn boeken in beslag genomen. Ze vielen mijn huis binnen en gooiden mijn volledige collectie – mijn eerste edities, zelfs mijn artikel over *Beowulf* waarvan de laatste pagina nog in de schrijfmachine zat – in kratten.'

'O, nee...' Ik sloeg mijn arm om haar schouder. 'Wat vind ik dát erg...'

'Ik ook.' Ze maakte een hulpeloos gebaar naar de stapels. 'Ik wilde mijn lievelingsboeken weer om me heen hebben.'

Tijdens de personeelsvergadering zei Margaret: 'Veertig jaar research verdwenen.'

'We weten wat haar lievelingsboeken zijn,' zei Bitsi. 'Ik kan de boekwinkels afstruinen om er een aantal te vervangen.'

'En onze andere abonnees dan?' vroeg miss Reeder.

'En de Russische bibliotheek dan?' voegde Boris eraan toe.

'En hoe zit het met ónze bibliotheek?' zei Margaret.

'Ze heeft gelijk,' zei miss Reeder. 'De nazi's zullen ook hier snel genoeg zijn.'

In oktober begonnen de scholen weer, het bewijs dat het leven hoe dan ook doorging. Moeders streken overhemden en zorgden ervoor dat hun kinderen schriften en potloden hadden. Bepaalde voedingsmiddelen werden schaars, en huisvrouwen wachtten in lange rijen bij slagerswinkels. Modetijdschriften gaven tips over hoe vrouwen hun hoeden moesten dragen (schuin naar achteren). Margaret en ik vulden dozen met boeken om naar interneringskampen op het Franse platteland te sturen, waar communisten, zigeuners en vijandelijke buitenlanders – burgers wier landen toevallig in oorlog waren met Duitsland – gevangen werden gehouden.

De *Propagandastaffel* draaide overuren in haar pogingen weerzin op te wekken. Op affiches die op gebouwen, in metrostations en in theaterlobby's hingen, was een Franse zeeman te zien die dreigde te verdrinken in een rode zee van bloed. Zich vastklampend aan de gehavende driekleur smeekte hij: 'Vergeet Oran niet!' – de plaats waar de Britse marine onze schepen tot zinken had gebracht. Hoe konden we dat vergeten? Ze hadden meer dan duizend Franse opvarenden gedood. Monsieur de Nerciat weigerde nog steeds tegen Mr. Pryce-Jones te praten.

De Parijzenaren, die weigerden zich door nazipropaganda te laten beïnvloeden, hadden de affiches bewerkt door 'Oran' af te plakken en er andere woorden bij te krabbelen, zodat er uiteindelijk stond: 'Vergeet je badpak niet.'

Vandaag gingen Paul en ik tijdens onze lunchpauze naar het Parc Monceau. Verstijfd van woede beende hij over het zanderige pad, en ik kon hem nauwelijks bijhouden.

'Ik heb bevel gekregen om die affiches te herstellen,' zei hij. 'Dat is nog erger dan het verkeer regelen met die verrekte witte handschoenen aan. Mensen zullen me achter mijn rug uitlachen wanneer ze me leuzen zien wegboenen.'

'Dat is niet waar.' Ik stak mijn arm door de zijne, maar zijn lichaam ontspande niet.

'Het is vernederend. Agenten horen wapens te hebben. Nu hebben we sponzen. Vroeger zorgde ik voor de veiligheid van de burgers. Nu poets ik gekrabbel weg.'

'Je bent in elk geval hier.'

'Ik was liever bij Rémy.'

'Zeg dat niet,' zei ik.

'Hij heeft tenminste gevochten. Hij is tenminste een mán.'

'Jij draagt ook je steentje bij.'

'Door hun propaganda schoon te houden?' Hij schopte een takje aan de kant. 'Het is vernederend.'

KRIEGSGEFANGENENPOST

20 oktober 1940

Lieve Odile,

Bedankt voor de paté. Iedereen vond hem heerlijk. Hoewel de meesten die eten van thuis krijgen dat met anderen delen, zijn er ook een paar egoïsten. Het is teleurstellend dat we zelfs in deze omstandigheden niet eendrachtig kunnen zijn.

Paul stuurde me krantenknipsels en een tekening die hij had gemaakt van het voorleesuurtje. Bitsi met een opengeslagen boek als een dak boven haar hoofd. Ik hóór bijna hoe ze de kinderen vertelt dat boeken een toevluchtsoord zijn. Het was fijn om wat nieuws uit Parijs te ontvangen. Wees niet bang om me te vertellen wat er precies aan de hand is. Ik wil weten wat daar gebeurt. Het leidt mijn gedachten af van wat er híér gebeurt. We worden allemaal knettergek doordat we geen idee hebben hoelang we gevangenen zullen blijven. Een van de jongens heeft me leren bridgen. Tijd lijkt het enige te zijn wat we hier hebben.

Liefs,

Rémy

12 november 1940

Lieve Rémy,

Ik ben blij dat je de tekening mooi vond. Paul heeft echt talent, vind je niet? Maman nodigt Bitsi en hem vaak uit. Toen ze vorige week kwam eten, liet Papa haar jouw babyfoto's zien. Tegen haar is hij niet nors. Kon je maar zien hoe ze hem om haar vinger heeft gewonden. Daarmee bedoel ik natuurlijk gewoon: kon je maar naar huis komen. Gisteren protesteerden bijna tweeduizend leerlingen van het lyceum en studenten van de universiteit tegen de bezetters. Oude mannen als maarschalk Pétain mogen het land dan leiden, maar de jonge mensen zullen de weg wijzen.

Liefs,
Odile

Ik vertelde Rémy niet dat de paté het weekrantsoen aan vlees voor ons hele gezin was. Ik vertelde hem niet dat de demonstratie niet lang duurde omdat de autoriteiten er een eind aan maakten. Ik vertelde hem niet dat de nazi's zich meester gemaakt hadden van de Tsjecho-Slowaakse bibliotheek. Ik vertelde hem niet dat de *Kommandantur* ons een brief had geschreven waarin hij ons meedeelde dat de *Bibliotheksschutz* onze bibliotheek over een week zou komen 'inspecteren'.

Miss Reeder, Boris, Bitsi en ik staarden met open mond naar de verordening.

'Wat is een Bibliotheksschutz?' vroeg Bitsi.

'Letterlijk vertaald betekent het "Bibliotheekbeschermer",' zei de directrice.

'Dat is toch iets goeds?' zei ik.

Miss Reeder schudde bedroefd haar hoofd. 'Het is ironie. Ik neem aan dat ze onze collectie in beslag komen nemen.'

'Het is de Boeken-Gestapo,' legde Boris uit.

Op de dag van de 'inspectie' rookte Boris 's ochtends een heel pakje Gitanes leeg. Miss Reeder stortte zich op de administratie, om er zeker van te zijn dat er geen technische reden zou kunnen zijn om de bibliotheek te sluiten. Ik verzamelde boeken om ze terug te zetten op de planken. *The Great Gatsby*, *Greenbanks*, *Their Eyes Were Watching God*: deze romans waren dierbare vrienden. Ik wierp een blik op Margaret en wist dat we hetzelfde dachten: *Hoe moeten we verder zonder de bibliotheek?*

'Kom, we gaan miss Reeder thee brengen,' zei ze. 'We moeten íéts doen, anders worden we gek!'

Ik voelde me bibberig, dus droeg Margaret het dienblad. Terwijl ze het op een tafeltje vlak bij miss Reeders bureau neerzette, vroeg ik: 'Hoe gaat het met u?'

'Ik ben misselijk en bloednerveus,' antwoordde de directrice. 'In afwachting van Zijne Hoogheid, de Bibliotheksschutz. Ik bid dat we op een of andere manier open kunnen blijven.'

Margaret schonk de kamillethee in. Het hete porselein verwarmde mijn klamme handen. Ik wilde net een slok nemen toen ik zware hakken op de parketvloer hoorde waarvan het geluid door de bibliotheek galmde.

Achter het bureau rechtte de directrice haar schouders. Drie mannen in nazi-uniform kwamen binnen. Niemand zei iets. Geen hallo, geen *bonjour*, geen *guten Tag*, geen jullie staan onder arrest, geen Heil Hitler. Twee van hen – niet ouder dan ik – waren potige soldaten. De derde was een slanke officier met een bril met een gouden montuur op zijn neus. Hij droeg een leren aktetas.

Het drietal nam de spullen in het kantoor op: de papieren op het bureau; de lege boekenplanken, waar zeldzame manuscripten en eerste edities stonden voordat ze in ballingschap gingen, met het oog op dit moment; de directrice met haar albasten huid, haar glanzende wrong, haar getuite lippen.

Als miss Reeder bang was, dan was dat voor niemand in het vertrek zichtbaar. Ik had haar nog nooit zo stijf rechtop zien zitten, haar gezicht nog nooit zo kil zien staan. Ze stond altijd op om bezoekers te verwelkomen, zonder de etiquette in acht te nemen die haar als vrouw het recht gaf te blijven zitten en alleen haar arm uit te steken om iemand de hand te schudden. Maar deze ongenode gasten verdienden haar gebruikelijke attentie niet.

De 'Bibliotheekbeschermer' had waarschijnlijk een directeur verwacht en geen directrice. Terwijl hij haar bleef aanstaren, blafte de Bibliotheksschutz op barse toon een aantal bevelen in het Duits. De jongemannen verlieten het vertrek en sloten zachtjes de deur achter zich, als twee dienstmeisjes. Toen de directrice bleef zwijgen, zei hij in vlekkeloos Frans: 'Wat een prachtige bibliotheek. Ik ben zeer onder de indruk, mademoiselle Reeder. Niets in Europa kan hieraan tippen!'

Bij het horen van haar naam richtte ze haar blik op zijn gezicht. 'Dr. Fuchs? Jij hier, in Parijs? Daar had ik geen idee van.' Ze sloeg haar handen ineen alsof ze blij was een oude vriend te zien. 'Ik moet eerlijk bekennen dat ik in eerste instantie alleen het uniform zag en niet de man erin.'

'Ik heb deze aanstelling pas vorige week gekregen, en nu heb ik de leiding over intellectuele activiteiten in Nederland, België en bezette gebieden in Frankrijk,' pochte hij, met bijna jongensachtige hoop op haar lof. Met zijn glimmende wangen en dunne zandkleurige haar zag hij eruit als een onderwijzer op een zondagsschool.

'Je zult je bibliotheek wel missen.' Ze hield haar hoofd schuin uit medeleven.

'Zeker. De *Staatsbibliothek* redt het vast wel zonder mij. Maar of ik het zonder de bibliotheek red is een heel ander verhaal.'

Ik had aangenomen dat de nazi een ongeletterde bruut zou zijn. In plaats daarvan bleek hij bij de meest prestigieuze bibliotheek van Berlijn te werken. Margaret en ik wachtten op aanwijzingen van de directrice, maar de Bibliotheksschutz en zij gingen volledig in elkaar op.

'Dus je bent nu directrice?' vervolgde hij. 'Mijn oprechte gelukwensen.'

'We hebben gelukkig een zeer toegewijde groep personeelsleden en vrijwilligers.' Ze fronste. 'Nou ja, die hadden we... Er zijn wat dingen veranderd. Sommige collega's moesten vertrekken.'

'Het moet lastig zijn in je eentje.' Hij krabbelde zijn telefoonnummer op een stukje papier en legde het op haar bureau. 'Voor het geval je contact met me moet opnemen.'

'Het is eeuwen geleden,' zei ze ontwijkend.

'Sinds het symposium van het International Institute of Intellectual Cooperation,' mompelde hij. 'Simpeler tijden.'

'Als ze me de naam van de Bibliotheksschutz hadden verteld, dan had ik me een week vol zorgen kunnen besparen. Ik heb mijn pleidooi geoefend sinds we van de "inspectie" hoorden.'

'Wat was je van plan te zeggen?' vroeg hij. Hij stond nog steeds kaarsrecht voor haar bureau.

'Ga zitten en neem een kop thee.' Ze gebaarde naar een stoel.

Margaret liep weg om nog een kopje te halen. Ik wist dat ik met haar mee zou moeten gaan, maar ik was te gefascineerd door deze onverwachte wending.

'Ik was van plan tegen de Bibliotheksschutz te zeggen dat een bibliotheek zonder leden een begraafplaats van boeken is,' zei miss Reeder. 'Boeken zijn net als mensen: zonder contact houden ze op te bestaan.'

'Prachtig gesproken,' antwoordde hij.

'Ik was bereid op mijn blote knieën te smeken of de bibliotheek open mocht blijven. Hoe kon ik raden dat jij het zou zijn?'

'Je moet hebben geweten dat ik nooit zou toelaten dat deze bibliotheek gesloten zou worden. Echter...'

'Wat?'

'Je zult je moeten houden aan de regels die de Bibliothèque Nationale zijn opgelegd. Bepaalde boeken moeten uit de roulatie worden genomen.' Hij haalde een lijst uit zijn aktetas.

'Moeten we ze ook vernietigen?' vroeg miss Reeder.

Hij keek haar geschokt aan. 'Mijn beste jongedame, ik zei dat ze uit de roulatie moeten worden genomen. Wat een vraag tussen twee professionele bibliothecarissen! Mensen zoals wij vernietigen geen boeken.'

Margaret keerde terug met een kop earl grey. De citrusachtige geur van bergamot vervulde de kamer van hoop. *Mensen als wij.* Een medebibliothecaris, een verwante ziel. Ja, deze oorlog had ons verdeeld, maar de liefde voor literatuur zou ons weer herenigen. We konden elkaar ontmoeten onder het genot van een kop thee en als beschaafde mensen met elkaar praten. Miss Reeder slaakte een beverige zucht. Misschien had ze het gevoel dat het ergste achter de rug was. De Bibliotheksschutz en zij haalden herinneringen op aan congressen die ze hadden bijgewoond en mensen die ze kenden – *ach, wat was dat evenement van de* ALA *in Chicago vréselijk interessant; ja, zij is nu met pensioen; hij is een ander carrièrepad ingeslagen en nooit meer de oude geworden.*

Dr. Fuchs keek plotseling geschrokken op zijn horloge. Hij was te laat voor zijn volgende afspraak, zei hij. 'Het was een genoegen je te zien,' zei hij tegen de directrice terwijl hij opstond. Bij de deur, stralend na een geslaagde ontmoeting, wendde hij zich tot ons. Ik verwachtte een opmerking over de collectie of een nietszeggend woord van afscheid. 'Hoewel,' zei hij, 'bepáálde mensen uiteraard niet meer welkom zijn in de bibliotheek.'

23

Odile

Miss Reeder drukte haar vingers tegen haar slapen en mompelde: 'Ik moet nadenken. Er moet een manier zijn... Misschien kunnen we op een of andere manier boeken bij mensen thuis afleveren...'

De medewerkers druppelden een voor een binnen. Bitsi beet op haar lip. Boris fronste. Uit miss Wedds knot staken twee potloden. Ik pakte *The Dreamers* uit miss Reeders boekenkast. Ik had iets nodig om me aan vast te houden. Ik hoefde de bladzijden niet om te slaan om te weten wat er geschreven stond: *Dit boek is een landkaart, elk hoofdstuk een reis. Soms is de weg donker, soms leidt hij ons naar het licht. Ik ben bang voor waar we heen gaan.*

'En?' vroeg Bitsi. 'Wat zei de "Bibliotheekbeschermer"?'

'We moeten veertig werken van de planken halen,' antwoordde Margaret.

Op de lijst: Ernest Hemingway, die voor onze nieuwsbrief had geschreven, en William Shirer, die onze leeszaal gebruikte om artikelen door te spitten.

'Als je in aanmerking neemt dat hun lijst van verboden boeken honderden werken omvat,' zei Boris, 'is het een kleine prijs die we moeten betalen.'

Daar was ik niet zo van overtuigd. Zonder die boeken zou Parijs een deel van zijn ziel verliezen.

'We kunnen ze uitlenen aan abonnees die we goed kennen,' zei Peter-de-terugzetter.

Abonnees die we goed kennen... Ik dacht aan professor Cohen, aan de studenten van de Sorbonne, aan de kleintjes die naar het voorleesuurtje kwamen. Met het boek tegen mijn borst gedrukt vroeg ik me af hoe we de professor moesten vertellen dat ze niet meer welkom was. Ik vroeg me af hoe we onze andere Joodse abonnees onder ogen moesten komen. Ik vroeg me af of we kinderen boeken zouden weigeren. Die verordening ging natuurlijk om veel meer dan boeken. De Bibliotheksschutz eiste dat we abonnees uit het weefsel van onze gemeenschap zouden snijden.

Gravin Clara de Chambrun arriveerde en nam plaats op de stoel waar dr. Fuchs op had gezeten. Ze was de enige beheerder van de bibliotheek die nog in Frankrijk was – de anderen waren teruggevaren naar de veiligheid van de Verenigde Staten. Ze had in Amerika, Afrika en Europa gewoond. Ze was een Shakespearedeskundige met een doctoraat aan de Sorbonne. Ik zag gedegen ervaring in haar schrandere ogen en hoopte dat we met haar hulp een weg vooruit zouden vinden.

Met een leesbril op het puntje van haar neus zei ze: 'En, waar wilde je me over spreken?'

We wendden ons tot de directrice. Normaal gesproken sprak ze snel, zich bewust van het feit dat tijd die aan vergaderen werd besteed tijd van andere taken wegnam. 'Ik... Wat ik wil zeggen...'

'Ga door,' drong de gravin aan.

'Volgens een nieuwe politionele maatregel van de nazi's worden Joden niet meer toegelaten in de bibliotheek.' Miss Reeders stem klonk ijl. Ze schudde haar hoofd, alsof ze niet kon geloven dat die woorden over haar lippen waren gekomen.

'Dat kunt u niet menen!' zei Bitsi. Met haar vooruitgestoken kin leek ze op Rémy, bereid om te vechten voor diegenen die dat nodig hadden.

'De boeken van de *Alliance israélite universelle* zijn in beslag genomen,' zei Boris. 'Een complete amputatie. De nazi's hebben niet alleen de collectie van de Oekraïense bibliotheek in beslag genomen, ze hebben ook de bibliothecaris gearresteerd. God weet waar hij is. Als we de bevelen niet opvolgen, zullen ze de bibliotheek sluiten en ons arresteren. In het gunstigste geval.'

We keken naar miss Reeder.

'Bepaalde mensen hebben geen toegang meer,' herhaalde ze. 'Onder wie een aantal van onze trouwste abonnees. Er móét een manier zijn om met hen in contact te blijven.'

'Denk eens aan het verhaal over Mohammed en de berg!' antwoordde de gravin. 'Ik heb twee benen, en datzelfde geldt voor Boris, Peter en Odile. Ik ben meer dan bereid om boeken persoonlijk bij abonnees te bezorgen, en ik ben ervan overtuigd dat al onze medewerkers met alle plezier hetzelfde zullen willen doen.'

'We zullen ervoor zorgen dat alle lezers over boeken kunnen beschikken,' zei Margaret.

'Dat is niet zonder gevaar,' zei miss Reeder ernstig. Ze keek ons een voor een aan om er zeker van te zijn dat we het begrepen. 'De regels waar we ons aan moeten houden zijn in één klap veranderd. Boeken bij mensen bezorgen kan worden beschouwd als het ondermijnen van het gezag, en daarvoor kunnen we gearresteerd worden.'

'Ik ben aan de vooravond van de oorlog naar Parijs gekomen om ervoor te zorgen dat lezers boeken in handen kregen,' zei Helen, 'en ik ben niet van plan daar nu mee te stoppen.'

'Ik breng de volledige inhoud van de bibliotheek naar abonnees als het moet,' zei Peter.

'We zullen niet toestaan dat lezers geïsoleerd raken,' zei miss Wedd kordaat. 'Ik zal boeken bij mensen bezorgen. En scones, als ik genoeg meel bij elkaar kan schrapen.'

'Boeken bezorgen zal onze manier van verzet zijn,' zei Bitsi.

'We moeten dit doen,' zei ik.

'We zijn het aan de mensen verplicht,' zei Boris.

'Laten we dan aan de slag gaan,' zei miss Reeder.

Samen met de gravin schreef ze Joodse abonnees aan. Bitsi belde iedereen die een telefoon bezat. Ze zat aan miss Reeders bureau, met een hoorn die bijna net zo groot was als haar hoofd, en ik hoorde haar stem haperen: 'Tot alles weer normaal is... Het spijt me... Welke boeken kunnen we bij u bezorgen?'

Boris bereidde de aanvragen voor en bond de boeken met touw bij elkaar. Hij overhandigde me een bundeltje voor professor Cohen en ik begaf me in een compleet veranderde wereld.

Ik probeerde controleposten van de nazi's te ontwijken, maar twee straten verderop was er een nieuwe uit het niets opgedoken. In een smalle straat duwden soldaten – altijd gewapend, altijd in groepjes van vijf – Parijzenaren door metalen afzettingen om onze papieren te controleren en onze bezittingen te doorzoeken. Terwijl ik in de rij stond, besefte ik dat ik het adres van de professor op een stukje papier had gekrabbeld en in mijn tas had gestopt. Waarom had ik niet gewoon uit mijn hoofd geleerd waar ze woonde? Straks leidde ik de nazi's nog naar haar appartement!

Een soldaat beval me mijn tas open te doen. Ik bleef als bevroren staan. Mijn ademhaling werd zo oppervlakkig dat ik dacht dat ik zou flauwvallen. Hij greep mijn tas en snuffelde tussen de boeken en papieren die erin zaten.

'Niets interessants,' verklaarde de soldaat in het Duits, 'alleen een zakdoek, haar huissleutels en wat boeken.'

Althans, ik dácht dat hij dat zei. De enige woorden die ik begreep waren *nichts*, *interessant* en *Buch*. Hij bekeek mijn papieren en staarde naar de foto op mijn *carte d'identité*, waarna hij de documenten tegen mijn borst duwde en gromde: 'Wegwezen!'

Ik sloeg een hoek om en grabbelde in mijn tas naar het stukje papier met het adres. Met de belofte voortaan voorzichtiger te zullen zijn, verscheurde ik het. Ik wilde lezers niet in gevaar brengen. Zodra mijn ademhaling weer normaal was geworden, vervolgde ik mijn weg.

Ik had me altijd afgevraagd waar de professor woonde en zag haar voor me in een ruime studeerkamer die aan een rozentuin grensde. Niet dat ze me zou uitnodigen om binnen te komen. Dit was geen vriendschappelijk bezoekje, en in deze omstandigheden had ik geen idee wat ik zou moeten zeggen. Het is niet eerlijk? De bibliotheek betuigt u haar spijt? Dit is een vreemde gang van zaken?

Niets?

Het was twintig minuten lopen naar het huis van professor Cohen, een Haussmanniaans gebouw van lichtbeige steen. Binnen vormde de trap een spiraal die op een slakkenhuis leek. Ik begaf me naar de eerste verdieping, waar ik het getikketikketik van de typemachine hoorde. Bang om haar te storen overwoog ik om het stapeltje boeken buiten de deur achter te laten, maar ik wist dat Boris het niet leuk zou vinden als boeken moederziel alleen werden achtergelaten. Uiteindelijk klopte ik aan. De professor nodigde me met een zwaai van haar sjaal uit om binnen te komen. Toen ik haar de woonkamer in volgde, ging mijn blik van de pauwenveer in haar haar naar de skeletachtige muur van boekenplanken waar ooit duizenden boekwerken stonden. De nazi's hadden een bajonet in het lichaam van het levenswerk van de professor gestoken.

'Ze hebben zelfs mijn dagboeken gestolen – mijn mooie tijden met geliefden, mijn momenten van wanhoop.'

Ze hadden haar persoonlijke gedachten geconfisqueerd. Orkanen, 551.552; gecensureerde boeken, 363.31; gevaarlijke dieren, 591.65.

Ze wees naar een stapel boeken op de stoel. 'Er zijn vrienden langsgekomen. Ze kennen mijn smaak en stukje bij beetje zal ik mijn verzameling opnieuw opbouwen, en misschien uitbreiden met een roman die ik zelf heb geschreven. Ik heb een uitgever gesproken over het manuscript waar ik aan werk, en hij leek zeer geïnteresseerd.'

Hoop, 152.4. Ik wierp een blik op de schrijfmachine. 'Waar gaat uw boek over?'

'Het gaat over ons. Of liever gezegd, over ons Parijzenaren. Net als de meeste mensen hou ik ervan om naar mensen te kijken, maar soms denk ik dat we ons te veel bewust zijn van elkaar. Dat creëert een bijtende jaloezie.'

Voordat ik kon reageren liep ze de kamer uit en kwam terug met een dienblad met thee en koekjes. Ik keek snel op mijn horloge – vier uur. Andere abonnees verwachtten hun boeken en ik wilde niet dat Boris boos werd. Toch kon ik niet weggaan nu ze zoveel moeite had gedaan.

Terwijl de oranje pecco in de theepot stond te trekken, knabbelde ik op een Russische sigaret. Mijn tong leek op te zwellen toen ik een heerlijke, vreemde substantie proefde – boter. Waar had ze die in hemelsnaam vandaan?

'De beste vriend van mijn neef heeft een zuivelboerderij,' zei ze.

Ik trok een gezicht. 'Wie had kunnen denken dat we ons ooit nog eens verplicht zouden voelen ons te verantwoorden voor wat er in onze keukenkastjes staat?'

'En het wordt nog erger.'

Ik kon me nauwelijks voorstellen hoe dingen nog erger zouden kunnen worden. 'Miss Reeder heeft beloofd morgen bij u langs te komen,' zei ik, in de hoop dat dat vooruitzicht haar zou opvrolijken.

'Hoe gaat het in de bibliotheek?'

Ik hoorde de vragen die ze niet stelde: *Zullen mijn vrienden merken dat ik er niet ben? Zullen ze me missen?*

De blik van de professor verried een immens verdriet. Wat vreemd om dit innerlijke landschap te zien – het binnenste van een appartement, het binnenste van een leven. Om het huis van een abonnee binnen te stappen en dingen te zien die privé hadden moeten blijven. Ik wist niet wat ik moest zeggen. Zij ook niet. Uiteindelijk was het de schrijfster die de woorden vond: 'Bedankt voor het brengen van de boeken. Ik moet weer verder met mijn roman.'

Nieuws uit de buitenwereld bereikte de bezette gebieden zelden. Hoewel miss Reeders moeder sinds 1929 wekelijks had geschreven, had de directrice in geen zes maanden een brief van haar ontvangen. Er kwamen geen buitenlandse boeken of tijdschriften binnen; ik stelde me voor dat ze ergens in een pakhuis in New York opgestapeld lagen.

Zelfs nu alles op rantsoen was, werd het moeilijk om aan eten te komen. Op de markt stond Maman een uur in de rij om drie armetierige stengels prei te kopen. Miss Reeders polkadotjurk, die haar ooit nauw omsloot, hing nu losjes om haar vermagerde lichaam. Helen-de-vraagbaak had nog steeds pluizig haar en dromerige ogen, maar ze was zeker vijf kilo afgevallen. Ik was zelf ook te mager geworden, net als zij. Ik vertelde dokter Thomas dat ik al maanden niet meer ongesteld was geworden; hij zei dat ik niet de enige was.

Als gevolg van de honger bewoog ik op halve snelheid; ik bezorgde leesmateriaal door heel Parijs, van luxeappartementen die aan het Parc Monceau lagen tot aan eenvoudige kamers in Montmartre. Vandaag bekeek een van de soldaten bij het controlepunt – de leidinggevende officier – de inhoud van mijn tas wat nauwkeuriger. '*Call of the Wild*? *The Last of the Mohicans*? Wat doet een Frans meisje met in het Engels geschreven romans? Laat je papieren zien!'

De *Kapitän* liet zijn vinger over de foto van mijn *carte d'identité* glijden; misschien dacht hij dat hij vervalst was. Hij stelde de andere soldaten een vraag in het Duits. Ze kwamen op me af tot ik omsingeld was. Ik had me nog nooit zo klein gevoeld. De soldaten bestudeerden de boeken terwijl ze snel praatten. Ik kon maar een paar woorden onderscheiden: *Gross. Roman. Gut.* Wat zeiden ze? Dachten ze dat ik geheime boodschappen overbracht? Zouden ze me arresteren? Welke smoes kon ik gebruiken? Dat ik bibliothecaresse bij de ALP was? Nee, dan gingen ze daar misschien langs. Dat ik een Engelse vriendin had? Nee, dan pakten ze Margaret misschien op.

'Een Frans meisje kan ook in andere culturen geïnteresseerd zijn, hoor,' zei ik tegen hen. 'Mijn broer en ik zijn dol op Goethe.'

De *Kapitän* knikte goedkeurend. 'Wij Duitsers hebben goede schrijvers.'

Hij gaf me mijn bezittingen terug; ik maakte dat ik wegkwam voordat hij van gedachten zou veranderen.

Het was lastig om die controlepunten te vermijden, want de nazi's zetten willekeurige straten af. Toen ik klaar was met bezorgen, keerde ik terug naar de bibliotheek om Margaret te waarschuwen voor het gevaar dat ze liep om als vijandelijke buitenlander te worden gearresteerd.

'Ik weet het. Gisteren onderweg naar huis zag ik een controlepunt en ben ik de winkel van een hoedenmaker in gevlucht. Drie uur en vier hoeden later vertrokken de nazi's.' Ze wikkelde haar parels om haar vinger. 'Het voelt aan alsof ik een strop om mijn nek heb.'

Toen onze boekhoudster niet op het werk verscheen, vreesden we het ergste. We doorzochten miss Wedds appartementencomplex en deden navraag bij ziekenhuizen en politiebureaus, voordat Boris erachter kwam wat er was gebeurd. De nazi's hadden haar gearresteerd en naar een interneringskamp in Oost-Frankrijk gestuurd. Gevangengenomen omdat ze een Britse was.

Miss Reeder besloot dat alle buitenlandse medewerkers Frankrijk moesten verlaten.

'Een van de moeilijkste dingen die ik ooit heb moeten doen is Helen-en-Peter vragen weg te gaan,' zei ze tegen abonnees en medewerkers tijdens het afscheidsfeestje. 'Ik weet dat het de juiste beslissing is. Mijn hoofd – en hart – zullen veel makkelijker functioneren wanneer ik weet dat zij veilig zijn.'

Helens gezicht was asgrauw, maar er lag een schittering in haar ogen. Peter had haar een huwelijksaanzoek gedaan. De wetenschap dat hun liefdesverhaal zou voortduren deed onze sombere stemming iets opklaren, en we hieven het glas om hun vaarwel te zeggen.

'Goddank blijft miss Reeder hier,' zei ik tegen Bitsi.

'Zolang het duurt,' antwoordde ze.

Februari, maart, april. De winter wilde van geen wijken weten. Grijze wolken klauwden naar de hemel, een druilerig regentje viel dag en nacht. Op zijn dagelijkse ronde bracht Paul me een boeket seringen. 'Je bent de laatste tijd zo somber,' zei hij. 'Heb je onlangs nog iets van Rémy gehoord?'

Ik haalde een envelop uit mijn zak en vouwde zijn laatste brief open alsof hij van kostbaar linnen was.

Lieve Odile,

Vrolijk Pasen! Ik denk aan je. Bedankt voor *Villette*. Ik begin de Brontës als dierbare vriendinnen te beschouwen.

Ze dwingen ons op boerderijen te werken. De mannen vechten aan het oostfront, dus er zijn hier voornamelijk vrouwen en oude mensen. Mijn medegevangenen en ik worden de stad in gedreven en als vee gekeurd door de landeigenaren, die op zoek zijn naar potige arbeiders.

De jongens saboteren zoveel ze kunnen – de boeren zijn tenslotte de vijand. Kon je Marcel maar ontmoeten. Toen een oude Duitse vrouw hem naar haar schuur bracht, een emmer tegen zijn borst duwde en verwachtte dat hij de koe zou melken, zwengelde hij aan de staart van het beest zoals je water uit een bron zou pompen. De geschrokken vaars gaf hem een schop. Nu ligt hij bij mij in de barak. Hij houdt vol dat de blik van afkeer op het gezicht van dat mens een paar gebroken ribben waard was.

Liefs,

Rémy

Hij hield zich groot voor mij, net zoals ik voor hem.

'Wat is er?' vroeg Paul.

'Waar moet ik beginnen? Er is een Duitse soldaat bij Bitsi ingekwartierd. Hij slaapt in de kamer van haar broer. Ik snap niet hoe ze het kan verdragen. Gisteren na het werk zat ze te huilen op de jeugdafdeling, en ik wist niet of ik haar moest troosten of moest doen alsof ik het niet zag. Ze heeft tenslotte haar trots. Monsieur de Nerciat en Mr. Pryce-Jones praten nog steeds niet met elkaar – ik vind het verschrikkelijk dat de oorlog hun vriendschap heeft verwoest. We maken ons zorgen om miss Reeder, die met de dag bleker wordt...'

'Jij hebt tenminste een baas die je kunt bewonderen.'

Hij zag er bezorgd uit. Ik wilde hem in mijn armen nemen, wilde de oorlog vijf minuten vergeten, maar Madame Simons spiedende blik benam me de moed. Zouden Paul en ik ooit alleen zijn?

Vanaf de slakkenhuistrap hoorde ik professor Cohens toetsaanslagen. Zoals altijd was haar overloop ook vandaag doordrongen van de inktachtige geur van schrijfmachinelint. Ondanks mijn gevoel van melancholie grijnsde ik toen ze de deur opendeed – in jacquet.

'Wat krijgen we nou?' vroeg ik.

'Ik probeer in het hoofd van mijn personage te kruipen, dus heb ik het jacquet van mijn echtgenoot aangetrokken.'

'Werkt het?'

'Ik weet het niet zeker, maar het is ontzettend leuk.'

Achter haar waren de boekenkasten inmiddels halfgevuld. Bitsi, Margaret, miss Reeder, Boris en ik hadden boeken uit onze eigen verzamelingen gedoneerd. De stapel papier naast de schrijfmachine was ook gegroeid.

'Is er nog nieuws?' vroeg ze.

Ik zuchtte. 'Ik ben gepromoveerd tot de studiezaal.'

'Dat is toch juist positief?'

'De vorige bibliothecaresse is teruggegaan naar de Verenigde Staten. Dit is niet de manier waarop ik carrière wilde maken. Ik blijf liever de rest van mijn leven op de afdeling kranten en tijdschriften als dat betekent dat ik mijn collega's bij me kan houden.'

'Mensen maken plannen en God lacht erom,' zei ze. 'Een kopje thee? En toepasselijker kleding?'

We zaten op de bank te kletsen, met onze theekopjes balancerend op schoot, zij in haar jacquet, ik met een zwart vlinderdasje om mijn nek. Ik raakte de zijde aan. Ik voelde me er inderdaad beter door.

Mijn wekelijkse bezoekjes aan professor Cohen vormden een van de hoogtepunten van mijn werk, van mijn leven. Ze liet me zelfs haar werk in uitvoering zien, dat zich gedeeltelijk in de bibliotheek afspeelde. De hoofdstukken waren zo geestig, zo overtuigend, zo precies zoals zij was. De professor was mijn favoriete schrijfster geworden, in alle categorieën.

Parijs, 12 mei 1941

Monsieur l'Inspecteur,

Waarom zoekt u niet naar niet-aangemelde Joden die ondergedoken zitten? Dit is het adres van professor Cohen: Rue Blanche 35. Ze gaf vroeger les in zogenaamde literatuur aan de Sorbonne. Nu nodigt ze studenten in haar huis uit voor lezingen, zodat ze kan ronddollen met collega's en studenten, voornamelijk mannen – op haar leeftijd!

Wanneer ze uitgaat, zie je haar op kilometers afstand aankomen in die wijde paarse cape en met die pauwenveer schuin in haar haar. Vraag de Jodin naar haar doopcertificaat en paspoort, daar staat haar geloofsovertuiging in genoteerd. Terwijl goede Franse mannen en vrouwen werken, zit Madame le Professeur thuis te lanterfanten en boeken te lezen.

Mijn aanwijzingen zijn accuraat, nu is het aan u.

Getekend,

Iemand die het weet

24

Odile

In de kale binnentuin van ons gebouw rukte Maman met een verbeten gezicht haar geliefde varens uit de plantenbakken. Naast haar stopten Eugénie en ik wortelzaadjes in de aarde. Door Maman te helpen voelde ik me nuttig, en de warmte van de zon voelde hemels aan.

'We hadden vorig jaar al groenten kunnen kweken.' Ze streek met haar vingers over de hulpeloze varens die op de stenen uitgespreid lagen. 'Maar ik vond het fijn om iets moois te hebben.'

'Wie had kunnen weten dat de bezetting zo lang zou duren?' zei Eugénie.

'Misschien komt er wel nooit een eind aan.'

'Dat zeiden we ook over de Grote Oorlog. Aan al het goede komt een einde, en ook aan het slechte.'

Maman las ons een brief voor van nichten op het platteland, die beloofden levensmiddelen te zullen sturen. Toen ze klaar was zei ze: 'Mijn hele leven heb ik me geschaamd voor mijn boerse achtergrond. Wanneer Papa's bazen en hun vrouwen kwamen eten, voelde ik me... nooit zo verfijnd als de Parijse dames. Vettig schapenvlees naast gerookte zalm.'

'O, Hortense.' Eugénie pakte Mamans met aarde besmeurde hand.

'Maar nu zijn mijn wortels misschien onze redding wel.'

'In de vorm van peentjes,' grapte ik.

'Waarom moest je over schapenvlees beginnen?' jammerde Eugénie. 'Nu val ik om van de honger.'

Giechelend droegen we gezamenlijk de plantenbakken de trap op en zetten ze op de vensterbanken. Maman volgde ons, met haar vuist vol babyvarentjes die krulden als vraagtekens.

'We moeten maar eens bedenken wat we gaan eten,' zei Eugénie. 'Waarom nodig je Paul niet uit?'

'Dan zal hij voor de gezelligheid moeten komen en niet voor het eten,' zei mijn moeder terwijl ze haar varentjes in een glas met een bodempje water zette. 'Het zullen wel weer koolrapen worden.'

'Gebakken deze keer,' zei Eugénie opgewekt.

Na het eten deed Maman alsof ze de secretaire opruimde terwijl Paul en ik op de bank zaten. Omdat we niet vrijuit konden praten, liet ik hem een bladzijde zien van *The Age of Innocence*. Onze bovenlichamen raakten elkaar bijna tijdens het lezen. *Wanneer we van elkaar gescheiden zijn, en ik me erop verheug je te zien, brandt elke gedachte op in een grote vlam. Maar dan kom je; en je bent zoveel meer dan ik me herinnerde, en wat ik van jou wil is zoveel meer dan zo nu en dan een paar uurtjes, met woestenijen van dorstig wachten tussendoor.*

Eugénie kwam binnen en trok aan Mamans hand. 'Laat die twee toch een beetje plezier hebben.'

'Wanneer ze getrouwd zijn, kunnen ze zoveel "plezier" hebben als ze willen,' antwoordde ze.

'Waar is je vader?' vroeg Paul, waarmee hij onze communicatie weer op veilig terrein bracht.

'Die is nog aan het werk. Hij komt 's avonds thuis met stapels dossiers, maar hij wil ons niets vertellen. Wanneer ik de donkere kringen onder zijn ogen zie...'

'Jij maakt je om iedereen zorgen, maar ik maak me zorgen om jou,' zei Paul. Hij legde uit dat hij een heel jaar had gespaard voor een bijzondere verrassing.

'Wat dan?'

'Morgen gaan we naar een cabaret.'

Maman hapte naar adem. 'Een cabaret!'

'Ze zullen omringd zijn door tientallen mensen,' stelde Eugénie haar gerust.

Ik sloeg mijn armen om Pauls nek. Muziek! Champagne! Geen chaperonne! We zouden de hele nacht dansen, want feestgangers omzeilden de avondklok door de hele nacht bij het cabaret te blijven en pas te vertrekken wanneer de zon opkwam.

'Het zal onze zorgen niet wegnemen,' zei hij, 'maar we zullen ze een paar uur lang kunnen vergeten.'

De volgende avond stak Maman een vochtige varenkrul in mijn haar terwijl Paul aan zijn corduroy pak friemelde. Tijdens het cabaret dronken we champagne terwijl welgevormde *danseuses* in bustehouders en frivole onderbroeken over het toneel paradeerden en zo nu en dan een glimp decolleté lieten zien. Ik was meer geïnteresseerd in de kippenborst op mijn bord. Het bestek trilde in mijn handen. Het was zo lang geleden dat ik ook maar iets van vlees had gegeten. Ik pakte het op, beet in het sappige vlees en liet mijn tong over het bot glijden. Om vooral geen druppeltje saus aan mijn servet te verspillen likte ik mijn vingers af. Na het eten, omringd door stelletjes op de dansvloer, klampten Paul en ik ons aan elkaar vast.

Zodra het licht werd begonnen de feestvierders – voldaan en slaperig – te vertrekken. Paul en ik slenterden door de verlaten straten, langs de *mairie*, waar huwelijksaankondigingen hingen. MADEMOISELLE ANNE JOUSLIN UIT PARIJS TREEDT IN HET HUWELIJK MET MONSIEUR VINCENT DE SAINT-FERJEUX UIT CHOLLET.

'Raar idee dat er gewoon mensen met elkaar trouwen,' zei ik, met mijn gedachten bij Rémy, zo ver weg, en bij Bitsi, die haar avonden in haar eentje doorbracht.

'Het leven gaat door.' Paul keek me aan.

Ik vermoedde dat we als het aan hem lag allang getrouwd

zouden zijn. Ik trok hem mee door de kronkelende straatjes van Montmartre. Toen de zon opkwam, gingen we op de trap van de Sacré-Coeur zitten. Veilig in zijn armen keek ik naar de oranje en roze wolken die ontloken als bloemen.

'Ik wist vanaf het begin dat jij anders was dan de anderen,' zei ik tevreden.

'Hoe dan?'

'Je verdedigde Rémy, en mij toen ik zei dat ik wilde gaan werken.'

Hij trok me dichter naar zich toe. 'Ik ben blij dat je onafhankelijk bent. Dat is een opluchting.'

'Een opluchting?'

'Ik heb voor mijn moeder gezorgd sinds mijn vader de benen nam.'

'Maar je was nog zo jong!'

'Als kind wist ik nooit hoe ik haar zou aantreffen wanneer ik thuiskwam – dronken, huilerig, halfnaakt met een of andere man. Later moest ik stoppen met school om een baan te zoeken. Het grootste deel van wat ik verdiende stuurde ik naar haar toe. Heel eerlijk gezegd begrijp ik wel waarom mijn vader is weggegaan.'

'O, Paul.'

Hij maakte zich van me los. 'We moeten gaan.'

'Laten we praten.'

'Ik wil je ouders niet ongerust maken.'

Onderweg naar huis bleef hij afstandelijk. Ik wilde de afstand overbruggen die tussen ons was ontstaan. Op het verduisterde bordes omhelsde ik hem. Ik voelde zijn hart bonzen en genoot van het gevoel van zijn lippen op de mijne, de smaak van zijn champagne in mijn mond. Mijn handen zwierven over zijn lichaam terwijl hij mijn wang, mijn hals, mijn decolleté kuste. In de ban van deze tedere, heftige magie die we samen bedreven, wilde ik hem om me heen – wilde ik hem in me. Het was tijd om een nieuw hoofdstuk in onze relatie te schrijven.

Ik trok aan zijn stropdas. 'Laten we het doen.'

'Weet je het zeker?' vroeg hij, maar zijn riem was al los.

Ik genoot ervan om hem onder mijn vingers te voelen bewegen, genoot van het horen van zijn zachte gekreun, en ik besefte dat ik hetzelfde effect op hem had als hij op mij. Met mijn voet trok ik een spoor langs zijn kuit, zijn knie. Hij greep mijn dijbeen vast en trok mijn lichaam naar het zijne toe. Mijn mond vond de zijne, onze tongen streelden elkaar. Hij sloeg mijn benen om zijn middel. Bloed dreunde door mijn aderen.

'Odile, ben jij dat?' Mamans stem klonk gedempt achter de deur.

Langzaam liet Paul me weer op de grond zakken. Duizelig van verlangen wankelde ik even op mijn benen. Hij hield me met één hand in evenwicht en trok met de andere de zoom van mijn jurk naar beneden. Mijn lichaam tintelde. Ik had niet willen ophouden. Passie had me roekeloos gemaakt, en ik vond het heerlijk.

De voordeur zwaaide open. 'Ben je je sleutel vergeten?' vroeg Maman.

'Zoek een manier om alleen te kunnen zijn,' fluisterde ik tegen Paul. Ik wreef over mijn gezwollen lippen. Wat een risico hadden we genomen...

In de bibliotheek hing ik mijn jas op, in een lichte roes een liedje neuriënd dat het orkest had gespeeld. Mijn buik was vol, mijn lichaam vibreerde nog na. Toen Bitsi – gehuld in haar cape van melancholie – binnenkwam, ontnuchterde ik onmiddellijk.

Bitsi merkte mijn ongemak op. 'Wat is er?'

'Niets.' Ik kon het niet opbrengen om haar aan te kijken.

'Er is wel iets.'

'Het is niet eerlijk dat ik verderga met mijn leven nu Rémy weg is.'

'Wie zegt dat het leven eerlijk is?' zei ze zacht.

'Hoe kan ik mezelf toestaan gelukkig te zijn terwijl hij zich ellendig voelt, terwijl jij je ellendig voelt?'

'Ik hoop niet dat Paul en jij jullie huwelijk willen uitstellen.'

Ik keek haar aan. 'Daar heeft hij wel op gezinspeeld...'

'Jouw geluk gaat niet ten koste van Rémy. Paul en jij horen bij elkaar te zijn.'

'Vind je dat echt?'

'Dat vind ik echt.'

Toen Bitsi zich omdraaide om naar de jeugdafdeling te gaan, leek haar gevlochten kroon van haar opeens te zijn veranderd in een stralenkrans.

Voordat ik haar kon volgen, overhandigde Boris me een stapeltje boeken die moesten worden bezorgd. Onderweg naar professor Cohens huis passeerde ik een bloemenmeisje op de straathoek. Ik dacht aan de melancholieke blik die de professor soms op haar lege kristallen vaas wierp wanneer we met elkaar aan het praten waren. In de hoop haar op te vrolijken kocht ik een bos bloemen.

De professor begon te stralen toen ik haar de paarse gladiolen aanbood. Ze pakte een kan uit de buffetkast en begon de bloemen erin te schikken.

Ik wees naar de vaas. 'Waarom zet u ze daar niet in?'

'Daar zet ik nooit bloemen in.'

'Waarom niet?'

'De eerste keer dat mijn derde echtgenoot me bij zijn ouders uitnodigde, was het voor een zondagse lunch waar geen eind aan kwam. Ik had behoefte aan frisse lucht en ging de kamer uit.'

'Dat kan ik me voorstellen.'

Toen ik terugkwam, was zijn moeder me aan het bekritiseren. 'Ze is koud en hard. Te intellectueel.' Voordat hij daarop kon reageren kondigde ik aan dat ik wegging. De volgende dag kwam hij naar mijn kantoor toe met die vaas. Toen hij zei dat hij aan mij had moeten denken toen hij de vaas zag, antwoordde ik: 'Koud en hard?'

'Wat zei hij daarop?'

'Dat hij een toonbeeld van schoonheid was. Vol leven en in staat zoveel te bevatten. Perfect in al zijn eenvoud.'

Ik begreep waarom ze met hem was getrouwd.

'Hoe gaat het met de bibliotheek?' vroeg ze.

Ik hoorde de vragen die ze niet stelde. *Weten ze dat Joden niet langer mogen lesgeven en dat ik mijn baan kwijt ben? Kan het ze iets schelen?*

'Monsieur de Nerciat en Mr. Pryce-Jones komen vanmiddag bij u op bezoek,' zei ik.

Ze veerde op. 'Samen? Hebben ze het bijgelegd?'

Dat hadden ze inderdaad. Een week geleden had de Fransman, die de impasse beu was, miss Reeder gevraagd te bemiddelen.

'De directrice was indrukwekkend,' had Mr. Pryce-Jones tegen me gezegd. 'We konden niet tegen haar op.'

'Wanneer zij met haar vuist op tafel slaat,' voegde Monsieur de Nerciat eraan toe, 'beeft de hele bibliotheek.'

Hun discussies galmden weer als vanouds door de leeszaal:

'De Verenigde Staten zullen zich in de oorlog mengen!'

'Amerikanen zijn isolationisten. Ze houden zich erbuiten.'

Wat had ik hun gekibbel gemist!

'Ik ben blij dat jullie het hebben bijgelegd,' zei ik tegen Monsieur de Nerciat toen hij bij mijn bureau bleef staan om bonjour te zeggen.

'Nou, ik moest me in zijn *schoenen* verplaatsen.'

Ik lachte om die uitdrukking, aangezien wij Fransen 'in zijn *huid*' zeggen.

'Was het moeilijk om de eerste stap te zetten?' vroeg ik.

'Een vriend verliezen zou moeilijker zijn geweest.'

In de studiezaal vormde zich een rij abonnees, en ik beantwoordde vragen die varieerden van 'Hoe maak ik maispap?' tot 'Wil je die vrouw daar verzoeken niet zo hard te praten?'. Toen Paul, die eveneens in de rij stond, aan de beurt was, had ook hij een vraag:

'Kun je weg tijdens je lunchpauze?'

Mijn blik ging naar de jeugdafdeling. Paul en ik mochten samen zijn. Dat had Bitsi gezegd, en haar zegen betekende meer dan die van welke priester ook.

Vlak bij het Parc Monceau, een chique buurt die bekendstond om zijn ambassades, leidde Paul me een majestueus natuurstenen gebouw binnen.

'Waar breng je me heen?' vroeg ik terwijl we de marmeren trap op liepen.

Hij grijnsde. 'Wacht maar af.'

Op de eerste verdieping ontgrendelde hij de deur van een appartement dat nog indrukwekkender was dan dat van Margaret. Velours plisségordijnen omlijstten hoge ramen. De prisma's van de kroonluchters schitterden in het zonlicht.

'Wie woont hier,' fluisterde ik vol ontzag.

'Waarschijnlijk een rijke zakenman die naar de vrije zone is gevlucht.'

'Hoe kom je aan de sleutel?'

'Van een maat die in dezelfde situatie zit als wij. Hij ontmoet zijn meisje hier.'

Een appartement voor romantische doeleinden!

Paul begroef zijn neus in mijn hals. 'Ik hou van je,' zei hij. 'Ik zou alles voor je doen, wat het ook is.'

Ik wilde dit meer dan wat dan ook, maar ik was tevens bang. Bang dat dit alles zou veranderen, bang dat het pijn zou doen, bang dat de liefde bedrijven ons voor altijd met elkaar zou verbinden, bang dat dat niet zo zou zijn.

'Het is ook míjn eerste keer,' zei hij.

In mijn ogen kijkend wachtte hij op mijn antwoord.

Ik streelde zijn wang. 'Ik wil het.'

Zijn vingers trilden toen hij de knoopjes van mijn jurk losmaakte. Het was goddelijk om mijn lichaam te ontbloten. Goddelijk om naar het zijne te kijken zonder bang te zijn dat Maman zou binnenstormen. Hij streelde mijn lubberende zijden kousen. '*Que tu es belle,*' zei hij, en hij trok me op de divan.

Ik bracht mijn benen omhoog en hij gleed langzaam naar binnen. In het begin deed het pijn, maar toen ik in Pauls ogen keek was ik blij dat hij het was. Toen hij in me begon te bewegen, gingen mijn heupen omhoog om de zijne te ontmoeten. Eindelijk hield mijn hoofd een keer op met het analyseren van de kleinste dingetjes.

Achteraf, tegen zijn lichaam genesteld, vroeg ik me verwonderd af waarom dit in boeken werd overgeslagen. Het was goed geweest, nee, beter nog: het had volmáákt aangevoeld. Mijn samenzijn met Paul voelde aan als een droom, voelde belangrijk, voelde zoals het moest zijn.

Toen hij zich bewoog, tilde ik mijn hoofd op en keek ik om me heen. Ik vroeg me af waar de gang naartoe zou leiden. Naakt liep ik over het door zonnestralen opgewarmde parket. Paul volgde me. De eerste deur kwam uit in een studeerkamer met een verguld bureau. Rémy zou verrukt zijn geweest van de verzameling versierde vulpennen die we in de bovenste lade aantroffen.

'Waarom hebben ze hun mooie spulletjes niet meegenomen?' vroeg ik.

'Toen de oorlog uitbrak, vluchtten de mensen in paniek.'

Ik wilde niet aan die vreselijke tijd denken. Ik trok Paul mee de kamer uit en liet alle vragen achter ons. De deur aan de linkerkant leidde naar een roze boudoir, waar we op het hemelbed klommen. We hupten voorzichtig op en neer, de ene voet na de andere, en begonnen toen te springen. Op en neer, giechelend als kinderen. Paul stopte als eerste, plotseling serieus. Ik genoot van de manier waarop hij naar me keek, met zoveel bewondering in zijn ogen.

Ademloos liet ik me op het bed vallen en dook onder de zachte dekens, in de wetenschap dat hij me in die donzige hemel zou volgen. Hij verstrengelde zijn benen met de mijne en fluisterde:

'We zijn thuis', in de verwarde wolk van mijn haar.

Toen we de warmte van het bed verlieten, zeilden we over het gladde parket naar de woonkamer om onze kleren aan te trekken, die we op een ongeduldige hoop hadden achtergelaten. Paul liet me zijn zakhorloge zien. 'We moeten terug, voordat dat nare mens met dat te grote kunstgebit gaat klagen dat je te lang bent weggebleven.'

'Beloof me dat we hier terug kunnen komen,' zei ik toen we de deur achter ons dichttrokken.

Hij streek een verdwaalde haar achter mijn oor. 'Elke dag als je dat wilt.'

Voor de ingang van de bibliotheek bleven we even staan dralen. 'Ik kan maar beter naar binnen gaan,' zei ik beverig. Mijn lichaam voelde aan alsof het had geslapen en nu klaarwakker was. Ik voelde elke oogopslag, elke ademhaling, elke hartslag. Ik vroeg me af of iemand zou zien dat er iets aan me veranderd was.

25

Odile

De uitleenbalie was onbemand. Vreemd. Het was niets voor Boris om zijn post te verlaten.

Ik liep door naar de leeszaal, waar mijn vaste bezoekers bewegingloos op hun stoelen zaten. Niemand sprak, niemand las. Ik vroeg Madame Simon of ze Boris had gezien. Ze schudde haar hoofd, zonder dat ze zelfs maar de moeite nam om me een standje te geven omdat ik vijf minuten te laat terug was van mijn lunchpauze.

Er was iets vreselijk mis. Ik rende door de bibliotheek. De studiezaal was verlaten, evenals de jeugdafdeling. Miss Reeders kantoor was op slot. In het Hiernamaals was niemand. Uiteindelijk vond ik Bitsi in de vestiaire, ineengedoken in een hoekje met haar knieën opgetrokken tot aan haar borst.

Ik knielde voor haar neer. 'Is het Rémy?'

'Nee.' Ze staarde naar de parketvloer.

'Je broer?'

Ze keek me aan; haar violette ogen waren vol smart. 'Miss Reeder heeft aangekondigd dat ze weggaat.'

Dat kon niet waar zijn.

'Ze is met Boris weggegaan om haar reispapieren aan te schaffen,' voegde Bitsi eraan toe.

'Waarom vertrekt ze nu, na al die tijd?' vroeg ik.

'De beheerders in New York hebben haar een telegram gestuurd waarin ze haar opdragen Frankrijk onmiddellijk te verlaten. Ze denken dat het een kwestie van tijd is voordat Amerika zich in de oorlog zal mengen, en ze zijn bang dat zij dan als vijandelijke vreemdeling zal worden gearresteerd.'

Ik liet me naast Bitsi op de grond zakken. Ik kon me het leven niet voorstellen zonder de directrice in haar kamer, waar ik mijn hoofd om de deur kon steken om haar om advies te vragen. Zonder haar waren Bitsi en ik geen vriendinnen geweest. Miss Reeder had me een kans geboden om te groeien. Ze had me nooit de les gelezen. Ze had er vertrouwen in gehad dat ik mijn eigen lessen zou leren. Wat moest ik zonder haar?

Twee dagen later hielp ik miss Reeder met het inpakken van haar persoonlijke bezittingen. Hoewel ik wist dat haar veiligheid boven alles ging, en dat het beter was zo, werkte ik zo langzaam mogelijk om haar zo lang mogelijk bij ons te kunnen houden. In de la lag een rood adressenboekje dat uitpuilde van de *cartes de visite* van mensen zoals de Zweedse ambassadeur en de hertogin van Windsor. Ik liet het in haar attachékoffertje glijden.

'Wat gaat u in de Verenigde Staten doen?' vroeg ik.

'Mijn familie knuffelen en luisteren naar wat ik allemaal heb gemist. Verder heb ik er nog niet echt over nagedacht. Misschien sluit ik me weer aan bij de Library of Congress of meld ik me aan bij het Rode Kruis.'

'Ik zou willen...'

'Ik ook. Het doet me pijn om te vertrekken. Ik ben zo trots op deze bibliotheek en het feit dat we zijn opengebleven. Maar wanneer je geen nieuws meer krijgt over de buitenwereld – zelfs niet van je eigen familie...' Tranen glinsterden, en ze ging verder met het inpakken van haar privécollectie – lievelingsboeken die ze van huis had meegebracht, gesigneerde eerste edities van bewonderaars en een aantal Franse exemplaren.

Dag Rilke, dag Colette, en toen de boeken waren ingepakt: dag miss Reeder. Het was confronterend om naar de lege boekenplanken te kijken, dus draaide ik me naar het bureau toe. In de onderste la lag een stapeltje correspondentie. Ik wist dat ik er niet in mocht snuffelen, zeker niet met miss Reeder in de buurt, maar ik kon het niet laten toen ik haar duidelijke, zwierige handschrift zag. Het was een brief aan 'Mom & Dad'.

> Het is onmogelijk om langer dan een dag vooruit te plannen, dus ik weet niet wat de toekomst zal brengen. Ik heb echter wel het gevoel dat onze bibliotheek altijd zal blijven voortbestaan. We verrichten een fraai staaltje werk, als je bedenkt welke horden we allemaal moeten nemen. Het is zwaar om in de rij te moeten staan voor eten voordat je naar je werk gaat. Alles is heel moeilijk verkrijgbaar, inclusief kleding, schoenen, medische hulpmiddelen enzovoort; er is geen verwarming en geen warm water; en alles is heel duur. Het is hartverscheurend om de lange rijen te zien. Geen zeep, geen thee – helemaal niets. De duimschroef wordt aangedraaid – op een zeer beschaafde manier, moet ik toegeven, maar strak, o zo strak...
>
> Lichamelijke ongemakken lijken echter onbeduidend vergeleken met die van het hart. Hier in de bibliotheek hebben we het net als iedereen voor onze kiezen gehad, maar op een of andere manier raakt het je dieper wanneer het in je eigen gebouw onder je eigen personeel gebeurt. Ik hoop jullie ooit het hele verhaal te kunnen vertellen.
>
> Liefs,
>
> Dorothy

Het epistel deed me denken aan de brieven die ik aan Rémy had geschreven en die bol stonden van de grimmige waarheid over de bezetting. Ik had ze weggestopt in de stoffige klassiekers onder in mijn boekenkast. Ik wilde hem beschermen, net zoals miss Reeder haar ouders had willen beschermen. Er was zoveel wat we niet vertelden.

'Het was me een groot genoegen om met je te werken,' zei ze.

'Meent u dat?'

'Beloof me alleen dat je eerst zult nadenken voordat je je mond opendoet. Je mag het Dewey Decimale Systeem dan uit je hoofd hebben geleerd, maar als je je mond niet dicht kunt houden, is dat verspilde kennis. Woorden zijn machtig. Vooral nu, in deze gevaarlijke tijden.'

'Ik beloof het.'

Toen ze klaar was met inpakken, was alleen het stuk papier met het telefoonnummer van dr. Fuchs over. 'Hij zei dat we dag en nacht mogen bellen. Ik hoop dat het nooit nodig zal zijn.'

Tijdens het afscheidsfeestje liet de gravin haar bedienden glazen wijn aanbieden, maar de vaste bezoekers konden het niet over hun hart verkrijgen om mee te doen.

'Wie gaat de rol van de directrice overnemen?' vroeg Mr. Pryce-Jones.

'Onze Odile,' zei Monsieur de Nerciat.

'Ze is te jong,' zei Madame Simon met klapperende kunsttanden. 'De raad van bestuur zal het nooit toestaan.'

'Misschien bieden ze Boris de positie wel aan,' zei Mr. Pryce-Jones.

'Een Rus aan het roer van de ALP?' zei Madame Simon. 'Laten we liever de feiten onder ogen zien. De bibliotheek gaat dicht.'

'Laten we proosten,' zei de gravin om te voorkomen dat de stemming nog somberder werd.

We hieven onze glazen.

Hoewel miss Reeder in mineur was, glimlachte ze stralend. 'Op jullie allen: het was me een grote eer. Maar het grootste eerbetoon betekent nog niets vergeleken met de omvang van mijn dankbaarheid, diepe genegenheid en hoogachting.'

'Dat u zich alleen de mooiste dagen moge herinneren,' zei Boris terwijl hij ons geschenk aanbood: een sneeuwbol met een Eiffeltoren erin. Toen ze ermee schudde, dwarrelden er snippertjes goudfolie in het rond.

Vanaf de zijlijn keken Margaret, Bitsi en ik toe terwijl abonnees afscheid van de directrice namen. Margaret trok aan haar parels. Ze had geen contact kunnen krijgen met haar familie in Londen en had geen idee hoe het hun verging tijdens de blitzkrieg. Bitsi drukte Emily Dickinson tegen haar borst. Nu die Duitse soldaat in haar appartement bivakkeerde, kon ze zelfs thuis niet aan de oorlog ontsnappen.

Morgen zou miss Reeder beginnen aan haar reis buiten de bezette zone, via de vrije zone naar Spanje en daarna naar Portugal, waar een oceaanstomer haar terug zou brengen naar Amerika. Ik dacht aan Rémy, aan Bitsi's broer Julian en aan de andere krijgsgevangenen. Aan de vrolijke miss Wedd, wier enige misdaad het was dat ze als Britse was geboren. Aan onze Canadese catalogiseerder, de strenge Mrs. Turnbull; Helen-en-Peter; en nu miss Reeder, een wereld van ons verwijderd. 823. *And Then There Were None.*

26

Lily

FROID, MONTANA, AUGUSTUS 1986

Elke keer wanneer ik Odiles boekenplanken afspeurde, was er wel een ander boek dat me aansprak. Op sommige dagen lonkte een titel in felgekleurde letters naar me; andere keren smeekte een dikke pil om te worden gelezen. Deze middag riep Emily Dickinson mijn naam. Mijn moeder vond een van haar gedichten mooi. De regel die ik me herinnerde was: 'Hoop is dat ding met veren, dat neerstrijkt in de ziel.' In het dunne boekje vond ik het ex libris: *American Library in Paris Inc, 1920*, met een zon die opkwam boven een opengeslagen boek en een horizon zo breed als de wereld. Het boek lag op een geweer dat er bijna volledig onder begraven lag – kennis verslaat geweld. Toen ik door de pagina's bladerde, dwarrelde een zwart-witfoto die ertussen verstopt had gezeten op de grond.

Odile, die terugkwam van de buitenbrievenbus, raapte hem op. 'Dat zijn Maman, Papa, Rémy en ik.'

Haar vaders snor domineerde zijn gezicht en verleende hem een strenge uitstraling. Haar moeder stond grotendeels achter hem, en ik vroeg me af of ze misschien verlegen was. Odile en haar moeder droegen een jurk, de mannen een pak.

'Was uw vader zakenman?'

'Nee, commissaris van politie.'

Ik grijnsde. 'Weet hij dat u een bibliotheekboek hebt gestolen?'

Ze beantwoordde mijn glimlach niet. 'Hij weet dat ik een dief ben.'

Ik wilde dolgraag weten wat ze bedoelde, maar net toen ik het wilde vragen ging de telefoon. Ik wist al dat het Eleanor was voordat ik haar schrille paniek hoorde. 'Is Lily daar? Ik kan wel wat hulp gebruiken...'

'Tot zover de Franse les van vandaag,' zei ik. Ik stopte het kiekje terug in het boek en zag dat er nog meer foto's in zaten. Ik wenste dat ik kon blijven.

'Heeft de baby nog steeds last van krampjes?'

'*Mais oui.*'

We deden al twee maanden geen van allen een oog dicht. Wat erger was, was dat de baby niet wilde zuigen. Hoe meer stress Eleanor had, hoe langer het zou duren voordat Benjy zou gaan drinken, had de verpleegster gezegd. Nu papa zoveel werkte, was ik degene die voor Eleanor zorgde; ik klopte haar op de rug, net zoals ik bij Joe deed om hem te laten boeren.

De twee jongetjes, die nauwelijks een jaar scheelden, droegen stoffen luiers onder een rubberen luierbroekje. Eleanor had me laten zien hoe ik ze moest verschonen en de poepluier in de wc moest onderdompelen voordat ik hem in de was deed. Ik wist niet waarom ze per se stoffen luiers wilde blijven gebruiken terwijl ieder ander voor pampers koos. Misschien dacht ze dat meer werk gelijkstond aan meer liefde.

Ik trof Eleanor aan in de keuken, waar het boven de dertig graden was. Zweet gutste over haar gezicht en Benjy lag krijsend in haar armen.

'Waarom houdt hij niet op? Is het mijn schuld?' jammerde Eleanor. Ze jankte bijna net zo hard als de baby.

'Heb je vandaag al gegeten?' Ik snoof om te bepalen of ik zijn luier moest verschonen. Hij rook normaal. Iets wat niet voor haar gold. 'Of gedoucht?'

Eleanor staarde me aan alsof ik Farsi sprak. Ik bakte drie geklutste eieren met één hand terwijl ik Benjy op mijn andere arm had. Terwijl zij de omelet naar binnen schrokte, veegde ik zijn neus af met zijn slabbetje.

Toen mijn vader thuiskwam, deed hij het enige wat hij kón doen. Hij zette de ventilator aan en richtte hem op Eleanor. Na haar geklaag een tijdje te hebben aangehoord, belde hij oma Pearl, die de volgende dag met de auto naar ons toe kwam. 'Het stinkt hier een uur in de wind,' zei ze terwijl ze een kartonnen doos vol babyflesjes en rubberen spenen op het aanrecht neerzette.

'Flesvoeding?' protesteerde Eleanor. 'Wat zullen de mensen wel niet denken?'

Ze droeg Eleanor op om te gaan rusten. Ik verborg mijn glimlach achter mijn boek. Wanneer oma Pearl zei dat je moest gaan rusten, betekende het dat ze even van jóú verlost wilde zijn. Eleanor trok de ceintuur van haar smoezelige roze badjas strak en schuifelde naar de woonkamer. Oma Pearl bereidde de babyvoeding en schroefde een speen op het flesje. Daarna marcheerde ze naar binnen en duwde ze de fles in Eleanors hand. 'En geef nu dat kind te eten.'

'Maar Brenda gaf borstvoeding.'

'Hou op met jezelf met een geest te vergelijken!'

'Mama!' Eleanor gebaarde naar mij.

Disparaître betekent 'niet langer zichtbaar', 'opgehouden te bestaan'. Ik wikkelde het Frans als een sjaal om me heen en ging op bezoek bij Odile, die in haar tuin aan het wroeten was. Ze stond op en veegde haar handen aan haar kiel af. '*Bonjour, ma belle. Comment ça va?*'

Ze was de enige volwassene die vroeg hoe het met míj ging. De anderen vroegen naar mijn broertjes.

'Hoe zeg je "geest"?'

'Le fantôme.'

'En "verdrietig"?' Ik had het woord een tijdje terug geleerd, maar nu had ik het weer nodig.

'Triste.' Ze sloeg haar armen om me heen. 'Begint de school morgen weer?'

'Ja. Mary Louise en ik hebben ons voor dezelfde vakken aangemeld.'

'Het is een geschenk om tijd met je beste vriendin te mogen doorbrengen. Je hebt er geen idee van hoe erg ik de mijne mis.' Ze pakte de stengels prei die ze had geplukt van de grond en legde ze in haar mandje. Haar gezicht stond *triste.*

'Heb je tijd voor een Franse les?' vroegen we gelijktijdig.

Vliegveld, *un aéroport.* Vliegtuig, *un avion.* Vliegtuigraampje, *un hublot.* Stewardess, *une hôtesse de l'air.* Een gastvrouw van de lucht. Naast elkaar aan ons bureau, Odiles keukentafel, gezeten schreef ik de woorden op. Normaal gesproken behandelden we alledaagse woorden als 'stoep', 'gebouw', 'stoel'.

'Waarom leert u me reiswoorden?'

'Omdat, *ma grande,* ik wil dat je vliegt.'

Rond etenstijd zette Eleanor het gehaktbrood op tafel, met oma Pearl op haar hielen, die naar haar pikte als een hen die naar eten pikt. 'De hele wereld houdt niet op met draaien wanneer jij een dutje doet. Heb je niet meer dan één shirt? Wanneer heb je voor het laatst je haar gewassen? Waar is je trots?'

Eleanor zette de romige maissoep met een klap op tafel. 'Móéder!'

Op dat soort momenten besefte ik weer dat Eleanor maar tien jaar ouder was dan ik.

'En waar zijn die vriendinnen van je?' ging oma Pearl door. 'Waarom helpen zij niet?'

'Lily zei dat Brenda altijd alles alleen deed.'

'Denk je echt dat zij dat allemaal nog weet?'

Eleanor draaide zich om naar haar moeder. 'Lily zou nooit liegen!'

Ik voelde mijn gezicht rood worden. 'Nou, eerlijk...'

'Dat zei ik ook niet,' zei oma Pearl snel. 'Maar geloof mij nou maar, een vrouw met drie kinderen heeft hulp nodig.'

'Ik kan het zelf wel.' Eleanor klonk net zo opstandig als Mary Louises zus Angel.

Zoals gewoonlijk kwam mijn vader twee minuten voor het eten thuis van zijn werk. We aten in stilte, met alleen Benjy's gejengel op de achtergrond. Eleanor sprak niet eens het dankgebed uit.

Terwijl oma Pearl en zij de jongens in bad deden, deed ik de afwas, raapte ik speelgoed op, vouwde ik de was op en telde ik de uren af tot school zou beginnen.

Een week lang kookte oma Pearl en probeerde ze Eleanor ervan te overtuigen dat er nog nooit iemand was doodgegaan aan babyvoeding uit de winkel. Voordat ze in de Buick stapte, zei ze tegen Eleanor: 'Je leunt wel erg veel op Lily. Is er niemand anders die kan helpen? Die aardige Odile misschien?'

Eleanor sloeg haar armen over elkaar. 'Ik kan het allemaal zelf wel. Bovendien is Lily familie.'

Beschouwde ze mij als familie? Het leek opeens niet meer zo'n groot offer om te helpen. Maar ik bleef Mary Louises stem horen alsof ze vlak naast me stond: 'Eleanor beult je af. Is dat de manier waarop je een echte dochter behandelt?'

Bij aardrijkskunde leerden we over China, waar de regering tegen echtparen zegt dat ze maar één kind mogen hebben. Als je naging hoe afgepeigerd Eleanor was, leek dat niet eens zo'n slecht beleid. 'Meisjes tellen niet mee in China. Ouders willen jongetjes, die op het veld kunnen werken,' ratelde mevrouw White door, zonder te beseffen dat het er in onze boerengemeenschap precies hetzelfde toeging.

'Is het je opgevallen dat het enige wat ze ons over communistische landen leren is hoe erg het daar is?' fluisterde Mary Louise.

'Ja, alsof Froid zo geweldig is.'

In China zou ik goed genoeg zijn geweest. Als ik een jongen was geweest, zou mijn vader me al rijles hebben laten nemen. Dan zou ik inmiddels mijn rijbewijs hebben. Dan zou ik al weg zijn. Terwijl de lerares haar les opdreunde, legde ik mijn hoofd even neer op mijn tafeltje, dat koel aanvoelde tegen mijn wang. Mijn huis was China. Ik stelde me voor dat ik een bad nam, en dat mijn vader en Eleanor me bij mijn schouders pakten en mijn lichaam onder water hielden; ik stelde me voor dat het leven uit me sijpelde.

'Lil?' Mary Louise tikte op mijn rug.

Ik werd wakker. Alle anderen liepen het lokaal uit.

'Heb je de bel niet gehoord?'

Gapend sloeg ik een hand voor mijn mond en voelde een sliertje speeksel dat aan mijn kin geplakt zat.

'Ze kwijlt om Robby,' zei Tiffany Ivers onderweg naar buiten.

Ik bad: *Alsjeblieft God, laat het hem niet hebben gezien.*

'Negeer haar,' zei Mary Louise. 'Zin om met mij mee te gaan?'

'Eleanor heeft me nodig als oppas.'

'Vrijdag dan? Dan kun je blijven slapen, net als vroeger.'

Ik wilde het. Echt waar. 'Kan niet.'

Ik draafde naar huis, waar luiers moesten worden verschoond en Weeble Wobbles als landmijnen over het linoleum verspreid lagen. *Bien sûr*, Benjy was aan het blèren. Aan de keukentafel, in het smerige shirt dat ze al de hele week aanhad, wiegde Eleanor hem in haar armen terwijl Joe bij haar voeten zat te jengelen. Ik knuffelde hem even voordat ik me op de vuile vaat stortte die zich op het aanrecht had opgestapeld.

'Dat hoef je niet te doen,' protesteerde ze zwakjes. *Lily is familie.* Ik steriliseerde alles wat gesteriliseerd moest worden. Ik wiegde Benjy tot hij indommelde. Zelfs in zijn slaap snufte hij. Ik gaf hem over aan Eleanor en rende naar Odiles huis voor een snelle les.

Mijn hemel, wat genoot ik van de rust daar. Geen krijsende baby's. Alles op z'n plek. Kranten opgevouwen in de mand naast haar stoel. Onze boeken gerangschikt volgens het Odile-Lily Decimale systeem. De ingelijste fotootjes van haar echtgenoot en zoon.

'Vertel eens wat over meneer Gustafson.'

'Buck?' Ze kneep haar ogen samen, alsof ze lang niet aan hem had gedacht en niet zeker wist wie ik bedoelde. 'Een echte man. Knap op een ruige manier, met stoppeltjes op die blozende wangen van hem. Hij jaagde graag, vandaar zijn bijnaam. Hij schoot zijn eerste hert, een zesender, toen hij tien was. Het schurftige karkas was de oorzaak van onze eerste ruzie. Buck wilde de kop van dat arme beest boven de schoorsteenmantel hangen; ik wilde het zo ver mogelijk uit mijn buurt hebben.'

'Wie won er?'

'Nou, *ma grande*, dat was de eerste les die ik als kersverse echtgenote leerde.' Ze stond op van de tafel en liep naar de gootsteen. 'Soms verlies je wanneer je wint. Ik deed die opgezette kop de deur uit – de vuilnisman haalde hem op terwijl Buck op zijn werk was. Maar hij is nog heel lang boos gebleven.'

'O.'

'Ja, o.' Met haar rug naar me toe schoof ze de borden in het bordenrek in het keukenkastje.

'Wat deden Buck en u graag samen?'

'We voedden onze zoon op.'

'En toen hij volwassen was?'

Ze draaide zich naar me toe. 'Buck en ik hadden niet veel met elkaar gemeen. Hij ging graag naar footballwedstrijden, ik las liever. Maar we hielden allebei van een stevige wandeling. Hij was romantisch. Hij is altijd de deur voor me blijven openhouden en altijd mijn hand blijven vasthouden. Soms gingen we rond middernacht naar het park om te schommelen, als kleine kinderen.'

Ze had nog nooit eerder zoveel over haar leven verteld. Ik zei geen woord, in de hoop dat ze door zou gaan.

'Na zijn dood doneerde ik bijna al zijn spullen aan een liefdadig doel – zijn gereedschap, zijn truck. Maar zijn geweer heb ik gehouden. Ik wilde dat er iets overbleef wat belangrijk voor hem was.'

De telefoon ging. Eleanor weer. Ik ging naar huis. Na het eten te hebben gekookt en te hebben opgeruimd, viel ik met mijn spijkerbroek nog aan op bed, te moe om te studeren. Differentiaalrekenenen verbleekte bovendien naast Odiles les: liefde is iemand volledig accepteren, ook de dingen die je niet leuk vindt of niet begrijpt.

Toen Eleanor dat najaar thuiskwam van de ouderavond gooide ze de deur met een klap achter zich dicht. 'Lily?' loeide ze. 'Waar ben je?'

In de woonkamer, op de jongens aan het passen, waar anders? Joe, die op mijn schoot zat, trok aan mijn haar; Benjy, liggend op het dekentje dat ik voor hem had gebreid, ontdekte zijn tenen voor het eerst.

Eleanor kwam op hoge poten binnen. 'Juffrouw White vertelde dat je tijdens de les in slaap bent gevallen. Ze liet het op een of andere manier klinken alsof het míjn schuld was. Ik ben geen slechte moeder! Ga jij het eten maar klaarmaken, dan voed ik Benjy.'

Ze hees haar shirt omhoog over haar uitzakkende buik, over een spinnenweb van striae. Ik vluchtte naar de keuken voordat ze haar beha losmaakte en haar gehavende tepel ontblootte. Ik had hem één keer gezien, en dat was genoeg. Vertrouwde Eleanor me maar wat minder. Ging ze maar weer op aerobics of bij Odile op bezoek om te kletsen, maar ze besteedde het grootste deel van haar tijd aan het zelf maken van babyvoeding en jammeren boven het aanrecht. 'Je bent een moeder, maar je bent ook een vrouw,' had Odile tegen haar gezegd. Volgens mij had Eleanor het opgegeven om de vrouw te zijn die ze ooit was.

Stukje bij beetje was ik gestopt met huiswerk maken, en ik ging ook nog nauwelijks met Mary Louise om. Zelfs Frans was *fini*. Eleanor had me nodig. Soms zat ze alleen maar naar de muur te staren. 'Wil je Benjy niet even vasthouden?' vroeg ik wel eens. Of: 'Kijk Eleanor, Joe's tandjes komen door.' Dan knikte ze nauwelijks.

Toen ik mijn rapport kreeg, besefte ik hoe de situatie uit de hand was gelopen. Wiskunde: Net voldoende; Engels: Redelijk; Natuurwetenschappen: Net voldoende. 'Wat is er gebeurd?' had meneer Moriarty met rode pen geschreven. Ik draafde naar huis, bang dat ik het, net als Eleanor, had opgegeven om het meisje te zijn dat ik ooit was geweest.

'Lily?' zei Odile vanaf haar veranda.

Ik liep door.

'Lily, wat is er aan de hand?' Ze troonde me mee haar huis binnen en ontfutselde me het rapport.

'Oh là là,' zei ze.

'Ik moet gaan, Eleanor heeft mijn hulp nodig.'

De geur van chocolade drong in mijn neus. Odile hield me een blad met koekjes voor. In elkaar gedoken op haar bank, kruimelend op mijn kleren, schrokte ik ze naar binnen, zonder ze zelfs maar te proeven.

Ze keek bedroefd naar me. 'Wat is er thuis aan de hand?'

'*Rien.* Niets.' Ik wilde niet klagen.

'Je moet voor jezelf opkomen.'

'Kunt ú niet met ze praten?' vroeg ik.

'Dat zal niets uitmaken voor de lange termijn. Je moet de kunst van het onderhandelen leren.'

Ik snoof. 'Alsof ze naar mij zouden luisteren.'

'Praat met hen.'

'Eleanor heeft al genoeg op haar bordje.'

'Vertel je vader dan hoe je je voelt.'

'Dat kan hem niets schelen.'

'Zorg er dan voor dat het hem wél iets kan schelen.'

'Hoe dan?'

'Wat wil jij?' vroeg Odile.

Ik dacht over de vraag na. 'Met rust gelaten worden.'

'Wat wil hij voor jou?'

Mijn moeder had gewild dat ik naar het voortgezet onderwijs ging. Dat had ze zelf ook bijna gedaan, maar toen trouwde ze. Als mijn vader iets voor mij wilde, dan wist ik er niets van. En ik kon het hem met geen mogelijkheid vragen, in elk geval niet thuis, waar Eleanor en de jongens al zijn aandacht opslokten. 'Ik... ik zou naar zijn kantoor kunnen gaan. Maar dan wordt hij misschien boos.'

'Misschien ook niet. Je moet het proberen.'

De volgende ochtend kleedde ik me met net zoveel zorg aan als ik deed voordat ik naar de mis ging. Wat moest ik tegen mijn vader zeggen? Het was acht straten lopen naar de bank, en ik rende bijna de hele weg, in de hoop dat niemand me zou verraden omdat ik spijbelde. Toen meneer Ivers me buiten papa's kantoor zag ijsberen, snoof hij en zei dat het wel dringend moest zijn als ik een afspraak moest maken om mijn eigen vader te spreken.

Papa keek verbaasd toen hij naar buiten kwam. 'Waarom ben je niet op school?' Toen verscheen er angst op zijn gezicht. 'Is er iets met de jongens gebeurd?'

Natuurlijk. De jongens.

'Lily is hier voor een vader-dochtergesprekje,' grinnikte zijn baas, maar papa lachte niet. Gegeneerd duwde hij me in zijn kantoor op een stoel.

'Dit kan maar beter belangrijk zijn.' Hij vouwde zijn handen op zijn gigantische bureau.

'Ik... ik...'

'Nou? Wat is er?'

Zijn woede maakte het makkelijker. 'Ik mis mijn Franse les en ik mis Mary Louise en huiswerk doen en lezen. Ik kan geen vieze luier meer zien.'

'Ellie heeft je hulp nodig.'

'Ben ik de enige die ziet dat ze alleen nog maar huilt? Ze heeft meer nodig dan ik haar kan geven.'

'Het komt wel goed met haar.'

'Misschien heeft ze een psycholoog nodig.'

'Psychologen zijn voor gestoorde mensen.'

'Voor gedeprimeerde mensen.'

'Jij moet meer helpen.'

'En jij dan? Het zijn jóúw kinderen.'

'Ik werk hier.'

'En je zou thuis moeten werken.' Ik legde mijn rapport met een klap op zijn bureau. 'Zelfs toen mama ziek was, behoorde ik nog tot de besten van de klas. Je vindt het misschien prima dat ik als kinderoppas fungeer, maar het is niet wat mama zou hebben gewild.'

Zijn hoofd schoot naar achteren alsof ik hem met mijn waarheid om de oren had geslagen.

'Ik wil met alle plezier helpen. Echt waar. Maar ik wil Franse les. Ik wil naar het vervolgonderwijs.'

Hij gebaarde naar de deur alsof ik iemand was die nooit in aanmerking zou komen voor een lening. 'Ik breng je met de auto naar school.'

We zeiden geen woord tegen elkaar. Ik staarde uit het raampje en wenste dat het een vliegtuigraampje was, dat Odile gelijk had en dat ik ooit zou wegvliegen.

Papa kwam altijd om tien voor zes thuis, vlak voor het avondeten. Voor het eerst was hij laat. Eleanor vroeg of ik al wilde eten, maar omdat zij wilde wachten, zei ik dat ik dat ook zou doen. We lieten het vlees in de oven staan. Ik zat aan de eettafel, met Joe wippend op mijn schoot. Eleanor hield Benjy vast, die miraculeus genoeg was opgehouden met huilen. Gewoonlijk stopten we de jongens om zeven uur in bed, maar vanavond zaten we nog steeds op papa te wachten. In dat korte moment van vrede stelde Eleanor me de vraag die ze hém altijd stelde: 'Hoe was je dag, schat?'

'Ik ben naar de bank geweest.'

'De bank?' zei ze, zo verrast alsof ze helemaal was vergeten dat er in Froid een bank zat.

'Ik moest...' Wat moest ik? Eleanor keek me aandachtig aan en luisterde als nooit tevoren. 'Ik moest tot papa zien door te dringen. Wat school betreft.'

Ze liet een vreemd hikkend lachje horen en zei: 'Een van ons is in elk geval dapper genoeg om te zeggen wat ze wil.'

Ik snoof. 'Ruik jij ook rook?'

Ze duwde Benjy in mijn armen en rende naar de keuken. Ik volgde haar, met Benjy balancerend op mijn heup en Joe aan mijn been geplakt. Er kwamen rookwolken uit de oven.

'Ik geef het op,' jammerde Eleanor toen ze de geblakerde pan eruit haalde.

Papa kwam binnen met zijn aktetas in zijn hand. Het was acht uur, wat ergens anders in de wereld middernacht was.

'Kon er zelfs geen telefoontje af om te zeggen dat het later werd?' schreeuwde ze, en ze gooide het verbrande stuk vlees naar zijn hoofd. Hij hield zijn aktetas voor zijn gezicht en dook weg. Het aangebrande braadstuk raakte de muur en viel op de grond, waar het nog een stukje doorgleed en voor zijn voeten bleef liggen.

Ik was trots op Eleanor.

'Je laat álles aan mij over,' zei ze tegen mijn vader.

Ik bracht mijn broertjes naar hun kamer.

'Je bent nooit thuis,' zei ze. 'Ben je dáár met Brenda, of híér met mij?'

Brenda. Niemand noemde ooit haar naam nog. 'O, mama,' fluisterde ik. 'Ik mis je.'

'Waarom jij drietig?' vroeg Joe. Ik streelde zijn haar, dat donzig was als de veren van een kuikentje.

Mijn vader mompelde zachte woordjes, maar Eleanor wilde er niets van horen. 'Wat bedoel je, dat ik te veel hooi op mijn vork heb genomen?' schreeuwde ze. 'Toen ik pampers kocht, zei je dat zíj katoenen luiers gebruikte. Ik kan nooit op tegen de Heilige Brenda!'

'Er waren destijds geen andere opties!' brieste hij terug. 'Ik zei niet dat je katoen moest gebruiken. Ik bedoelde alleen dat dingen toen anders waren. Je hoeft niet alles in je eentje te doen. Mensen hebben hun hulp aangeboden. Hou op met hun handen wegslaan.'

Stilte.

'Degene van wie ik hulp wil ben jij.'

Toen ik Odile vertelde dat mijn vader had besloten de zaterdagen vrij te nemen om met de jongens te helpen, en dat Eleanor een enorme vracht pampers had gekocht, zei ze: 'Zie je hoe het voelt om voor jezelf op te komen? Er is niet altijd een oplossing, maar als je het niet probeert, zul je het nooit weten.'

'Ik weet niet zeker of het door mijn bezoek aan papa's kantoor kwam.' Ik vertelde haar over Eleanor en het vliegende varkensgebraad.

Odile klapte in haar handen. 'Het klinkt alsof je Eleanor ook hebt geïnspireerd om haar hart te luchten. Bravo!'

Nu Odile en ik de tijd aan onszelf hadden, haalde ik het boek met de foto's weer tevoorschijn. Op haar bank keken we naar de foto van haar familie. 'Ik mis hen zo,' zei ze terwijl ze naar de volgende foto keek, waarop een donkerharige schone in een polkadotjurk te zien was. Odile straalde alsof ze onverwachts een vriendin tegen het lijf was gelopen. 'Dat is miss Reeder. Ze was mijn baas in de bibliotheek, de persoon die ik het meest bewonderde.'

Op de volgende foto stond een dame met een hoofddoek om die sprak met een officier met een ziekenfondsbrilletje op en een band met een hakenkruis om zijn bovenarm.

'Het is zinloos om over het verleden na te denken,' zei Odile op een toon die net zo ijzig was als de blik op haar gezicht. Ze schoof de foto's terug in het boek.

Waarom had ze een foto van een nazi?

'Kende u een nazi?'

'Dr. Fuchs kwam naar de bibliotheek.'

Wanneer ik nazi's voor me zag, dan vermoordden ze mensen in concentratiekampen; ze leenden geen boeken. Het leek onbetamelijk dat ze zijn naam kende.

'Parijs was bezet,' legde Odile uit. 'We konden hen niet ontwijken, en dat wilde ook niet iedereen. Hij was wat de nazi's een "bibliotheekbeschermer" noemden.'

'Dus hij redde boeken?'

'Zo eenvoudig is het niet.'

Ik dacht aan wat ik op school had geleerd. 'Mijn geschiedenisleraar zei dat Europeanen van het bestaan van de kampen moeten hebben geweten. Ze zei dat het voor de hand lag.'

'Ik hoorde na de oorlog van het bestaan ervan. Destijds probeerde mijn familie alleen maar te overleven. Ik maakte me zorgen over Engelssprekende vrienden en collega's, die werden gearresteerd als "vijandelijke vreemdelingen". Hoewel Joden uit de bibliotheek werden geweerd, kwam het nooit bij me op dat ook zij gearresteerd zouden worden en dat velen van hen zouden worden vermoord.'

Odile zweeg geruime tijd.

'Bent u boos dat ik het vroeg?'

'*Mais non.* Vergeef me, ik was even met mijn gedachten bij vroeger. Tijdens de oorlog bezorgden wij van de bibliotheek boeken bij Joodse vrienden. De Gestapo heeft zelfs een van mijn collega's neergeschoten.'

Een bibliothecaris neerschieten? Was dat niet net zoiets als een dokter doden? 'Hebben ze miss Reeder vermoord?'

'Zij was toen al vertrokken. De nazi's arresteerden een aantal bibliotheekmedewerkers, onder wie de directeur van de National Library. Miss Reeder had de volgende kunnen zijn. Mijn hart brak toen zij wegging. Maar afscheid nemen hoort bij het leven. Verlies is onvermijdelijk.'

Ik had er spijt van dat ik de foto's had opgeduikeld; ze maakten haar alleen maar verdrietig. Maar toen legde ze teder een hand om mijn kin en zei: 'Maar soms brengen veranderingen goede dingen met zich mee.'

Parijs, 1 december 1941

Monsieur l'Inspecteur,

Ik schrijf u om u te informeren dat de American Library meer vijandelijke buitenlanders herbergt dan een interneringskamp. Om te beginnen is er de Amerikaanse arriviste Clara de Chambrun. Ze brengt meer tijd in de bibliotheek door dan thuis, zoals het een goede echtgenote zou betamen. Ze wijdt haar dagen aan het aanschrijven van haar rijke societyvrienden om hun te vragen de bibliotheek financieel te steunen. Ik betwijfel of ze die inkomsten opgeeft aan de belasting.

Ze houdt niet van Duitsers (Of 'Hunnen', zoals ze hen noemt) en lapt hun regels aan haar laars. Dat ze een gravin is, betekent nog niet dat ze zich niet aan de regels hoeft te houden. Ik denk dat ze boeken naar Joodse lezers smokkelt. Wie weet wat ze nog meer van plan is? Ze doet erg geheimzinnig.

Neem er eens een kijkje en oordeel zelf. U zult zien dat ze denkt dat ze boven de wet staat.

Getekend,

Iemand die het weet

27

Odile

PARIJS, DECEMBER 1941

Clara de Chambrun, onze nieuwe directrice, had in 1920 geholpen met het oprichten van de ALP. Samen met Edith Wharton en Anne Morgan was ze een van de oorspronkelijke beheerders. De gravin had niet alleen een aantal werken over Shakespeare geschreven, ze had ook zijn toneelstukken in het Frans vertaald. Hemingway en zij hadden dezelfde uitgever. Meer recentelijk, in de afgelopen maanden, had ze donateurs gezocht om alle kosten, van kolen tot salarissen, te dekken, en schreef ze brieven om te voorkomen dat nazi-autoriteiten Boris en de conciërge zouden dwingen om in Duitsland te gaan werken als onderdeel van het *Relève*-plan. Ik was bang dat ze, als prominente buitenlander, het gevaar liep te worden gearresteerd.

Bij de uitleenbalie deelde ik mijn vrees met Boris en Margaret terwijl hij Madame Simons *Harper's Bazaar* afstempelde. Hij zei dat Clara in 1901 was getrouwd met graaf Aldebert de Chambrun, een Franse generaal. Ze had een dubbel staatsburgerschap en zou nooit worden beschouwd als een vijandelijke buitenlander.

Op dat moment stormde Monsieur de Nerciat binnen, met Mr. Pryce-Jones op zijn hielen.

'Pearl Harbor is geraakt door kamikazes!' schreeuwde Monsieur.

We verdrongen ons om hem heen.

'Wat is in hemelsnaam een kamikaze?' vroeg Margaret. 'En waar ligt Pearl Harbor?'

'Japan heeft een Amerikaanse militaire basis aangevallen,' verduidelijkte Mr. Pryce-Jones.

'Betekent dat dat de Verenigde Staten zich in de oorlog zullen mengen?' Ik voelde een glimp hoop dat de Duitsers weldra zouden worden verslagen.

'We denken van wel,' zei Monsieur de Nerciat.

'De Amerikanen zullen de nazi's met de grond gelijkmaken!' zei ik.

'Ze kunnen het nauwelijks slechter doen dan het Franse leger,' zei Margaret.

Mijn hoofd ging met een ruk naar achteren. Hoe durfde Margaret kritiek te leveren op soldaten zoals Rémy, terwijl zíj tot de eersten behoorde die Parijs waren ontvlucht. 'De Britse strijdkrachten konden anders niet wachten om zich terug te trekken op dat miezerige eiland.'

We keken elkaar boos aan, en ik wachtte tot ze haar woorden terug zou nemen.

'We zouden eigenlijk niet over politiek moeten praten, vind je ook niet?' zei ze uiteindelijk.

Wat ze me aanbood was een handreiking, geen verontschuldiging. Ik probeerde mijn boosheid te onderdrukken. Het was niet haar bedoeling geweest om tactloos te zijn. Bang om iets te zeggen waar ik spijt van zou krijgen, haastte ik me naar de schrijfmachine in de achterkamer, in de hoop dat werken aan de nieuwsbrief me zou afleiden. Vóór de bezetting draaide ik vijfhonderd kopieën uit op onze stencilmachine, maar met het oog op de huidige papierschaarste hing ik nu één eenzame kopie op het prikbord.

Mr. Pryce-Jones trok een stoel bij en ging naast me zitten. 'We hoorden je helemaal in de leeskamer op dat ding hameren.'

Ik wees naar het lint. 'Het is zo oud dat de letters steeds vager worden.'

'Ik dacht dat je misschien je boosheid aan het afreageren was. Wat Margaret over het Franse leger zei was niet aardig.'

'Ik weet dat ze het niet zo bedoelde, maar het doet pijn.' Ik legde mijn vingers op de toetsen r, e, m en y. 'Ik mis mijn broer ontzettend, en ik weet dat hij hard heeft gevochten.'

'Dat weet Margaret ook. Soms flapt ze er domme dingen uit.'

'Dat doen we allemaal.' Ik had iemand nodig om te interviewen voor de nieuwsbrief van deze maand. 'Wat voor soort lezer bent u? Wat zijn uw favoriete boeken?'

'Wil je het echt weten?'

Ik boog me dichter naar hem toe. Zou hij opbiechten dat hij aanstootgevende romans las?

'Vorige week heb ik mijn volledige collectie van de hand gedaan.'

'Wat?' Boeken weggeven was als stoppen met ademhalen.

'Ik had genoeg van Sophocles en Aristoteles, van Melville en Hawthorne, verplichte kost op de universiteit of geschenken van collega's. Ik heb genoeg tijd in het verleden doorgebracht. Ik wil in het hier en nu leven. Met F. Scott Fitzgerald, Nancy Mitford, Langston Hughes.'

'Wat hebt u met uw boeken gedaan?'

'Toen ik hoorde dat de collectie van professor Cohen in beslag was genomen, heb ik mijn boeken in dozen gedaan en ze naar haar toe gebracht. Boeken stelen is voor mij grafschennis.'

Hoewel Mr. Pryce-Jones het liet klinken alsof hij er vrede mee had om de collectie die hij gedurende zijn hele leven had opgebouwd weg te geven, voelde ik wat erachter zat. Hij had afstand van zijn boeken gedaan omdat de professor gedwongen was afscheid van de hare te nemen. Ik herinnerde mezelf eraan dat er mensen waren met grotere problemen, met meer pijn.

Maar ik was nog steeds nijdig op Margaret.

KRIEGSGEFANGENENPOST

12 december 1941

Lieve Odile,

Weet je hoe ik weet dat je me niet alles vertelt in je brieven? Je hebt al heel lang niet over Papa geklaagd, en je hebt het zelden over Paul. Misschien denk je dat je niet over hem mag schrijven omdat ik Bitsi niet kan vasthouden. Dat zie je verkeerd. Ik wil Papa horen briesen en Maman horen roddelen. Ik wil horen dat je verliefd bent. Vertel me wat je werkelijk voelt, niet wat je denkt dat ik aankan – ik heb je eerlijkheid net zo hard nodig als je liefde. Het vreet aan me dat je me maar een gedeelte van jezelf blootgeeft terwijl ik aanvoel dat je elke zin censureert. We zijn niet bij elkaar, maar we hoeven geen afstand te houden. Bitsi is terughoudend in haar brieven, en voor mij geldt hetzelfde. Ik wil je beschermen. Ik wil niet dat je het weet. Ik wil wel dat je het weet.

Het is hier zwaar. We hebben honger, we zijn moe. We laten onze schouders hangen, onze kleding is tot op de draad versleten. We verlangen naar huis. We zijn bang dat onze verloofdes ons zullen vergeten. We huilen wanneer we denken dat niemand het kan horen. Wat ons het meest dwarszit is het woord 'gevangene', dat geassocieerd wordt met misdadigers. Het enige wat we hebben gedaan, is vechten voor onze overtuigingen en ons land. Overal om ons heen is prikkeldraad, waar we ook kijken.

Liefs,

Rémy

20 december 1941

Lieve Rémy,

Ik zal proberen wat minder terughoudend te zijn. Paul en ik zijn aan Mamans spiedende blik ontsnapt. Hij heeft een verlaten appartement voor ons gevonden voor onze dagelijkse romantische afspraakjes. We hebben ons boudoir aangekleed met mijn boeken en zijn schetsen van Bretagne. Er is geen verwarming en we hebben allebei een verkoudheid opgelopen, maar het is het waard! Ik had nooit verwacht een tijdsbesteding te zullen vinden die opwindender is dan lezen.

Nu Duitsland de Verenigde Staten de oorlog heeft verklaard en Amerikanen vijandelijke vreemdelingen zijn in Frankrijk, ben ik bang dat de nazi's de bibliotheek voorgoed zullen sluiten. Hoewel de medewerkers proberen de moed erin te houden, zijn we moe en bang. We bewegen ons als speelgoed dat niet meer wordt opgewonden. Soms word ik kwaad om niets. Soms vind ik het zelfs moeilijk om te denken. En soms weet ik niet wát ik moet denken.

Nou ja, we hebben in elk geval een kerstfeestje om naar uit te kijken. De gravin zei dat we familieleden mogen meenemen als ze van 'superieure kwaliteit' zijn, dus heb ik Maman en 'tante' Eugénie uitgenodigd. Papa kan niet komen, hij heeft vergaderingen. Daarom klaag ik niet over hem – hij is nooit thuis.

Liefs,
Odile

De geur van Boris' warme kruidenwijn dreef door de bibliotheek. Kastanjes knisperden in de open haard. Bitsi hielp kinderen met het knippen van plaatjes uit oude catalogi om versieringen voor de kerstboom te maken. Margaret en ik haalden de feestelijke rode linten uit de kast en versierden de leeszaal.

'Het is koud in mijn flat,' zei ze. 'Ik zou wel wat van deze stoffige boeken kunnen gebruiken voor in de haard.'

Instinctief griste ik een roman van tafel en drukte hem tegen mijn borst. Ik zou liever sterven aan onderkoeling dan dat ik ook maar één boek vernietigde. Veel van deze boeken waren vanuit Amerika naar soldaten in de Grote Oorlog gestuurd. Ze waren gelezen in loopgraven en geïmproviseerde ziekenhuizen; hun verhalen hadden voor troost en afleiding gezorgd.

'Het was maar een grapje,' zei Margaret. 'Dat weet je toch?'

'Natuurlijk...' Toch was het vreselijk om zoiets te zeggen. Ik liep naar een stil hoekje, met *The Picture of Dorian Gray*, 823, nog beschermend tegen mijn borst gedrukt. Ik snoof de licht muffe geur van de roman op en stelde me voor dat het een melange was van buskruit en modder uit de loopgraven. Wanneer ik een stukgelezen boek opensloeg, wilde ik graag geloven dat ik de geest van een soldaat vrijliet. 'Kijk eens aan, oude vriend,' fluisterde ik. 'Je bent nu veilig, je bent thuis.'

'Ben je in jezelf aan het praten?' plaagde Bitsi, die kwam aanlopen met Maman en Eugénie in haar kielzog.

'Hier werk je dus,' zei Maman. 'Het is niet zo somber als ik had verwacht.'

Eugénie giechelde. 'Dacht je dat ze in een kolenmijn werkte?'

Maman gaf een speels tikje tegen haar arm.

Iedere genodigde bracht een delicatesse mee die schaars en schreeuwend duur was, geritseld op de zwarte markt of gekregen van familie op het platteland. Een romige camembert. Een mandje sinaasappels. Eugénie overhandigde de schaal met foie gras die Maman en zij hadden bereid van de ganzenlever die Paul uit Bretagne had meegebracht.

Er viel een stilte in het vertrek toen de gravin, met haar hermelijnen stola om, zich bij het feest voegde aan de arm van haar echtgenoot, een witharige heer in een smoking. Zelfs zonder medailles op zijn borst maakte zijn houding – vooruitgestoken borst, een koele blik die over de gasten gleed alsof ze zijn troepen waren – duidelijk dat hij een generaal was geweest.

Vlak bij de tafel met de versnaperingen had Madame Simon Clara de Chambrun in een hoek gedreven, waar ze haar op langdradige wijze uitlegde hoe ze haar opzichtige tulband had gemaakt van een badmantel. De gravin wierp haar echtgenoot een 'red me'-blik toe, en hij snelde als een gehoorzaam schoothondje op haar af om haar mee te voeren.

'Hij had het bevel over soldaten op twee continenten,' zei Mr. Pryce-Jones.

'Maar er is geen twijfel mogelijk over wie nu het bevel voert,' merkte Monsieur de Nerciat op.

'De generaal heeft zijn Waterloo gevonden.'

'Zijn Waterloo gevonden? Hij is met haar getrouwd.'

Paul leidde me naar mijn favoriete afdeling, 823, waar we ons bij Cathy en Heathcliff, Jane en Mr. Rochester voegden. Ik staarde naar zijn lippen, die rozig waren van de wijn. Langzaam knielde hij voor me neer. 'Je bent de vrouw van mijn leven,' zei hij. 'Het eerste gezicht dat ik wil zien wanneer ik wakker ben, het laatste dat ik 's avonds wil kussen. Alles wat je zegt is zo interessant – ik vind het heerlijk om te horen over de herfstbladeren die knisperen onder je voeten, de humeurige abonnee die je op zijn nummer zette, de roman die je leest in bed. Ik kan mijn diepste gedachten aan je kwijt, mijn favoriete boeken. Wat ik het liefst wil, is dat onze gesprekken eeuwig blijven voortduren. Wil je met me trouwen?'

Pauls aanzoek was als een perfecte roman, met een onvermijdelijk, maar op een of andere manier toch verrassend einde.

Vanuit de leeszaal hoorde ik mijn moeder vragen: 'Waar zijn Paul en Odile gebleven?' en Eugénies antwoord: 'Ach, laat die twee toch een keer met rust.'

'Waren we maar in het appartement,' fluisterde ik, 'in ons roze boudoir.'

'Ik vind het ook heerlijk om alleen met jou te zijn, maar...'

'Maar wát?'

Zijn adamsappel wipte nerveus op en neer. 'We zouden niet zo stiekem mogen doen, dat is niet goed. Ik weet niet hoelang ik nog...'

'Papa zal er niet achter komen.'

'Waarom betrek je altijd alles op je vader?'

'Dat doe ik niet!'

'Laten we geen ruziemaken,' zei hij.

Ik streelde zijn gezicht en merkte de veranderingen op die de oorlog teweeg had gebracht: donkere schaduwen lagen onder zijn ogen; scherpe lijnen om zijn mond verleenden zijn gezicht een verbitterde uitdrukking. Er was zoveel veranderd. Ik wilde dat sommige dingen hetzelfde bleven – mijn werk in de bibliotheek, onze romantische ontmoetingen in het appartement.

'Jij bent degene die me door de oorlog helpt,' zei hij, 'en door mijn werkdagen. Ik wil dat we samen zijn.'

'Ja, mijn lief. Wanneer ze Rémy hebben vrijgelaten.'

Ik liet me op mijn knieën zakken. Paul begon iets te zeggen, misschien *ik hou van je*, misschien *ik wil niet wachten*, maar ik kuste hem en zijn woorden gingen verloren onder mijn tong. Hij trok me tegen zijn borst. Mijn handen gleden onder zijn jasje, zijn trui, zijn overhemd, en vonden de warmte van zijn huid. Op de achtergrond zongen vrienden 'Stille nacht', maar Paul en ik bleven elkaar vasthouden, met onze ogen gesloten voor alles behalve onze passie.

Mijn familie bleef de dagen van Rémy's gevangenschap tellen terwijl 1941 overging in 1942. 12 januari: *Lieve Rémy, jij bent de enige die ik het kan vertellen: Paul heeft me ten huwelijk gevraagd! De bruiloft vindt plaats zodra jij weer thuis bent.* 20 februari: *Lieve Odile, wacht niet op mij. Wees nu gelukkig.* 19 maart: *Lieve Rémy, Margaret en ik hebben geen kousen meer, dus deppen we beige poeder op onze benen. Bitsi verklaart ons voor gek.* 5 april: *Lieve Odile, Bitsi heeft gelijk! Bedankt voor het pakje. Hoe wist je dat ik Maupassant wilde lezen?*

Iedereen moest zich ergens melden – huisvrouwen voor rantsoenen, buitenlanders en Joden bij de politie. Hoewel Mr. Pryce-Jones zich wekelijks bij het commissariaat meldde, was Margaret er nog niet één keer geweest. Op zijkanten van gebouwen was van alles gekrabbeld; ik zag V's – voor Victorie over de nazi's, maar ik zag ook 'Dood aan de Joden'. Maarschalk Pétain, de held uit de Eerste Wereldoorlog die tot staatshoofd was benoemd, veranderde het Franse motto 'Vrijheid, gelijkheid, broederschap' in 'Werk, familie, vaderland'. Het voelde aan alsof de gemoedstoestand van Parijs 'Gespannen, boos en rancuneus' was.

Paul en ik wandelden onder het schaduwdak van bladeren over de Champs-Élysées, langs cafés vol nazi's en hun opzichtige vriendinnetjes. Soldaten hadden Deutsche Marken om bier te kopen en cadeautjes zoals armbanden en rouge. De mannen kwamen van het oostfront en probeerden hier de oorlog te vergeten in het gezelschap van mooie, eenzame Parisiennes.

Ik nam het de meisjes niet kwalijk. Welke achttienjarige verlangde er niet naar om te kunnen dansen? En moeders van dertig hadden hulp nodig om de rekeningen te kunnen betalen. Hun echtgenoten waren gesneuveld of zaten vast in Stalags. De vrouwen gingen zo goed en zo kwaad als ze konden door met hun leven. Toch voelde ik me bij hen vergeleken een slons. Ik kneep in mijn wangen in de hoop er wat kleur op te krijgen, en maakte mezelf wijs dat slonzig het nieuwe chic was.

'Ik kan er alleen maar van dromen om je een sieraad te geven.' Paul keek met een geërgerde blik naar de stelletjes. 'Het is verdomd vernederend dat ik je niet de kleine dingen kan geven die je verdient!'

'Wat ik voor jou voel heeft niets met cadeautjes te maken.'

'Die sletten krijgen alles, terwijl wij niets hebben. Het zijn hoeren, die pijpen voor...'

'Het is nergens voor nodig om grof te worden!'

'Ze zouden zich moeten schamen, zoals ze om de nek van die verdomde moffen hangen en zich inlikken bij de vijand. Ik zou ze wel eens een lesje willen leren dat ze niet snel zouden vergeten.'

Hij zette een paar stappen in de richting van de soldaten en hun meisjes. Zijn kaken waren op elkaar geklemd en zijn vuist was gebald. Hij leek zichzelf niet. Voor het eerst maakte hij me bang.

'Lok geen knokpartij uit, het is het niet waard.'

Soldaten ontwijken werd onmogelijk. Ze hielden zich op in onze favoriete cafés en er verschenen steeds meer controleposten op straat. Het was moeilijk te voorspellen waar ze zouden opduiken. Onderweg naar Montmartre, om wetenschappelijke werken bij dr. Sanger af te leveren, kwam ik langs een ijzeren barricade die er de vorige dag nog niet was geweest. Een van de soldaten greep mijn boekentas vast en dumpte de inhoud op de grond. Ik kromp ineen toen de zware boeken de stoep raakten en openvielen. Hij raapte er eentje op en bladerde door de pagina's. Misschien zocht hij naar geheime codes of een mes dat in de rug verborgen zat; misschien verveelde hij zich alleen maar. Na een blik op de titel lachte hij spottend. 'Leest mademoiselle verhandelingen over natuurkunde?'

Het was lang geleden sinds ik natuurkunde had gevolgd op het lyceum. Als hij een vraag zou stellen, had ik een probleem. Ik zou kunnen zeggen dat de boeken voor een buurman waren, maar ik kon ook zelf een vraag stellen.

'Wil je daarmee zeggen dat vrouwen zich bij boeken over borduren moeten houden?'

Hij gaf me mijn tas terug en zei dat ik mijn boeken moest oprapen.

Toen ik terug was in de bibliotheek probeerde ik Margaret te waarschuwen, maar ze weigerde te erkennen dat ze gevaar liep, zelfs toen we kratten vulden die bedoeld waren voor interneringskampen waar buitenlanders zoals onze eigen miss Wedd en de boekverkoper van de linkeroever gevangenzaten.

'Heb je je al gemeld bij de politie?' vroeg ik voor de tiende keer.

'Ik voel me een Française, dat zou voldoende moeten zijn,' zei Margaret terwijl ze *Christmas Pudding* voorzichtig op *Pigeon Pie* legde.

'Misschien zou je naar Lawrence toe moeten gaan in de vrije zone.'

'Dat zou zijn maîtresse niet waarderen.'

Maîtresse? Nee, dat kon niet. Ik dacht terug aan onze gesprekken, zoekend naar aanwijzingen die ik had gemist. Ze had gezegd dat hij bij 'een kennis' was, en ik had er verder niet over nagedacht. Margaret had nooit iets verteld over brieven die ze van haar echtgenoot had ontvangen, nooit gezegd dat ze hem miste. Ik voelde me een stommeling die maar doorratelde over Paul terwijl zij in stilte leed. Ik begreep de moeilijkste boeken, maar mensen doorgronden lukte me niet.

Ik wist dat een maîtresse een scheiding teweeg kon brengen en maakte me zorgen dat Margaret misschien naar Londen zou verhuizen of, erger nog, zou verdwijnen, net als tante Caro. Ik keek waarschijnlijk nogal ontdaan, want Margaret legde haar hand op de mijne. 'De diplomatieke banden tussen Frankrijk en Engeland zijn verbroken,' zei ze. 'Hij is voor haar gebleven. Lawrence en ik leven gescheiden van elkaar. Het is niet wat ik wilde – zeker niet voor Christina, die haar vader nooit ziet – maar ik heb het geaccepteerd.'

'Hij is een idioot. Dat moet wel als hij niet ziet hoe lief en moedig jij bent.'

Margaret glimlachte beverig. 'Niemand heeft me ooit zo gezien als jij.'

Mijn hand klemde zich om de hare. 'Denk je dat hij zal willen scheiden?'

'Echtparen zoals wij scheiden niet, we modderen voort.'

'Dus je blijft?'

'Ik zal de bibliotheek nooit verlaten.'

'Beloofd?'

'De makkelijkste belofte die ik ooit heb gedaan.'

'Ik ben dolblij dat je blijft, maar ik wil je niet in de problemen brengen. Wat als je gearresteerd wordt, net als miss Wedd? Denk er alstublieft over na om je te melden bij het commissariaat. Dat moet van de wet.'

'Niet alle wetten zijn er om te worden gehoorzaamd.' Ze maakte haar vingers los uit de mijne en sloeg de deksel met een klap op het krat met boeken. Ander onderwerp.

28

Margaret

In het zilveren avondlicht liep Margaret de trap van het metrostation op, zich afvragend uit welk boek ze haar dochter voor het slapengaan zou voorlezen. *Bella the Goat* of *Homer the Cat*? Te laat kreeg ze het nieuwe controlepunt in de gaten. Langzaam deinsde ze achteruit.

'*Vos papiers*,' zei een soldaat bars. Hij sprak Frans met een sterk Duits accent.

Ze stak hem haar papieren toe.

Hij liet zijn blik erover gaan en keek haar toen streng aan. '*Anglaise?*'

Engels? De vijand.

Hij pakte haar bij de arm. Zijn knokkels streken langs haar borst en ze deinsde achteruit om haar boezem buiten zijn bereik te manoeuvreren.

Margaret was de enige buitenlander die ze vonden. Ze dreven haar voort over de stoep. Ze was nog nooit zo bang geweest. Ze wist dat de mannen haar een verlaten binnentuin in konden sleuren om met haar te doen wat ze wilden, en dan zou haar leven nooit meer hetzelfde zijn.

Zes straten verderop betraden ze een door de Duitsers gevorderd politiebureau. Binnen stonden er bureaus aan de ene kant van het vertrek; aan de andere kant bevond zich een politiecel waarin drie dames met grijs haar onderuitgezakt op een bankje zaten. Uit hun uitgelopen mascara en gekreukte jurken kon Margaret opmaken dat ze daar al een aantal dagen zaten.

'Mijn dochter...' zei ze toen de soldaat haar de cel in duwde. 'Mag ik alsjeblieft iemand bellen?'

'Dit is geen luxe club,' antwoordde hij. 'Je bent onze gast niet.'

De vrouwen maakten plaats op het bankje en Margaret nam stijfjes plaats op het randje. Normaal gesproken zou ze zich hebben voorgesteld als Mrs. Saint James, maar het leek in een cel nogal belachelijk om vast te houden aan formaliteiten.

'Ik ben Margaret. Mijn misdrijf is dat ik een Engelse ben.'

'Het onze ook.'

'Ze kregen ons te pakken toen we onderweg naar huis waren van ons boekenclubje.'

'We waren een goede vangst!'

'Die flinke soldaten zullen wel trots zijn dat ze vrouwen ervan hebben weerhouden om Proust te lezen.'

Uiteindelijk vertrokken de officieren aan het eind van hun dienst; er bleef slechts één jonge soldaat achter die aan zijn bureau zat te lezen.

'*Entre nous*, ik geloof dat die bewaker nogal onder de indruk is van onze nieuwe vriendin.'

Margaret had opgemerkt dat zijn blik geregeld van zijn boek naar de cel zwierf. Maar wat had hij in dit deprimerende politiebureau anders om naar te kijken?

'Hoelang zitten jullie hier al?' vroeg Margaret.

'Een week. Wanneer we met genoeg mensen zijn, sturen ze ons naar een interneringskamp. Geen water, geen eten, alleen luizen en soldaten die zich vervelen.'

Naarmate de avond vorderde en ze zich voorbereidden op weer een nacht in de cel, werden de vrouwen onrustig. 'Wat als ze ons nooit meer laten gaan?'

Margaret haalde *The Priory* uit haar tas. 'Ik zal jullie een verhaal voorlezen.' De vrouwen maakten het zich zo gemakkelijk mogelijk. *'Het was bijna donker. Auto's, die over de snelweg zoefden tussen de steden die vijfentwintig kilometer bij elkaar vandaan lagen, hadden hun lichten al aan. Om de paar seconden werden de poorten van de Saunby Priory verlicht. Het is een schitterend oud huis. Ik beloof dat je je er op je gemak zult voelen.'*

Aan het eind van het hoofdstuk gaapte een van de vrouwen. Het drietal bereidde zich voor op de nacht en ging op de cementen vloer liggen, met hun hoofd op hun handtas. Margaret volgde hun voorbeeld.

'Ga op het bankje liggen, liefje.'

'Jij hebt niet zoveel vet als wij. Ga daar slapen.'

Ze was geraakt door het vriendelijke gebaar. 'Ik ben liever bij jullie.'

Met haar hoofd rustend op *The Priory* frunnikte Margaret aan haar parels. De halsketting was van haar moeder geweest en was nauwelijks iets waard, in tegenstelling tot de sieraden waarvan Lawrence had verwacht dat ze ermee zou pronken op feestjes. Maar wanneer Margaret de parelketting droeg, wist ze dat ze was omringd door de liefde van haar moeder, als een kind dat de fluistering van mama's lippen op haar voorhoofd voelt.

Studeer hard zodat je niet net zoals ik in een fabriek hoeft te werken, zei haar moeder vroeger, maar oma had tegen Margaret gezegd dat ze elke man kon krijgen die ze wilde, dat haar statige verschijning het won van het feit dat ze uit een arbeidersmilieu kwam. Oma vergeleek het vangen van een man met het binnenhalen van een vis: ga ergens heen waar er genoeg rondzwemmen, gebruik je beste lokaas en wees stil. Margaret en haar vriendinnen hingen buiten bij een duur restaurant rond en liepen ingetogen heen en weer voor de ingang. Zodra ze Lawrence zag, oogverblindend in zijn marine-uniform, liet ze haar tasje vallen. Hij raapte het op, en zij haalde hem binnen.

Tijdens hun bruiloft droeg ze een zijden jurk van Jeanne Lanvin. Haar mond deed pijn van het glimlachen. Ze had niet verder gedacht dan de ceremonie, en ze had geen idee wat een huwelijksnacht inhield. De schok was zo overweldigend dat ze het niet erg vond dat ze niet op huwelijksreis konden. Lawrence was een jonge diplomaat, en Margaret en hij waren uitgenodigd voor een belangrijk diner dat hopelijk tot vredesonderhandelingen zou leiden.

In het Putney werden cocktails geserveerd. Met zijn hand op Margarets onderrug pronkte Lawrence met haar – '*Voici ma femme!*' – en liep van de Italiaanse ambassadeur naar de Duitse afgevaardigde. Ze was verbaasd dat iedereen Frans sprak; ze waren tenslotte in Engeland. 'Het is de taal van diplomatie,' legde hij uit. 'Je zei dat je Frans had gestudeerd.'

En dat was precies hoe ze het had verwoord toen hij er destijds naar vroeg. Ze had er zorgvuldig voor gezorgd dat ze niet loog. In werkelijkheid was ze vier jaar achtereen gezakt voor Frans. Maar toen ze elkaar net leerden kennen, was híj voornamelijk degene geweest die had gepraat en alle hiaten voor haar had opgevuld. Ze had niet gedacht dat het belangrijk was.

Terwijl ze haar cocktail achteroversloeg, observeerde Margaret de andere echtgenotes die gevatte opmerkingen maakten om stijve diplomaten een onwillige glimlach of zelfs een oprechte lach te ontlokken.

Aan de eettafel lukte het haar niet om te communiceren met de iezegrimmige Rus aan haar rechterzijde of de timide Tsjech links van haar. Ze hoopte nog op enige steun van Lawrence, maar die keek net zo naar haar als zijn moeder dat had gedaan: vol minachting. Goddank trokken de vrouwen zich na het eten terug in een salon terwijl de mannen een sigaar rookten. Margaret had verwacht dat ze het over mode zouden hebben, maar de dames spraken over de bestaande politieke situatie. Ze snapte er niets van – een duce in Italië, een kanselier in Duitsland, een president én een minister-president in Frankrijk. Het was verwarrend.

Toen het fiasco eindelijk voorbij was, was het nog niet voorbij. Vóór het hotel, waar Lawrence en zij wachtten tot de Jaguar zou worden voorgereden, kuste een Française in een jurk met lovertjes hem op de wang (heel dicht bij zijn mond) en zei in vlekkeloos Engels: 'Je zult je kleine Margaret een abonnement op een krant moeten geven, zodat ze ook iets heeft bij te dragen.'

In de auto zei Margaret: 'Zo slecht ging het niet. Ik zoek wel iemand die me bijles kan geven om mijn Frans op te halen.'

Hij gaf geen antwoord. In het lamplicht zag ze dezelfde blik op zijn gezicht als op dat van haar moeder toen ze terugkeerde van de markt en erachter kwam dat de sappige frambozen die ze had gekocht rot waren vanbinnen. Het was een blik van afkeer – van afkeer voor zichzelf omdat hij zich had laten bezwendelen.

'Vertel me wat ik moet doen, dan doe ik het,' smeekte Margaret.

Hij keek haar niet aan. Hij raakte haar nooit meer aan.

De week daarna nodigde ze vriendinnen uit op de thee. Ze waren dolblij voor haar – een chic huis, een rijke echtgenoot, een diamanten ring. 'Je hebt alles wat je wilde!'

In de cel schoof een van de vrouwen dichter naar haar toe, en haar warmte suste Margaret in slaap. Terwijl ze wegdommelde, besefte ze dat het waar was: ze had inderdaad alles gekregen wat ze wenste. Had ze maar geweten dat ze méér had moeten wensen.

Midden in de nacht schrok Margaret wakker omdat iemand aan haar schouder schudde. De bewaker stond over haar heen gebogen. Ze schoof achteruit, bij hem vandaan, maar er was weinig bewegingsruimte.

'Ik laat je vrij,' fluisterde hij.

De deur van de cel stond open. Ze maakte aanstalten om de andere vrouwen wakker te maken.

'Zij niet, alleen jij.'

'Waarom ik?'

'Jij bent mooi. Je hoort hier niet.'

Hij was net als Lawrence. Hij zag alleen wat hij wilde zien. Ze ging weer liggen.

'Ik zou jullie allemaal vrijlaten als het kon,' zei hij, 'maar ik zou niet weten hoe ik een lege cel moet verantwoorden.'

Ze keek hem kwaad aan, boos dat hij haar de kans op vrijheid voor de neus had gehouden en weer had weggetrokken. 'Heeft de oorlog je niet geleerd te liegen?'

'Ik zal er problemen door krijgen.'

'Je meerdere zal tegen je tekeergaan en je een onprettig gevoel bezorgen. Wat is het ergste wat er met ons kan gebeuren? Dat we naar een gevangenis worden gestuurd, ver van onze dierbaren, zonder eten, zonder warmte, zonder boeken.'

'Ik zal jullie alle vier laten gaan...'

'Merci. Danke.'

'Ik laat jullie alle vier gaan als jij me die roman voorleest.'

'Wat?'

'We ontmoeten elkaar één keer per dag. Op de trap van het Pantheon, of waar je maar wilt.'

'Dat is belachelijk.'

'Eén hoofdstuk per dag.'

Ze wilde dat ze zijn gezicht kon zien, maar hij had zich afgewend van het schemerlicht. 'Waarom?'

'Omdat ik wil weten hoe het verdergaat.'

Parijs, 9 mei 1942

Monsieur l'Inspecteur,

Ik schrijf u om u te laten weten dat de directrice van de ALP, Clara de Chambrun née Longworth, leugens en smoesjes aanvoert om zowel de hoofdbibliothecaris als de conciërge in Parijs te houden, in plaats van hen terug te sturen naar het vaderland om daar te werken.

Boris Netchaeff bezoekt Joodse lezers bij hen thuis. Elke avond brengt hij stapeltjes boeken weg. Het zou me niets verbazen als hij obscene boeken bij mensen naar binnen smokkelt. Hij heeft geen normen en waarden en weigert de collectie van de bibliotheek zuiver te houden. Hij beweert de Franse nationaliteit te hebben aangenomen, maar ik heb zo mijn twijfels.

Vervul uw plicht – bevrijd Parijs van deze ontaarde buitenlanders.

Getekend,

Iemand die het weet

29

Odile

Het ontbijt bestond uit een paar lepels havermout en een ei, dat Maman in drieën verdeelde waarna ze de verkruimelde dooier zorgvuldig teruglegde op het eiwit. Haar ingevallen wangen, die ooit zo vol waren, leken nu op gedroogde pruimen. Papa was zoveel afgevallen dat ze zijn broeken had moeten innemen. Zijn borstelige snor kon de bedroefde stand van zijn mond niet meer verhullen.

'Je zou getrouwd moeten zijn in plaats van een oude vrijster te worden,' zei hij tegen me. 'Wat mankeert jou?'

Ik staarde naar Rémy's stoel. Ik miste zijn steun.

'Paul is een geweldige jongeman,' vervolgde Papa.

'Waarom trouwt ú dan niet met hem?'

'Genoeg!' zei Maman.

Mijn vader hield zowaar zijn mond. Ik hoorde Rémy bijna zeggen: *Is dat alles wat er nodig is? Eén woord? Dat hadden we moeten weten!*

Op mijn werk was ik nauwelijks de drempel over of Boris overlaadde me al met boeken. Ik vond het niet erg. We kwamen allemaal controlepunten tegen, en ik wist dat de gravin en hij er net zoveel bezorgden als ik. Onderweg naar het huis van professor Cohen probeerde ik te genieten van de heerlijke ochtend in juni, maar Papa's kritiek dreunde nog na in mijn oren: *Wat mankeert jou? Wat mankeert jou?*

Ik liet me op de sofa van de professor vallen. Mijn blik zwierf van de staande klok die het hele uur oprispte naar de lege vaas en naar de donkere wolken van bezorgdheid in de ogen van de professor.

'Is alles in orde?'

Het was niet professioneel om mijn hart te luchten, maar nu ze ernaar vroeg... 'Papa vindt dat ik zou moeten trouwen.'

Ze boog zich voorover op haar stoel. 'Zijn Paul en jij verloofd?'

'Ja!' Het voelde goed om mijn geheim met haar te delen. 'Maar Rémy is de enige die het weet. En nu u.'

De wolken losten op. 'Dat is een reden voor champagne. Helaas zullen we het met kersenwijn moeten doen.' Ze pakte een fles uit het dressoir en schonk de laatste druppels in twee glazen.

'Op jou en je jongeman.'

We nipten van de zoete wijn.

'Waarom heb je het je ouders niet verteld?'

'Zodra ik dat doe, prikt Papa een trouwdatum en bedenkt hij namen voor de kleinkinderen. Mama heeft al zoveel genaaid dat mijn uitzet een hele kamer in beslag neemt – je verdrinkt zowat in de gehaakte onderleggertjes. Maar eigenlijk wil ik vooral op Rémy wachten. Het is míjn beslissing, niet die van mijn vader.'

'Ik leef met je mee, liefje. Maar mijn moeder zei altijd: "Aanvaard mensen zoals ze zijn, niet zoals je wilt dat ze zijn."'

'Wat betekent dat?'

'Je vader is oud, hij zal niet meer veranderen. En honden krijgen geen kleine katjes, dus jij bent net zo koppig als hij. Het enige wat je kunt veranderen, is de manier waarop je hem ziet.'

'Ik weet niet of dat mogelijk is.'

'Praat met hem,' zei ze. 'Vertel hem wat je voor Paul voelt, en dat je Rémy aan je zijde wilt.'

'Papa wil me alleen maar uithuwelijken.'

'Hij mist je broer ook. Hij begrijpt het vast wel.'

Ik pruilde. 'U kent mijn vader niet.'

'Wacht maar tot je ouder bent...'

Ik nam afscheid van haar en stampte verbolgen de trap af. *Wacht maar tot je ouder bent! Wat mankeert jou?* Toen ik door de Rue Blanche rende, zag ik een brunette in een stijlvol blauw jasje met een gele ster op de revers. Ik verstijfde, en gekwetste trots was plotseling het laatste waar ik aan dacht.

Joden mochten niet meer lesgeven, geen parken meer betreden, zelfs de Champs-Élysées niet meer oversteken. Ze mochten niet gebruikmaken van telefooncellen. Ze moesten in de achterste wagon van de metro zitten. De brunette liep met opgeheven hoofd op me af, maar haar mond trilde. Ik had over het bestaan van de gele sterren gehoord, maar dit was de eerste keer dat ik er eentje zag. Ik wist niet hoe ik moest reageren. Moest ik vriendelijk glimlachen om de vrouw te laten weten dat niet iedereen het eens was met deze bizarre manier van identificatie? Moest ik zoals gewoonlijk recht voor me uit blijven kijken, om haar te laten weten dat er niets was veranderd? Door niet naar de vrouw te kijken, zou ik bewijzen dat ik haar beschouwde als ieder ander. Toen onze paden elkaar kruisten, wendde ik mijn blik af.

Joden waren niet alleen verbannen, ze waren nu ook een doelwit. En ik had tegen professor Cohen geklaagd over mijn onbeduidende problemen.

De hele ochtend waren Margaret en ik bezig met het repareren van beschadigde boeken. We konden geen nieuwe meer bestellen, dus elk boek was kostbaar. Vermoeid en hongerig smeerde ik lijm op de rug, heen en weer, heen en weer, langzaam, steeds langzamer, als een grammofoon die tot stilstand komt. Zij was al een tijdje geleden gestopt met werken. Haar rechtermondhoek krulde omhoog in een glimlach. Ik zei haar naam, maar ze gaf geen antwoord.

'Margaret?' Ik gaf een por tegen haar knie.

'Sorry, ik was in gedachten verzonken.'

'Risico van het vak,' zei ik.

Ze lachte. Uit de schittering in haar ogen sprak liefde. Hadden haar man en zij het bijgelegd?

'Is Lawrence thuis?'

Ze staarde me ontzet aan. 'Hemeltje, nee! Hoe kom je daarbij?'

'Je lijkt gelukkig.' Ze was altijd mooi, maar haar gezichtsuitdrukking was de laatste weken veranderd; ze leek meer te stralen. Het was alsof de ochtendmist plaats had gemaakt voor de middagzon, een verandering die zo geleidelijk had plaatsgevonden dat die me nu pas opviel.

Aarzelend, bijna alsof ze verbaasd was, zei ze: 'Dat ben ik geloof ik ook.'

'Speciale reden?'

'Ik ben *The Priory* opnieuw aan het lezen, hardop deze keer.'

'Hardop?'

'Aan iemand die het anders niet zou kunnen lezen.'

Voordat ik kon doorvragen, werd onze aandacht afgeleid door het geluid van soldatenlaarzen. We hadden bezoek van de Bibliotheksschutz en twee van zijn ondergeschikten. Abonnees verstijfden. Parijzenaren waren gewend aan soldaten op straat, maar niet in onze bibliotheek. Er waren verscheidene maanden verstreken sinds het laatste bezoek van dr. Fuchs, en er was veel veranderd: miss Reeder was vertrokken en Duitsland was nu in oorlog met Amerika. Was dat de reden waarom hij hier was?

Dr. Fuchs zette zijn bril met het gouden montuur recht en vroeg naar de directrice, dus escorteerde ik de mannen naar het kantoor van Clara de Chambrun. Bitsi volgde ons schoorvoetend.

De gravin, gewend aan officieren in vol naziornaat, bleef onverstoorbaar toen hij werd aangekondigd. Datzelfde kon niet worden gezegd van de Bibliotheksschutz. Zijn ogen puilden uit bij het zien van een vreemde achter miss Reeders bureau. Zijn blik gleed door het kantoor en richtte zich toen beschuldigend op mij, alsof ik de directrice in de enorme kluis verborgen hield.

'Wat is hier de bedoeling van?' wilde hij weten.

'Mag ik u voorstellen aan gravin Clara de Chambrun, de directrice van de bibliotheek,' zei ik.

'Waar is miss Reeder?' Hij klonk bezorgd.

'Ze is naar huis gegaan,' antwoordde de gravin.

'Ik had haar gegarandeerd dat ze hier onder mijn bescherming zou staan. Waarom is ze weggegaan?'

'Ze vond een bevel om terug te keren blijkbaar belangrijker dan uw garantie.'

Ik ging bij Bitsi in de gang staan en vroeg: 'Waarom is hij kwaad?'

'De directrice is vertrokken zonder afscheid te nemen. Hij is niet kwaad, hij is gekwetst.'

Aha. Ik moest hem wel aardig vinden nu ik wist dat hij gek op miss Reeder was.

Hij ondervroeg de directrice over haar kwalificaties, de waarde van de collectie en de verzekeringspolis van de bibliotheek. Tevredengesteld legde hij de regels uit, van geen loonsverhoging voor het personeel tot het niet mogen doorverkopen van boeken. 'Ik heb mijn woord gegeven dat deze bibliotheek open kan blijven,' zei hij. 'Mocht het militaire gezag op een of andere manier dwarsliggen, dan vindt u mijn telefoonnummer in miss Reeders bureaulade. Bel me in geval van problemen.'

KRIEGSGEFANGENENPOST

30 november 1942

Lieve Odile,

Sorry dat ik niet heb geschreven – ik had geen papier. Velen van ons mankeert iets. Mijn wond bezorgt me nog steeds problemen. De bewakers proberen ons niet te vermoorden, maar ze proberen ons ook niet in leven te houden. Een van hen zei dat ze niet eens medicijnen voor zichzelf hebben.

Mijn slapie Marcel heeft het weer eens voor elkaar. Na het fiasco met het melken van die koe reed hij de tractor van de oude Frau in een greppel. Hij is er net zo slecht aan toe als de tractor – toen het ding kantelde, werd zijn arm eronder verbrijzeld. De commandant bood aan hem te vervangen, maar de Frau wilde geen Franse hulp meer.

Een andere knul werkt voor een jonge weduwe met het lichaam van Mae West en het gezicht van een (arische) engel. Ze hebben genegenheid voor elkaar opgevat en we hebben met hem te doen wanneer hij praat over hier blijven na de oorlog.

Ze heeft hem een radio toegeschoven als dank voor het binnenhalen van de oogst. Sommigen van de Duitsers zijn zo kwaadaardig als Hitler zelf, maar er zijn er ook bij die antinazi zijn en naar de BBC luisteren. Het viel niet mee om afgesloten te zijn van jou, van de hele wereld. We zijn dolblij dat we dagelijks nieuws krijgen, ook al krijgen we geen dagelijks brood.

Ik leef voor jouw brieven en de hoop je weer te zien. Ik heb geluk dat ik een zorgzame familie heb. Velen hier horen nooit iets van thuis. Als het lukt, wil je Marcel Danez dan een pakketje met zoetigheid sturen? Ik weet dat hij er heel blij mee zou zijn.

Liefs,
Rémy

Op de jeugdafdeling beet Bitsi op haar lip toen ze de brief las. Rémy bedoelde het goed, maar hoe konden we eten aan een vreemde sturen wanneer er niet eens genoeg was voor onze eigen familie?

'*Bonjour, mes filles,*' zei Margaret toen ze binnenkwam. 'Odile, waarom zit je niet aan de balie in de studiezaal? Er staat een hele rij abonnees.'

'We hebben nieuws ontvangen.' Ik vertaalde de brief.

Er verscheen een frons op haar voorhoofd. 'Jullie zullen elke maand een goedgevuld pakket kunnen sturen, dat beloof ik.'

De volgende dag had ze een kistje met droge worst, sigaretten en chocolade bij zich. 'Hoe?' vroeg ik verwonderd.

'Maak je daar maar geen zorgen over.'

Ik dacht terug aan de vergulde portretten aan haar muur en stelde me voor dat Margaret haar voorouders een voor een verkocht om Rémy van eten te kunnen voorzien. Ze was zo'n lieve vriendin.

20 december 1942

Lieve Rémy,

We hopen dat het pakketje dat we hebben gestuurd bij je is aangekomen. Past het vest? Herken je de kleuren? De wol is van truien die Maman heeft bewaard van toen wij klein waren. Sorry dat de mouwen niet even lang zijn. Oefening baart in mijn geval geen kunst.

Gisteravond zijn Paul en ik naar de door de gravin geproduceerde *Hamlet* in het Théâtre de l'Odéon geweest. Het was een heerlijk gevoel om iets doodgewoons te doen, zoals we dat voor de oorlog ook deden. Bitsi en ik gaan hulst plukken in het bos om er de stapeltjes boeken die we afleveren mee te versieren. Er zijn de laatste tijd minder aanvragen, wat vreemd is.

Bitsi mist je ontzettend. Wij allemaal. We willen dat je thuiskomt.

Liefs,

Odile

1 februari 1943

Lieve Odile,

Bedankt voor het heerlijke eten! En het mooiste was Marcels gezicht toen hij het pakje ontving. Ontzeg jullie alsjeblieft niets voor ons. Ik had het nooit mogen vragen.

Alles goed hier. Behalve dat Marcel op een haar na het loodje heeft gelegd. In de gemeenschappelijke ruimte zaten een paar medegevangenen rond de radio naar de BBC te luisteren, met het geluid nauwelijks hoorbaar, toen de bewakers binnenstormden. De rest van ons kon snel naar buiten vluchten, maar die arme Marcel was zo verdiept in de uitzending dat hij niets had gemerkt. De bewakers sloegen de radio aan diggelen en zetten ons alle honderd op een rij op de binnenplaats – zonder jas aan, natuurlijk – en beloofden genadig te zullen zijn als we bekenden. Geen van ons gaf iets toe. De Kommandant dwong Marcel op zijn knieën en zette een pistool tegen zijn hoofd. 'Vertel me wie er bij je waren, anders schiet ik je dood.' Weet je wat die eikel antwoordde? 'Dan sterf ik alleen.'

Liefs,

Rémy

Parijs, 1 juni 1943

Herr Kommandant,

Ik heb brieven aan de Franse politie geschreven, maar zonder resultaat. Nu wend ik me tot u.

De American Library of Paris heeft karikaturen van Hitler in haar collectie die iedereen kan zien. Dat is nog niet alles. Zoals ik al aan de politie heb gemeld, smokke-

len medewerkers van de bibliotheek boeken naar Joodse abonnees, waaronder verboden boeken die niemand zou mogen lezen.

Bibliothecaris Bitsi Joubert zegt akelige dingen over Duitse soldaten. Er is er eentje in haar appartement ingekwartierd, en God mag weten hoe ze hem het leven zuur maakt. Vrijwilligster Margaret Saint James koopt etenswaren op de zwarte markt. Als je naar haar blozende wangen kijkt, zou je niet zeggen dat er zoveel mensen bijna doodgaan van de honger. Abonnee Geoffrey de Nerciat doneert geld aan Résistants *en biedt hun onderdak in zijn luxeappartement.*

In de achterkamer van de bibliotheek luistert abonnee Robert Pryce-Jones naar de BBC*, hoewel dat strikt verboden is. En dat is niet het enige storende geluid dat er hoorbaar is. Het gekraak van voetstappen klinkt door vanaf de zolder – die te allen tijde op slot is – en ik vraag me af wat of wie de bibliothecarissen er verstoppen. Ga er eens langs en oordeelt u zelf.*

Getekend,

Iemand die het weet

30

Odile

Toen de post was bezorgd, schikte ik de modetijdschriften op de planken. *Mode du Jour* herinnerde lezers eraan dat 'Intelligentie en smaak niet op rantsoen zijn' en dat hoeden, in tegenstelling tot schoenen, nooit versleten raken. Ik miste *Time* en *Life*. Ik draaide mijn hoofd om mijn gedachten te delen met de man naast me, iemand die ik nooit eerder had gezien. Ooit zou ik na een blik op zijn samengeknepen lippen en groene tweed pak hebben aangenomen dat hij een stijve professor was. Nu zou ik erop gokken dat hij een verrader was. Ik slikte. Paranoia. Dat kwam door al die nazipropaganda. Hij deed vast geen vlieg kwaad, maar hij stak wel een oude krant in zijn jaszak.

Ik keek hem streng aan. 'Kranten en tijdschriften blijven hier.'

Hij legde het dagblad terug op de plank en liep met grote passen naar buiten.

'Bravo!' Boris applaudisseerde. 'Je bent net zo intimiderend als Madame Mimoun van de National Library, een echte draak.'

Ik maakte een kniebuiginkje. 'Ik doe mijn best.'

Toen Bitsi op het werk verscheen, begroette ze me slechts met een knikje. Ze was de laatste tijd zo stil dat het me bang maakte. Omdat ik een oogje op haar wilde houden, stond ik erop haar te helpen met boeken naar professor Cohen brengen. We beklommen de slakkenhuistrap naar de eerste verdieping, waar de professor de lijvige biografieën van ons aanpakte.

'Ik ben klaar met mijn roman.' Ze gebaarde naar de stapel papier op de tafel.

'Gefeliciteerd!' zei ik.

Het verraste me te zien dat de levendige vonk in haar ogen was gedoofd en was vervangen door teleurstelling.

Ze zuchtte. 'De uitgever wil hem niet publiceren.'

Ik wist waarom, en ik wist dat zij het ook wist. Geen Franse uitgever kon een werk van een Joodse schrijver publiceren.

'Het spijt me,' zei ik.

'Mij ook,' zei ze. 'Maar goed, zonder jou had ik het niet kunnen afmaken. Niet alleen dankzij de boeken die je me bracht voor mijn research, maar ook voor je gezelschap en je vriendelijkheid. Je werd mijn venster naar Parijs. Boeken en ideeën zijn als bloed: ze moeten blijven circuleren en ze houden ons in leven. Jij hebt me eraan herinnerd dat er nog goedheid is in de wereld.'

Ik had verrukt moeten zijn door zoveel lof. In plaats daarvan nestelde een kille angst zich in mijn botten. 'Het klinkt alsof u afscheid neemt.'

'Ik zeg alleen maar dat we niet weten wat ons te wachten staat.' Ze overhandigde me het manuscript. 'Berg het alsjeblieft ergens veilig op.'

Vereerd door haar vertrouwen kuste ik haar op beide wangen. 'Weet u zeker dat u het niet naar een collega wilt sturen?'

'Dit is het enige exemplaar. Mijn roman zal bij jou veiliger zijn.'

'Wat is de titel?' vroeg Bitsi.

'*La Bibliothèque Américaine.*' De Amerikaanse bibliotheek.

'Dan moet het wel een drama zijn!' antwoordde Bitsi.

'Wacht maar tot je de personages ontmoet. Wat een originele types!' De professor knipoogde. 'Je zult er ongetwijfeld een aantal herkennen.'

Licht, 535; manuscripten, 091; bibliotheken, 027.

Tegen de tijd dat ze ons uitzwaaide, leek ze in een iets beter humeur te zijn. In het trappenhuis hoorden Bitsi en ik het montere getikketikketik van de schrijfmachine. Ik hoopte dat de professor aan het vervolg was begonnen.

Op de terugweg naar het werk zei Bitsi: 'Het is een grote verantwoordelijkheid.'

Ik stopte het manuscript veilig weg in mijn tas. 'We stoppen het in de kluis.'

Toen we de hoek omsloegen naar onze straat, passeerden we drie giechelende *filles de joie* met visnetkousen aan. Met hun verwarde gele haren wiegde het mollige drietal langs in een scherp waas van parfum.

'Lichtekooien!' Bitsi wuifde de stank weg. 'Sommige mensen weten niet dat er een oorlog gaande is,' vervolgde ze luidkeels terwijl we de bibliotheek betraden. 'Gisterochtend zag ik een groepje sloeries naar huis zwalken. Ze stonken naar alcohol. Er bestaat nog zoiets als goed fatsoen!'

In de achterkamer legde ik het manuscript op tafel en duwde Bitsi op een stoel. 'De verkeerde mensen krijgen de goede dingen,' zei ze schor. 'Ik heb honger. Ik kan niet nadenken. Seizoenen verstrijken, maar ik mis de dagen niet. Kerstmis, oud en nieuw, ik ben blij dat ze voorbij zijn. Nu is het Pasen en we kunnen niet eens een ei kopen, laat staan het beschilderen. Ik mis Rémy. Als hij er niet was geweest, dan had ik misschien...'

'Laten we hem een brief schrijven.' Haar wanhoop beangstigde me. Rémy zou helpen – we voelden ons altijd beter wanneer we aan hem dachten. Ik haalde een potlood uit mijn tas. 'Gebruik jij kleine letters, dan gebruik ik hoofdletters.'

Lieve RÉMY, groeten UIT de BIBLIOTHEEK waar WE je ALLEMAAL missen. ODILE heeft DIT stomme BRILJANTE idee BEDACHT.

'Het lijkt wel een losgeldbriefje,' zei ze. 'Misschien ontvangt hij het niet eens.'

'Dan hebben we de afdeling censuur in elk geval in verwarring gebracht.'

Er verscheen een half lachje om Bitsi's mond. Het was genoeg.

'Denk je dat professor Cohen het erg zou vinden als we een stukje van haar roman lazen?' vroeg ze.

Heen en weer geslingerd tussen de privacy van de professor en het verlangen Bitsi te troosten, draaide ik de titelpagina om en las hardop: '"Het Hiernamaals is vervuld van de hemelse geur van stoffige boeken. De muren zijn bedekt met hoge boekenkasten vol vergeten boekwerken. Op deze knusse tussenverdieping tussen werelden bevinden zich geen ramen of klokken, hoewel er vanaf de begane grond zo nu en dan een echo van een kinderlach of een zweempje van de geur van een chocoladecroissant doorsijpelt."'

'Dat is mijn favoriete afdeling in de bibliotheek,' zei ze.

'De mijne ook.'

Ik wilde net de volgende regel lezen toen we een vrouw hoorden schreeuwen: 'Ik ben het beu om te wachten! Geef me mijn boeken, want anders!'

'O, gunst. Weer een opstootje.'

Toen Bitsi en ik naar de uitleenbalie snelden, waar een vijftal abonnees stond te wachten om hun boeken te laten afstempelen, zagen we dat zelfs Clara de Chambrun uit haar kantoor was opgedoken. 'Wat is hier in hemelsnaam aan de hand?' vroeg ze streng.

'Mrs. Smythe is het wachten beu,' zei Boris tegen de gravin. Tegen de abonnee zei hij: 'Wees alstublieft geduldig en neem uw plaats in de rij weer in.'

'Ik ga naar de politie,' snauwde ze.

'Om door te geven dat we inefficiënt zijn?' Hij trok een wenkbrauw op. 'Dan kunt u het hele land wel aangeven.'

Een paar mensen in de rij moesten lachen om zijn opmerking.

'Ik ga jullie aangeven voor het helpen van Joden.'

'Zo is het welletjes!' De gravin greep Mrs. Smythe bij de arm en leidde haar naar de deur. 'En nooit meer terugkomen.'

De abonnee begon te snikken. 'Maar ik kan niet zonder de boeken die ik hier vind.'

Aan de uitleenbalie, lang voordat de bibliotheek openging voor het publiek, terwijl Boris en ik kaartjes terugstopten in de insteekhoesjes van teruggebrachte boeken, liet ik mijn gedachten afdwalen naar Paul. 's Middags om twaalf uur ontmoetten we elkaar in het appartement, de enige plek waar teleurstelling nooit over de drempel kwam. We luierden wat in het roze boudoir, waar zijn schetsen van Bretagne aan de muur hingen. Ik vond ze allemaal even mooi: een korenveld omringd door klaprozen, bergen goudkleurig hooi, het oude, slome paard.

Aanhoudend geklop bracht me terug naar het heden. Ik zag dr. Fuchs door het raam turen. Wat deed hij hier zo vroeg, en in zijn eentje? We nodigden hem uit binnen te komen, maar hij bleef bij de drempel staan.

'Wees voorzichtig,' fluisterde hij. 'De Gestapo is valstrikken aan het zetten. Zorg ervoor dat er geen verboden boeken in hun handen vallen. Ze zullen elk mogelijk excuus gebruiken om jullie te arresteren.' Hij wierp een blik over zijn schouder. 'Ik mag hier niet gezien worden.'

'Wat voor valstrikken?' vroeg ik, maar hij was al weg.

'Ik heb gehoord dat de Gestapo de macht over Parijs overneemt,' zei Boris terwijl hij een sigaret opstak, 'en dat ze nog gevaarlijker zijn.'

Gevaarlijker dan de nazi's die het Franse leger hadden verslagen? Gevaarlijker dan de soldaten die dag en nacht patrouilleerden?

De rest van de dag werkten we in een gespannen stilte.

Toen ik tijdens mijn lunchpauze de bibliotheek verliet, trof ik tot mijn verrassing Paul op de binnenplaats aan. 'Zouden we elkaar niet in het appartement ontmoeten?' vroeg ik. Ik haalde tegenwoordig alles door elkaar.

'Mijn maat en zijn meisje zijn er gisteren geweest. Er stond nieuw meubilair tussen het oude, maar hij dacht er verder niet over na. Ze waren aan het, eh... kussen toen ze iemand hoorden binnenkomen. Ze verstopten zich een tijdje en slopen toen via de personeelstrap naar buiten. Hij ging later terug, maar er zat een nieuw slot op de deur.'

Ons liefdesnest was verdwenen, de plek waar we elkaar konden vasthouden; de plek waar we alles konden zeggen, of helemaal niets; de plek waar we de oorlog konden vergeten.

'En je tekeningen?' vroeg ik somber.

'Ik maak wel weer nieuwe.' Hij sloeg zijn arm om mijn middel. 'Kop op, ik heb al een nieuwe plek voor ons gevonden.'

Op straat kwamen we Madame Simon tegen. 'Waar dachten jullie heen te gaan?' vroeg ze streng.

Ik probeerde te slikken, nog van slag door het verlies van het appartement.

'Mademoiselle Souchet heeft het recht om te gaan lunchen,' antwoordde Paul.

'Als je maar om één uur terug bent,' zei Madame tegen mij.

'Mademoiselle hoeft geen verantwoording aan u af te leggen,' zei hij, en zijn greep om mijn middel verstevigde zich terwijl hij me meevoerde over de stoep.

'Je hoefde niet zo kortaf te doen,' zei ik tegen hem. 'Ze is net als die knorrige tante March in *Little Women*. Ruw aan de buitenkant, maar met een goed hart.'

'Niet iedereen heeft een goed hart.'

'En niet iedereen is een misdadiger,' zei ik luchtig.

'Sommige mensen zijn precies zoals ze zich aan de wereld presenteren.' We bleven stilstaan bij een groot Haussmanniaans gebouw. 'Hier is het.'

In de foyer werden onze voetstappen gedempt door een dieprood pluchen tapijt. Starend naar de gouden kroonluchter kreeg ik het tintelende gevoel van een déjà vu. Misschien had ik hier wel eens boeken bezorgd.

Boven in het appartement waren de gordijnen dichtgeschoven. Het uitzicht interesseerde me niet, alleen Paul was belangrijk. Ik wilde een uur waarin we alles konden vergeten. Toen hij mijn borsten kuste, mijn buik, mijn billen, zinderde mijn hele lichaam.

Daarna gaven we onszelf, nog steeds naakt, een rondleiding door het appartement alsof het een museum was; we bewonderden de Chinese vazen op de schoorsteenmantel, de oude meesters aan de muur. Maar het beste was de keuken: er lag chocolade in het kastje. Deze nieuwe plek was zo slecht nog niet – het was spannend om hem te verkennen.

Maar het werd al laat, dus gooide ik Pauls overhemd en broek naar hem toe. Hij trok ze aan, maar knoopte ze nog niet dicht. Eerst hielp hij mij met de knoopjes op de rug van mijn blouse. Terwijl hij achter me stond, kuste hij mijn nek, bijna plechtig, en maakte de parelmoeren knoopjes dicht. Op dat soort tedere momenten hield ik het meest van hem.

Ik ging zo op in mijn gevoelens dat ik nauwelijks de klik van het slot en het gepiep van scharnieren opmerkte.

'Wie zijn jullie, verdomme?' vroeg een breedgeschouderde man bars.

Blootsvoets en half aangekleed sprongen Paul en ik bij elkaar vandaan.

'Deze plek is nu van míj.'

Ik schuifelde in de richting van de deur. Paul greep mijn hand en trok me naar zich toe. 'We dachten...'

'Maak dat jullie wegkomen! En blijf weg!'

Met onze hoofden diep gebogen slopen we terug naar de bibliotheek, beschaamd dat we waren betrapt. Waar moesten we elkaar nu ontmoeten? En er rees nog een tweede vraag: *Wiens apparte-*

ment was dat? 'We hebben niets verkeerd gedaan,' zei Paul. Hij drukte een snelle kus op mijn wang en vervolgde zijn weg naar het politiebureau. Wiens appartement? In gedachten verzonken liep ik naar de afdeling kranten en tijdschriften voordat ik me herinnerde dat ik in de studiezaal werkte. Nu de aanvoer van nieuwe kranten en tijdschriften gestopt was, kwamen hier nog maar weinig mensen, dus was het verrassend om iemand te zien die oude tijdschriften doorbladerde.

'Kan ik u helpen?'

'Het viel me op dat sommigen van jullie abonnees buitenlanders zijn.' Hij kwam me bekend voor. O ja, de man in het tweed pak die had geprobeerd er met een krant vandoor te gaan.

'Een van de vele dingen waar we trots op zijn. Iedereen voelt zich hier thuis.'

'Ik zou graag met hen in contact willen komen.'

'We hebben onze dossiers vernietigd. We wilden niet dat ze in verkeerde handen zouden vallen,' zei ik scherp, en ik liep naar de uitleenbalie, waar Boris en Bitsi stonden te kletsen, met hun hoofden naar elkaar toe gebogen.

'Hij vroeg waar ik vandaan kom,' fluisterde Boris. 'Ik heb hem verteld dat ik een Parijzenaar ben.'

'Hij komt hier steeds vaker,' zei Bitsi. 'Wanneer hij achter me staat, voel ik zijn zure adem in mijn nek.'

Ik schoof mijn voet over de hare.

'Wat wilde hij?' vroeg Boris.

'Hij vroeg naar buitenlandse abonnees.'

'Over buitenlanders gesproken,' zei Bitsi, 'waar is Margaret?'

Ze had er inmiddels moeten zijn.

'Bel haar op,' zei Boris.

Ik probeerde haar de hele middag te bellen, maar er werd niet opgenomen. Stel dat ze gearresteerd was, net als miss Wedd? Nee, er was een reden waarom ze niet was gekomen, een volstrekt logische reden. Ik keek op mijn horloge. Het ronde gezicht bleef passief, de wijzers weigerden te bewegen. Ik bracht mijn pols naar mijn oor en luisterde naar de zwakke polsslag van het horloge. Paniek steeg op in mijn borst en ik kreeg het benauwd.

'Ga maar,' drong Boris aan. 'Wij redden ons hier wel.'

Ik probeerde nog één keer te bellen en haastte me toen naar Margarets huis.

31

Odile

De butler deed open. 'Is Margaret thuis?' vroeg ik terwijl ik nerveus langs hem de flat in keek. Onverstoorbaar als altijd leidde hij me naar haar kamer, waar ze in bed lag, omgeven door verkreukelde zakdoekjes. Ik omhelsde haar.

'Goddank dat je hier bent. We waren bang dat je gearresteerd was!'

'Ik ben ziek,' zei ze schor. 'Ik heb geprobeerd te bellen, maar ik kwam er niet doorheen. De telefoon doet het al de hele week niet.'

Ik ging op de rand van haar bed zitten. 'Ik heb Paul zelfs gevraagd te komen voor het geval we een vermissing moesten aangeven.'

'Je hoeft je geen zorgen te maken.' Haar stem klonk gedecideerd.

'Natuurlijk maak ik me wél zorgen! De stad is vergeven van de nazi's.'

'Geloof me, je hoeft je geen zorgen te maken.' Ze keek in de richting van de gang om er zeker van te zijn dat er geen bedienden binnen gehoorsafstand waren en fluisterde toen: 'Ik heb iemand ontmoet.'

'We ontmoeten elke dag nieuwe iemanden.'

'Nee, ik heb iemand ontmóét.'

Probeerde ze te vertellen dat ze een liefje had? 'In de bibliotheek?'

'Nee. Ik wilde je niet bang maken... maar ik ben gearresteerd.'

'Gearresteerd?' riep ik uit.

'Sst! Stil toch! Dit is precies waarom ik het je niet heb verteld.'

Ik klemde mijn vingers om de blauwe zijde van de bedsprei en vroeg me af hoe ze zoiets voor me had kunnen achterhouden. Het kwam uiteraard niet in me op dat ik haar niet had verteld dat Paul en ik verloofd waren.

'Nadat ik was vrijgelaten, gaf Felix me een document dat me alle bewegingsvrijheid geeft.'

Noemde ze hem bij zijn voornaam? Betekende dat dat hij haar geliefde was? Ik kon het niet bevatten. Ze had iets voor me geheimgehouden. Ze heulde met de vijand. Mijn hele lichaam verstijfde van woede.

'Zei je dat Paul onderweg is?' Ze liep naar de kaptafel en poederde haar roze neus.

Nu was ik degene die de gang in de gaten hield. 'Je bent niet fit genoeg voor gezelschap,' zei ik stijfjes. 'Ik kan maar beter gaan.'

'Doe niet wat de Parijzenaren doen wanneer ze hun ware gevoelens verbergen achter een stijve sluier van beleefdheid.'

'Ik weet niet waar je het over hebt.'

'Als je wilt gaan, ga dan. Maar doe niet alsof het is omdat ik verkouden ben.' Onze blikken ontmoetten elkaar in de spiegel. De mijne was bezorgd, de hare resoluut. 'Als Felix mij en drie oudere dames niet uit die smerige cel had bevrijd, dan zouden we nu wegteren in een interneringskamp. Denk daar maar eens over na.'

Haar woorden begonnen tot me door te dringen. Ze had kunnen verdwijnen, net als onze miss Wedd. Ik moest ophouden met overhaaste conclusies trekken, ophouden met oordelen. Ik was net zo erg als Madame Simon.

'Het spijt me,' zei ik. 'Het belangrijkste is dat je veilig bent. Weet je zeker dat je fit genoeg bent voor gezelschap?'

'Ik ben alleen duizelig wanneer ik sta. Vraag Isa of ze een blad met thee wil klaarmaken. Ik kom zo bij je.'

In de zitkamer hingen de oude mannen in vergulde lijsten nog steeds aan de muren. Elke keer dat Margaret een pakketje voor Rémy had gebracht, had ik me schuldig gevoeld, bang dat deze schilderijen van de muren waren gerukt en verkocht om goederen te kopen. Maar als de portretten hier nog waren, hoe was ze dan aan dat eten gekomen?

Ze had het haar nazi gevraagd.

Margaret en een nazi. Wat vreemd om die twee samen te voegen. Ze hoorden in afzonderlijke boeken thuis, op afzonderlijke planken. Maar naarmate de oorlog voortduurde, raakten mensen met elkaar verstrikt. Dingen die zwart en wit waren – zoals drukletters op papier – vermengden zich tot een modderig grijs.

Toen Paul arriveerde, trok ik hem dicht tegen me aan.

'Wat is er?' Hij drukte een kus op mijn kruin.

'Niets. Ik ben blij je te zien, blij dat je hier bent.'

'Niet te geloven, al die portretten. Het lijkt hier het Louvre wel.'

'Niet alles wat schittert is integriteit,' zei ik.

'Wat?'

Margaret schreed het vertrek binnen. Ze hield van een grootse entree. Paul en ik zetten een stap bij elkaar vandaan.

'Het spijt me dat je je van je werk moest losrukken, Paul. Lief dat je bent gekomen. Odile mag haar handen dichtknijpen met jou.'

Zijn oren werden rood en hij grijnsde bedeesd. 'Het is altijd een genoegen je te zien.'

Ik gaf hem een por met mijn elleboog om hem eraan te herinneren dat we hier niet waren om over koetjes en kalfjes te praten. Hij moest haar voor het gevaar waarschuwen – ik was er niet van overtuigd dat een dun velletje papier van haar beau haar kon beschermen.

'Ze zeggen dat de krauts meer dan tweeduizend buitenlandse

vrouwen hebben geïnterneerd,' zei hij op resolute toon in het Engels.

'Dat weet ik,' zei ze.

'Je bent hier in gevaar,' zei hij. 'Je zou moeten vertrekken.'

'En jullie zouden naar de vrije zone in het zuiden moeten zijn gevlucht,' kaatste Margaret terug. 'Maar jullie zijn gebleven.'

'Ik moet hier blijven, zodat Rémy me kan vinden.'

'Ik wil bij Odile zijn,' zei Paul. 'Denk aan je dochter.'

'Londen is ook niet veilig.' Margaret hoestte in haar zakdoekje.

'Wees voorzichtig,' zei hij. 'Als je Duitsers ziet aankomen, ga dan naar de overkant van de straat.'

Niemand kon nazi's ontwijken, zelfs niet in de bibliotheek, en ik besefte dat Margaret dat ook niet echt wilde.

Een week later dreef Margaret me in het nauw in de vestiaire en drukte een doosje met een zilveren lint in mijn handen. Ik maakte het open en rook de chocolade – het goud van de zwarte markt. Mijn maag knorde. Ik wilde haar onrechtmatig verkregen spullen niet, maar kon me er niet van weerhouden een stukje te nemen. Terwijl de melkachtige chocolade in mijn mond smolt, vroeg ik me af wat ze had gedaan om zulke luxeartikelen te verdienen. En ik vroeg me af wat ze nog meer had gekregen. Zijde? Biefstuk? Wat waren hun Dewey-nummers? Ik kwam niet verder dan 629 voor zijdewormen en 636.2 voor vee. Ik kon de juiste nummers niet bedenken. Ik kon niet geloven wat zij allemaal had terwijl wij het allemaal met niets moesten doen.

'Tijdens de jaarlijkse sluiting van de bibliotheek gaan Felix en ik op vakantie. Deauville schijnt heerlijk te zijn. Het kindermeisje past op Christine, en als iemand ernaar vraagt zeg ik wel dat ik bij jou logeer...' Nog steeds op haar wolk van geluk zweefde Margaret naar de leeszaal.

De chocolaatjes waren verrukkelijk. Ik zou de rest naar Rémy sturen. Echt waar – maar eerst nog één stukje.

Die avond bemande ik de uitleenbalie terwijl Boris en de gravin de begroting doornamen in haar kantoor. Toen de telefoon ging, verwachtte ik een verzoek om boeken te leveren. 'Ik moet Clara de Chambrun spreken.' De beller sprak Frans met een licht Duits accent. 'Laten we zeggen halftien morgenochtend. Vertel haar dat ze onmiddellijk binnen moet komen, en breng mijn excuses over dat ik niet in staat ben langs te komen in de bibliotheek.' Hij hing op zonder me de kans te geven om te reageren. Wat wilde dr. Fuchs van de directrice? Zouden we nóg een vriendin verliezen?

Boven wierp ik een blik in het kantoor van de gravin. Toen Boris me opmerkte, trok hij bezorgd een wenkbrauw op. Natuurlijk had hij door dat er iets mis was, hij was bibliothecaris, maar ook deels psycholoog, barkeeper, uitsmijter en detective.

'Ik heb een boodschap,' zei ik.

De gravin tuurde over de rand van haar leesbril. 'Nou, wat dan?'

'Ik vrees dat dr. Fuchs erop staat dat u hem morgenochtend op zijn kantoor bezoekt,' zei ik.

'O, staat hij daarop?'

'De generaal en u zouden de stad moeten verlaten,' zei Boris.

'Zodat ze jou kunnen arresteren in plaats van mij?' antwoordde ze. 'Wat zei hij precies?'

Ik herhaalde de boodschap.

'Ik ga met u mee,' zei Boris.

Ik wilde niet dat hij ging – hij had een vrouw en een dochtertje die afhankelijk van hem waren. Ik probeerde een overtuigend argument te vinden. Hij had de sleutels, dus moest hij hier zijn om de bibliotheek 's ochtends te openen? Nee, dan zou hij ze gewoon aan mij geven.

'Te oordelen naar wat ik heb gezien,' zei ik langzaam, 'heeft dr. Fuchs een zwak voor vrouwen. Het is beter als ik met de gravin meega.'

'Ik neem jou niet mee op bezoek bij een nazi!' zei ze. 'Wat

zouden je ouders daarvan zeggen?'

'Om eerlijk te zijn wilde mijn vader ook niet dat ik met de kapitalistische buitenlanders hier werkte. Papa is *commissaire*, dus mijn familie heeft al met nazi's te maken.' Dat zei ik alleen maar om het pleit te winnen. Ik had er nooit over nagedacht hoe mijn vader zijn dagen sleet, of met wie.

'Weet je zeker dat je mee wilt?' vroeg ze.

Ik vond het doodeng om naar het hoofdkwartier van de nazi's te gaan, maar toen ik dacht aan de in leer gebonden boeken op de planken bij de gravin, de romans die ik bij abonnees bezorgde en professor Cohens manuscript dat in de kluis verborgen lag, besloot ik dat woorden het waard waren om voor te vechten, dat ze het risico waard waren.

'Absoluut.'

Er was geen tijd om na te denken over wat er wel of niet kon gebeuren – we hadden het te druk met het draaiend houden van de bibliotheek. Ik keerde terug naar de uitleenbalie, waar Madame Simon op beschuldigende toon zei: 'Waar heb jij in vredesnaam gezeten? Ik had zo de deur uit kunnen lopen met deze boeken!'

Toen de laatste abonnee aan het eind van de dag was vertrokken, deed ik professor Cohens boeken in mijn tas en haastte me naar de boulevard. Het was net zeven uur geweest, maar de duistere silhouetten van gebouwen zagen er dreigend uit. Ik was in de stad opgegroeid en voelde me op de avenues net zo veilig als in Mamans armen. Maar vanavond was de man in tweed er steeds wanneer ik over mijn schouder keek. Toen ik de straat overstak, deed hij hetzelfde. Ik keek om, hij bleef stilstaan en bladerde door een tijdschrift bij de kiosk. Ik liep stevig door. Hij liep verder alsof hij een avondwandelingetje maakte, met een norse blik op zijn sinistere gezicht. In de schaduwen zag ik zijn aktetas in zijn ene hand, en in de andere... de schittering van een pistool waarvan de loop me aanstaarde.

Ik sloeg scherp rechts af en leunde tegen de smerige muur van het gebouw. Mijn benen trilden en probeerden me over te halen om op de vlucht te slaan. Ik wierp een snelle blik om de hoek. Toen hij dichterbij kwam, zag ik dat hetgeen ik voor de loop van een pistool had aangezien een opgerold tijdschrift was, dat hij waarschijnlijk bij de kiosk had gekocht.

Ik deed mijn uiterste best hem af te schudden en haastte me over de chique Rue du Faubourg Saint-Honoré, langs Hermès en het presidentiële paleis, op zoek naar een plek om me te verschuilen. Ik was niet ver van Le Bristol, waar miss Reeder aan het begin van de bezetting verbleef. Ik had daar boeken afgeleverd bij hotelgasten met een zwakke gezondheid. Ik zette het op een lopen, en voordat de portier zijn post kon innemen, smeet ik de deur al open en stoof ik naar de receptie, waar ik de conciërge smeekte me door de achterdeur naar buiten te laten. Hij loodste me razendsnel door de overdadige ovale salon, een trompe-l'oeil-deur door en via de luidruchtige keuken naar buiten, een zijstraat in.

Terwijl ik op adem kwam, vroeg ik me af of ik de boeken nog moest bezorgen of dat ik rechtstreeks naar huis moest gaan. Ik besloot dat ik het recht had om te bezoeken wie ik wilde.

'Ik wist niet zeker of je zou komen,' zei professor Cohen.

'Ik moest nogal een omweg nemen.'

Ze liet haar hand over de kaft van het boek glijden, net zo liefdevol als Maman mijn gezicht streelde. De professor had *Good Morning, Midnight* al minstens tien keer geleend. Toen ik vroeg waarom ze er zo dol op was, antwoordde ze: 'Jean Rhys is onverschrokken. Ze vertelt de waarheid en schrijft voor iedereen die zich verloren voelt of kwetsbaar is.'

Ik sloeg het open op een willekeurige bladzijde, zoals ik dat gewoonlijk deed om een boek te leren kennen. *Parijs ziet er vanavond bijzonder mooi uit... Je ziet er vanavond bijzonder mooi uit, mijn schoonheid, mijn liefste, en o, wat kun je een feeks zijn!* Ik kromp ineen. Zo dacht ik helemaal niet over mijn stad.

Toen de professor mijn reactie zag, zei ze: 'Vergeet niet dat

Rhys Parijs beschrijft als een buitenlander met weinig geld en niemand om haar te helpen.'

Ik hield van professor Cohen en wilde ook houden van waar zij van hield. 'Beloof me dat u het me laat lezen wanneer u het uit hebt. Denkt u dat ik het goed zal vinden?'

Ze trok haar sjaal dichter om zich heen. 'Dat weet ik niet zeker. Het loopt niet goed af.'

De volgende ochtend om negen uur stonden de gravin en haar man in hun auto voor mijn gebouw te wachten. De bolhoed van de generaal bedekte het grootste deel van zijn witte haar. Net als veel Parijzenaren had hij wallen onder zijn ogen. Toen hij het gaspedaal indrukte, hobbelde de Peugeot over de keien als een oude knol die niet bereden wil worden. Vanaf de achterbank zag ik dat hij meer aandacht aan zijn vrouw besteedde dan aan het verkeer. We tuften de Champs-Élysées af, langs de Arc de Triomphe, en arriveerden bij het Majestic Hotel, dr. Fuchs' kantoor.

'Zal ik met jullie meegaan?' vroeg de generaal.

'We zijn heel goed in staat een paar vragen te beantwoorden.'

'Dan wacht ik hier wel,' zei hij, met zijn handen om het stuur geklemd.

De lobby was verlaten. Een kleurloze blondine – Parijzenaren noemden dat soort Duitse vrouwen 'grijze muizen' vanwege hun grauwe uniform – leidde ons naar dr. Fuchs' spartaans ingerichte kantoor. Stijfjes achter zijn bureau gezeten leek de Bibliotheksschutz net zo verontrust als wij ons voelden. Toen hij niet opstond om ons te begroeten, wat wel het protocol was, wist ik dat er iets heel erg mis was. In het Frans waarschuwde hij ons: 'Jullie moeten de waarheid vertellen.'

De gravin rechtte haar rug. 'Er is geen vraag over de bibliotheek die we niet volledig zullen beantwoorden.'

'We hebben een anonieme brief ontvangen waarin de bibliotheek wordt beschuldigd van het verspreiden van anti-Hitler-teksten.'

Waren we verklikt?

'Deze karikaturen zijn in jullie collectie aangetroffen.' Hij schoof een dossiermap in de richting van de gravin.

Ze bladerde door de papieren. 'De tekeningen dateren van vóór de oorlog, en dit soort uitgaven komen de leeszaal nooit uit.' Ze legde de map op het bureau. 'Ik kan u verzekeren dat ik het instituut dat ik beloofd heb te beschermen nooit zou verraden.'

'Als ze wel zijn verspreid,' zei ik bits, 'dan komt dat doordat een van uw landgenoten ze heeft meegenomen. Ik zag er eentje die een krant probeerde te stelen.'

'Stil,' fluisterde de gravin. 'Denk na voordat je iets zegt.'

'Ik weet dat jullie ook verboden boeken verspreiden,' zei hij.

'U hebt tegen miss Reeder gezegd dat we ze niet hoefden te vernietigen,' wierp ik tegen.

Zijn gezicht verzachtte toen hij de naam van de directrice hoorde. 'Dat is waar. Maar van nu af aan moeten jullie ze achter slot en grendel houden.' Hij haalde diep adem. 'Mesdames, het ziet ernaar uit dat we een oplossing hebben gevonden.' Hij schakelde over op Engels, misschien om ervoor te zorgen dat de grijze muis die ons in de gang stond af te luisteren het niet zou verstaan, en voegde eraan toe: 'Ik ben heel opgelucht voor jullie. En ik zal niet ontkennen dat ik tevens heel opgelucht voor mezelf ben.'

Hij stond op en we wisten dat het onderhoud voorbij was. In de wetenschap dat zelfs dr. Fuchs voorzichtig was in de buurt van grijze muizen, zwegen de gravin en ik tot we weer in de auto zaten.

Op de terugweg naar de bibliotheek dacht ik na over dr. Fuchs' wonderlijke opmerking. Als wij schuldig zouden worden bevonden aan wangedrag, dan zou dat misschien ook voor hém gelden, als administrateur van bibliotheken in de bezette zone.

Toen de gravin en ik over de drempel stapten, haalde Boris een fles uit de la en schonk wat whisky in drie theekopjes. De gravin liet zich op een stoel zakken en nam een nipje. Ik legde snel uit waar we van beschuldigd werden.

'Weet Fuchs over onze speciale leveringen?' vroeg Boris.

'Dat geloof ik niet,' zei ze. 'Maar nu we de dans zo nipt zijn ontsprongen, heb ik besloten dat het beter is om de bibliotheek morgen al voor het publiek te sluiten in plaats van te wachten tot de jaarlijkse sluiting in augustus.'

Quatorze juillet. Weer een feestdag zonder reden om iets te vieren.

32

Boris

Op dinsdagavond kaartten Boris en Anna altijd met de buren. Oorlog of geen oorlog, bezetting of geen bezetting. Ze gingen naar de Ivanovs voor een glas wijn en een lichte maaltijd die elke week lichter werd. Hélène speelde met Nadia in de slaapkamer. Achter gesloten deuren, met Bach op de fonograaf en de luiken gesloten, ontspande het viertal zich onder het genot van wat plakjes *salo*, spek. Aan tafel, vrij om te spreken zoals dat met oude vrienden mogelijk is, vertelde Vladimir over de leerling die Marina en hij op de zolder van hun school verscholen hielden. De ouders van de jongen waren verdwenen en hij had zich drie dagen in zijn huis verstopt voordat hij het aan iemand had verteld. Hoewel hij pas dertien was, at Francis als een werkpaard, en het viel niet mee om aan de extra rantsoenen te komen.

Het gesprek kwam op hun eigen kinderen. Boris genoot ervan om Anna over Hélène te horen praten. Haar toon werd teder, haar ogen werden zacht. Hoewel ze uitgeput was van de hele dag in de rij staan, voor brood, voor boter, voor alles, zorgde Anna ervoor dat de oorlog zijn sporen niet op haar gezicht achterliet. Geen zorgenrimpeltjes, geen woede. Soms liet ze haar schouders hangen, verslagen, en ja, verbitterd over het leven – ze waren de Revolutie tenslotte ontvlucht, om hier met een oorlog te worden geconfronteerd. Maar Anna hield haar rug recht, totdat haar kracht de zijne werd.

Nadat de borden waren afgeruimd, schudde en deelde Boris de kaarten. Anna straalde toen ze zag wat ze toebedeeld had gekregen, en hij was blij.

Een harde klop op de deur. Geschrokken keken ze elkaar aan. Misschien was het iets, misschien niets. Ze zouden wel weer weggaan. We wachten.

Bam! Bam! Bam! Hoewel hun ogen elkaar zochten, zeiden de vrienden niets. Vladimir, Marina en Anna legden hun kaarten neer. Boris hield de zijne vast. Vladimir liep naar de deur en tuurde door *le judas*, het spionnetje. Zijn rug verstijfde, wat bevestigde wat Boris al wist. Gestapo.

Zo, ze hebben ons dus te pakken – terwijl we kaarten en naar Bach luisteren, terwijl onze kinderen spelletjes spelen in de slaapkamer. Langzaam deed Vladimir de deur open. Vier nazi's drongen zich langs hem. Een van hen richtte een pistool op Vladimir. Twee stortten zich op de boeken op de planken; een ander rukte de kussens van de bank. Verdomde bemoeiallen, ze waren nooit tevreden. Misschien waren ze achter het bestaan van de jongen gekomen. Vladimir en Marina waren leraren, geen revolutionairen, en toch zaten ze nu in de problemen omdat ze een kind hadden geholpen. Waarom anders zouden de nazi's hier zijn? Niet dat nazi's een reden nodig hadden.

Boris was niet langer verrast door de aanblik van dat soort mannen. Parijzenaren hadden de nazi's op hun best gezien, met glanzend gepoetste laarzen, souvenirtjes kopend voor hun moeders thuis. En op hun slechtst. Dronken, zwalkend over straat. Rood aangelopen na een afwijzing door een Parisienne. De nazi's hadden de Parijzenaren natuurlijk ook op hun slechtst gezien. Hongerig en vol wrok, tegen elkaar snauwend in de rij bij de slager. Nee, ze waren intieme vijanden. Boven op elkaar, naast elkaar, buiten zichzelf.

De nazi met het pistool snauwde iets in het Duits. Anna, Marina en Boris waren aan tafel blijven zitten. Dat maakte hem woedend: waarom zaten ze daar nog zo rustig?

'Sta op!' schreeuwde hij in het Frans.

Anna stond op met de gratie van een tsarina die zich verheft van haar troon. Ze zou niet tonen dat ze bang was. Dat zou bewijzen dat zíj hadden gewonnen.

'Jij daar, bij de deur,' zei de nazi tegen Vladimir. 'Ga bij de anderen staan. Handen omhoog!'

Ze hieven hun handen, en Boris realiseerde zich dat hij zijn kaarten nog in zijn hand had.

Het pistool werd op Boris gericht. Zouden ze hem arresteren? Rusland en Amerika waren allebei in oorlog met Duitsland, en hij was een Franse Rus die op een Amerikaans instituut werkte. Nu herkende hij opeens de man die het pistool vasthield, hoewel de smiecht een tweed pak had gedragen toen hij door de collectie boeken snuffelde, op zoek naar bewijzen van verraad. Die vent was zo vaak in de leeszaal geweest dat Odile had gezegd: 'Iemand moet die klootzak vertellen dat hij maar eens een betaald abonnement moet nemen.'

Die Odile! Hij had erom moeten lachen. Hij begon te lachen.

De Luger ging af. Pijn scheurde door Boris' lichaam. Bloed doorweekte zijn vaalwitte shirt. Hij liet zijn kaarten los. Ze vielen fladderend op de grond aan zijn voeten. De pijn was te erg. Hij wankelde. En in die laatste dans dacht hij: *Zeg tegen de kinderen dat ik van ze hou. Anna, o, Anna. Jij weet alles wat ik voel.*

Hij herinnerde zich niet dat hij viel, voelde niet dat zijn hoofd de grond raakte. Hij voelde Anna naast zich, zag het rood langs zijn shirt over haar lijkbleke handen stromen. Hij hoorde de nazi's schreeuwen. Het was allemaal te veel. Boris verlangde ernaar de wenteltrap op te sluipen, langs de verlaten rijen met boeken te lopen en zich te verliezen in de stilte van het Hiernamaals.

33

Lily

FROID, MONTANA, AUGUSTUS 1987

Mary Louises zus Angel pronkte op de voorpagina van de *Froid Promoter*. Koningin van het schoolbal. Een in bikini gehulde diva op een autowasplaats die geld inzamelde voor wezen of het cheerleaderskamp. Haar blik kon de hersenen van een volwassen man in pudding veranderen. Mary Louise en ik mijmerden er uren over hoe het zou aanvoelen om net zo te zijn als zij. Om overtuigende antwoorden te krijgen slopen we Angels kamer binnen, met gespitste oren voor het geval Sue Bob per ongeluk zou langslopen. Een vleugje gevaar, vermengd met de misselijkmakend zoete geur van Giorgio-parfum.

Mary Louise rommelde door de laden van de kledingkast. Aan haar vinger bungelde een beha met cups die zo groot waren dat er een paar flinke grapefruits in zouden passen. We aaiden Angels angoratruien, zachter dan bont, en hielden ze voor onze platte borst. Hoe verrukkelijk zou het zijn om Robby's begerige hand onder die trui te voelen glippen... Onder het bed vond ik een schoenendoos vol corsages van vroegere schoolfeesten, en een roze plastic doosje. Erin zat een spiraal met pillen, als een slakkenhuis. Het voorbehoedsmiddel in mijn hand was als een pistool – beide waren in staat het menselijk lichaam tot stilstand te brengen. Ik drukte een pil uit de strip, maar Mary Louise zei dat ik hem terug moest stoppen.

Op de kaptafel lag make-up op een dienblad uitgestald als de instrumenten van een chirurg. De blauwe eyeliner waardoor Angels ogen eruitzagen als bodemloze oceanen. Toen wij hem uitprobeerden, leek het alsof iemand zich te buiten was gegaan met een blauwe balpen. Uiteindelijk doken we onder in de kast vol zijdeachtige jurken van Gunne Sax. Eraan voelen was alsof we de hand van de hemel vasthielden.

Toen ik thuiskwam, zaten Odile en Eleanor op de bank te wachten.

'Sue Bob heeft gebeld,' zei Eleanor grimmig terwijl ze opstond.

Ik kon niet geloven dat het inlichtingenrapport mijn huis eerder had bereikt dan ik.

'Je weet dat het niet netjes is om rond te snuffelen.' Eleanor was niet boos. Ze leek... bezorgd. 'Hoe zou je het vinden als ik in jouw spullen zou rommelen?'

'Ga je gang,' zei ik verbitterd. 'Ik heb geen geheimen.'

'Ma grande,' zei Odile, die nu ook opstond, 'iedereen heeft geheimen, en persoonlijke gevoelens. Je vader, Eleanor, ik. Wees dankbaar voor wat mensen je vertellen wanneer ze zover zijn om te praten. Probeer hun grenzen te aanvaarden en probeer te begrijpen dat die grenzen over het algemeen niets met jou te maken hebben.'

Eleanor, die zag dat ik niets van Odiles advies snapte, vatte het samen: 'Niet rondsnuffelen. Daardoor kom je alleen maar in de problemen.'

'Waarom ben ik degene die een preek krijgt terwijl Angel degene is die de pil slikt.'

Eleanor hapte naar adem, wat me een gevoel van voldoening gaf.

Odiles vingers groeven in mijn armen. 'Luister goed: niets is erger dan iemands geheimen verraden. Waarom vertel je ons – of wie dan ook – over Angels persoonlijke zaken? Probeer je haar in de problemen te brengen? Haar reputatie naar de maan te helpen? Haar pijn te doen?'

'Ik dacht gewoon niet na.'

Odile keek me geërgerd aan. 'Nou, probeer de volgende keer dan wél na te denken! En je mond dicht te houden.'

'Niemand houdt van klikspanen,' voegde Eleanor eraan toe. Odile en zij gingen weer op de bank zitten en vervolgden hun gesprek.

'Dus jij vindt dat ik moet gaan?' vroeg Odile. Nu was zíj voor de verandering degene die onzeker klonk.

'Waarheen?' vroeg ik.

'Chicago!' kirde Eleanor.

'Chicago,' verzuchtte ik, en ik wenste dat ik kon vluchten voor mensen die al mijn bewegingen in de gaten hielden, naar een stad vol wolkenkrabbers en goede restaurants. 'Ik vind dat u moet gaan!'

'Ik heb niet meer met de trein gereisd sinds ik hier veertig jaar geleden naartoe kwam. En het is net zo lang geleden dat ik mijn vriendin Lucienne voor het laatst heb gezien.'

'Waarom bent u niet eerder gegaan?' vroeg ik.

'Ze heeft ons uitgenodigd, maar Buck wilde nooit. Na zijn dood was ik het gewend om nee te zeggen.'

'Denk eens aan de winkels en de theaters!' zei Eleanor. 'Nou, als ik de kans kreeg... En zou het niet geweldig zijn om je vriendin weer te zien?'

'Ze wil dat ik een hele maand kom.'

'Lily en ik zouden je met de auto naar het station kunnen brengen,' zei Eleanor.

'Ik zal erover nadenken,' zei Odile, wat in mijn ervaring 'nee' betekende.

Toen ik die avond in bed lag en half soezend *Homecoming*

las, dreven de geluiden van een meningsverschil onder de deur door mijn kamer binnen. 'Sue Bob kan haar dochters niet onder de duim houden en nu denkt ze míj te kunnen vertellen hoe ik de mijne moet opvoeden?' zei mijn vader. 'Angel is een verloren zaak en Mary Louise treedt in haar voetsporen.'

'Onzin,' zei Eleanor. 'Mary Louise is alleen maar temperamentvol.'

Dankbaarheid overspoelde mijn slaperige hart. De deur ging krakend open en Eleanors pantoffels fluisterden over het tapijt. Ze deed mijn lamp uit.

'Dank je wel,' fluisterde ik.

'Waarvoor?'

Dat je niet kwaad werd omdat ik heb rondgesnuffeld. Dat je Odile aanmoedigt. Dat je het beste in Mary Louise ziet. Dat je begrip toont. Ik zei niets van dat alles, maar dook diep weg onder de dekens, gelukkiger dan ik me in lange tijd had gevoeld.

Tien dagen later brachten Eleanor en ik Odile met de auto naar het station in Wolf Point. Vanaf de achterbank zag ik het kale landschap langsglijden en wenste ik dat ík degene was die wegging.

Toen we op het perron stonden te wachten, vroeg Odile: 'Stel dat ze is veranderd? Stel dat we niet met elkaar kunnen opschieten. Dan zit ik daar vast.'

'Je kunt eerder naar huis komen,' zei Eleanor. 'Froid loopt niet weg.'

'Froid is niet wat ik zal missen,' antwoordde Odile.

Mijn voet gleed over de hare. 'Ik zal u ook missen.'

De Empire Builder kwam schokkend tot stilstand en ze stapte aan boord. Op het lege perron wuifden Eleanor en ik Odile na terwijl de trein haar wegvoerde.

Twee weken later, toen ik tijdens het avondeten Joe's kip aan het snijden was, vroeg ik mijn vader weer eens of ik rijlessen mocht nemen. 'Mary Louise heeft haar rijbewijs al.'

'Waarom vergelijk je jezelf met anderen? Je bent een prachtig, uniek meisje.'

Ik veegde de ketchup van Joe's gezicht. 'Ja, ik ben zeker uniek: de enige in mijn klas die nog geen proefrijbewijs heeft.' Ik wilde tegen hem zeggen dat hij me niet eeuwig hermetisch opgesloten kon houden in dit huis. Mary Louise had me leren autorijden, op de onverharde weg die naar de vuilstort leidde. Zo moeilijk was het niet.

'Ik zou ziek zijn van bezorgdheid na wat er met dat meisje van Flynn gebeurd is,' zei hij. 'Ik wil niet dat je ook maar enig risico neemt.'

Jess Flynn had in een pick-up gezeten met een paar jongens van wie de chauffeur had gedronken. Toen de Ford van de weg raakte, was zij op slag dood. Ons dorp had vijf jaar lang om haar dood gerouwd.

'Tieners drinken niet wanneer ze van huis naar school en van school naar huis rijden!' viel Eleanor mij bij. 'Er is niets mis mee dat een jonge vrouw een beetje onafhankelijk is, en is het niet beter dat ze wat ervaring opdoet voordat ze gaat studeren?'

Papa beschuldigde haar ervan dat ze mijn kant koos omdat ze wilde dat ik haar aardig vond. Ze begon de tafel af te ruimen en gooide het bestek op de borden. Nu zat ik midden in hun ruzie, die ik ongewild zelf was begonnen.

Na het eten kwam Mary Louise langs. We zaten in kleermakerszit op de grond, met onze rug tegen mijn bed, en luisterden naar The Cure.

'Papa en Eleanor zijn weer eens bezig,' zei ik. 'Kon ik maar ontsnappen en naar Chicago gaan.'

'Het duurt een eeuw voordat je genoeg gespaard hebt. Dan kun je erheen wanneer je dertig bent.'

'En te oud om ervan te genieten.'

'Lily,' snerpte Eleanor vanuit de gang beneden. 'Zet die muziek zacht, Benjy wordt er angstig van! Waarom gaan jullie niet samen Odiles planten water geven? Die zullen inmiddels wel halfdood zijn.'

Odiles woonkamer leek hetzelfde als anders – een mandje met wol naast de stoel, het koffietafeltje met mijn kunstwerkjes: een lavendelzakje, een leren boekenlegger – maar er klonk geen Bach, niemand vroeg hoe onze dag was geweest. Het huis rook niet naar versgebakken koekjes; de muffe geur deed het huis leeg aanvoelen. Met de gordijnen dichtgetrokken en zonder Odile was de kamer als een lichaam zonder ziel.

We hadden het hele huis tot onze beschikking. We konden doen wat we wilden. En zo'n kans zouden we nooit meer krijgen. Ik trok een la open, maar daar lagen alleen oude krantenknipsels in.

'Waar zoek je eigenlijk naar?' vroeg Mary Louise terwijl ze water over de van droogte knisperende varens sprenkelde.

'Aanwijzingen.' Ik wilde dingen te weten komen die Odile nooit wilde vertellen. Ik pakte boeken van de planken in de hoop nog meer foto's te vinden, of een liefdesbrief, of een dagboek. Het verbodene was opwindend. En hoe moest je ánders achter dingen komen? *Niet rondsnuffelen. Daardoor kom je alleen maar in de problemen.* Even voelde ik een steek van schuld, maar ik bleef door de pagina's bladeren.

'Misschien ken je Odile niet zo goed als je denkt. Stel dat ze verliefd was op een nazi.'

Ik herinnerde me de foto van de 'Bibliotheekbeschermer'. Hij had er niet slecht uitgezien, voor een nazi. Ik schudde mijn hoofd. 'Onmogelijk! Ze zat in het verzet en kraakte codes die in boeken verscholen zaten. Ik wed dat ze verliefd was op een van de mannen van het verzet. Misschien is hij wel om het leven gekomen tijdens een geheime missie.'

'Een heel jaar lachte ze niet,' vervolgde Mary Louise het verhaal. 'Maar toen zag ze meneer Gustafson, en hij hielp haar weer lachen. Hoe hebben ze elkaar eigenlijk ontmoet?'

Ik bedacht een scenario. 'Hij zweefde aan een parachute Frankrijk binnen en werd neergehaald door de vijand. Hij werd naar het ziekenhuis gebracht, waar zij één keer per week vrijwilligerswerk deed.'

'Maar toen ze hém ontmoette, was ze daar elke dag als vrijwilligster.'

We bestudeerden Odiles trouwfoto. Zij keek met samengeknepen mond in de camera. Buck keek op haar neer, met ogen die glazig waren van verliefdheid.

'Zie je hem voor je in een ziekenhuisbed, vol adoratie naar haar opkijkend?'

'En zij vond hem ook aardig, maar dat kon ze niet zeggen omdat vrouwen vroeger moesten doen alsof ze verlegen waren.'

'Absoluut.' Ik stelde me Odile voor met een baret op, de Gestapo trotserend zoals ze mijn vader had getrotseerd. Ik durfde te wedden dat er Joden in haar appartement ondergedoken zaten.

'Als Anne Frank bij Odile ondergedoken had gezeten, dan zou ze nu nog leven.'

'Echt wel,' zei Mary Louise. 'Laten we kijken wat ze nog meer heeft!'

We lieten de boeken in een slordige hoop achter en begaven ons naar de slaapkamer. Mary Louise verdween in de smalle inloopkast. 'Een juwelenkistje! Ik wed dat het vol robijnen zit van een vroegere minnaar!'

Ik volgde haar naar binnen. Er was nauwelijks ruimte voor ons tweeën. Mijn wang streek langs de mouwen van Odiles blouses. Op een haakje hing een glanzend kanten nachtgewaad – zo sensueel dat de aanblik alleen ons al deed blozen. In de verste hoek stond Bucks geweer. We hadden niet het recht om in Odiles kledingkast te zijn en in haar spullen te snuffelen. Dat wist ik.

Maar ik kon het niet laten om de kasjmier vesten te strelen, die opgevouwen waren alsof ze nog in de winkel lagen.

Mary Louise wees naar een witte doos op de op een na hoogste plank. Ik haalde hem naar beneden en zij maakte de goudkleurige sluiting open.

'Hij is niet op slot,' zei ik verrukt.

'Deceptie.' Ze hield een stapeltje papieren omhoog.

'Misschien zijn het liefdesbrieven!'

Dit was waar ik op had gehoopt, een stukje van Odiles verleden, geschreven door een geliefde. Door Buck of een andere aantrekkelijke vreemdeling. Het papier was bros als bacon en vergeeld door de jaren. Ik pakte het bovenste stuk papier. Het vrouwelijke, sierlijke handschrift leek op dat van Odile. Dus niet van een geliefde. Het Frans was lastig te begrijpen. De brief stond vol woorden die ik wel eens had gezien, maar die ik vervolgens ergens in mijn achterhoofd had weggestopt.

Parijs, 12 mei 1941

Monsieur l'Inspecteur,

Waarom zoekt u niet naar niet-aangemelde Joden die ondergedoken zitten? Dit is het adres van professor Cohen: Rue Blanche 35. Ze gaf vroeger les in zogenaamde literatuur aan de Sorbonne. Nu nodigt ze studenten in haar huis uit voor lezingen, zodat ze kan ronddollen met collega's en studenten, voornamelijk mannen – op haar leeftijd!

Wanneer ze uitgaat, zie je haar op kilometers afstand aankomen in die wijde paarse cape en met die pauwenveer schuin in haar haar. Vraag de Jodin naar haar doopcertificaat en paspoort, daar staat haar geloofsovertuiging in genoteerd. Terwijl goede Franse mannen en vrouwen werken, zit Madame le Professeur thuis te lanterfanten en boeken te lezen. Mijn aanwijzingen zijn accuraat, nu is het aan u.

Getekend,

Iemand die het weet

Vijfenveertig jaar oude haat steeg op van de pagina. Wilde Odile hierom nooit over haar verleden praten, omdat de woorden zo lelijk waren?

Ik had het gevoel alsof ik in een sneeuwbol stond waar iemand mee had geschud, maar de onderdelen erin waren niet vastgelijmd, zodat alles in het rond tuimelde: het stenen huis, de lantaarnpaal, de zwerfkat, de politieauto. Alles stuiterde door de bol, samen met de sneeuw die geen sneeuw was: wat ik van de brief had gemaakt, waren vergeelde snippers papier, was rottende confetti.

Mary Louise gaf me een tik. 'Waarom heb je hem verscheurd?'

'Wat?' zei ik, nog steeds verdwaasd.

Ze wees naar de snippers bij onze voeten. 'Ze komt er zeker achter. En dan zitten we in de nesten.'

Niets leek meer logisch. 'Kan me niet schelen.'

De foto van de 'Bibliotheekbeschermer' flitste door mijn hoofd. Odile had hem tussen foto's van dierbaren bewaard. Misschien had ze iets met die nazi gehad, en misschien had zij hem geholpen met zijn werk. Ze was tenslotte nooit naar Frankrijk teruggekeerd en haar familie had haar nooit bezocht. Misschien hadden ze haar verstoten.

'Wat stond er in die brief?'

Ik wilde niet dat ze wist hoe afschuwelijk mensen waren. Ik wilde mijn verdenkingen over wat Odile had gedaan niet met haar delen. Als zij niet degene was die die brief had geschreven, waarom had ze hem dan in haar bezit?

'Wat stond erin?' herhaalde ze.

'Ik begreep het niet.'

'Dat geeft niet.' Ze gaf een klopje op mijn rug. 'Misschien spreek je niet zo goed Frans als je zelf denkt.'

We hadden de aanwijzing gevonden waar ik naar op zoek was geweest. En nu... voelde ik me koud. En misselijk.

'Als je die ene niet begreep, lees er dan nog eentje.' Ze wees naar de brieven in de doos.

'Er valt niets te begrijpen. Het is troep. Oude troep.' Ik probeerde ze te verscheuren, maar Mary Louise griste de brieven uit mijn handen en vouwde ze precies zo op als we ze hadden gevonden.

'Ik wil naar huis.'

'Misschien heb je gelijk. Misschien kunnen we beter gaan.'

'Ja, misschien wel,' zei Odile.

Odile.

We draaiden ons naar haar toe. Haar wenkbrauwen waren opgetrokken, gekruld als vraagtekens. Wat deden we in haar kamer? Wat waren dat voor snippers op de grond?

Ze was blij me te zien. Dat zag ik aan haar opgetrokken mondhoeken en de zachte blik in haar ogen.

Mary Louise en ik waren wel gewend dat we ons in de nesten werkten, maar we waren nog nooit op heterdaad betrapt. Een deel van mij wilde zich tegenover Odile verontschuldigen voor het schenden van haar privacy, maar het grootste deel wilde dat zíj zich verontschuldigde voor die gruwelijke brief, voor die afschuwelijke Franse woorden die ze me had geleerd, voor het feit dat ze me had doen geloven dat ze in het verzet zat terwijl ze gewoon een leugenaarster was.

'Ben jij degene die mijn boeken van de planken heeft gehaald?' Haar stem klonk sereen.

Mary Louise liet de brieven vallen, wrong zich langs me en ging ervandoor. Maar als Odile me één ding had geleerd, dan was het om standvastig te zijn. Ik keek haar recht in de ogen. Recht in haar zachte bruine ogen. 'Wie bent u?'

34

Odile

PARIJS, 19 JULI 1943

Zonder zelfs maar 'bonjour' te zeggen stormde Bitsi mijn slaapkamer binnen, waar ik aan mijn bureau een brief aan Rémy zat te schrijven. Met een bleek gezicht en buiten adem bracht ze uit: 'Boris was aan het kaarten!'

'Aan het kaarten?'

'En toen werd hij neergeschoten.'

'Neergeschoten?' Mijn hand vloog naar mijn hart. 'Is hij... Leeft hij nog?'

'Ze hebben hem meegenomen naar het Hôpital de la Pitié voor verhoor.'

Het 'ziekenhuis van de genade', dat in handen was van de Gestapo, betekende praktisch een doodsvonnis. Nee, niet Boris. Ik kon het niet verdragen om nog een vriend te verliezen.

'Thuis loop ik alleen maar te ijsberen en te piekeren,' vervolgde Bitsi, 'dus ging ik naar de bibliotheek om wat te werken. De gravin was net terug van haar onderhoud met dr. Fuchs. Ze zei dat Boris' vrouw haar om middernacht had gebeld. De gravin is vanochtend onmiddellijk naar de Bibliotheksschutz gegaan. "Boris Netchaeff werkt al bijna twintig jaar bij de bibliotheek," zei ze tegen hem. "Hij zou nooit iets doen om die in gevaar te brengen. U hebt beloofd te helpen in het geval van problemen." Hij vroeg haar een geschreven rapport in te dienen. Ha! De gravin weet precies hoe het gaat met nazi's en hun rapporten! Ze diende een volledig verslag van het incident in, getypt en ondertekend door een getuige. Hij belde iemand die hem vertelde dat Boris op de lijst stond om te worden gedeporteerd.'

'Gedeporteerd!'

'Maar dr. Fuchs beloofde daar een stokje voor te zullen steken.'

Dat was in elk geval iets. Ik wist dat hij een man van zijn woord was. De Bibliotheksschutz was niet zo erg als al die anderen. 'Hoe kunnen we Boris helpen?'

'Door Anna te helpen.'

We fietsten naar het gebouw van de Netchaeffs in de nabijgelegen buitenwijk Saint-Cloud. Is Anna thuis? Snel werden we het appartement binnengetrokken, dat vol zat met vrienden en familieleden die op gedempte toon met elkaar praatten. Ja, Hélène was in de kamer ernaast en had alles gehoord. Arme hummel, ze is pas zes. Waar waren de nazi's naar op zoek? Ik hoop dat ze Anna toestemming geven om Boris te bezoeken. Kun je geloven dat de Gestapo het lef had om nog een keer terug te komen, en nog wel om drie uur in de ochtend? Om de sigaretten in beslag te nemen die ze op tafel hadden zien liggen.

Laat die avond keerde Anna terug, bleek als de maan. De Gestapo had haar in een bedompte ruimte in de kelder gestopt en haar urenlang foto's laten zien van mannen die ze niet kende – dezelfde foto's die ze Boris hadden laten zien – voordat ze haar bij hem hadden gelaten. Hij had zijn met bloed doordrenkte shirt nog aan en was nog niet eens door een arts onderzocht.

In augustus werd Boris overgebracht naar het American Hospital, dankzij de bemoeienis van dr. Fuchs. Boris was door zijn long geschoten, en omdat de wond een aantal dagen niet was behandeld, had hij een levensbedreigende infectie opgelopen. Na een maand stonden de artsen ook andere bezoekers dan zijn vrouw toe. In de grote hal van het ziekenhuis vertelde Anna Bitsi en mij: 'Hij voelt zich beter. Gisteren vroeg hij me voor de grap of ik een pakje Gitanes voor hem wilde meebrengen.'

Ik glimlachte, niet geheel zeker of het een grap van hem was.

'Hallo!' zei Margaret, die op ons afsnelde. 'Sorry dat ik laat ben.'

Ik had haar in geen weken gezien. Ze zag er gebruind en zorgeloos uit, en ze straalde van geluk.

'Arme Boris!' zei Margaret. 'Waarom hebben jullie het me niet eerder laten weten?'

'Ik heb je gebeld,' zei ik kortaf. 'Maar je hebt nooit teruggebeld.'

'Ik was aan de kust met...' Ze wierp een blik op Bitsi en Anna. 'Ik was aan de kust. Ik had meer contact moeten houden.'

Onderweg naar Boris werd ik hartelijk begroet door een van de verpleegsters. Het was roerend om herkend te worden. Ik maakte een praatje met haar in de gang terwijl Anna ging kijken of hij wakker was.

In de ziekenzaal stevende ik regelrecht op Boris af. Tut-tuttend zoals Maman dat zou doen trok ik de dekens hoog op tot aan zijn kin. Zijn groene ogen stonden troebel van de pijnstillers, maar zijn mondhoek ging omhoog, net zoals altijd wanneer hij op het punt stond iets geks te zeggen.

'Ons land is écht "Frans" Kafka geworden.'

'Het was een *Metamorphosis*.' Ik probeerde mijn toon luchtig te houden.

'Sorry dat ik je in je eentje met de uitleenbalie heb opgezadeld,' zei hij.

'Ik vind het niet erg – ik help lezers graag. De jaarlijkse sluiting heeft onze vaste bezoekers er uiteraard niet van weerhouden om elke dag te komen! Beloof me dat je niet overdrijft.'

'Overblijft?' grapte hij.

Te emotioneel om te spreken kuste Bitsi hem op de wang en liep toen naar de hoek van de zaal.

'Boris, je timing is bewonderenswaardig,' zei Margaret. 'Neergeschoten worden en herstellen tijdens de jaarlijkse sluiting.'

'Het is niet de eerste keer dat ik ben neergeschoten,' zei hij slaapdronken, 'maar hopelijk wel de laatste.'

'Wat?' riep ze uit.

Zijn oogleden gingen fladderend dicht.

'Hij is snel moe,' zei Anna terwijl ze met ons terugliep naar de ingang, 'maar hij blijft volhouden dat hij snel weer aan het werk gaat.'

'Ik geloof hem,' zei Bitsi. 'Wanneer mogen we weer op bezoek komen? Heb je ons nodig om op Hélène te passen?'

Terwijl zij stonden te praten, trok Margaret mij terzijde. 'Ik kan Felix niet aan mijn dochter voorstellen, ze is te klein om iets geheim te houden. Maar ik wil dat íémand hem leert kennen, om te laten zien hoe goed hij is. Ik zou graag willen dat je hem ontmoet.'

Verwachtte ze echt dat ik thee zou komen drinken met haar minnaar? 'Jíj zou hem niet meer moeten ontmoeten,' beet ik haar toe.

'Hij heeft mijn leven gered. En hij redt ook Rémy's leven.'

Ze had gelijk. Maar ze had ook ongelijk.

'Ik vraag maar een uurtje van je tijd,' zei ze.

Margaret zei vaak dingen zonder eerst na te denken, maar zoiets walgelijks van iemand vragen was niet alleen maar onnadenkend. Het was ronduit krankzinnig.

'Zelfs vijf minuten zouden al te veel zijn!'

'Toen jij iets van mij nodig had, heb ik ook niet geweigerd!' Nijdig beende ze weg.

'Hebben jullie ruzie?' vroeg Bitsi.

'Het is niets,' zei ik. 'Je weet hoe prikkelbaar ik soms kan zijn.'

'Soms?' Ze trok haar wenkbrauwen op.

KRIEGSGEFANGENENPOST

3 september 1943

Liefste Odile,

Misschien is dit mijn laatste brief. Ik ben ziek en de jongens zeggen dat ik heb liggen ijlen. Mijn wond is nooit genezen, en zonder medicijnen wordt de infectie alleen maar erger.

Laat deze oorlog, of wat dan ook, niet tussen Paul en jou komen. Trouw met hem, slaap elke nacht in zijn armen. Er is geen enkele reden waarom we ons allebei ellendig moeten voelen. Als ik daar was, zou ik bij Bitsi zijn. Ik zou elke minuut van de dag met haar doorbrengen.

Wat er ook gebeurt, wees alsjeblieft niet verdrietig. Ik heb vertrouwen in God. Probeer je aan je geloof vast te houden.

Liefs,

Je Rémy

Ik zag hem voor me, liggend op een koude, houten brits, ver weg van iedereen van wie hij ooit had gehouden. O, Rémy. Kom alsjeblieft thuis. Kom alsjeblieft thuis. Plotseling misselijk rende ik naar de wc, waar ik neerhurkte en mijn maaginhoud uitbraakte. Ga alsjeblieft niet dood. Ga alsjeblieft niet dood. Toen er niets meer over te geven viel, strompelde ik naar de gang en leunde tegen de muur. Mijn hele lichaam deed pijn, mijn buik mijn hoofd mijn hart. Ik liet mijn handen over mijn gezicht gaan, door mijn haar, langs mijn nek, in een poging de pijn te verlichten. Er moest iets zijn wat ik kon doen. Ik rukte het medicijnkastje open en pakte zalfjes, mosterdpleisters, een potje aspirine (waar nog drie tabletten in zaten), alles wat nuttig zou kunnen zijn. Met mijn armen volgeladen liep ik naar de keuken om een doos te zoeken.

'Wat gebeurt hier allemaal?' Maman keek naar de verzameling op tafel. 'Wat is er met je haar gebeurd? Je lijkt wel bezeten!'

Ik las haar de brief voor.

'O, mijn hemel...' Ze hielp me met het inpakken van de doos, al wisten we allebei dat we de maximale hoeveelheid die we deze maand mochten versturen al hadden overschreden. 'Misschien accepteren de autoriteiten het niet,' zei ze, 'maar we moeten het proberen.'

Het was verbijsterend dat zij degene was die kalm bleef. Tot die brief kwam, was ik ervan overtuigd geweest dat Rémy weer thuis zou komen. Misschien had Maman, die de Grote Oorlog had meegemaakt, beter geweten, en was het nieuws over zijn gevangenschap daarom zo hard bij haar aangekomen.

Een week later, toen ik thuiskwam van mijn werk, was het appartement tot mijn verbazing in duisternis gehuld, alsof er niemand thuis was. Ik deed het ganglicht aan en wierp een blik in de woonkamer. Daar zat Maman, alleen en in het zwart gekleed. 'Slecht nieuws,' zei ze. Haar wangen en zelfs haar lippen waren lijkbleek. Alle emotie was als bloed uit haar gezicht gevloeid.

Bij haar voeten lag een stuk papier, en ik wist dat Rémy dood was.

Toen hij en ik tien waren, was ik een keer hard gevallen tijdens het stoeien, zo hard dat de adem uit mijn longen werd geslagen. Ik lag op mijn rug en kon me niet bewegen, kon mijn hoofd niet optillen, niet zeggen: 'Het was jouw schuld niet.' Ik dacht destijds dat ik verlamd was, dat ik iets ernstigs gebroken had. Zo voelde ik me nu ook: niet in staat mijn jas uit te trekken, met mijn ogen te knipperen, naar Maman toe te gaan. Ik stond daar maar, alsof ik bevroren was vanbinnen.

'Ik heb zo lang gehoopt dat hij zou worden vrijgelaten,' zei ze, 'dat hij bij ons terug zou komen.'

'Ik ook, Maman.' Mijn stem brak. 'Ik ook.'

Het had pijn gedaan om hoop te houden, maar het was nog pijnlijker om die hoop op te geven. Ik liet me naast haar op de bank zakken. Ze greep mijn hand vast. De kralen van haar rozenkrans drukten in mijn handpalm.

'Maar toen, zelfs al voordat zijn laatste brief kwam,' zei ze, 'wist ik het. Op een of andere manier wist ik het.'

'Was u alleen toen de brief kwam?' vroeg ik.

'Godzijdank was Eugénie hier.'

Ik deed de lamp aan. 'Waar is ze?'

'Ze wilde rouwkleding aantrekken.'

'We moeten Papa bericht sturen.'

Ze deed de lamp uit. 'Hij verdient het niet om het te weten.'

'O, Maman...'

'Rémy is in dienst gegaan om aan Papa te bewijzen dat hij een man was.'

Ook al was het waar, iemand de schuld geven zou Rémy niet terugbrengen. Als ze gefixeerd bleef op mijn vader, zou Papa dood voor haar zijn, net zo dood als Rémy. Ik moest Maman afleiden van haar wrok.

'We moeten het Bitsi vertellen,' zei ik.

'Morgen is vroeg genoeg. Gun haar nog één laatste nacht voordat we haar hart breken.'

Zwijgend dompelden Maman en ik ons onder in de poel van verdriet. Ik had geen idee hoelang we daar zo zaten. *'Natuurlijk was hij niet dood. Hij kon nooit dood zijn totdat zij zelf was gestopt met voelen en denken.'* 813. *Their Eyes Were Watching God.* Ik hoefde alleen maar aan hem te blijven denken. Rémy, die aan zijn bureau een artikel zat te schrijven. Rémy, die koffiedronk in ons favoriete café, met de lapjeskat op zijn schoot. Rémy lachend met Bitsi. Rémy. O, Rémy. *De jongens zeggen dat ik heb liggen ijlen.* Rémy was er niet meer. Maar hoe was dat mogelijk, terwijl er zoveel was wat ik hem wilde vertellen?

35

Paul

Achter zijn bureau op het commissariaat dacht Paul maar aan één ding: Odile. Als hij zich op haar kon concentreren, dan kon hij al het andere vergeten. Odile toen ze elkaar voor het eerst ontmoetten – ze was boos en hij wist niet waarom. Odile toen hij haar een bos bloemen gaf, en haar blik zachter werd. Haar mond, zoet en wrang als kersen. Het wiegen van haar heupen. Odile in haar zwarte jurk, Odile zonder die jurk. Haar borsten. Hij vond het heerlijk om ze te liefkozen, ze te proeven.

Zijn baas gaf een klap op het bureau. 'Heb je niks te doen?'

Paul schoof ongemakkelijk heen en weer op zijn stoel. 'Jawel, meneer. Maar waarom...'

'Het is niet jouw taak om vragen te stellen. Jij moet je mond houden en bevelen opvolgen. Hier is de lijst.'

Paul begreep het niet. Toen de oorlog uitbrak, had de politie communisten, Duitse pacifisten die in Frankrijk woonden, een aantal Engelsen – zelfs vrouwen en Joden – gearresteerd. Op de affiche naast zijn bureau vermeldde het reglement: 'Joden van beide seksen – Fransen zowel als buitenlanders – worden onderworpen aan willekeurige controles. Zij kunnen tevens worden geïnterneerd. Agenten van politie zijn belast met de uitvoering van de huidige regelgeving.'

Sommige collega's hadden er plezier in gehad om mensen hun

appartement uit te schoppen. Anderen deden alsof ze ziek waren om onder het onaangename werk uit te komen, maar zo zat Paul niet in elkaar. Hij had nog even overwogen om naar de vrije zone te vluchten, maar hij weigerde zich aan zijn verantwoordelijkheden te onttrekken zoals zijn vader dat had gedaan. Paul wilde in Noord-Afrika vechten met de Vrije Fransen, maar hij kon Odile niet in de steek laten. Hij had de promotie die haar vader hem had aangeboden afgeslagen opdat ze wist dat zíj altijd voorging. Hij had haar dingen verteld die hij nog nooit aan iemand had toevertrouwd. Zijn keuze: Odile of de rest van de wereld. De beslissing was makkelijk geweest.

Hij ging op weg naar het verst gelegen adres op de lijst. Hij wilde niet nadenken over zijn werk. Alleen Odile kon het uit zijn gedachten verbannen. Odile op het bed. Odile naakt in de keuken, *chocolat chaud* kloppend in de koperen pan van een onbekende. In het begin waren hun heimelijke afspraakjes spannend geweest, maar nu was Paul het beu om stiekem te doen. Hij wilde met Odile trouwen. Wat als Rémy nooit meer terugkwam? Niemand had die mogelijkheid durven opperen. Wat kon Paul doen? Een speciale vergunning aanvragen, en zodra ze ja zei... Hij was bij het adres aangekomen. Hij wilde niet nadenken over wat hij op het punt stond te doen. Odile, die *je t'aime* zei. Odile, die zijn tekeningen bewonderde. Odile, die hardop Éluard aan hem voorlas. Odile. Odile. Odile.

Paul holde de twee trappen op en belde aan. Een dame met wit haar opende de deur, en hij zei: 'Madame Irène Cohen? Ik ben hier om u naar het politiebureau te begeleiden.'

'Wat heb ik gedaan?'

'Waarschijnlijk niets. Ik bedoel, u bent...' Hij had 'oud' willen zeggen, maar het was niet beleefd om een dame aan haar leeftijd te herinneren. 'Het is een willekeurige controle.'

Toen ze zich omdraaide om een boek van tafel te pakken, zag Paul dat er een pauwenveer uit haar knot stak. 'Goed idee om een boek mee te nemen,' zei hij. 'De administratie neemt met de dag langer in beslag.'

'Ik ken jou. Je bent Odiles verloofde.' Ze drukte het dunne boekje tegen zijn borst. 'Geef dit alsjeblieft aan haar, zij weet wel wat ze moet doen.'

Verrast greep hij ernaar, maar het boekje gleed uit zijn handen. Toen de rug de grond raakte, viel het open en zag Paul het ex libris van de ALP: *Atrum post bellum, ex libris lux*. Odile had hem verteld dat het betekende: 'Na de duisternis van de oorlog, het licht van boeken.'

Hij raapte het boekje op. 'Madame, ik ben politieagent, geen boodschappenjongen. Tegen etenstijd bent u weer thuis en kunt u het haar zelf teruggeven.'

'Je bent een naïeve jongeman.'

Paul rechtte zijn rug en wilde haar het liefst de waarheid vertellen. Naïef! Dat hij geen soldaat was, wilde nog niet zeggen dat hij niets had gezien. Hij had zelfs heel Frankrijk door gereisd. Hij was de kostwinner voor zichzelf en zijn moeder. Waar meende zij het recht vandaan te halen om over hem te oordelen, deze gekke vrouw met die veer in haar haar? Een veer in haar haar. Hij herinnerde zich haar opeens. Nou ja, niet haar persoonlijk, er waren zoveel oude mensen in de bibliotheek die hij niet allemaal bij naam kende. Maar hij herinnerde zich het ontzag waarmee Odile altijd sprak over haar favoriete abonnee, de professor met de pauwenveer in haar haar.

Professor Cohen trok haar jas aan. Toen Paul de gele ster op haar revers zag, brak het zweet hem uit, en druppels van schaamte gleden langs zijn lichaam. Hij had Odile willen vertellen over de drijfjacht, over die vreselijke ochtend in juli, toen hij en de anderen van het korps, onder wie haar vader, duizenden Joden hadden gearresteerd, hele families, zelfs kinderen. Maar het was niet alleen zíjn werk, het was ook dat van haar vader.

Paul keek naar het bibliotheekboekje in zijn handen. Moest hij

Odile beschermen of haar in vertrouwen nemen? Moest hij zijn plicht vervullen en professor Cohen arresteren, of moest hij dit appartement verlaten en nooit meer terugkeren?

36

Odile

Maman weigerde me ook maar ergens naartoe te laten gaan sinds we het slechte nieuws hadden ontvangen. Tien dagen lang achtervolgde ze me door het hele appartement. Ik smachtte naar Rémy en naar de kans om in eenzaamheid om hem te kunnen rouwen, maar Maman verloor me niet uit het oog. Op de bank sloeg ik *The Silence of the Sea*, 843, open en hield het als een schild omhoog. Ik had gewoon een moment van stilte nodig, en het allerliefst zou ik me weer op mijn werk willen storten. De bibliotheek had me nodig, en ik zat hier vast in huis.

'Ik mag hopen dat je niet van streek raakt door dat boek,' zei Maman.

Ik legde het neer. 'Ik heb Boris' terugkeer naar de bibliotheek gemist. Ik weet zeker dat hij nog niet aan werken toe is.'

'Dat ben jij ook niet! We hebben een grote schok te verwerken gekregen.'

De enige bezoeker die door Maman getolereerd werd, was Eugénie. Ik keek naar hen, allebei in het zwart, terwijl ze de worteltjes vertroetelden die in de plantenbakken bij het raam groeiden.

'Nog een dag of twee,' zei Maman.

'Dan zijn ze groter,' beaamde Eugénie.

Ze liepen naar de badkamer, waar ze samen de was uitzochten. De werkster was Parijs ontvlucht, wat niemand haar kwalijk nam. Maar het betekende wel dat de was bleef liggen. Maman en Eugénie hadden oude onderrokken aangetrokken voor het vuile werk. Ze goten kokendheet water over het linnengoed in de tobbe. Schrobben, spoelen, uitwringen. De inspanning toverde een zweem van bevrediging op hun gezichten. Het werk gaf Maman iets te doen, iets wat beter was dan huilen.

Ik probeerde te helpen, maar Eugénie duwde me opzij.

'Het is funest voor je handen. Jij hebt je hele leven nog om dit soort taken te vervullen.'

Ze wrongen de was uit, ik voelde me nutteloos.

'Die oorlog toch,' zei Maman hoofdschuddend.

'Die oorlog toch,' beaamde Eugénie.

Die oorlog smeedde vreemde bondgenootschappen.

'Laat mij maar.' Ik worstelde met een natte handdoek, maar kreeg het nauwelijks voor elkaar om er wat water uit te wringen.

'Ze had het nooit gered op een boerderij,' giechelde Eugénie.

'Mijn dochter is een stadskind,' zei Maman trots. 'Meer hersenen dan spierkracht. Toen ik zo oud was als zij kon ik een kip de nek omdraaien zonder zelfs maar met mijn ogen te knipperen.'

Net toen ik dacht dat ik gek werd – zo erg miste ik Paul en de bibliotheek – wierp Bitsi de voordeur open en drong ze zich langs mijn moeder. Net als wij droeg ze rouwkleding. 'We hebben je nodig.' Ze prikte bestraffend in mijn borst, alsof ze dacht dat het *mijn* idee was geweest om thuis te blijven. 'De gravin is kwetsbaar, Boris zou in bed moeten liggen. We hebben allemaal geleden.'

Eugénies blik schoot naar Maman. 'Odile heeft haar rust nodig.'

'Ik ook,' zei Bitsi. 'En jullie ook.'

'Ik heb Odile hier nodig,' zei Maman met trillende stem. 'Als haar iets overkomt...'

Ik sloeg mijn armen om haar heen; eindelijk begreep ik waarom ze me thuis had gehouden.

Tegen de verveloze deurpost geleund observeerde ik Boris, die druk bezig was achter de uitleenbalie. Hij zag er uitgemergeld uit in zijn pak. Het haar bij zijn slapen was nu met zilver dooraderd. Als de gravin en dr. Fuchs er niet waren geweest... Toen hij me zag stond hij langzaam op, wankel op zijn benen. Bezorgd om zijn verwondingen kuste ik hem voorzichtig op de wangen; hij drukte me bijna plat in zijn broodmagere armen.

Ik snoof de aardse geur van zijn Gitanes op en zei: 'Anna vermoordt je als ze erachter komt dat je hebt gerookt.'

'Ik heb nog steeds één goede long,' protesteerde hij.

Ik lachte. Ik wilde nog niet ophouden met hem aan te raken en veegde een pluisje van zijn das. 'Ik vind het zo erg van je broer,' zei hij.

'Ik weet het. Ik ook.'

Al snel waren we omsingeld. De gravin, Mr. Pryce-Jones, Monsieur de Nerciat en Madame Simon betuigden hun deelneming. Zo jong. Zo verdrietig. Zo zonde. Die oorlog toch... Net toen ik dacht dat ik zou gaan huilen, zei Mr. Pryce-Jones: 'We hebben onze favoriete scheidsrechter gemist.'

Ik glimlachte.

'Zonder jou is er geen lol aan om ruzie te maken,' voegde Monsieur de Nerciat eraan toe.

De toon was luchtig, maar de bezorgdheid in hun ogen vertelde een heel eigen verhaal.

Ik voelde me gezegend dat ik zulke vrienden had, dat ik weer op de plek was waar ik thuishoorde. Onderweg naar de studiezaal snoof ik de verrukkelijkste geur ter wereld op: boeken, boeken, boeken.

Margaret stapte tussen de boekenkasten vandaan, net zo onzeker als de eerste dag dat ze hier was. Ik kromp ineen toen ik me herinnerde dat ze me had willen voorstellen aan haar *Leutnant*.

'Ik heb het gehoord van Rémy,' zei ze.

Tranen welden in mijn ogen op bij het horen van zijn naam,

die nog maar zo zelden werd genoemd.

'Even over de vorige keer,' vervolgde ze. 'Het was te veel gevraagd. Dat besef ik nu.'

'Felix is vast heel aardig, en mijn familie waardeerde het eten dat hij had geregeld voor...' Ik wilde mijn broers naam niet in dezelfde zin noemen als die van haar minnaar.

'Ik heb zo vurig voor jou en je familie gebeden. Het spijt me dat ik je niet thuis ben komen opzoeken – ik wist niet zeker of ik welkom zou zijn.'

De oorlog had ons zoveel afgenomen. Nu moest ik besluiten of ik ook zou toestaan dat hij ons onze vriendschap afnam. 'Het zou zonde van je tijd zijn geweest,' zei ik. 'Maman liet niemand binnen.'

'Zelfs Paul niet?'

'Zelfs Bitsi niet.'

'Je overdreef niet toen je zei dat ze streng was.'

'Er is vast heel veel werk te doen.' Ik gebaarde naar de stapel papieren op mijn bureau. 'Wil je me helpen met het beantwoorden van vragen?'

'Ik zou niets liever willen.'

Het ritme van de bibliotheek nam het over, en we besteedden de hele dag aan het oplossen van puzzels. (Waar kan ik informatie vinden over Camille Claudel? Wat is de geschiedenis van Cleveland?) Ik hield mijn hand in mijn zak, op Rémy's laatste brief. Ik kende hem van begin tot eind uit mijn hoofd, maar toen de laatste abonnees aan het eind van de dag vertrokken, dook één zin in mijn hoofd op: *Laat deze oorlog niet tussen Paul en jou komen.*

Ik belde het politiebureau. 'Ik ben vrij! Kom naar de bibliotheek.'

Toen ik over de binnenplaats ijsbeerde, kwam de gravin naar me toe. 'Ik heb twee keer geprobeerd boeken bij professor Cohen te bezorgen, maar ze was niet thuis. Zou jij het nu nog eens willen proberen?'

'Ik heb vanavond een afspraak met iemand. Mag het morgen?'

'Ja hoor,' zei ze toegeeflijk. 'Heeft die iemand "Een magere wang... een blauw oog"?'

'Ja.' Ik herkende het citaat en voegde eraan toe: 'Maar geen "onbetwistbare geest".'

Ze liep verder, onder de acacia's door waarvan de ritselende bladeren werden verlicht door het vage schijnsel van de straatlantaarns. Ik herinnerde me nóg een zin uit *As You Like It*: *Deze bomen zullen mijn boeken zijn. En in hun basten zal ik mijn gedachten karakter geven.*

Toen Paul arriveerde, liet ik me in zijn armen glijden.

'Ik vind het zo erg van je broer,' zei hij.

Ik kroop dichter tegen hem aan.

'Ik heb geprobeerd op bezoek te komen,' zei hij. 'Je moeder is een dragonder.'

'De oorlog heeft haar veranderd.'

'De oorlog heeft iedereen veranderd.'

Ik wilde niet aan de oorlog denken, niet aan de dierbaren die we hadden verloren, niet aan mijn geliefde Rémy. Onderweg naar huis vroeg ik: 'Hoe is het op je werk?'

'Bizar.'

Dat was ooit een nietszeggende vraag, maar nu voelde hij aan als een geladen pistool. Tijdens het wandelen vroeg ik hem naar zijn tante (ik wist dat ik niet over zijn moeder moest beginnen), maar hij gaf geen antwoord. Ik vroeg of zijn collega al terug was van ziekteverlof. Geen reactie.

'Is alles in orde?'

We bleven stilstaan. Ik zag dat hij iets wilde zeggen.

'Vertel.'

'Een paar dagen geleden... Nou... je vader zegt dat wat we doen...'

'Mijn vader?' zei ik. 'Wat heeft die met wat dan ook te maken?'

Paul haalde zijn schouders op en liep met grote passen door.

Ik haalde hem in. 'Wat is er aan de hand?'

Hij staarde recht voor zich uit. 'Waarom zou er iets aan de hand moeten zijn?'

De volgende dag kwam Paul voor het eerst niet in de bibliotheek langs tijdens zijn rondes. Ik hoopte dat hem niets was overkomen. Hij kreeg op zijn werk met alle lagen van de bevolking te maken. Hij had meer dan eens een eind moeten maken aan een dronkenmansgevecht, en handelaars op de zwarte markt gaven politieagenten die hun illegale winst in beslag wilden nemen nog wel eens een aframmeling. Afgeleid door mijn bezorgdheid vergat ik de boeken die ik bij professor Cohen had zullen bezorgen en ging ik regelrecht naar huis.

Ook de volgende avond kwam Paul niet langs. Na sluitingstijd stopte ik de romans voor professor Cohen in mijn schoudertas. Ik liep de slakkenhuistrap op in de verwachting het getik van haar schrijfmachine te horen, maar er heerste slechts een lugubere stilte. Ik klopte aan. 'Professor?'

Niets.

Ik legde mijn oor tegen de deur. Stilte.

Ik klopte wat harder. 'Professor? Ik ben het, Odile.'

Waar kon ze om deze tijd van de avond zijn? Was ze bij iemand op bezoek of was er iets met haar gebeurd? Misschien was ze naar het platteland gegaan om haar nicht te bezoeken. Maar ze had niet over reisplannen gesproken. Misschien was ze ziek geworden, hoewel ze ondanks alle ontberingen nooit iets mankeerde. Ik klopte nogmaals en wachtte daarna nog twintig minuten alvorens me naar huis te haasten.

De volgende ochtend op het werk zei ik tegen Boris: 'De professor deed voor het eerst niet open. Ik wist niet wat ik moest doen. Had ik er iemand bij moeten halen? Vind je dat ik vandaag weer langs moet gaan?'

Ik verwachtte dat hij zou zeggen dat ik me druk maakte om

niets, maar hij zei: 'Laten we er nu naartoe gaan.'

Onderweg vertrouwde hij me toe dat drie Joodse abonnees bij wie hij boeken had bezorgd spoorloos waren verdwenen. We wisten niet wat we ervan moesten denken. Waren ze Parijs en de dreigende controles van de nazi's ontvlucht, of was er iets met hen gebeurd?

Toen we bij het appartement arriveerden klopte Boris aan; ik riep hard: 'Professor! Ik ben het, Odile', maar er gaf niemand antwoord.

Toen Paul opnieuw een hele week was weggebleven, was ik ten einde raad. Tante Caroline was oom Lionel kwijtgeraakt; Margaret was Lawrence kwijtgeraakt. Misschien was Paul zijn interesse in mij kwijtgeraakt. Sinds mijn familie het slechte nieuws over mijn broer had ontvangen, was ik geen prettig gezelschap geweest. Ik was huilerig en had moeite me te concentreren op wat mensen zeiden. Misschien was Paul bij een ander. Het krioelde in Parijs van de gewillige vrouwen. Ik herinnerde me die keer dat we langs cafés vol Duitse soldaten en hun opzichtig geklede meisjes waren gelopen, hoe hij naar die dellen in hun laag uitgesneden blousejes had gestaard.

Toen ik rond zonsondergang de bibliotheek verliet, stond Paul me op te wachten. Opgelucht wilde ik hem omhelzen, maar hij hield me op een armlengte afstand.

'Wat is er aan de hand?' vroeg ik.

Hij ontweek mijn blik. 'Niet boos worden.'

Ik wist het. Hij stond op het punt mijn hart te breken.

'Het spijt me dat ik niet vaker ben langsgekomen, vooral sinds je het weet van Rémy. Maar het is het werk. Het was vreselijk.'

Wat? Ging dit helemaal niet om een of andere sloerie, maar om zijn werk? Ik voelde me vreselijk dat ik aan hem had getwijfeld.

'Ik ben blij dat je er bent.' Ik stak mijn hand omhoog om zijn haar te strelen, maar hij trok zijn hoofd weg.

'Ik heb iemand gearresteerd die we kennen. Professor Cohen.'

Dit sloeg nergens op. 'Het moet een of andere vergissing zijn.' Cohen was een veelvoorkomende naam.

Hij haalde een boek uit zijn schoudertas. *Good Morning, Midnight*. De laatste roman die ik bij haar had bezorgd. Ik griste het uit zijn hand. 'Wanneer?'

'Een paar weken geleden. Ik wilde het je vertellen...'

'Waarom heb je niets gezegd?' Dát was dus de reden waarom de professor niet thuis was geweest. Nee, onmogelijk. Ik begon in de richting van haar appartement te lopen.

Hij volgde me. 'Laat me met je meegaan.'

'Nee.'

'Het spijt me dat ik het je niet heb verteld,' zei hij. Hij greep me bij mijn arm.

Ik rukte me los en zette het op een rennen. De houten zolen van mijn schoenen maakten een hard, galmend geluid op de stoep. Ik passeerde de dichtgetimmerde slagerij, de *chocolaterie* zonder *chocolat*, de *boulangerie* waar huisvrouwen brood hoopten te kunnen kopen, de *brasserie* waar de moffen hun bier zopen.

Ik nam de slakkenhuistrap met twee treden tegelijk en bonsde op de deur. Er bewoog iemand aan de andere kant, waarschijnlijk de professor die een pot thee zette. Ze was de vorige keren toevallig niet thuis geweest, dat was alles. Maar nu wel. Ik hoorde de parketvloer kraken en het metalige geluid van de sleutel in het slot. Niets aan de hand. Het was een misverstand. Ik leunde tegen de muur en probeerde op adem te komen.

De deur zwaaide open. Een blondine in een strakke blauwe jurk zei: 'Ja?'

Ik ging rechtop staan. 'Ik ben hier voor professor Cohen.'

'Wie?'

'Irène Cohen.' Ik keek langs de vrouw en zag de staande klok, waarvan de wijzers stilstonden op 3.17. De kristallen vaas was gevuld met rozen. Op de boekenplanken stond nu een verzameling bierpullen.

'Je bent aan het verkeerde adres.'

'Dit is het goede adres,' hield ik vol.

'Ze woont hier niet meer. Dit is nu míjn appartement.'

'Weet je waar ze naartoe is gegaan?'

De vrouw sloeg de deur dicht.

Wie wás dat? Wat deed ze in het huis van de professor, tussen haar spullen? Waarom zei ze dat het háár appartement was? Ik had antwoorden nodig, dus liep ik door naar Pauls kamer in het pension.

Bij de deur gebaarde hij dat ik binnen moest komen, maar ik bleef op de gang staan.

'Waarom heb je professor Cohen gearresteerd?'

'Haar naam stond op de lijst met Joden.'

'De lijst? Is er een lijst?'

Hij knikte.

'Heb je ook andere mensen gearresteerd?'

'Ja.'

Ik dacht aan het eerste verlaten appartement waar Paul en ik elkaar stiekem hadden ontmoet. En hoewel ik had gevraagd van wie het was, had het me niet echt iets kunnen schelen. Nu begreep ik van wie de appartementen waren, waarom hun kostbaarheden waren achtergelaten. Ik sloeg vol afschuw mijn hand voor mijn mond toen ik me herinnerde hoe Paul en ik met elkaar hadden gestoeid in de huizen van onbekende mensen, hoe we hadden liggen rollebollen tussen hun lakens.

'Het spijt me dat ik het je niet eerder heb verteld,' zei hij. 'Ik zal nooit meer iets voor je achterhouden.'

Ik keek hem aan en wist niet precies wat ik zag. 'Hoe kan ik haar vinden?'

'Ik ben maar een simpele politieagent, ik heb geen keus. Je weet bij wie je moet zijn.'

Ik vertrok zonder nog iets te zeggen. De dwaze bibliothecaresse van de studieafdeling. Het was mijn werk om feiten te vinden; in plaats daarvan had ik me afgewend van de waarheid. Ik had vragen moeten stellen in plaats van mijn hoofd te begraven in de donzen kussens van vreemden.

Thuis besefte ik dat Paul gelijk had – mijn vader was degene met wie ik moest praten. Zodra ik alles aan hem had uitgelegd, zou hij ervoor zorgen dat de professor werd vrijgelaten, misschien wel binnen een uur.

De tafel was al gedekt. Maman schepte de soep in onze kommen. Grijze noedels zwommen in water. 'Ik zou heel wat overhebben voor een stengel prei,' zei ze.

Papa nipte aan zijn lepel. 'Je doet zoveel met zo weinig.'

'*Merci.*' Voor deze ene keer stond ze het zichzelf toe een complimentje aan te nemen.

'Papa, een van mijn vriendinnen is gearresteerd.'

Zijn lepel bleef stil in de lucht hangen. Zijn ogen schoten nerveus naar Maman.

'Wie dan, liefje?' vroeg ze.

'De professor over wie ik je heb verteld – ze heeft me geholpen die baan in de bibliotheek te krijgen. Paul zei dat hij haar gearresteerd heeft.'

Bevend over haar hele lichaam keek Maman naar Papa. 'Waarom zou hij dat arme mens arresteren? Ach, die oorlog toch.'

'Nu heb je je moeder van streek gemaakt,' zei hij tegen mij.

Ik zag dat hij verder niets meer zou zeggen.

Na het ontbijt ging ik op weg naar mijn vaders commissariaat terwijl ik in mijn hoofd mijn pleidooi opstelde. Ik heb u nooit ergens om gevraagd. Wilt u in elk geval probéren te helpen? Ik liep langs de slaperige bewaker en haastte me door de gang naar zijn kantoor. Het was nog vroeg; zijn secretaresse was er niet om hem te beschermen. Ik duwde de deur open.

Hij stond op achter zijn bureau. 'Is alles goed met Maman?'

'Met haar is alles goed.'

'Wat doe je hier?'

Niet zeker van wat ik moest zeggen keek ik om me heen. Tientallen enveloppen lagen opgestapeld langs de muren. Op de grond vlak bij het bureau lag een slordig hoopje brieven, alsof ze door een boze vuist aan de kant waren geveegd.

Ik raapte er een paar op.

> Roger-Charles Meyer is een raszuivere Jood, voor zover dat ras zuiver kan zijn, en ik zal niet onder stoelen of banken steken dat ik dolblij zal zijn als hij wordt weggehaald... Het is heel eenvoudig wat die man verdient. Ik zou u zeer dankbaar zijn als u zijn teloorgang zou kunnen bewerkstelligen.

De volgende:

> U gaat me toch niet vertellen dat u die smerige Joden accepteert? We hebben er meer dan genoeg van. Terwijl onze dierbaren worden vermoord of gevangengenomen, drijven de Joden handel. Wij, de arme, stomme Fransen, sterven van de honger. En sterven van de honger is nog niet genoeg. Wanneer er rantsoenen zijn, zijn ze voor de Joden.

En de volgende:

> Geachte heer,
>
> Ik schrijf u om u te informeren over een situatie waar u van moet weten. Het gaat om de Rue Du Couédic 49, waar een zekere Maurice Reichmann, een communist van Joodse afkomst, samenwoont met een Franse vrouw. We zijn vaak getuigen van ongehoorde taferelen bij hun deur.

Ik hoop dat u de moeite zult willen nemen om hier iets aan te doen, waarvoor de zakenlieden uit de straat u bij voorbaat hartelijk danken.

De laatste bestond uit een lijst met namen en bijbehorende adressen en functieomschrijvingen, met aan het eind: 74 *gros Juifs*. Vierenzeventig belangrijke Joden.

'Ik begrijp het niet.' Ik gooide de brieven in de prullenbak.

'Verraadbrieven,' zei papa onwillig. 'Wij noemen ze "klikbrieven".'

'Klikbrieven?'

'Van slechte mensen die hun buren, collega's en vrienden bespioneren. Zelfs familieleden.'

'Zijn ze allemaal zoals deze?' vroeg ik.

'Sommige zijn ondertekend, maar de meeste zijn inderdaad anoniem, en wijzen ons op handelaren op de zwarte markt, *résistants*, Joden, mensen die naar de Engelse radio luisteren of slechte dingen over de Duitsers zeggen.'

'Hoelang is dit al aan de gang?'

'Sinds 1941, toen maarschalk Pétain op de radio zei dat het achterhouden van informatie een misdrijf is. Deze "verklikkers" hebben zichzelf ervan overtuigd dat ze hun plicht als patriot vervullen. Het is mijn taak om de accuraatheid van elke brief te verifiëren.'

'Maar papa...'

'Mij is duidelijk gemaakt dat als ik het werk niet te verteren vind, er tien mensen in de rij staan voor mijn baan.'

'Het is niet rechtvaardig.'

'Dat is jou laten verhongeren ook niet.'

Ik had aangenomen dat hij de hele dag mensen aan het helpen was...

'Doet u dit... voor mij?'

'Alles wat Maman en ik de laatste twintig jaar hebben gedaan, was voor jou en je broer! Zijn bijlessen Latijn. Jouw Engelse lessen. En je uitzet. Maman heeft bijna haar ogen verpest met al dat borduurwerk. Tegen de tijd dat je trouwt, heb je genoeg spullen om een warenhuis te vullen.'

'Maar ik heb nooit ergens om gevraagd.'

'Dat hoefde je ook niet.'

Het besef trof me als een mokerslag. Mijn hele leven was ik trots geweest. Ik had nooit geaarzeld om me tegen papa af te zetten en mijn eigen mening te vormen. Ik had gezien wat er met tante Caro was gebeurd en had hard gewerkt voor mijn eigen onafhankelijkheid. Nu begreep ik, met verontrustende helderheid, dat hoewel ik nooit ergens om had gevraagd, dat ook nooit nodig was geweest – mijn ouders hadden kleding, mogelijkheden en zelfs huwelijkskandidaten als een rode loper voor me neergelegd. Ik was verbijsterd. Paul was niet wie ik dacht dat hij was. Papa was niet wie ik dacht dat hij was. Ik was niet wie ik dacht dat ik was.

Mijn vader haalde de brieven uit de prullenbak. 'Ik zal mijn plicht vervullen en ze een voor een onderzoeken.'

'Plicht?'

'Het is mijn taak om de wet te handhaven.'

'Maar wat als de wet verkeerd is? Hoe zit het met alle onschuldige mannen en vrouwen die onder deze beschuldigingen moeten lijden?' Ik hoorde mijn stem overslaan, zoals altijd wanneer ik ruziemaakte met mijn vader. Ik herinnerde mezelf eraan dat ik hier was met een reden. 'Papa, kunnen we alstublieft over professor Cohen praten?'

'Elke dagen vragen tientallen mensen die op zoek zijn naar familieleden me om hulp. Ik kan hen niet helpen en ik kan jou niet helpen!' Hij pakte me bij mijn arm en duwde me zijn kantoor uit. 'Ik heb al eerder gezegd dat ik niet wil dat je hier komt. Dit is geen plek voor een eerzame jongedame.'

Buiten, in de kou, dook ik diep weg in mijn sjaal. *Hoe kan ik de professor helpen?* vroeg ik aan Rémy.

Vertel het de gravin, hoorde ik hem zeggen. Hij had gelijk. Zij had veel contacten in hoge kringen. Ze kon ongetwijfeld helpen. Ik haastte me regelrecht naar haar kantoor.

Ze stond bij haar bureau in haar theekopje te staren. Haar mond was een bedroefde *moue*. 'Ik heb het de anderen al verteld en nu moet ik het jou vertellen,' zei ze beverig. 'Onze vriendin Irène Cohen zal gedeporteerd worden.'

Het was nog niet te laat. De gravin en dr. Fuchs konden haar redden, net zoals ze Boris hadden gered.

'Ze was in Drancy.'

Een detentiecentrum ten noorden van Parijs.

Wacht. Wás?

'De omstandigheden zijn daar erbarmelijk. Ik kon mijn oren nauwelijks geloven toen mijn echtgenoot het beschreef. We hebben nog geprobeerd Irène uit hun handen te redden, maar helaas...'

Nee. Niet ook professor Cohen. De grond onder me bewoog; ik stak mijn arm uit en legde mijn hand plat tegen de muur. Ik had het gevoel dat alles zou instorten als ik me niet vasthield.

'Ze probeerde een boodschap aan me door te geven,' zei ik. 'Mijn vader... de brieven... Het is mijn schuld.'

'Je mag het jezelf niet kwalijk nemen,' zei de gravin. 'We hebben gehoord dat de zoon en schoondochter van Madame Simon het appartement van de professor hebben betrokken. Je hoeft geen Sherlock Holmes te zijn om te begrijpen wat er is gebeurd. Madame en haar zoon hadden blijkbaar contact met een aantal commissariaten en zelfs met de Gestapo.'

Had die heks met het tweedehands kunstgebit klikbrieven geschreven? We hadden haar bijna elke dag gezien en kwamen er nu pas achter hoe ze werkelijk was? 'Ze kan maar beter nooit terugkomen!'

'Geloof me, dat gaat ook niet gebeuren. Maar ik was nog niet klaar. Irène is spoorloos. Mijn man denkt dat ze zich misschien uit het detentiecentrum heeft weten te smokkelen.'

De professor had de loodzware training van een prima ballerina en de bijna onmogelijke studie aan de Sorbonne doorstaan, waar ze tegen alle verwachtingen in had lesgegeven. Ze had drie echtgenoten overleefd. Als iemand uit een gevangenis kon ontsnappen, dan was zij het. Ze zou niet naar haar appartement kunnen terugkeren, maar ze kon vast terecht bij vrienden op het platteland... Ik moest geloven dat ze veilig was, dat haar verhaal een goed einde had. Ik dacht aan een passage *uit Good Morning, Midnight*: *Ik wil een lang, bedaard boek over mensen met hoge inkomens – een boek als een vlakke, groene weide en de schapen die erin grazen... ik lees bijna voortdurend en ik ben gelukkig.*

37

Odile

Ik zat aan mijn bureau, met mijn pen in mijn hand, en bleef maar aan die klikbrieven denken. Het klopte dat Parijzenaren zich bewust waren van uiterlijkheden, van hoe vrienden en onbekenden zich kleedden. We bewonderden een sjaal die op de juiste manier werd gedragen, een speels schuinstaande hoed, maar nu was die waardering getransformeerd tot kritiek, afgunst zelfs. Wie denkt ze dat ze is om zo met die bontjas te flaneren? Hoe komt hij aan die nieuwe schoenen? Wat heeft Margaret gedaan voor die gouden armband?

Ik vroeg me af wie dat soort brieven zou schrijven. Ik keek naar de man in de door motten aangevreten jas. Heb jij er eentje geschreven? Mijn blik zwierf naar de vrouw met de blauwe baret op. Of was jij het? Iedereen zag er normaal uit. Of wat normaal was geworden: hongerig en verwilderd.

Boris kwam me eraan herinneren dat hij vroeg weg moest voor een doktersafspraak. 'Je lijkt afwezig.'

'Ik voel me gewoon rot,' zei ik.

Die brieven. Er moest een manier zijn om anderen voor het lot van professor Cohen te behoeden. Aan de uitleenbalie, waar Margaret en ik boeken voor abonnees afstempelden, besefte ik dat er geen arrestaties zouden plaatsvinden als er geen klikbrieven zouden zijn.

Ik trok aan de kraag van mijn blouse. Hoe kon het zo warm zijn in november?

'Je bloost,' zei ze plagend. 'Denk je aan Paul?'

Haar luchthartige toon was aan me verspild en ik schudde mijn hoofd.

'Waar is hij trouwens? Ik heb hem hier al in geen tijden gezien.'

'Ik moet weg,' zei ik, 'een uurtje maar. Wil jij de boel hier in de gaten houden?'

'Maar ik ben een vrijwilliger.'

'Doe gewoon net zo bazig als Boris. Je redt je wel.'

'Maar waarom moet je weg? Ben je ziek?'

'Ja,' zei ik afwezig. 'Ik voel me niet zo lekker.'

Ik spurtte over de boulevard terwijl ik verklaringen bedacht voor het geval papa's secretaresse de wacht hield: 'Ik was in de buurt.' Voor het geval hij aan het werk was: 'Maman wilde weten of u thuis komt eten.' Ik hoopte dat er niemand aanwezig zou zijn, dat ik erin, eruit en weer terug zou zijn zonder dat iemand anders dan Margaret had gemerkt dat ik weg was.

Voor het commissariaat aarzelde ik. Ik was bang om gesnapt te worden. Wanneer papa kwaad was, was zijn toorn angstaanjagend. Toch was ik banger voor de persoon die ik was geworden als ik nu niets deed. Ik dacht aan die brieven, die elke dag opnieuw binnenstroomden, en liep met kordate stappen naar binnen. Om de mannen in uniform te ontwijken die er rondliepen bleef ik dicht bij de muur.

Papa's secretaresse was er niet en zijn deur was niet op slot. Ik bekeek de stapel brieven op het bureau, de kast, de vensterbank, en stak er toen een handvol van in mijn schoudertas. Ik gespte de klep dicht en gluurde naar buiten. Het krioelde van de mannen. Met mijn tas tegen me aan geklemd sloop ik door de gang.

'Jij daar, staan blijven!' riep een bewaker.

Ik liep met opgeheven hoofd door.

'Halt!'

Ik stond op het punt het op een lopen te zetten toen vettige vingers me bij mijn nekvel grepen.

'Vanwaar die haast?' vroeg de politieagent, met één hand in mijn nek en de andere op het pistool in zijn holster.

Ik had me zo op Papa geconcentreerd dat ik er niet bij had stilgestaan dat er gevaar van een andere kant zou kunnen komen. Ik was zo bang dat ik geen woord kon uitbrengen.

Mannen doken uit hun kantoren op. Sommigen keken streng, anderen bezorgd. Een witharige commandant vroeg: 'Wat is hier aan de hand?'

'Ze sloop hier rond, meneer.'

De commandant fronste. 'Wat doet u hier, mademoiselle?'

Ik gaf geen antwoord. Ik kon het niet.

'Laat je identiteitsbewijs zien,' beval de bewaker.

Mijn *carte d'identité* zat in mijn tas. Deed ik hem open, dan zagen ze de brieven.

De bewaker greep mijn tas beet, en instinctief, alsof hij een zakkenroller in de *métro* was, rukte ik hem los uit zijn greep.

Eindelijk vond ik mijn stem terug. 'Ik was op zoek naar mijn vader, maar hij was er niet.' Ik wees in de richting van zijn kantoor.

Het gezicht van de commandant ontspande. 'Jij moet Odile zijn. Je vader heeft gelijk, je bent het mooiste meisje in Parijs. Sorry voor de ruwe aanpak. We hebben onze bewaking moeten verdubbelen vanwege saboteurs.'

'Saboteurs?' zei ik zwakjes. Was ik dat, een saboteur? Saboteurs kregen levenslang. In de bibliotheek waren we er onlangs achter gekomen dat een van onze abonnees was veroordeeld tot dwangarbeid voor het afdrukken van geschriften voor het verzet.

'Je hoeft niet bang te zijn,' zei hij. 'We zullen ervoor zorgen dat je vader niets overkomt.'

Ik probeerde 'Dank u' te zeggen, maar mijn mond trilde alleen.

'Je bent nogal verlegen, hè? Breek je mooie hoofdje er maar niet over en ga snel naar huis.'

Ik hees mijn tas over mijn schouder en haastte me terug naar de bibliotheek.

'Nou?' zei Margaret, en ze volgde me naar de open haard. 'Wat was er zo verdraaid belangrijk?'

Ik gooide de brieven in het vuur en keek toe terwijl ze verbrandden. 'Ik moest iets doen.'

'Besef je wel wat een risico je hebt genomen?'

Was ze erachter gekomen wat ik had gedaan? 'W-wat bedoel je?'

'Het is vreselijk onverantwoordelijk om de bibliotheek onbeheerd achter te laten! De gravin is uitgeput – wist je dat ze zo vastberaden is om deze plek te beschermen dat ze de nacht in haar kantoor doorbrengt? Bitsi doet geen mond open wanneer jij er niet bent. Boris mag eigenlijk nog niet werken. We rekenen op jou.'

Vanaf de binnenplaats staarde Paul door het raam naar me, met een gezicht vol pijn. Ik schudde mijn hoofd. Hij vertrok. Om de paar dagen probeerde hij het opnieuw. Hij volgde me tussen de boekenkasten door, door de straten, door de grauwe winterregen. Hij was bij me, zelfs wanneer hij dat niet was. Ik was boos dat hij me niet meteen over de professor had verteld. Boos op mezelf omdat ik zo blind was geweest. Boos omdat ik hem toch miste.

Ik volgde het kiezelpad door de ochtendmist en was bijna bij de bibliotheek toen hij me inhaalde. 'Kun je het me vergeven?'

'Wist je dat ze professor Cohen naar Drancy hebben gestuurd?'

'Nee, dat wist ik niet.'

'Niemand weet wat er van haar is geworden.'

Met gebogen hoofd liep hij weg. Ik voelde mijn schouders zakken. Zijn aanwezigheid herinnerde me eraan hoe makkelijk ik mijn ogen had gesloten en in de huizen van oorlogsslachtoffers had rondgedarteld.

Elke dag haastte ik me in mijn lunchpauze naar het commissariaat, langs de strijdlustige bewaker naar papa's kantoor, waar ik brieven in mijn tas propte. Terug in de bibliotheek verbrandde ik ze. In de loop der weken groeide mijn zelfvertrouwen. In plaats van vijf pakte ik er tien. Er bleven er honderden over en elke dag kwamen er nieuwe binnen. Hoewel ik ze het liefst allemaal zou vernietigen, wist ik dat dat alleen maar achterdocht zou opwekken.

Toch bleef ik bang om gesnapt te worden. Op de terugweg naar mijn werk keek ik voortdurend over mijn schouder. Thuis ontwikkelde ik een tic. Voor de zondagse mis stond ik in de hal en knoopte mijn sjaal vast. Papa bleef stilstaan om zijn stropdas recht te trekken. Onze ogen ontmoetten elkaar in de spiegel.

'*Ça va?*' vroeg hij zacht.

Ik knikte.

'Het spijt me dat ik niet...'

'Dat u wát niet?' zei ik snibbig.

Hij wendde zijn blik af.

Terwijl hij zijn colbertje ging halen, zei Maman: 'Je bent de afgelopen weken jezelf niet. Wat is er aan de hand?'

'Niets.'

'Je bent de laatste tijd zo... ontwijkend. Waarom komt Paul nooit meer langs?'

'Als we nu niet gaan, komen we te laat.'

Ze voelde aan mijn voorhoofd. 'Je hebt vast iets onder de leden. Of je...' Ze wierp een geschokte blik op mijn buik.

Blozend zei ik: 'Het is niet wat je denkt.'

'Blijf thuis. Rust uit.'

Nadat ze waren vertrokken, schreef ik in mijn dagboek: *Lieve Rémy, ik ben egoïstisch en blind geweest. Ik heb de professor in de steek gelaten, maar ik probeer het goed te maken.*

De bel ging en ik liep naar de deur, in de veronderstelling dat Maman haar tas had vergeten.

'Ik had niet moeten komen,' zei Paul. 'Maar thuis vinden ze me misschien.'

Rond zijn neusvleugels zat geronnen bloed.

'Wat is er gebeurd?' Ik gebaarde dat hij binnen moest komen.

Hij bleef stokstijf staan. 'Ik wil niet dat je ouders me zo zien.'

'Ze zijn naar de mis. Vertel, wat is er gebeurd?' vroeg ik terwijl ik een stoel voor hem pakte.

'Een van die nazi's zwalkte over straat, stomdronken. Ik greep hem van achteren beet en begon hem in elkaar te slaan. Ik wilde dat hij spijt kreeg dat hij hier ooit naartoe was gekomen. Hij vocht terug, maar ik weet zeker dat ik zijn neus heb gebroken. En misschien een paar van zijn ribben. Toen ben ik ervandoor gegaan. Ik heb geen spijt van wat ik heb gedaan, maar je weet tegenwoordig nooit wie er toekijkt.'

'Je bent nu veilig.' Ik veegde zijn gezicht schoon met mijn zakdoek. Ik had het gemist om hem aan te raken, om door hem te worden aangeraakt. Ik was blij dat hij was gekomen, hoewel ik wenste dat we konden terugkeren naar die dag op het Gare du Nord – naar de tijd dat ik maar één ding voor hem voelde: onvoorwaardelijke liefde.

'De grootste arrestatie die ik voordat dit alles gebeurde had verricht, was voor ordeverstoring. Toen ik... Nou ja, ik had nooit gedacht dat ze een oude dame zoals zij zouden vasthouden.'

'Je kon het niet weten.' Ik dacht aan de boeken die ik had moeten afleveren. 'We hebben allemaal wel ergens spijt van.'

'Ik hou van je,' zei hij. 'Zeg dat je het me zult vergeven.'

38

Odile

In het kantoor van de gravin keek ik naar de geïmproviseerde matras waar ze elke nacht op sliep om over de bibliotheek te kunnen waken – ze was zeventig jaar oud, maar nog steeds bereid het tegen nazisoldaten op te nemen. Naast haar kussen lagen een paar boeken. Ik boog me voorover om de titels te lezen, maar Bitsi trok me aan mijn mouw mee naar de anderen die zich bij het bureau hadden verzameld. Vergaderingen waar ooit talloze medewerkers bij aanwezig waren, werden nu alleen bijgewoond door de secretaresse, de conciërge, Bitsi, Boris, Margaret, mij en Clara de Chambrun.

'Mr. Pryce-Jones is gearresteerd,' begon de gravin, 'en naar een interneringskamp gebracht.'

Nee, niet weer een vriend kwijt, opgesloten omdat hij een 'vijandelijke vreemdeling' was.

'Monsieur de Nerciat doet wat hij kan om hem vrij te krijgen,' vervolgde ze.

'Ik heb verontrustende verslagen gelezen,' zei Boris. 'Ze sturen mensen niet naar interneringskampen, maar naar vernietigingskampen.'

'Propaganda,' zei ik afwerend. 'Denk aan alle geruchten die we hebben gehoord.'

'Is hij verraden?' vroeg Bitsi.

'Waarschijnlijk wel,' zei Boris.

Deze oorlog nam me iedereen om wie ik gaf af. Alles – mijn land, mijn stad, mijn vrienden – was geplunderd en verraden, en ik zou er een eind aan maken op de enige manier die ik kon bedenken. Ik moest die brieven vernietigen. Het kon me niet meer schelen of ik erdoor in de problemen zou komen. Eén ding was zeker. Er zou iets branden. Ik rende de bibliotheek uit terwijl Boris en Bitsi me nariepen.

'Kom terug!'

'Je bent van streek!'

Bij het commissariaat aangekomen rende ik naar mijn vaders kantoor en deed de deur achter me dicht. Ik pakte een brief en scheurde hem doormidden, en een volgende, en nog eentje. Het geluid van papier dat werd doorgescheurd had nog nooit zo bevredigend geklonken. In het besef dat mijn vader elk moment kon binnenstappen propte ik een handvol brieven in mijn tas, zodat ze werden gereduceerd tot slordige proppen.

De deurknop klikte en de deur zwaaide open. Ik stapte bij het bureau vandaan terwijl ik snel de klep van mijn tas dichtmaakte.

'Mijn plichtsgetrouwe dochter,' zei papa droogjes. 'Kom je me een bezoekje brengen?'

Ik wist niet hoe ik moest reageren.

Beledigd? Vertrouwt u uw eigen dochter niet?

Nonchalant? Ja, hier ben ik. Nou en?

Eerlijk? Ja, ik ben een dief.

'Ik heb een brief gekregen met de vraag waarom de politie niet heeft gehandeld naar aanleiding van informatie uit eerdere "correspondentie". Ik snapte er niets van, aangezien we elke beschuldiging hebben onderzocht. Ik begreep het niet.' Hij wierp een scherpe blik op de brieven die ik had doorgescheurd. 'Nu wel.'

Mijn hand klemde zich om mijn tas.

'Heb je niets tot je verdediging te zeggen?' vroeg hij.

Ik schudde mijn hoofd.

'Ik zou gearresteerd kunnen worden,' zei hij. 'Verraders worden ter dood veroordeeld.'

'Maar ze zouden ú de schuld toch niet geven?'

'Mijn hemel, hoe kun je nog steeds zo naïef zijn?' Hij legde zijn handpalmen op zijn bureau en boog zijn hoofd, verslagen bijna.

'Maar papa...'

'Ieder ander zou ik arresteren. Ga naar huis. En kom hier nooit meer terug.'

Ik vertrok met slechts een handvol brieven. Het belangrijkste wat ik kon doen – en ik had gefaald.

39

Lily

FROID, MONTANA, AUGUSTUS 1987

In een hoek gedreven tussen de truien en geheimen in de kledingkast staarde ik naar Odile, die, elegant als altijd, nog steeds haar beautycase in haar hand had. De brieven lagen tussen ons in op de grond. *Waarom zoekt u niet naar niet-aangemelde Joden die ondergedoken zitten? Mijn aanwijzingen zijn accuraat, nu is het aan u.*

'Wie bent u?' vroeg ik.

Odiles mond ging open en weer dicht, en werd toen een strakke streep. Haar kin ging omhoog, en net zoals ik op een andere manier naar haar keek, keek zij op een andere manier naar mij. Behoedzaam en met ogen die vervuld waren van pijn. Toen ze niets zei, greep ik de brieven vast en duwde ze in haar gezicht. Ze verroerde zich niet.

'Waarom hebt u deze in uw bezit?' wilde ik weten.

'Ik heb ze niet verbrand, zoals de andere... dat was wel mijn bedoeling.'

'Ik dacht dat u een heldin was, dat u Joden verborgen hield.'

Ze zuchtte. 'Nee, helaas niet. Ik verborg alleen brieven.'

'Voor wie?'

'Voor mijn vader.'

'Dat slaat nergens op. Hij was toch bij de politie?'

Haar ogen stonden gekweld, alsof ze een geest had gezien. Stilte vulde de kast, de slaapkamer, onze vriendschap. Er was alleen de eenzame kreet van een verdwaalde meeuw, de vuilniswagen die door de steeg ratelde, het gebonk van mijn meelijwekkende hart.

'In het begin van de oorlog,' zei ze, 'arresteerde de politie communisten. Tijdens de bezetting vervolgden ze Joden. Mensen schreven brieven om buren te verraden. Een aantal van die brieven werd naar mijn vader gestuurd. Ik stal ze opdat er geen onschuldigen konden worden vervolgd.'

'Hebt u ze niet geschreven?' Al terwijl ik de vraag stelde, wist ik dat ze dat niet had gedaan.

Odile staarde naar de brieven in mijn bevende hand. 'Ik neem het je niet kwalijk dat je uit verveling of nieuwsgierigheid in mijn spullen hebt gesnuffeld.' Haar ogen werden killer, tot ze niet meer waren dan spleetjes waardoor ze me aankeek alsof ik niets was. 'Maar dat je gelooft dat ik die woorden zou kunnen schrijven! Wat heb ik gedaan om jou te doen geloven dat ik tot zoiets gruwelijks in staat zou zijn?'

Ze staarde uit het raam, en ik besefte dat ze dat deed omdat ze het niet kon verdragen me aan te kijken. Ik had niet het recht gehad om in haar kast te snuffelen en in haar verleden te wroeten. Om dingen naar boven te halen die ze met een goede reden had begraven. De oorlog, de rol die haar vader had gespeeld, misschien zelfs de reden waarom ze Frankrijk had verlaten

'En dan te bedenken dat ik eerder thuis ben gekomen omdat ik jou miste.' Ze liet zich op het bed zakken. Daar zat ze, niet statig rechtop, maar met een rug die gebogen ging onder smart.

'Ga weg,' zei ze tegen me. 'En kom niet meer terug.'

'Nee, alstublieft.' Hoofdschuddend liep ik op haar af. Hoe had ik haar van zoiets kunnen betichten? Ik zou het goedmaken met haar. Ik zou haar tuin verzorgen, haar gras maaien, de hele winter sneeuwruimen. Ik zou haar mijn stomme, impulsieve vraag doen vergeten. 'Het spijt me.'

Odile stond op en liep de kamer uit. Ik hoorde de voordeur opengaan. Ze liep naar buiten.

In de woonkamer deed ik de deur dicht en zette toen haar boeken terug, hopelijk in de juiste volgorde. Met kaarsrechte rug ging ik op de bank zitten en keek naar haar uit. Ik durfde me nauwelijks te bewegen terwijl ik wachtte, eerst een uur, toen twee. Ze kwam niet terug.

Ze had zo definitief geklonken. Dat zei ik tegen Eleanor. Ik hoopte dat ze tegen me tekeer zou gaan, maar ze zei: 'Natuurlijk is ze boos. Nu snap je waarom je vader en ik tegen je zeiden dat je niet in andermans spullen mag snuffelen.'

Wat ik had gedaan was erger dan snuffelen, maar ik schaamde me te erg om mijn echte misdaad op te biechten.

De volgende dag klopte ik op Odiles deur, maar ze deed niet open. Die avond schreef ik een verontschuldigingsbrief en deed die in haar brievenbus. Toen ik die ochtend naar school vertrok, vond ik hem ongeopend op onze deurmat. Tijdens de mis, terwijl sommige mensen baden dat we de Sovjets te grazen zouden nemen voordat ze ons te grazen namen, liet ik me op mijn knieën vallen en smeekte ik om Odiles vergiffenis. Na de dienst stonden vader Maloney en zij te kletsen in de vestibule. Ze straalde toen ze over Chicago sprak. Toen ik op hen afliep, verontschuldigde ze zich en ging ze naar huis in plaats van naar het zaaltje. De week daarop ging ik in dezelfde kerkbank zitten als zij, in de kinderlijke hoop dat ze na het Onzevader, wanneer parochianen elkaar altijd de hand schudden en 'Vrede zij met je' zeggen, in elk geval naar me zou kijken. Maar Odile kwam niet meer naar de mis.

In het zaaltje verzamelden de dames zich achter het buffet om sap en donuts te serveren. Odile had al een hele maand aan zondagen gemist.

'Heeft iemand mevrouw Gustafson gezien?' mompelde mevrouw Ivers.

'Ik ben bij haar langs geweest,' antwoordde de oude mevrouw Murdoch. 'Ik hoorde haar binnen stommelen, maar ze kwam niet naar de deur.'

'Net als toen.'

'Ik wou dat we destijds wat vriendelijker waren geweest.'

'Ik ook.'

'Er moet iets vreselijks zijn gebeurd. Zelfs toen haar zoon was gestorven, heeft ze nooit een mis overgeslagen.'

Eleanor besloot dat het doodzwijgen lang genoeg had geduurd en marcheerde naar Odiles huis. 'Lily weet dat ze fout zat,' pleitte ze voor me op de veranda. 'Ze is een jong meisje dat een vergissing heeft begaan. Een meisje dat van je houdt en dat je mist.'

Odile liet Eleanor haar zegje doen en deed toen zachtjes de deur dicht.

Ik had behoefde aan goddelijke interventie, dus droeg ik Joe naar de kerk en stak ik alle kaarsjes aan die ik kon vinden. 'Wij bid,' zei hij.

Ik gaf God twee dagen. Toen hij niet reageerde, koos ik voor een directere aanpak. In de pastorie nodigde de pastoor me uit in de keuken. Zonder zijn ambtsgewaad leek hij op iemands grootvader. Hij schoof een bord met koekjes in mijn richting, maar ik had geen trek. Ik bedacht dat halve waarheden beter waren dan helemaal geen waarheden, dus bedacht ik een verhaal waarbij ik het zorgvuldig vermeed om iets over de door mij geuite beschuldigingen te zeggen.

'Is dat alles?' vroeg de biechtvader sceptisch.

Ik had zo lang een hartsgeheim willen hebben. Iets wat alleen ik wist. Nu had ik er eentje, maar het was geen opwindend geheim, het was dieptriest.

'Ze betrapte me terwijl ik in haar spullen snuffelde. Dat vind ik nogal wat.'

'Genoeg om haar niet meer naar de mis te laten komen?'

'Waarom wil ze mijn verontschuldigingen niet accepteren?'

'Soms kunnen mensen die moeilijke tijden hebben meegemaakt of verraden zijn alleen maar overleven door de persoon die hen kwetst volledig uit hun leven te bannen.'

Ze was nooit teruggekeerd naar Frankrijk, had nooit over haar ouders of tantes en ooms of neven of nichten gesproken. Odile had haar hele familie verlaten – het zou haar weinig moeite kosten om mij uit haar leven te bannen.

Op zaterdagmiddag parkeerde de pastoor zijn auto voor de deur. Zachtjes deed ik mijn raam open en dook weg, zodat niemand me zag spioneren. Odile en hij voerden een vriendschappelijk gesprek op haar veranda over de inzameling voor de voedselbank. Zodra hij mijn naam noemde, verdween ze weer in haar huis.

Het leven ging verder zonder Odile. Ik begon mijn eerste jaar op mijn nieuwe school zonder onze Franse lessen. Ik had sinds het overlijden van mijn moeder niet zo'n groot verlies geleden. Maar mijn moeder had geen keuze gehad. Odile koos er zelf voor om weg te blijven. Wanneer ik van school naar huis draafde, passeerde ik haar huis. De gordijnen waren gesloten. Ik wist dat als ik aan de deur zou rammelen, hij gesloten zou zijn.

Tijdens onze lunchtijd doken Mary Louise en Keith onder de tribune om te vozen, zodat ik alleen achterbleef in de kantine. Tiffany Ivers glibberde op me af. 'Je stiefmoeder kan vast niet wachten tot je je diploma hebt en ze geen last meer van je heeft.'

Tiffany pestte John Brady omdat zijn vader de conciërge was; en ze kreeg iedereen zo gek om Mary Matthews Pizza Pepperoni te noemen vanwege haar acné. Ik was de enige leerling op school met een stiefmoeder. Scheidingen waren een probleem uit de grote stad, en de dood van een moeder op zo'n jonge leeftijd was gelukkig een zeldzaamheid. Ik zou niet willen dat iemand hetzelfde moest meemaken als ik.

'Weet je hoe je "stiefmoeder" zegt in het Frans?' vroeg ik.

Ze staarde me aan, met die doffe ogen van haar half verborgen onder haar pluizige pony. Waarom had ik mijn geluk al die jaren vergeleken met het hare, mijn uiterlijk met het hare? Ik herinnerde me de trui die mijn moeder had gehaakt, en dat ik Tiffany Ivers' mening belangrijker had gevonden dan mijn moeders gevoelens.

'*Belle-mère*,' zei ik. 'Het betekent "mooie moeder".'

'Moet dat Frans voorstellen? Het klinkt meer alsof je een of ander spraakgebrek hebt.'

Een paar jaar geleden zou dat me kwaad hebben gemaakt. Nu wist ik dat ik mensen die wrede dingen zeiden uit mijn leven moest schrappen. Ik liet haar staan waar ze stond en liep weg. Uit de buurt van haar gemene opmerkingen, van haar kleingeestigheid, voelde ik me sterker.

Zelfs tijdens haar stilzwijgen leerde ik dingen van Odile.

Zaterdagochtend werd ik om 7.33 uur wakker van het geschreeuw van Scooby-Doo. 'Er proberen mensen te slapen,' riep ik de gang in.

'Okidoki,' riep Joe terug, en hij draaide het volume een half streepje lager.

Joe en Benjy, Benjy en Joe. Ik hield van ze, maar ik werd ook knettergek van ze. Elke keer wanneer ik ging zitten, greep Benjy me bij mijn middel en hees hij zich op mijn schoot. Als ons huis een refrein had, dan was het: 'Joe, liefje, wil je je vinger uit je neus halen? Joe, haal onmiddellijk je vinger uit je neus. Haal die vinger eruit! Nu meteen!' God, wat miste ik Odile. Er ging geen moment voorbij waarop ik niet besefte wat ik had verloren, wat ik had weggegooid door roekeloos en zelfzuchtig te zijn.

Eleanor wierp een blik in mijn kamer. 'Zullen we een stukje gaan rijden?' zei ze. 'Dan kun je dat proefrijbewijs nuttig gebruiken.'

'En de jongens dan?' We gingen nergens heen zonder hen. We gingen nergens heen, punt.

'Je vader zal er niet dood van gaan als hij een keer op ze past. We maken er een meidendag van. We gaan naar Good Hope.'

Ik genoot van het gevoel van mijn vingers om het stuur, het geronk van de motor wanneer ik het gaspedaal intrapte, de uitgestrekte weilanden, de koeien die ons nakeken wanneer we voorbijzoefden. Ik genoot ervan dat er meer radiostations bij kwamen naarmate we dichter bij de stad kwamen. Ik genoot ervan om weg te zijn van school, van de jongens, van de manier waarop ik Odile had gekwetst.

Good Hope had dertigduizend inwoners. Vlak voordat we de stadsgrens bereikten, zette ik de auto aan de kant zodat Eleanor het stuur kon overnemen. We reden langs een Dairy Queen en een Best Western, ketens die in de rest van de wereld bestonden. In Froid stonden stoplichten waar niemand voor stopte; in Good Hope gingen ze echt op rood. De stoepen waren twee keer zo breed als die van ons, en automobilisten moesten betalen om te mogen parkeren. We stopten vlak voor een van de grootste warenhuizen in Montana: The Bon Marché. Dat is Frans voor 'de goede markt'. Vijf verdiepingen van lichtgekleurde baksteen glansden in de zon. Zelfs de deuren waren imposant en goudkleurig, zonder ook maar één smet. Binnen kwam de geur van Wind Song ons tegemoet. Eilanden van cosmetica lonkten naar ons. Eleanor nam me mee naar de balie van Clinique, waar de verkoopster een lange witte jas droeg, als een dokter, als iemand die we konden vertrouwen. Ze trok met verschillende tinten lippenstift strepen op haar pols. Ze leken op strookjes zijde. Met z'n drietjes bestudeerden we ze nauwkeurig, alsof we gordijnen uitzochten voor het landhuis van de gouverneur.

We besloten dat het Perfect Peach moest worden, en Eleanor haalde haar chequeboek tevoorschijn.

'Ga jij niets kopen?' vroeg ik.

'Ik denk het niet.'

'Je verdient iets moois.'

'We zien wel.' Ze keek beschaamd, en ik begreep niet waarom. Ze was een getrouwde vrouw. Het was toch ook háár geld, of niet soms?

Ik hield voet bij stuk. 'We hebben dat hele eind gereden.'

Eleanor liet zich overhalen. Ze kocht een zilveren huls in de kleur Pale Poppies. En hij stond haar prachtig.

In de Mezzanine Bistro, die uitkeek op de parterre, kozen we een tafeltje vlak naast de rand van plexiglas, zodat we mensen konden kijken alsof we in een café in Parijs zaten. Nadat we hadden besteld, zagen we een elegante verkoopster haar kousen ophijsen toen ze dacht dat er niemand keek.

Toen de serveerster Eleanors clubsandwich en mijn *French dip* voor ons neerzette, vroeg ze: 'Heb je een leuke dag?'

'*Mais oui*,' zei ik, en ik dipte mijn sandwich in de jus.

Na de lunch wasten Ellie en ik onze handen op het damestoilet. Voor de spiegel tuitten we onze lippen en brachten we nieuwe lippenstift aan. Ik had me nog nooit zo verwant gevoeld aan haar als nu.

We stapten in de stationwagen en reden de stad uit. De rockmuziek op de radio begon weg te vallen en Ellie draaide de knop naar ons lokale countrystation. De watertoren van Froid, een 'kasteel van water' *en français*, werd zichtbaar aan *le horizon*.

Toen we onze straat in reden, zagen we de brandweerwagen. We waren nog te ver weg om het goed te kunnen zien, maar hij leek voor ons huis geparkeerd te staan. 'De jongens!' riep ik uit. Ellie trapte het gaspedaal dieper in. Die ene dag dat we weg waren... Had Joe op een of andere manier de lucifers in de lade weten te vinden? *Laat ze alsjeblieft ongedeerd zijn*, bad ik.

De brandweerwagen stond voor Odiles huis. Uit haar raam dreven flarden rook. Een brandweerman trok een leeggelopen slang uit haar huis. Ellie trapte op de rem en we sprongen uit de auto.

Buren verzamelden zich op de stoep, waar we Odile ineengedoken op de stoeprand zagen zitten. Mevrouw Ivers wikkelde een deken om haar heen, maar ze leek het niet eens te merken.

'Wat is er gebeurd?' vroeg Ellie aan de brandmeester.

'Keukenbrand,' antwoordde hij. 'Iets in de oven laten staan.'

'Professor Cohens koekjes,' zei Odile. 'Ik moet steeds vaker aan haar denken. Het was mijn schuld.'

'Die dingen gebeuren,' troostte Ellie. We hurkten aan weerszijden van Odile neer.

'Mijn schuld,' hield ze vol.

'Het was geen opzet,' zei ik.

Odile keek me aan. Dat vond ik zo fijn dat het me niet eens kon schelen dat ze alleen maar staarde, met haar ogen opengesperd alsof ik een vreemde voor haar was.

'Het spijt me,' zei ze.

Ik slikte. 'Nee, ik ben degene...' Er waren zoveel dingen die ik wilde zeggen. Ik hou van u. Uw vergiffenis betekent alles voor me. Het spijt me nog steeds.

'Waarom ga je niet met ons mee naar huis?' zei Ellie.

Ik liep met haar mee naar ons huis, naar mijn kamer, waar ze op mijn bed ging liggen.

'Wilt u dat ik wegga?' vroeg ik.

'Ga zitten.' Ze klopte op het bed. 'Ik wil dat je het weet. Er zijn tijdens de oorlog dingen gebeurd waar niemand over praat, zelfs nu niet. Dingen die zo beschamend zijn dat we ze op een geheime begraafplaats hebben begraven en de graven daarna voor altijd hebben achtergelaten.'

Met haar hand stevig om de mijne geklemd introduceerde ze haar hoofdpersonen. Die lieve Maman en nuchtere Eugénie. De licht ontvlambare Papa. Rémy, de ondeugende tweelingbroer die ik elke keer wanneer ik naar Odile keek voor me zou zien. Zijn meisje, Bitsi, de dappere bibliothecaresse. Paul, zo knap dat ik ook een beetje verliefd op hem werd. Margaret, net zo'n leuk mens als Mary Louise. Miss Reeder, de gravin en Boris, die het hart, de ziel en het leven van de bibliotheek waren. Mensen die ik nooit zou kennen, nooit zou vergeten. Ze leefden in Odiles herinnering, en nu leefden ze in de mijne.

Tegen de tijd dat ze klaar was met haar verhaal, had ik het gevoel alsof het een boek was dat ik had gelezen en dat voor altijd deel van me zou uitmaken. Toen de nazi's de bibliotheek betraden, huiverde ik tussen de boekenkasten. Tijdens het bezorgen van boeken aan professor Cohen struikelde ik over de keitjes, bang dat de nazi's achter mijn missie zouden komen. Naarmate het eten schaarser werd, begon mijn maag te rammelen en werd ik opstandig. Ik las die vreselijke brieven en wist niet wat ik moest doen.

'U was moedig,' zei ik tegen Odile. 'Door de bibliotheek open te houden en ervoor te zorgen dat mensen boeken konden blijven lenen.'

Ze zuchtte. 'Ik deed alleen het minimum.'

'*Le minimum!* Wat u deed was fantastisch. U gaf abonnees hoop. U liet zien dat mensen zelfs in de vreselijkste tijden nog goed waren. U hebt boeken en mensen gered. U hebt uw leven gewaagd om die verdraaide nazi's te trotseren. Dat is niet niks.'

'Als ik het over kon doen, zou ik meer doen.'

'U hebt mensen gered door die brieven te verstoppen.'

'Als ik al die klikbrieven had vernietigd zodra ik ze voor het eerst zag, hadden er meer levens kunnen worden gered. Het duurde te lang voordat ik begreep wat er moest gebeuren. Ik was te bang om gesnapt te worden.'

Ik wilde tegen haar in gaan, maar haar ogen fladderden dicht.

Tijdens het avondeten, terwijl Odile sliep, besloten papa en Ellie dat ze bij ons zou blijven totdat haar keuken gerenoveerd was, daarna praatten we verder over koetjes en kalfjes. Ik kon de klikbrieven niet uit mijn hoofd zetten. Hoewel ik graag wilde geloven dat ik geen onschuldige mensen zou hebben gearresteerd, had ik bewezen dat ik in staat was dingen klakkeloos te geloven en mensen te beschuldigen. Toen ik naar mijn vader keek terwijl hij zijn boontjes at, viel het me op dat zijn haar grijs werd. Ik vroeg me af welke zorgen hem 's nachts wakker hielden, waar hij toe bereid zou zijn geweest om zijn familie te beschermen. Ik liep Odiles verhaal nog eens na, en ik bleef het gevoel houden dat er iets niet helemaal klopte.

Elke zomer hadden oma Jo en ik de middagen op haar overdekte veranda doorgebracht en limonade gedronken. Legpuzzels waren haar passie. We spreidden de stukjes uit op haar tafel en reconstrueerden blauwe luchten boven Beierse kastelen. Aangezien we midden tussen de graanvelden vastzaten, vormden die gefragmenteerde foto's mijn eerste blik op de buitenwereld. Oma's puzzelgewoonte – twee per week – werd kostbaar, dus kocht mijn moeder ze tweedehands. Het voordeel: goedkoop. Het nadeel: urenlang bezig zijn aan een puzzel om erachter te komen dat er stukjes ontbraken, al sinds lang voordat ze op de rommelmarkt van de kerk kwamen te liggen.

Het was een tijd geleden sinds ik de frustratie had gevoeld van een incomplete puzzel, maar ik herkende het gevoel nu. Er ontbrak een onderdeel aan Odiles verhaal. Een deel van de rand of een van de hoekstukjes. Als Odile van Paul had gehouden, waarom was ze dan met iemand anders getrouwd.

40

Odile

PARIJS, AUGUSTUS 1944

De geallieerden komen dichterbij. Het nieuws fladderde door de Rue de Rennes en bleef hangen in zijstraten. Het fluisterde over de paden van Père Lachaise en bereikte de Moulin Rouge. *Ze komen dichterbij.* Het nieuws beklom de trappen van de metrostations en stuiterde over de witte kiezels van de binnenplaats naar de uitleenbalie. We hadden gehoord dat de geallieerden ruim twee maanden geleden op de stranden van Normandië waren geland, dus waar waren ze? De pers – vol propaganda – maakte ons ook niets wijzer. We waren overgeleverd aan het gesproken woord.

'De geallieerden moeten wel dichterbij komen,' zei Boris tegen me terwijl we boeken afstempelden.

'Ik zag Duitsers hun voertuigen inpakken voor bezette hotels.'

'Dan zullen er wel snel bordjes met KAMERS VRIJ verschijnen!' antwoordde Boris.

Mr. Pryce-Jones, nog wat wankel na zijn verblijf in het interneringskamp, leunde op een stok toen hij over de drempel stapte. Hij was drie weken geleden vrijgelaten; Monsieur de Nerciat volgde hem op de voet, met zijn handen vooruitgestoken uit angst dat zijn vriend zou vallen.

'Ik zou niet terug in Parijs moeten zijn,' mompelde Mr. Pryce-Jones. 'Niet zolang er nog anderen gevangenzitten. En had je echt mijn leeftijd als excuus moeten gebruiken om me vrij te krijgen?'

'Nee, beste jongen, ik had ze ook kunnen vertellen dat je geestelijk niet helemaal in orde bent.'

Ik verborg mijn glimlach achter *The Turn of the Screw*, 813. Sommige dingen waren niet veranderd.

'Waar zijn de geallieerden?' vroeg Monsieur de Nerciat.

'Ze moeten onderweg zijn,' zei Boris.

Ik popelde om het Margaret te vertellen, die net was teruggekeerd na haar dochter een week lang door een aanval van de bof heen te hebben geholpen. Toen Margaret na lunchtijd verscheen, herkende ik haar nauwelijks. Haar ogen gingen verscholen achter de rand van een nieuwe witte hoed, en de bijbehorende zijden jurk was sneeuwwit als een doopjurk. Sjofel is het nieuwe chic, prentte ik me in terwijl ik een hand over mijn versleten riem liet gaan.

'Dat ding bestaat meer uit gaten dan uit leer,' zei ze terwijl ze bij me aan mijn bureau kwam staan. 'Laat me nieuwe kleren voor je kopen.'

'Nee,' zei ik scherper dan de bedoeling was. Iedereen wist welke kleren Margaret bedoelde. Paul noemde de vrouwen die met Duitse soldaten sliepen 'opgevulde matrassen'. Maar misschien was dat niet eerlijk van me. Ze had altijd al mooie kleding gehad – ik had zelf veel van haar spullen gedragen. Dit nieuwe setje hoefde niet per se van haar minnaar afkomstig te zijn.

'Wat heb ik gemist?' vroeg ze.

'Ze zeggen dat de geallieerden hier elk moment kunnen zijn!'

Ik had verwacht dat ze net zo opgewonden zou zijn als wij, maar ze zei alleen: 'O.'

Bitsi kwam gedag zeggen, met mijn grootmoeders parelmoerachtige opaal aan haar vinger. Toen mijn ouders het erover hadden om het erfstuk aan Bitsi te geven, had ik erop aangedrongen dat ze dat zouden doen. Ik wilde dat ze de ring kreeg, zodat ze wist dat we haar als familie beschouwden. Ik had haar zelfs de geheime schuilplaats van Rémy en mij laten zien. Tussen de gekreukte zakdoeken en stofpluisjes lagen we naast elkaar, ik met zijn speelgoedsoldatje in mijn handen geklemd, zij met zijn lievelingsboek, *Of Mice and Men*. Ik was opgegroeid in de overtuiging dat liefde duurde totdat een minnares twee mensen uit elkaar dreef, maar Bitsi had bewezen dat zelfs de dood geen eind kon maken aan ware liefde. In dat donkere holletje lagen we te snikken; onze tranen smeedden ons tot zusjes, meer dan een huwelijk dat ooit zou kunnen doen.

Ik had een brief van een van Rémy's vrienden ontvangen en gaf hem aan Bitsi om te lezen.

Lieve Odile,

We noemden je broer 'Rechter' omdat hij degene was naar wie we toe gingen om onze geschillen te beslechten. Ik had zelfs een hamertje voor hem in elkaar geknutseld van een steen, een tak en een stuk touw. Hier opgesloten zitten, ver van huis, maakt ons gefrustreerd en boos. Verveeld en hongerig. Dan is er niet veel voor nodig om iemand op de kast te krijgen. 'Rechter,' zei ik dan, 'houdt je hof zitting? Louis blijft de naam van de Heer ijdel gebruiken en daar ergert Jean-Charles zich mateloos aan.' Onze geschillen mogen kinderachtig lijken, maar de Rechter nam alles serieus en wist de mannen te sussen die aan het eind van hun Latijn waren. We missen hem.

Hoogachtend,
Marcel Danez

Toen ik Bitsi's gezicht tijdens het lezen zag opklaren, drong ik erop aan dat zij de brief bij zich zou houden. Marcels eerbetoon betekende alles voor me, maar zíj betekende nog meer voor me. Ze hield het stukje papier tegen haar hart gedrukt en liep naar de jeugdafdeling.

Margaret keek haar na en siste: 'Dat haar van haar lijkt wel een doornenkroon! Die kleine Bitsi zal haar rol van rouwende weduwe wel snel zat worden en een beau nemen.'

Haar insinuatie – dat Bitsi's verdriet om Rémy toneelspel was – raakte me als een vuistslag. Ik kon het idee dat Bitsi mijn broer zou vergeten niet verdragen. Mijn borst deed zo'n pijn dat ik nauwelijks kon ademhalen. Ik rende het vertrek uit. Als ik langzamer was gaan lopen, als ik was blijven stilstaan om na te denken, dan zou ik me een tijd hebben herinnerd waarin Bitsi's deugdzaamheid ook mij een bezoedeld gevoel had gegeven; Margarets hoon had niet zozeer iets met Bitsi te maken als wel met haar eigen schaamte.

Toen Boris me zag weggaan, zei hij: 'Weet je zeker dat het verstandig is om Margaret in haar eentje in de studiezaal achter te laten?'

'O, geloof mij maar, ze denkt dat ze overal een antwoord op heeft!'

'Ze is een goede vriendin voor jou en de bibliotheek geweest.'

'Waarom kies je haar kant?'

Hij kromp ineen. 'Ga nu maar.'

Ik moest met iemand praten die het begreep. Op het politiebureau bood Paul me zijn stoel aan.

'Je gelooft nooit wat Margaret zei.'

'Het is oorlog. We zeggen – en doen – allemaal dingen waar we spijt van krijgen.' Hij verwees zelden naar het verleden. Dat ik die boeken die ene keer niet had bezorgd. Dat hij professor Cohen had gearresteerd. De manier waarop we tussen de lakens van oorlogsslachtoffers hadden gerollebold. Het was de enige manier om als paar te kunnen doorgaan.

'Ik weet het.'

'Het leven wordt wel weer normaal.'

'Dat zeggen we al jaren. Wat als dít normaal is?'

'Niets duurt eeuwig,' zei hij terwijl hij zachtjes mijn rug masseerde.

'Vorige week, toen ik Margaret vertelde dat Maman bij het krieken van de dag naar de slager ging en dat er al tientallen huisvrouwen in de rij stonden, zei ze: "Waarom koopt ze niet op de zwarte markt?" Van welk geld dan, vroeg ik me af? Nou ja, al háár eten is natuurlijk afkomstig van Fe...'

Ik zweeg abrupt. *Nee, nee, nee, dit doe je nou altijd. Deze keer niet. Hou je mond dicht!*

'Wat wilde je zeggen?' vroeg hij.

Ik blies mijn adem uit. 'Niets.'

'Margaret is een aardige meid,' zei Paul. 'Voor een Engelse dan.'

'Aardig? Ze insinueerde dat Bitsi maar doet alsof ze om Rémy rouwt.'

'Mensen zeggen dingen zonder na te denken. Ze bedoelde het vast niet rot.'

Hij zou haar nooit zo verdedigen als hij van haar en haar nazi had geweten. Margaret had het makkelijk. Het enige wat ze hoefde te doen was met haar magere vingers knippen en ze had feestjes, dure kleren, juwelen en reisjes naar de kust.

'Ze insinueerde dat Bitsi een vrijer zal nemen.'

'Natuurlijk zal Bitsi altijd van je broer houden, maar misschien, ooit...'

'Misschien ooit?' zei ik scherp. 'Ze zal Rémy nooit vergeten. Nooit! Niet iedereen is zo'n slet als Margaret.'

Pauls handen bleven stil op mijn schouders liggen. 'Dat meen je niet.'

Hoe kon hij het ergste van Bitsi geloven maar het beste van Margaret?

'Dat meen je niet,' herhaalde hij.

Ik draaide me naar hem toe en schepte er een wreed genoegen in om te zeggen: 'Ze heeft een Duitse minnaar.'

Mijn bewering zweefde tussen ons in de lucht, in de ruimte van een ademhaling.

Pauls lippen vertrokken van walging. 'De slet!'

Zijn echo van het door mij gebruikte woord deed me beseffen dat ik mijn zelfbeheersing weer eens had verloren. Ik had mijn woorden zorgvuldiger moeten kiezen, minder veroordelend moeten zijn.

'Dat had ik niet mogen zeggen. Je had gelijk, zoals altijd. Ze is aardig en heel goed voor mijn familie geweest. Dankzij haar had Rémy altijd te eten. Ik zou niet weten wat we zonder haar moesten in de bibliotheek. Ze is daar nu ook, om mijn werk te doen.'

'Snollen zoals zij krijgen wat hun toekomt.'

'Praat alsjeblieft niet zo. Haar man is een ploert. Ze verdient beter. Je hebt gelijk, mensen zeggen dingen zonder na te denken, net als ik zojuist deed. Beloof me alsjeblieft dat je het niet zult doorvertellen.'

Paul bleef zwijgen.

'Je zult toch niets zeggen, hè?'

'Aan wie zou ik het moeten vertellen?' Hij draaide me om en ging verder met het masseren van mijn schouders, nu met meer kracht in zijn vingers.

41

Odile

In heel Parijs was het gas afgesneden en bijna niemand had stroom, maar in de lucht hing een voelbare elektrische spanning. Muren van gebouwen waren beplakt met affiches waarop Parijzenaren werden aangespoord om 'de vijand waar dan ook aan te vallen'. De politie ging in staking, evenals het spoorwegpersoneel, verpleegsters, postbezorgers en arbeiders in de staalindustrie. Paul hielp met het uitgraven van kasseien en het opwerpen van barricades, alles om de vijand in een hinderlaag te kunnen lokken.

Gevechten waren iets waar ik over had gelezen, iets wat ver weg plaatsvond, maar nu hoorde ik schoten in nabijgelegen straten, en mensen staken auto's en tanks in brand. Geruchten werden als kogels de wereld in geslingerd. Het waren de Amerikanen die waren gekomen om ons te bevrijden! Nee, het was De Gaulle! Nee, Parijzenaren waren het zat en vochten terug! De Duitsers trokken zich terug! Nee, ze gaven het niet zonder strijd op!

Wanneer ik naar mijn werk of naar huis liep, sloop ik vlak langs de muren van gebouwen, bang voor scherpschutters, bang voor bommen, bang dat er niets zou veranderen en we altijd zo zouden moeten blijven leven.

Op de avond van de vierentwintigste, terwijl ik probeerde *Voyage in the Dark* uit te lezen voordat het stompje van mijn kaars nog een laatste keer flakkerde en doofde, werden de kerkklokken in Parijs geluid. Ik stond op en trof mijn ouders in de gang aan. Maman, in haar ochtendjas, keek naar de hemel alsof ze in extase was over dit wonder van God. Papa stak zijn armen uit, zoals hij altijd deed toen Rémy en ik klein waren en we op hem af kwamen rennen. Ik kende mijn ouders en wist dat ze hetzelfde dachten – was Rémy maar hier. Zonder iets te zeggen omhelsden we elkaar, in de wetenschap dat de bezetting ten einde was.

Parijs was bevrijd. Mr. Pryce-Jones hinkte door de bibliotheek onder het roepen van 'De Duitsers zijn gevlucht'. Monsieur de Nerciat, vlak op zijn hielen, riep uit: 'We zijn vrij!' Na mij op mijn wangen te hebben gekust omhelsden de twee mannen elkaar en zetten toen snel een stap bij elkaar vandaan. Ze waren de enigen die discreet waren. Ik omhelsde Bitsi, Boris en de gravin. Haar bedienden brachten alle flessen champagne langs die nog in haar kelder lagen. Ik dronk op één dag meer dan ik mijn hele leven had gedaan.

'De oorlog is nog niet voorbij,' waarschuwde Mr. Pryce-Jones.

'Maar het is het begin van het einde,' zei de gravin.

'Daar drink ik op,' zei Monsieur de Nerciat.

'Jij zou overal op drinken, kerel!'

Op het ongemaaide grasveld stonden abonnees te lachen, te huilen en elkaar te kussen. De band – bestaand uit zes vaste bibliotheekbezoekers – speelde afwisselend 'Stars and Stripes Forever' en de 'Marseillaise'. Paul en ik dansten de hele nacht. Het voelde aan alsof ik mijn adem maandenlang had ingehouden en nu eindelijk kon uitademen. Ik had in het heden geleefd, bijna in angst voor de toekomst. Maar de strijd om te overleven was voorbij, en Paul en ik konden beginnen met plannen maken. Ik gaf mezelf toestemming om te dromen over een huis en kinderen.

Ondanks de festiviteiten in de hele stad was Margaret somber. Haar *Leutnant* was gearresteerd en ze wist niet waar hij naartoe was gebracht. Erger nog, haar echtgenoot was na vier jaar afwezigheid teruggekeerd. Het leven met Lawrence strekte zich als een verlaten landweg voor haar uit. Om haar af te leiden nodigde ik haar uit voor een wandeling in de Jardin des Tuileries. Tussen de bomen, in het vlekkerige licht, keek ik naar haar terwijl zij met haar parels speelde. Ik wilde haar troosten, maar wist niet wat ik moest zeggen.

Aan de andere kant van het hek klonk tumult: het geluid van een trommel en schreeuwende Parijzenaren. Misschien een parade vanwege de bevrijding, of misschien zelfs de overwinning te vieren! In de hoop dat het haar zou opvrolijken, loodste ik Margaret door het hek.

Aan weerszijden van de Rue de Rivioli stonden honderden mannen, vrouwen en kinderen in hun handen te klappen terwijl er een man langsliep die op een grote trom sloeg. Achter hem liep een oude man in een afgedragen pak met een bungelende kip in zijn hand waarmee hij boven zijn hoofd zwaaide. Boven de cadans van de trommelslagen uit meende ik gejammer te horen.

'Dit is niet waar.' Margaret wees naar de oude man.

Toen hij dichterbij kwam, zag ik dat het geen kip was die hij vasthield, maar een naakte baby. Bij de aanblik van het snikkende kind voelde ik me ijskoud worden van schrik.

'De moffen hebben een souvenir achtergelaten,' riep hij terwijl hij de baby bij zijn beentjes vasthield en ermee heen en weer zwaaide.

'Bastaard, bastaard,' riep de menigte in koor. 'Hoerenzoon!'

Achter hem sleurden twee mannen een vrouw over straat. Ze was naakt. En ze was kaal. Haar voeten, die over de kasseien schraapten, bloedden; haar lichaam was spierwit van angst. Een donker driehoekje schaamhaar stak scherp af tegen haar huid. Ze probeerde zich los te rukken en haar kind te bereiken, maar de mannen die haar vasthielden rukten haar naar achteren.

'Sloerie!' riep een man in de menigte. 'Waar is je minnaar nou?'

Ik had nog nooit een volledig naakte vrouw gezien en voelde me zelf nu ook naakt en geschonden. Ik stapte naar voren om haar te helpen, maar Margaret greep me bij mijn arm.

'Er is niets wat we kunnen doen,' zei ze.

Ze had gelijk. Dit was geen parade, het was een lynchpartij. Ze zouden zich niet laten tegenhouden. Mensen waren barbaren; daar had ik jarenlang de bewijzen van gezien. 'Bastaard, bastaard,' bleven ze roepen. 'Hoerenzoon!' Tranen rolden over mijn wangen. Margaret en ik waren volledig omsingeld, en we probeerden ons een weg te banen door de deinende massa van knokige ellebogen en beschuldigende vingers.

'De Duitsers zouden dit nooit hebben toegelaten,' zei een vrouw van middelbare leeftijd hoofdschuddend.

'Zie je die man daar rechts die de jonge vrouw vasthoudt?' zei een ander. 'Die serveerde vorige week nog bier en braadworst aan de moffen.'

'Nou en?' zei een man. 'Die slet heeft de regels overtreden.'

'Je kunt niet kiezen op wie je verliefd wordt,' fluisterde Margaret.

'Het heeft niets met liefde te maken,' antwoordde hij. 'Alleen hoeren doen wat zij heeft gedaan.'

Margaret beefde. Was ze geschokt door de haat van de menigte of herkende ze zich in de jonge moeder? Ik trok haar dicht tegen me aan en begeleidde haar naar huis.

De dag was nog niet voorbij. Vier straten verderop, op een geïmproviseerd podium midden op het plein, stond een gemeenteambtenaar met een blauw-wit-rode sjerp om achter een vrouw die hij bij de nek vasthield. De vrouw, zo te zien op haar paasbest gekleed, staarde voor zich uit terwijl een barbier haar hoofd schoor. Hij haalde het zoemende apparaat over haar hoofd alsof het de natuurlijkste handeling in de wereld was, alsof hij al tientallen vrouwen had kaalgeschoren. Zandkleurige lokken vielen op haar schouders. *Le barbier* gooide ze op de grond alsof het afval was. Aan de zijkant van het podium, omringd door mannen in uniform, te midden van de joelende menigte, stonden vijf Françaises te kijken naar wat hun te wachten stond. Er was geen rechtszitting geweest, er was alleen dit ongehoorde vonnis. Toen ik naar die vrouwen keek, met hun droge ogen en waardige houding, veegde ik mijn tranen weg.

42

Het barbierskwartet

Tijdens hun patrouille kwamen Paul en zijn collega's Ronan en Philippe Margaret tegen, die terugkeerde van de markt met een verlept bosje worteltjes in haar rieten mandje. 'Wat fijn je te zien,' zei ze tegen Paul. De mannen wisselden een blik. *Dat is ze, die slet die met een mof gaat. En, waar is hij nu?* De parels om Margarets nek herinnerden Paul aan alles wat hij Odile niet had kunnen geven. Margarets witte zijden jurk en hoed herinnerden Ronan en Philippe eraan dat het jaren geleden was dat ze nieuwe kleren voor hun vrouwen hadden gekocht. Impulsief pakte Paul Margaret bij haar elleboog en trok haar met zich mee. Philippe greep haar andere arm vast.

'Mijn hemel, Paul! Waar gaan we heen! Hou op! Mijn worteltjes vallen op de grond!'

Margaret lachte, in de veronderstelling dat ze nog steeds in de ban waren van de blijdschap van de bevrijding, waarbij volslagen vreemden elkaar kusten en met elkaar dansten. Die lach ging Paul door merg en been en maakte hem nog furieuzer dan hij al was geweest. Ze voelde geen gevaar, wat de mannen nog verontwaardigder maakte. *Hoe durft ze ons uit te lachen?* Ze waren verdomme geváárlijk. Het feit dat ze niet voor het leger hadden gevochten maakte nog geen lafaards van hen. Ze hadden gedurende de hele oorlog door de stad gepatrouilleerd en kenden elke louche uithoek ervan.

Philippe en Paul sleepten Margaret een verlaten doodlopende steeg in. Ronan rukte het mandje uit haar hand en ze glimlachte hem stralend toe, in de veronderstelling dat hij haar worteltjes wilde oprapen. Toen ze merci zei, gooide hij het mandje door het smerige raam van een verlaten conciërgehokje.

Paul drukte Margaret tegen de grond. Ze deed verschillende pogingen om op te staan, maar de mannen hielden haar om de beurt neer. Margaret keek om hen heen, in de hoop een passant te zien. 'Help!' riep ze tegen een Parisienne, die snel doorliep en angstvallig de andere kant op keek.

'Britse trut,' zei Paul. 'Vluchten, onze schepen tot zinken brengen en terugkomen wanneer alles voorbij is!'

'Ik ben hier al die tijd geweest!' riep Margaret uit. 'Bij jou en Odile.'

'Je bent bij een of andere mof geweest. Dat heeft zij gezegd.'

'Sletten die het bed met nazi's hebben gedeeld worden gestraft,' zei Philippe. '*Collaboration horizontale.* Ik zag hoe ze kaalgeschoren werden op het plein.'

'Dat is wat ze verdient,' zei Paul.

Margaret drukte zich met haar handen omhoog en wist op haar knieën omhoog te komen.

Zo zagen ze haar graag: op haar knieën.

'Nee, alsjeblieft.'

De mannen hadden dit niet gepland. Ze hadden nog nooit een vrouw kwaad gedaan. Nooit een vrouw pijn wíllen doen. Maar ze zat hier voor hen, een lellebel in het vuil. Een smerige buitenlandse. Die biefstuk at terwijl zij hongerleden. In haar nieuwe jurk terwijl hun eigen vrouwen het zonder moesten stellen.

Ze was een vrouw voor hen, meer niet. Ze waren geslagen en vernederd. Nu was het hun beurt om te slaan, uit te halen, pijn te doen.

Paul voelde aan haar parels. 'Wie heeft je deze gegeven?'

'Mijn moeder.'

'Leugenaarster!' Hij trok eraan tot de moeten in haar nek stonden.

'Ze waren van mijn moeder!'

'Ik durf te wedden dat je ze van je minnaar hebt gekregen.' Hij rukte aan de ketting en het koordje brak. Parels vielen als een droevig sterrenstelsel om haar heen.

'Van mijn moeder,' jammerde ze toen Philippe ze opraapte en in zijn zak stak.

'Hou je mond, anders zul je er spijt van krijgen.' Ronan stak Paul een mes toe. 'Aan jou de eer.'

Ze wilde tegen hem zeggen: 'We hebben samen gegeten. Je bent bij me thuis geweest. Toen Odile niet zeker van je was, heb ik het voor je opgenomen', maar haar stem verdween tegelijk met haar moed.

Paul pakte het mes aan.

43

Odile

De verboden kamer rook naar mottenballen. Het was misschien de enige plek in Parijs die tijdens de oorlog niet was veranderd. De laatste keer dat Maman me er binnen had gelaten, was toen ik vijftien was. Terwijl de fantasieën over de toekomst door mijn hoofd zweefden, keek ik verrukt naar mijn uitzet, naar de schatten die de vrouwen in mijn familie voor mijn huwelijk hadden gemaakt. In een houten kist zat een door mijn grootmoeder gehaakt babydekentje. Het zou niet lang duren voordat Paul en ik een kleintje zouden hebben. Ik vouwde het wijde, witte nachthemd uit dat Maman had genaaid. 'Voor je huwelijksreis,' had ze verlegen gezegd. Ik was niet meer met Paul samen geweest sinds hij me over de professor had verteld, en we hadden zeker geen nieuwe plek gezocht voor een romantisch samenzijn. We zaten voornamelijk naast elkaar op de bank terwijl Maman babbelde over barstjes in het porseleinen servies. Een huwelijk zou een nieuw begin zijn. Ik stelde me voor dat ik naar het altaar liep, waar hij op me stond te wachten. Verdiept in mijn dagdroom hoorde ik nauwelijks dat er op de voordeur werd geklopt. Ik haastte me in de richting van het onophoudelijke gebons en trof Paul aan op het bordes, met zweetdruppels op zijn gezicht.

'Wat is er aan de hand?' giechelde ik. 'Je staat op de deur te bonzen als een klein jongetje. Ben je zo ongeduldig?'

Hij greep mijn handen vast. 'Laten we trouwen.'

Het was alsof hij mijn gedachten had gelezen.

'We doen het stiekem,' zei hij. 'Vandaag. Op het gemeentehuis.'

'Moeten we niet eerst in ondertrouw? Maman zal ontroostbaar zijn als we niet in de kerk trouwen. Bovendien wil ik dat Margaret mijn bruidsmeisje is.'

'Trouwen gaat om ons tweeën en om niemand anders. Je ouders zullen het begrijpen. Vergeet die ondertrouw, ik heb een speciale vergunning. Die heb ik al een hele tijd in mijn zak. In de hoop dat.'

'Een speciale vergunning?'

'Zeg alsjeblieft ja.'

Paul wist altijd wat ik wilde. '*Embrasse-moi*,' zei ik.

Hij trilde in mijn armen. 'Ik hou van je. Ik hou zoveel van je. We gaan ervandoor en komen nooit meer terug.'

Zouden mijn ouders teleurgesteld zijn als Paul en ik er samen vandoor gingen, of zouden ze stiekem opgelucht zijn? Er was geen geld voor een bruidsjurk, laat staan voor een trouwfeest. Eén ding was zeker: na de lange onzekerheid van de bezetting wilde ik bij Paul zijn.

'Ja!'

'Laat een briefje achter voor je ouders. We brengen onze huwelijksreis bij mijn tante door. Ik moet hier weg! Wíj moeten hier weg!'

'Gaat het wel goed met je? Je lijkt jezelf niet. Misschien kunnen we beter wachten.'

'Hebben we niet lang genoeg gewacht? Ik wil met je trouwen. Ik wil een huwelijksreis.'

Huwelijksreis, dacht ik dromerig terwijl ik een paar afgedragen jurken, de nachtjapon uit mijn uitzet (ik wist bijna zeker dat Maman het niet erg zou vinden) en mijn geliefde Emily Dickinson voor de treinreis inpakte. Paul belde de stationschef en vroeg hem zijn tante een bericht te sturen. Ik was nauwelijks de deur uit, met mijn koffer in mijn hand, toen ik zei: 'Wacht eens even! Ik kan niet wegblijven van mijn werk.'

'Zeg tegen ze dat je een week nodig hebt voor onze huwelijksreis. Hoe kunnen ze nee zeggen tegen ware liefde?'

Terwijl ik een briefje krabbelde dat door het buurmeisje zou worden bezorgd, vroeg ik me af of samen weglopen romantisch of onbezonnen was.

Aan de balie van de *mairie* keek de secretaresse niet eens op van haar paperassen. 'Kom volgende week maar terug. De burgemeester heeft een volle agenda.'

Ik was er niet zo zeker van geweest of weglopen wel een goed idee was, maar nu er tegenstand kwam... 'Alstublieft,' zei ik, 'we zijn verliefd.'

'Parijs mag dan bevrijd zijn,' voegde Paul eraan toe, met een licht paniekerige ondertoon in zijn stem, 'maar er is een oorlog gaande. Niemand weet wat de toekomst brengt. We gaan trouwen, en u gaat ons helpen.'

Na een blik op onze gespannen gezichten ging ze kijken of de burgemeester wellicht een spontane ceremonie wilde voltrekken. Paul ijsbeerde, ik ging op een verveloze houten stoel zitten. We hadden dit jaren geleden moeten doen, maar ik had Rémy aan mijn zijde gewild. Ik raakte de lege stoel naast me aan.

'Ik zou ook willen dat hij hier was,' zei Paul.

De secretaresse bracht ons naar de *salle des mariages*, waar donzige wolkjes de lichtblauwe verf van het plafond bedekten. De burgemeester deed zijn blauw-wit-rode sjerp om en begon aan de ceremonie. Paul veegde met de rug van zijn hand het zweet van zijn voorhoofd. Hij was zo nerveus dat de burgemeester hem een por moest geven toen het zijn beurt was om het jawoord te geven.

In de treincoupé pakte Paul de krant op en las een regel, waarna hij hem haastig opvouwde en op zijn schoot legde. Hij sloeg keer op keer zijn benen over elkaar om ze vervolgens weer naast elkaar neer te zetten. Elke keer dat hij dat deed, kwam zijn knie hard in aanraking met de mijne.

'Wat is er met je?' vroeg ik terwijl ik over mijn been wreef.

'Niets.'

'Geen spijt?'

'Spijt?' Hij keek me onderzoekend aan.

'Over het trouwen.'

Hij legde een klamme hand over de mijne. 'Ik hield van je zodra ik je voor het eerst zag.'

'Je hield van Mamans varkensgebraad.'

'Ik zou op dit moment een moord doen voor een flinke plak daarvan.'

We hadden zoveel vanzelfsprekend gevonden.

Pauls tante Pierrette haalde ons op van het station met de wagen met het oude paard ervoor. 'Dus jij bent degene over wie we zoveel hebben gehoord! Aangenaam kennis te maken!' Haar roodachtige huid leek op leer, maar ze zag er gezonder uit dan de meeste Parijzenaren.

In de haard roosterde een fazant aan het spit. Vet droop in het vuur, vlammen sprongen op en stuurden rookwolkjes de lucht in. Ik had dat volle aroma in geen jaren geroken en het water liep me in de mond. Op de tafel steeg stoom op van de aardappelpuree in een aardewerken schaal. Ik wilde het liefst meteen aanvallen.

'Het is een karig huwelijksfeest,' zei tante Pierrette. 'Maar ik wist het ook pas op het laatste moment.' Ze gaf Paul een kneepje en hij grijnsde verlegen.

'Voor ons is het een feestmaal,' zei ik.

Ik probeerde langzaam te eten, maar het diner was té verrukkelijk – Paul en ik schrokten het naar binnen. Zijn tante liet ons alleen om bij het licht van het vuur van het dessert te genieten. Paul voerde me lepels vla. De romige substantie gleed door mijn keel als dauwachtige druppels geluk.

Op onze kamer schoof Paul zijn handen onder mijn rok toen ik de luiken sloot. 'Geduld! Ik moet mijn nachthemd aantrekken.'

'Ik kan niet wachten.' Hij duwde me op het bed. Ik kuste hem zacht. Hij maakte zijn broek los en trok mijn rok omhoog.

'Rustig aan,' mompelde ik toen hij mijn ondergoed opzijschoof. 'We hebben ons hele leven voor ons.'

'Ik hou van je.' Hij stootte in me. 'Beloof me dat je me nooit zult verlaten. Wat er ook gebeurt.'

'Natuurlijk, dat beloof ik.'

De volgende ochtend spande hij het paard in en reden we met de wagen naar het dorp om een ring te kopen. In de vitrine bij de juwelier glansden tientallen *alliances*, trouwringen, ongetwijfeld door wanhopige mensen verkocht voor een paar francs.

'Brengt dat geen ongeluk?' vroeg ik aan Paul toen hij er eentje aan mijn vinger schoof.

'Een goed huwelijk hangt niet af van geluk, maar van intenties,' antwoordde de juwelier.

De gouden ring paste perfect. De daaropvolgende zeven dagen was de glimlach nauwelijks van mijn gezicht te vegen.

De trein naar Parijs had vertraging. Terwijl ik me er druk over maakte dat ik te laat op mijn werk zou komen, verzekerde Paul me dat we rechtstreeks vanaf het station naar de bibliotheek konden gaan. 'Je hoeft niet met me mee te gaan,' zei ik.

'Maar dat wil ik, Madame Martin. En je hebt iemand nodig om je koffer te dragen.'

'Kom jij dan niet te laat?'

'Ik heb deze week avonddienst.'

In de leeszaal zag ik tot mijn verbijstering een huwelijkstaart, chocolade, champagne en een samowar voor thee op de tafel die voor het raam stond.

'Heb jij dit geregeld?' vroeg ik aan hem.

'Nee, zij.' Hij gebaarde naar onze vrienden. Daar stond de gravin met een trotse blik op haar gezicht. Boris en Bitsi straalden. Monsieur de Nerciat en Mr. Pryce-Jones stonden te kibbelen. 'Ik heb jou verteld dat ze gingen trouwen.' 'Nee, dat heb ik jóú verteld.' En Eugénie en mijn ouders?

'Ik begrijp waarom je hier graag werkt,' zei mijn vader. 'Was ik maar eerder op bezoek gekomen.'

'O, Papa, ik ben blij dat u er nu bent.'

'Gefeliciteerd, *ma fille*,' zei Maman terwijl zij en Eugénie me omhelsden.

Ik bewonderde de huwelijkstaart (waar iedereen rantsoenen voor had gedoneerd, hetgeen meer voor me betekende dan wat dan ook!) en vertelde hun het verhaal van Pauls gepassioneerde aanzoek. Daarna vertelde hij over de ceremonie.

'Waar is Margaret?' vroeg ik aan Bitsi.

'Ze is de hele week niet geweest. We hebben een uitnodiging gestuurd, maar ze heeft niet gereageerd.'

Ik fronste. Was ze ziek? Of Christina misschien? Ik wilde naar de telefoon lopen, maar er knalde een kurk – het teken dat er iets te vieren viel, mijn favoriete geluid in de hele wereld – en de gravin bood me een glas champagne aan. Paul en ik luisterden naar bijdragen van familie en vrienden terwijl we ons volpropten met taart. Ik merkte het nauwelijks toen hij me op mijn wang kuste en wegglipte om naar zijn werk te gaan.

Aangeschoten van het feestje zwalkte ik naar Margarets huis, over de vergulde Pont Alexandre-III, waar ik een glimp opving van de Eiffeltoren. 'Hallo, mooie ijzeren dame,' riep ik haar toe.

Bij de deur werd ik begroet door Isa. Een dienstmeisje bij de deur? Wat vreemd. Misschien was de butler ook ziek. 'Madame is hier niet.'

'Wanneer komt ze terug?'

Isa probeerde de deur dicht te doen. 'In deze toestand gaat ze nergens heen.'

Ik drong me naar binnen. 'In haar toestand? Is ze... in verwachting?'

'Was het maar waar,' zei Isa, nu in tranen.

'Is ze ziek? Is haar man hier?'

'Hij heeft juffrouw Christina meegenomen naar Engeland.'

'Dat slaat nergens op.' De champagne was naar mijn hoofd gestegen en ik had moeite om te volgen wat ze zei. 'Wacht eens. Je zei dat ze nergens heen gaat. Is ze thuis?'

'Madame wil niemand zien.'

'Maar ik ben haar beste vriendin.'

Isa aarzelde. 'Misschien slaapt ze.'

'Als dat zo is, zal ik haar niet storen en kom ik meteen terug.'

Ik wankelde door de gang, hier en daar steun zoekend bij de muur om mijn evenwicht te bewaren. Het moest niet gekker worden, natúúrlijk wilde Margaret mij zien. Jammer dat ze het feestje had gemist. Wat een afschuwelijk moment om iets onder de leden te krijgen. Alleen Margaret kon zo'n pech hebben.

Vanaf de drempel van de schemerige kamer keek ik naar haar. Ze sliep en ik mocht haar niet wakker maken, maar ik kon mijn opwinding niet bedwingen en sloop dichterbij.

Toefjes haar vormden plukjes bij haar oor, en de rest was een paar millimeter lang. Ik meende blauwe plekken in haar hals te zien. Ik knipperde met mijn ogen. Ik had duidelijk te veel gedronken. *Mais non*, zelfs nadat ik in mijn ogen had gewreven was haar haar kort en zaten de blauwe plekken er nog. Haar pols, met een wit verband eromheen, lag op de sprei. Het leek erop alsof ze een of ander ongeluk had gehad. Nee, ze leek geslagen en geschoren, net zoals die jonge *maman* op straat. Die gedachte maakte dat ik op slag nuchter was.

Zonder haar ogen open te doen vroeg ze: 'Wie was er aan de deur, Isa?'

'Ik.'

Margaret ging rechtop zitten.

'Wat is er gebeurd?' vroeg ik.

'Alsof jij dat niet weet.' Haar stem was een schorre fluistering.

Ik staarde naar de parelvormige blauwe moeten rond Margarets hals. 'Wanneer?'

'Een week geleden.'

Ik herinnerde me Pauls onrust, de vasthoudende manier waarop hij op ons vertrek had aangedrongen. Er had iets niet geklopt. Hoe kon ik dat niet door hebben gehad?

'Waarom heb je hem over Felix en mij verteld?' vroeg ze.

'Dat... dat was niet mijn bedoeling.'

'Dit komt door jóú!'

Ze legde een hand op haar naakte schedel.

Ik begon te beven en greep me vast aan het hoofdeind van het bed. 'Nee.'

'Waarom heeft hij het dan gedaan?'

'Dat weet ik niet.'

'Leugenaarster!' zei Margaret. 'En ik dacht nog wel dat mensen in diplomatieke kringen gemeen konden zijn. Vertel eens, vriendín, wat heb je precies gezegd?'

'Niet veel...'

'Ja, Felix gaf me dingen. Maar ik deelde ze met jullie, met het idee dat jij hetzelfde voor mij zou doen. Je wist precies van wie die cadeaus afkomstig waren.'

'Ja, maar ik zou me er nooit toe verlagen...'

'Je verlagen? Dat hoefde je niet, want dat deed ík al voor je. En voor Rémy.'

'Ik heb nooit ergens om gevraagd.'

'Dat hoefde je ook niet.'

'Dit is mijn schuld niet.'

'Wiens schuld is het dan wel?' vroeg ze.

Ik werd nerveus van haar naakte blik. Ik keek naar het raam, naar de kaptafel, naar het portret van Christina.

'Wat is er zo verkeerd aan iets willen?' vervolgde Margaret. 'Aan gewild zijn? Jij was degene die zei dat ik in een vreemd land was, dat ik kon doen wat ik wilde.'

'Ik bedoelde leren fietsen, niet aanpappen met een nazi!'

Margaret stak haar hand omhoog alsof ze haar parels wilde aanraken, zoals ze altijd deed wanneer ze van streek was – maar ze had ze niet meer om.

Ze moest begrijpen dat het niet mijn bedoeling was geweest haar pijn te doen. 'Ik heb dit niet gedaan.'

'Paul was het pistool, maar jij hebt de trekker overgehaald.'

'En jij dan? Wat je zei over Bitsi die deed alsof ze rouw...'

'Was onvergeeflijk,' zei Margaret. 'Ik kan het tenminste toegeven wanneer ik iets verkeerd heb gedaan.'

'Ik heb het maar aan één iemand verteld.'

'Hoe kon je me verraden?'

'Ik was afgunstig.'

'Jij, jaloers op mij, met je perfecte baan, je liefdevolle familie en je toegewijde man?'

Ik had nooit nagedacht over wat ik had, alleen over wat ik wilde. 'Zo erg is het toch niet? Je haar groeit wel weer aan.'

'Denk jij dat mijn haar afscheren het ergste is wat hij heeft gedaan? Dankzij jou ben ik alles kwijt.' Ze hield haar gebroken pols omhoog. 'Zie je wat hij me heeft aangedaan? Ik kan me niet aankleden, ik kan geen brief aan mijn dochter schrijven. Als je me zo erg haatte, dan had ik liever gehad dat je een huurmoordenaar in de arm had genomen, want voor mijn familie kan ik net zo goed dood zijn. Het personeel had de keuze om bij mij te blijven of met Lawrence en Christina naar Engeland te gaan. Behalve Isa wilde niemand in de flat blijven bij een sloerie zoals ik.'

'Het was nooit mijn bedoeling om...'

Margaret gooide het beddengoed van zich af en tilde de zoom van haar negligé op om de striemen op haar bovenbenen te onthullen. Ik kneep mijn ogen stijf dicht en wenste dat ik mijn woorden kon terugnemen, dat ik de schade ongedaan kon maken.

'Lafaard! Als ik de littekens kan verdragen, dan kun jij het verdragen om te kijken!'

Ze trilde van woede. Haar geest was geknakt, maar niet gebroken.

'Wist je dat Lawrence foto's van me heeft gemaakt? Als ik trammelant zou maken, dan zou hij die foto's in de rechtszaal gebruiken om te bewijzen dat ik niet geschikt ben als moeder. Alleen sloeries worden kaalgeschoren, nietwaar? Hoe moet ik mijn kleine meisje ooit nog terugkrijgen?'

'Ik zou Lawrence kunnen bellen, en uitleggen...'

'Lawrence bellen, uitleggen,' hoonde Margaret. 'Je kunt beter gaan.'

'Ik zou kunnen blijven om te helpen. Eten klaarmaken, brieven aan je familie schrijven.'

'Jij hebt al genoeg "geholpen". Ga alsjeblieft weg.'

Ik stond op en wilde naar de deur lopen.

'Wacht!' zei ze.

Ik draaide me om. Ik zou alles doen voor een tweede kans. Ze zou het me vast vergeven. We hadden samen zoveel meegemaakt.

'Op de plank in de kleedkamer staat een blauwe doos. Breng me die.'

Ik wilde haar het pakje overhandigen, maar ze zei: 'Voor jou. Ik had Felix gevraagd ernaar op zoek te gaan. Wanneer je hem draagt, hoop ik dat je je zult herinneren wat je hebt gedaan, en zult beseffen wat het inhoudt om een echte vriendin te zijn.'

In het pakje zat een rode ceintuur. Het leer was boterachtig glad, lang en soepel als een zweep.

'Hoe kan ik het goedmaken? Geef me alsjeblieft een kans.'

Margaret draaide haar hoofd naar de muur toe. 'Ga weg. Ik wil je nooit meer zien.'

44

Lily

FROID, MONTANA, JUNI 1988

'Papa's vrouw heeft *Forever* afgepakt!' zei ik tegen Odile terwijl ik haar keuken binnenstormde. 'Ze zei dat Judy Blume "vunzigheid" schrijft. Censuur is fout.'

'Dat geldt ook voor een driftbui krijgen in plaats van te gaan zitten voor een goed gesprek.' Odile droogde het laatste bord af. 'Vraag Ellie waar ze bang voor is.'

'Wat?'

'Lezen is gevaarlijk.'

'Gevaarlijk?'

'Ellie is bang dat het boek je op ideeën zal brengen, dat je met seks wil gaan experimenteren.'

'Ik heb *Out of Africa* gelezen zonder dat ik een koffieplantage in Kenia wilde beginnen!'

Odile liet dat zuinige glimlachje zien dat duidelijk maakte dat ze vond dat ik iets stoms had gezegd. 'Er zijn ook niet veel mensen die dat doen. Seks is een natuurlijk onderdeel van het leven. Maar het is een grote stap en Ellie maakt zich zorgen.'

'Ik heb zelfs nog nooit een afspraakje gehad,' zei ik. 'En op deze manier gaat dat ook nooit gebeuren. Ellie probeert mijn leven te verpesten.'

'Je weet dat dat niet waar is.'

'Het enige waar ze iets om geeft zijn papa en de jongens.'

'Word je niet moe van steeds datzelfde liedje? Ellie doet haar best. Probeer eens in haar huid te kruipen.'

'Hè, bah!'

'In haar schóénen te gaan staan dan. Heb je er ooit over nagedacht hoe Ellie zich voelt? In al die jaren hebben je vader en zij nooit een nieuwe bank of lamp gekocht. Ze kookt in je moeders pannen, ze eet van haar borden. Dat moet vreselijk vreemd aanvoelen. Weet je zeker dat jíj de buitenstaander bent?'

Zo had ik het nog niet bekeken.

'Liefde is niet op rantsoen. Ellie kan om jullie allemaal geven. Je moet met haar praten.'

'Maar wat als...'

'Zet de eerste stap.'

Onderweg naar huis keek ik naar de jongens die door de achtertuin hobbelden. Joe zwaaide met een lek waterpistool naar Benjy, die zijn babydekentje droeg als een cape. Ze dribbelden op me af en grepen allebei een van mijn benen vast.

'Van mij,' zei Benjy.

'Nee,' protesteerde Joe. 'Ze is van mij.'

'Jullie zijn allebei van mij.' Ik knuffelde ze.

Binnen liet ik mijn hand over mijn moeders eettafel glijden, over de gordijnen die ze had genaaid, de pastelschilderijen van vogels die zij had uitgekozen. Niets hier was eigendom van Ellie, de onbetaalde conservator van Brenda's museum.

In de grote slaapkamer, in mijn moeders schommelstoel, zat Ellie mijn vaders sokken te stoppen. 'Ben je klaar met je driftje?' vroeg ze.

'Sorry dat ik zo de deur uit stormde,' zei ik. De boosheid was verdwenen. 'Dat was niet erg volwassen van me.'

'Liefje, ik wil alleen het beste voor je.'

'Dat weet ik.' Ik liep naar haar toe en ze sloeg haar armen om me heen.

Om te vieren dat ik mijn rijbewijs had gehaald, nodigde Odile Ellie en mij uit voor een sorbet bij Husky House. We schoven in de oranje nis en Odile zette een cadeautje voor me op tafel. 'Uit Chicago.' Voorzichtig maakte ik het fluwelen lint los en opende de doos. Er zat een baret in, grijs en donzig als een duif.

'*J'adore!*' Ik dook over tafel heen om haar op beide wangen te kussen. 'Ik doe hem nooit meer af!'

Ze trok de baret recht boven mijn wenkbrauwen.

'Je ziet eruit als een Française,' zei Ellie, het mooiste compliment dat ze me had kunnen geven.

Thuis op mijn kamer, met de baret op mijn hoofd, haalde ik de plaat van Joséphine Baker uit de kast die Odile me had geleend en liet mijn vingers over Joséphines gezicht gaan, jaloers op haar vrolijke glimlach, haar blozende huid, haar zelfvertrouwen. Ik schopte mijn schoenen uit en trok mijn shirt en broek uit. In mijn witte beha en onderbroekje staarde ik naar mijn magere spiegelbeeld en vroeg me af hoe het zou zijn om een sekssymbool met zijden kousen aan te zijn. Ik pakte een zwarte viltstift en trok cirkels rond mijn dijbenen waar ik vermoedde dat de bovenrand zou zitten.

Het was niet genoeg. Ik wilde een heel nieuw leven voor mezelf tekenen.

Die zomer voor ons examenjaar werkten Mary Louise en ik in het O'Haire-motel. We stofzuigden, maakten bedden op, maakten wc's schoon en boenden badkuipen. Het betaalde beter dan babysitten en tijdens onze pauze gaf mevrouw Vandersloot ons altijd een cola.

De eerste week van augustus zat het motel vol met seizoenarbeiders. De mannen werkten van zonsopkomst tot zonsondergang en waren voornamelijk oud en grijs, hoewel we altijd hoopten dat sommige jong en knap zouden zijn. Van Texas tot de wijsvinger van Oklahoma, via South Dakota tot bij ons in Montana, hielpen ze met het oogsten van Amerika. De mannen waren niet aan een stad gebonden, zoals wij. Ze waren vrij, en we benijdden hen.

Hun complimentjes deden ons blozen. Ze keken naar ons alsof we vrouwen waren. Gisteravond, onder het wakende oog van de halvemaan, was Mary Louise met een van hen naar buiten geslopen. Ze dronken sterkedrank en voosden in de laadbak van zijn truck. Ze zei dat Johnny hartstikke goed was, beter dan haar vriendje Keith.

Vandaag zouden de landarbeiders weer vertrekken, samen met hun machines en de belofte van avontuur. Toen ik de gang aan het stofzuigen was, botste ik met een klap tegen een van hen op. Hij greep de Hoover met één hand vast en hield met de andere mij overeind. Ik rook de tarwe op zijn versleten katoenen shirt. Ik zette mijn baret recht en keek op naar zijn gezicht. Mijn hemel, wat was hij knap. Gebruind door de zon. Een jaar of eenentwintig, tweeëntwintig. Ogen die hele staten, eindeloze wegen en groene stoplichten, heel veel groene stoplichten hadden gezien. Een man.

'Waarom zeult een knappe meid zoals jij met zo'n oud ding rond? Werk je hier?'

'Ja.'

'Waar zal ik hem neerzetten?'

'Kamer 4.'

'Je hoeft niet te fluisteren, schatje. We zijn niet in de kerk.'

Ik deed de deur open. Hij zette de stofzuiger voor de televisie. De lakens lagen in een hoop op de grond. Mary Louise zou hebben gefloten en gezegd: 'Hier hebben vannacht mensen een hoop lol gehad!' Maar ik was Mary Louise niet.

'Leuk hoedje heb je op.' Hij liep op me af tot hij nog maar een paar centimeter van me af stond. Ik wist dat hij mijn hart voelde bonzen. 'Je bent zo mooi als een hertje.'

Mijn ogen gingen dicht toen ik de schok voelde van zijn lippen op de mijne. Niets had ooit zo fijn aangevoeld.

'Schiet op, Mike,' brulde een van zijn maten vanuit de lobby.

We stapten bij elkaar vandaan. Ik hield mijn adem in. Zijn eeltige hand streelde mijn wang. 'Gaat het?' vroeg hij.

Ik knikte. Hij zou me al zijn vergeten voordat hij de snelweg had bereikt, maar ik zou me onze kus eeuwig herinneren. De rest van de ochtend bleven mijn vingers naar mijn mond gaan.

Na het werk gingen Mary Louise en ik langs mijn huis om mijn moeders kolibrievoederbakje te vullen. We reden verder, langs de Girl Scouts in het park. Vlak buiten de stadsgrens gingen we naast elkaar in het prairiegras liggen, dat stug was als hooi. Een metertje verderop stak een wangzakrat zijn kop uit een gat. Het was heet en droog; het was bijna altijd heet en droog. In de verte hoorden we een maaidorser over het veld brommen. Ik verstrengelde mijn handen achter mijn hoofd. Mary Louise sabbelde aan een grasspriet. Wolken dreven voorbij, altijd in beweging. De rest van de wereld keek naar MTV terwijl wij leefden in herhalingen van *Little House on the Prairie*. Nog een week, dan begon school weer. Ik dacht dat we zouden sterven aan rust en stilte.

'Beloof me dat we hier ooit wegkomen,' zei ze.

Op mijn laatste eerste schooldag droeg ik een rok in dezelfde kleur als mijn baret, en iedereen keek me met open mond na – in Froid werd je als een mutant beschouwd wanneer je geen spijkerbroek droeg. Mary Louise en ik hadden geen enkele les samen. Elke keer dat ik een glimp van haar opving, stond ze met Keith op de gang. Ik baande me een weg tussen verwarde brugklassers door, maar wist haar niet te bereiken. Robby en ik hadden hetzelfde rooster. Hij zat aan de andere kant van het gangpad, net als in de kerk, net als altijd. Ergens wist ik wel dat hij me leuk vond. Maar diep in mijn hart durfde ik het niet te geloven.

Na schooltijd, *chez Odile*, dronk ik café au lait terwijl ik haar trouwfoto bestudeerde. Zou een man ooit naar mij kijken zoals

Buck naar haar had gekeken? Zoals Keith Mary Louise uitkleedde met zijn ogen?

'Ik zie Mary Louise bijna nooit meer,' zei ik, gekwetst dat ze me net zo makkelijk had laten vallen als wiskunde.

'Het probleem met vriendschap is dat je niet altijd allebei tegelijk op dezelfde plek zult zijn,' zei Odile. 'Weet je nog toen jij je handen vol had aan Ellie en de jongens? Nu is het Mary Louises beurt om het ergens druk mee te hebben. Zo gaat dat met eerste liefdes. Ze zuigen al je tijd op.'

'U laat liefde klinken als een bloedzuiger.'

Ze lachte. 'Nou, dat is ze ook.'

'Niet waar,' zei ik fel.

'Ze komt wel terug. Geef haar de tijd.'

Ik dacht aan de manier waarop Mary Louise bloosde wanneer Keith zijn arm om haar heen sloeg. Zodra ik in de buurt kwam, trok hij aan haar middel en zei: 'Kom mee.' Dan volgde ze hem omdat ze liever met z'n tweetjes wilden zijn. Mary Louise kreeg altijd alles als eerste. Eerste kus. Eerste vriendje. Eerste liefde.

'Het is volstrekt normaal om jaloers te zijn,' zei Odile.

'Ik bén niet jaloers.'

'Het is volstrekt normaal,' herhaalde ze. 'Alleen...'

'Alleen wat?'

'Je moet niet vergeten dat jouw tijd nog wel komt,' eindigde ze met een suf cliché.

Ja, vast.

Thuis maakte Ellie mijn lievelingseten klaar: biefstuk met patat en een groene salade. Iedereen at altijd eerst zijn salade op, maar ik bewaarde de mijne voor het laatst, gevolgd door een stuk kaas, als een echte Parisienne.

'Moet je die pet altijd dragen?' vroeg mijn vader.

'Het is een baret. *C'est chic.*'

'Je hebt hem in geen maanden afgezet. Is het ook chic om te stinken?'

Ik negeerde hem. '*Le steak est délicieux!*'

'Kun jij er niet voor zorgen dat ze haar moerstaal spreekt?' vroeg mijn vader aan Ellie.

Ze glimlachte. Volgens mij vond ze het leuk als ik Frans sprak.

'Heb je al nagedacht over wat ik zei over je aanmelden voor een vervolgopleiding?' vroeg papa.

'Ik heb u al verteld dat ik schrijver word.'

'Schrijven is geen beroep.'

'Vertel dat maar eens aan Danielle Steel,' zei Ellie. 'Die is rijker dan Jonas Ivers!'

'Je gaat een studie boekhouden doen,' zei papa. 'Je hebt een plan B nodig.'

'Een plan B? Denkt u dat het me niet zal lukken? Het gaat u trouwens niets aan wat ik ga studeren.'

Hij wees met zijn vork naar me. 'Wel zolang ik de rekeningen betaal.'

'Bij u draait alles om geld.'

'Een van de taken van een bankier,' zei hij, 'is ervoor zorgen dat iedereen een plan heeft.'

Ik had geen idee hoe een gezellig etentje plotseling was uitgedraaid op een ruzie over een opleiding.

'Ik denk,' zei Ellie, 'dat je vader probeert te zeggen dat hij heeft gezien dat mensen hun huizen kwijtraakten, dat ondernemers hun bedrijven verloren, en dat hij niet wil dat jij in net zo'n ellendige situatie terechtkomt als zij.'

Na het eten ging ik naar Odiles huis. 'Toen u zo oud was als ik, wist u toen wat u wilde worden?'

'Ik was dol op boeken, dus werd ik bibliothecaresse. Je moet zien te ontdekken wat je passie is.'

'Papa zegt dat ik een vak moet leren.'

'Daar heeft hij geen ongelijk in. Je moet het gevoel hebben dat je leeft, maar je moet ook de huur betalen. Het is belangrijk voor vrouwen om hun eigen geld te verdienen. Ik werkte als secretaresse van de kerk en was blij met het inkomen. Je moet ervoor zorgen dat je keuzes hebt.'

'Ik zou alleen willen dat hij me niet altijd zo de les leest.'

'Die lieve professor Cohen zei altijd: "Probeer mensen te accepteren zoals ze zijn, niet zoals je wilt dat ze zijn."'

'Wat bedoelde ze daarmee?'

'Ze had het over mijn vader. Ze zei dat hij het beste met me voorhad, maar ik wilde haar niet geloven. Jij en je vader verschillen van elkaar, maar dat betekent nog niet dat hij niet van je houdt en zich geen zorgen om je maakt.'

Op de dag van het winterbal maakte ik mezelf wijs dat het niet uitmaakte dat niemand me had uitgenodigd om erheen te gaan. Jongens in Froid hadden geen hersenen. Ik zou mijn zielsverwant in New York vinden; ik had me al aangemeld bij Columbia. Met vijf miljoen mannen móést er wel eentje bij zitten die mij leuk zou vinden. Simone de Beauvoir en Sartre vonden elkaar pas toen zij eenentwintig was.

In de kantine kwam Mary Louise naast me zitten en nodigde me uit om na het eten naar haar toe te komen om haar jurk te bewonderen. Maandenlang was ik lucht voor haar geweest. Nu wilde ze me de ogen uitsteken.

'Sorry, geen tijd,' loog ik. 'Te veel huiswerk.'

'Alsjeblieft!'

Een deel van me wilde een goede vriendin zijn. Een groter deel wilde dat Keith haar dumpte, zodat ze zich net zo ellendig zou voelen als ik.

Na het eten liet ik me bij Odile op een stoel vallen.

'Mary Louise heeft me in de steek gelaten. Alweer.'

'Heeft ze je niet uitgenodigd om naar haar jurk te komen kijken?'

Ik staarde naar de boeken op onze 1955.34-plank. *Bridge to Terabithia*, *Roots*, *My Antonia*. 'Ik heb geen zin om te gaan.'

'En als ik meega?' vroeg Odile.

Ik veerde op. 'Dat zou misschien wel helpen.'

De hele weg naar Mary Louises huis hield ze me in de gaten. Als een havik, zou mama hebben gezegd. Zodra we binnenstapten draaide Mary Louise een rondje voor ons. In de pastelkleurige jurk met de lage hals en ontblote schouders zag ze er mooier uit dan ooit.

Haar lichaam leek in één nacht te zijn veranderd. Haar borsten staken vooruit als de Rockies terwijl mijn borst plat bleef als de toendra. Haar heupen welfden als een klok; mijn lichaam, recht als een potlood, was nog geen millimeter uitgedijd.

'Wat vinden jullie ervan?' Ze trok aan het bovenstukje.

'Oogverblindend,' zei Odile.

Ik sloeg mijn armen voor mijn onderontwikkelde borst over elkaar en dacht even na, tot ik het compliment vond dat het meeste zou betekenen: 'Je bent mooier dan Angel.'

'Nee!' Mary Louise wierp een blik in de spiegel naast de kapstok. 'Echt?'

Ik knikte. Ik kon geen woord meer uitbrengen. Jaloezie welde op als tranen, en op dat moment, terwijl ze er prachtiger uitzag dan ooit, verdroeg ik het nauwelijks om naar haar te kijken.

Keith arriveerde. Hij bleef bij de deur dralen tot Sue Bob hem een duwtje in Mary Louises richting gaf. De manier waarop hij naar haar keek maakte dat ik me wanhopig voelde. Gal rees bitter op in mijn keel; ik slikte, en nog een keer. Niet zeker of ik het nog lang zou volhouden schuifelde ik naar de deur. Mary Louise huppelde op me af en Sue Bob nam een foto van ons samen. 'Waarom zou jij je ellendig en alleen moeten voelen,' zei de gal. 'Een echte vriendin zou je niet onder valse voorwendselen naar haar huis hebben gelokt. Ze verkneukelt zich, dat zie je toch? Vertel die puisterige tiener wat ze heeft gezegd – dat die seizoenarbeider met wie ze heeft liggen vozen beter kuste, dat hij overál beter in was.'

Met Mary Louises arm om mijn middel geslagen zei ik: 'Keith...'

Odile fronste.

'Wist je...' ging ik verder.

'Niet doen,' fluisterde Odile. 'Eén woord kan genoeg zijn. Ik zie een verklikker op de loer liggen.'

45

Odile

PARIJS, SEPTEMBER 1944

Hoe kon je me verraden? Margarets vraag echode door mijn hoofd terwijl ik over de stoep slenterde, in de richting van de rivier, onderweg naar huis. De schitterende Pont Alexandre-III doemde voor me op, maar ik zag alleen Margarets hoofd met de stoppeltjes voor me. Ik wilde me in mijn kamer opsluiten, of aan Maman en Eugénie opbiechten wat ik had gedaan. Maar ze zouden allebei diep geschokt zijn door de manier waarop ik mijn beste vriendin in gevaar had gebracht. Aan Paul had uitgeleverd. Nee, ik schaamde me te veel om Maman onder ogen te komen. Ik kon niet naar huis. En ik kon ook niet naar de bibliotheek, waar iedereen dol op Margaret was. Ze had duidelijk gemaakt dat ze me nooit meer wilde zien. Dat betekende dat ze niet naar de bibliotheek zou terugkeren zolang ik er nog werkte, en dan zou ze haar vrienden en haar roeping kwijtraken.

Nog niet zo lang geleden had ik achterdochtige blikken op abonnees geworpen en me afgevraagd wat voor soort mensen een klikbrief zouden schrijven. Nu wist ik het: iemand zoals ik. *Monsieur l'Inspecteur, Margaret Saint James – een Britse onderdaan – had het lef om verliefd te worden op een Duitse soldaat.* Ik had mijn klacht zelfs bij een politieagent gedeponeerd.

Ik begon de Seine over te steken, met de gesp van de riem in mijn hand terwijl het leer heen en weer zwaaide als de klepel van een klok. Over de brugleuning gebogen keek ik naar het water. Ik was een ellendeling, net zo erg als Paul. Ik trok mijn trouwring van mijn vinger en gooide hem in de rivier. Zo. Hij was mijn echtgenoot niet meer. We zouden van elkaar scheiden en elkaar nooit meer zien. Scheiden. Een gescheiden vrouw was nog erger dan een gevallen vrouw. 'Wat zullen de buren denken?' zou Maman vragen. Mijn moeder zou zich niet afvragen waaróm ik wilde scheiden. Ze zou me verstoten, net zoals ze dat bij tante Caro had gedaan.

Een uur eerder had ik mijn toekomst gevierd. Nu was er niets dan duisternis. Ik wist me geen raad met mezelf. Ik slenterde naar de Champs-Élysées, langs stelletjes die op een terrasje zaten te eten, om een rij bioscoopgangers heen, en nog verder, zonder precies te weten waar ik was – tot ik het American Hospital herkende. Toen ik de ambulance op de oprit passeerde, zei een verpleegster: 'Fijn dat je terug bent. We kunnen je hulp goed gebruiken.'

Margaret wilde niets met me te maken hebben, maar ik kon hier voor de gewonden zorgen. Ik zou in het ziekenhuis overnachten – personeel en vrijwilligers sliepen op veldbedden – net zoals in het begin van de oorlog. Ik zou mijn familie en vrienden niet onder ogen hoeven te komen en Paul zou me nooit vinden. Opgelucht liet ik me op het betonnen stoepje bij de achteringang zakken.

Margaret had gelijk gehad. Ik had nooit toegegeven hoe boos het me had gemaakt wanneer ze soldaten zoals Rémy beledigde of wanneer ze insinueerde dat Bitsi's verdriet gespeeld was. Ik had nooit toegegeven dat ik jaloers was op haar luxeleventje. Ik had mijn wrok opgekropt, en de samengebalde emoties waren uit me gespoten als uit een magnumfles champagne waar iemand mee had geschud. Op dat moment wilde ik haar straffen, en één moment was genoeg geweest om een leven te ruïneren – dat van Margaret en dat van haar dochter.

Een Amerikaanse soldaat op krukken hobbelde op me af. 'Hé, kleine.'

Ik snufte en hij bood me een zakdoek aan.

'Wat is er aan de hand?'

Ik beet op mijn lip, bang om mijn mond open te doen, bang dat het hele verhaal naar buiten zou stromen.

Hij ging naast me zitten. 'Wat is er aan de hand?'

'Ik heb iets vreselijks gedaan.'

'Nou, dat is iets wat de meeste mensen wel kunnen begrijpen.'

Zijn blik was zo indringend dat ik zijn aandacht moest afleiden. 'Uit welke staat kom je?'

'Uit Montana.'

'Hoe is het daar?'

'Fantastisch.'

Abonnees uit Kentucky hadden precies hetzelfde gezegd, net als soldaten uit Kent en Saskatchewan. 'Je zult me moeten overtuigen.'

'Montana is de mooiste plek op aarde, en dat zegt wel wat als je nagaat waar we nu zijn, in het bruisende Parijs. Ik wilde weg uit mijn suffe dorp, maar als ik de mazzel heb terug te kunnen gaan, dan zweer ik dat ik er nooit meer wegga. De mensen daar zijn betrouwbaar. Eerlijk. Vroeger vond ik dat saai.'

'Saai zou misschien wel leuk zijn voor de verandering.'

'Hoe komt het dat je zo goed Engels spreekt?'

'Ik heb het als kind in de American Library geleerd.'

'Is er een American Hospital én een American Library?'

'En vergeet de American Radiator Company en de American Church niet! Monsieur de Nerciat, een van onze abonnees, zei altijd voor de grap dat de Amerikanen Parijs hadden gekoloniseerd zonder het iemand te vertellen.'

Hij lachte. 'Welke abonnees?'

'Ik ben bibliothecaresse. Althans, dat wás ik.'

'Ik zou die bibliotheek van jou graag eens willen zien. Misschien kun je me een keer meenemen.'

Ik fronste.

'Je hebt gelijk.' Hij wreef over zijn dijbeen. 'Met dit rotbeen kan ik beter hier blijven. Maar ik zou het leuk vinden om meer tijd met je door te brengen.'

De volgende middag picknickten we op de stoep. Hij had zijn rantsoen sigaretten geruild voor ham en een baguette. Hij vertelde me dat de velden in Montana op een lappendeken leken. Hij vertelde me dat er geen wolkje aan de wijde hemel was. Hij vertelde me dat ik zijn moeders hachee moest proeven. Twee dagen later vroeg hij me ten huwelijk.

Ik wilde weggaan en niemand die ik kende ooit nog terugzien. Ik wilde een nieuw begin maken en iemand anders worden, een beter mens. Ik zou mijn ouders missen, maar die waren beter af zonder mij. Ik zou mijn collega's en de vaste bezoekers van de bibliotheek missen – maar als ik er niet meer was, kon Margaret blijven. Ik hield van de bibliotheek, maar Margaret betekende meer voor me, en dat zou ik haar bewijzen.

'Kleine?' Buck staarde me met zoveel begrip in zijn ogen aan dat ik het gevoel had dat ik hem alles kon vertellen. Maar op een of andere manier voelde ik aan dat hij het al wist.

'Natuurlijk wil ik met je trouwen.'

Hij trok me dicht tegen zich aan. Ik voelde de warmte van zijn borst, het zachte katoen van zijn overhemd. Ik voelde me veilig.

De dag na mijn terugkeer uit Bretagne had ik mijn koffer meegenomen naar de bibliotheek. 's Ochtends vroeg, toen alleen de conciërge aanwezig was, haalde ik hem op, samen met het laatste stapeltje klikbrieven dat ik had gestolen. Aan Bitsi's bureau, dat overdekt was met kindertekeningen, kleverige pennen en haar lievelingstheekopje dat niemand anders wilde omdat er een stukje af was, schreef ik: *Allerliefste Bitsi, zorg alsjeblieft goed voor Margaret. Zeg tegen mijn vader en moeder dat ik het goed maak en dat het me spijt. Pas goed op het manuscript van de professor. Ik hou van je als van een zus, een tweelingzus. Heel veel liefs, Odile.* Ik doorkruiste de bibliotheek om afscheid te nemen. De afdeling kranten en tijdschriften, waar het allemaal was begonnen. De studiezaal, waar ik net zoveel had geleerd als de abonnees. Het Hiernamaals, waar ik mijn hand over de ruggen van de boeken liet gaan om ze te laten weten dat ze niet zouden worden vergeten. En ik verliet de bibliotheek voor de allerlaatste keer.

46

Lily

FROID, MONTANA, JANUARI 1989

Onderweg van Mary Louises huis naar het mijne vroeg Odile wat ik bijna tegen Keith had gezegd.

'Niets.'

'Lily,' zei ze berispend.

'Ze heeft hem bedrogen met een seizoenarbeider.'

'Dat gaat jou helemaal niets aan. Waarom zou je hem dat willen vertellen?'

'Ik weet het niet!'

'Nou, denk er dan maar eens over na.'

'Ik wilde haar weer voor mezelf hebben.'

'Is het mogelijk dat je boos op háár bent?' vroeg Odile.

'Misschien.'

'Wat heeft ze nou precies misdaan?'

'Ik wil er niet over praten.'

'Da's dan jammer!'

Ik wist dat ze er niet over op zou houden. 'Ik heb geen vriendje, en zij had er twee. Ze is mij de afgelopen maanden straal vergeten.'

'Ik begrijp het,' zei Odile.

Het voelde zo goed om die woorden te horen. De bittere gal loste op.

'Als Mary Louise iets heeft gedaan waardoor jij je gekwetst voelt, vertel haar dat dan,' vervolgde ze. 'Krop het niet op, en denk niet dat jij je beter zult voelen wanneer zij ongelukkig is. Mary Louise heeft een groot hart – er is genoeg ruimte voor jou en Keith.'

Toen we Odiles oprit op liepen, zei ze: 'Jij zult ook vriendjes krijgen.'

'Gelooft u het zelf?'

'Geloof me.' Onder de sterren zag ik de ernstige uitdrukking op haar gezicht. 'Liefde zal komen en gaan en weer komen. Maar als je het geluk hebt om een echte vriendin te hebben, koester haar dan. Laat haar niet los.'

Ze had gelijk, ik moest Mary Louise koesteren. Maar als ik ooit aan Mary Louise zou bekennen wat ik bijna had gedaan, dan wist ik zeker dat ze nooit meer tegen me zou praten.

Odile deed de voordeur open en we lieten ons op haar bank vallen.

'Ik wil van huis weglopen.'

'Niet doen,' zei Odile.

'Waarom niet?'

'Dat zal ik je vertellen. Omdat ik zelf ook ben weggelopen.'

'Wat?'

'Ik schaamde me, net als jij. Ik liep van huis weg. Van mijn werk. En van mijn echtgenoot.'

'Hebt u Buck verlaten?'

'Nee, mijn eerste echtgenoot. Mijn Franse echtgenoot.'

Ik snapte er niets meer van.

'Jij bent niet de enige die jaloers was op je beste vriendin,' gaf Odile toe.

'U?'

'Ik heb haar verraden.' Ze raakte de doffe gesp van haar ceintuur aan. 'Margaret zei dat ze me nooit meer wilde zien. Zij en ik bevonden ons in dezelfde sociale kring en we waren allebei dol op de bibliotheek. Maar voor haar was het liefdewerk oud papier – ze had zich vrijwillig aangemeld en gaf zonder er een cent voor terug te krijgen.'

'Hoe kon u zomaar weggaan?'

'Als ik was gebleven, zou zij alles zijn kwijtgeraakt, en met name de plek die zij als haar huis beschouwde. Ik hield van de bibliotheek, maar ik hield nog meer van Margaret. Ik schaamde me te erg om vrienden en familie de waarheid te vertellen, was te bang voor de consequenties, dus trouwde ik met Buck en verliet ik Frankrijk zonder afscheid te nemen. Ik heb mijn broers graf nooit gezien en hoop dat het mijn ouders is gelukt om zijn lichaam naar huis te laten overbrengen.' Ze haalde diep adem. 'Ik vluchtte. En dat heb ik tot nu toe nog nooit aan iemand verteld.'

Ik sloeg mijn armen om haar heen, maar ze beantwoordde mijn omhelzing niet.

'Ik zal het mezelf nooit vergeven,' fluisterde ze.

'Wat u Margaret hebt aangedaan?'

'Dat ik haar in de steek heb gelaten.'

'Ze zei dat u weg moest gaan.'

'Soms zou je dan juist moeten blijven.'

Verbijsterd door wat ze had gezegd liet ik mijn blik over de varens bij het raam gaan, over de keurige stapel langspeelplaten, de plank met onze favoriete boeken. Na die tornado aan ontboezemingen verwachtte ik bijna dat alles op de grond zou zijn gestort.

'Maar... u weet altijd precies wat u moet zeggen.'

'Omdat ik zoveel verkeerde dingen heb gezegd.'

'Bent u echt een bigamiste?'

'Buck is dood. Dus niet meer.'

We grinnikten, hoewel het niet grappig was. Maar op een of andere manier ook een beetje wel.

'Wat had u gedaan? Was het echt zo erg?'

Toen Odile klaar was met haar verhaal over Margaret en haar minnaar, en over hoe Paul en zijn maten haar hadden aangevallen, vielen de ontbrekende stukjes op hun plek en zag ik het complete plaatje.

'Zelfs als wat u zegt waar is...'

'Het is waar,' zei ze scherp. 'Ze hebben haar pols verbrijzeld.'

'Het was uw schuld niet. U hebt geen botten gebroken.'

'Dat had ik net zo goed wel kunnen doen. Ik had het doorverteld.'

'Iedereen is verantwoordelijk voor zijn eigen daden.'

'Normaal gesproken zou ik het daarmee eens zijn,' zei ze, 'maar in dit geval niet. De inzet was te hoog. Ik heb Margaret in gevaar gebracht. Ik heb hier nooit iets over verteld, tegen wie dan ook. Zelfs niet tegen Buck.' Ze keek me recht in de ogen. 'Maar ik vertel het jou omdat ik niet wil dat jij dezelfde fout maakt. Hou je jaloezie in bedwang, anders krijgt ze jou in haar greep.'

Ik wilde dat ik Odile kon overtuigen van datgene waar ík van overtuigd was: dat zij nooit iemand zou kunnen kwetsen.

'Hebt u zich ooit afgevraagd wat er met Margaret is gebeurd? Denkt u dat ze naar Engeland is gegaan voor haar dochter? Hebt u ooit geprobeerd contact met haar op te nemen, om te horen hoe het met haar ging?'

Odile deed een la open en haalde er een krantenknipsel uit van juni 1980 uit de *Herald*, en ik las het profiel van Margaret Saint James:

> We hadden geliefden, familie, vrienden, ons werk verloren. Velen van ons raapten de scherven van ons leven op, hoewel sommige stukjes voor altijd waren verdwenen. We moesten onszelf opnieuw vormgeven.
> Ik had een kennis die met dit verlies omging door dingen te vernielen. Haar troost lag in het geluid van borden die

op de grond in scherven uiteenspatten. Misschien wilde ze dingen breken voordat ze zelf zou breken, maar het zat me dwars dat ze dingen kapotmaakte. Het waren magere jaren in Parijs; eten bleef tot lang na de oorlog op rantsoen. We hadden honger en we waren moe.

Ik vroeg haar dienstmeisje me de scherven te bezorgen, met het idee dat ik ze misschien kon lijmen, maar er viel niets meer te repareren. Ik begon stukjes aan elkaar te lijmen om de versleten kleding van mijn dochter op te vrolijken. Abonnees van de bibliotheek bewonderden mijn broches. Ik begon ze te verkopen en Parisiennes droegen mijn creaties. En wat mode is in Parijs wordt al snel in de hele wereld gedragen.

Het was opwindend om een glimp op te vangen van Margaret, levend en wel, en een echte kunstenares. 'Weet u zeker dat ze de voogdijschap over haar dochter is kwijtgeraakt?'

'Daar was ze zelf wel van overtuigd...'

'Volgens het artikel woonde haar dochter bij haar.'

Odile bestudeerde het krantenknipsel. 'Zo heb ik het nooit geïnterpreteerd.'

'Misschien is het Margaret toch niet zo slecht vergaan. Hier staat het adres van haar boetiek in Parijs.' Ik wees naar het knipsel. 'U zou haar een brief moeten schrijven.'

'Misschien wil ze dat niet.'

'U zou het moeten proberen.'

'Ik wil haar gevoelens respecteren.'

'U bent bang dat ze niet terug zal schrijven.'

'Ook dat.'

'Schrijf haar!' Misschien leek ik wat dit betrof wel op mijn moeder, de rasoptimiste. Ik voelde dat het verhaal van Margaret en Odile nog een goed einde kon krijgen; dat voelde ik met heel mijn hart. *Liefde zal komen en gaan en weer komen. Maar als je het geluk hebt om een echte vriendin te hebben, koester haar dan. Laat haar niet los.*

'Ik zal erover nadenken.'

We hadden een duister pad belopen, geplaveid met slechte gedachten, maar zij had me op mijn allerslechtst gezien en hield nog steeds van me. Ik kuste haar op beide wangen en wenste haar welterusten. Opnieuw had Odile me gered.

47

Odile

FROID, MONTANA, 1983

En weer bracht ik een verjaardag in mijn eentje door, met atletiek op televisie omdat Buck en Marc zo van sport hadden gehouden. Ik herinnerde me hoe we met z'n drietjes op de bank hadden zitten kijken, hoe Buck het geluid wegdrukte ('Die verrekte verslaggevers hebben toch nooit wat zinnigs te melden') zodat ik naar Bach kon luisteren op de stereo.

Misschien leefde ik te veel in het verleden. Dat was makkelijk wanneer er veel goede herinneringen waren. Ik dacht met plezier terug aan mijn huwelijksnacht met Buck, ietwat verrast dat ik weer ergens plezier in kon hebben. *'Liefde is als de zee. Het is een bewegend iets, maar toch neemt het de vorm aan van de kust die hij ontmoet en is het bij elke kust anders.'* 813, *Their Eyes Were Watching God.*

Natuurlijk waren er ook moeilijke tijden. De ontmoeting met Bucks ouders, bij hen thuis, op wat aanvoelde als hún voorwaarden. 'Mam, pap, dit is de verrassing waar ik het over had. Dit is mijn meisje, Odile,' had Buck vol trots gezegd, waarna hij me tegen zich aan trok.

'Het is me een genoegen kennis te maken,' zei ik, net zo duidelijk articulerend als de gravin.

'*A deal*?' zei zijn vader.

'*Ordeal*,' corrigeerde zijn moeder hem.

'O-díél en ik zijn in Frankrijk in het huwelijksbootje gestapt,' zei Buck.

Zijn vader keek me achterdochtig aan. Zijn moeders minzame glimlach veranderde in een bittere streep. 'Hoe kon je trouwen zonder dat wij erbij waren?' vroeg ze.

'En Jenny dan?' zei meneer Gustafson.

'Ze is als een dochter voor ons,' voegde mevrouw Gustafson eraan toe. 'Terwijl jij... weg was, hebben wij de vakanties met elkaar doorgebracht.'

Wég? Buck was niet op strandvakantie geweest in Europa, hij had midden in een oorlog gezeten.

'Iedereen ging ervan uit dat Jenny en jij elkaar een belofte hadden gedaan,' vervolgde ze.

Ik keek naar Buck. 'Ze was mijn schoolvriendinnetje,' legde hij uit. 'Ik heb haar nooit gevraagd op me te wachten. Ik ben geen kind meer. De oorlog... Ze zal het nooit begrijpen zoals jij. Van iedereen ben jij de enige die het weet.'

Dat was waar; Buck en ik hadden de oorlog – zijn moeder kon het niet eens opbrengen het woord uit te spreken. Maar het leven ging door, en hij en ik kregen zoveel meer – een thuis, een zoon en geluk.

Het is nooit echt goed gekomen met mijn schoonouders, maar vader Maloney was aardig. Hij nam me aan als secretaresse van de kerk, en ik vond het leuk om de nieuwsbrief te schrijven en een kleine bibliotheek samen te stellen in de vestibule. Het duurde even voordat de dorpelingen het me vergaven dat ik Buck van zijn schoolvriendinnetje had 'gestolen', maar hoe zuurder zijn dorpsgenoten deden, hoe liever hij werd. Toen ik Buck een foto liet zien van de binnenplaats van de ALP, plantte hij een perk vol petunia's, net als bij de bibliotheek. Via een maat uit het leger aan de oostkust wist hij aan Franstalige boeken te komen, en mijn boekenplanken vulden zich met de romans van professor Cohen, die zich afspeelden in Egypte na de oorlog. Hoewel het manuscript dat ze me had toevertrouwd nooit gepubliceerd is, wilde ik graag geloven dat het veilig was in de bibliotheek. Buck klaagde nooit over de prijs van mijn abonnement op de Parijse editie van de *Herald* en wees me er nooit op dat het nieuws een week oud was. 'Sommige vrouwen willen juwelen, jij hebt papier nodig,' zei hij. 'Dat wist ik toen ik met je trouwde.'

Ik las elk nieuwsartikel over de ALP; daardoor wist ik dat miss Reeder haar werk bij de Library of Congress had hervat; miss Wedd was vrijgelaten uit het interneringskamp en teruggekeerd naar de bibliotheek om de boekhouding bij te houden; Bitsi was bevorderd tot adjunct-directeur; de gravin had haar memoires gepubliceerd; en Boris was met pensioen. Het was geruststellend dat de bibliotheek bleef doordraaien. In de loop der jaren had ik een interview met mijn vader gelezen over de opmars van drugs in de stad, en een profielschets van Margaret. Ik miste hen, vooral Margaret.

Nu dwaalde ik door het huis, als een geest zonder iemand om bij rond te waren. Ik at alleen. Ik sliep alleen. Ik was het beu om alleen te zijn. In de kast staarde ik naar mijn sieradendoosje, waarin ik de brieven had verstopt die ik niet had kunnen verbranden. Ik had fouten gemaakt. Ik had geleerd, maar nooit snel genoeg. Als mijn leven een roman was geweest, vol hoofdstukken die zowel saai als opwindend, pijnlijk en grappig, tragisch en romantisch waren, dan was het nu tijd om over de laatste bladzijde na te denken. Ik was eenzaam. Kon er maar een eind aan mijn verhaal komen. Was ik maar dapper genoeg om het boek eens en voor altijd te sluiten.

Bucks geweer stond weggestopt in een hoek. Op het vizier lag een dikke laag stof. Ik vroeg me af of het wapen geladen was. Buck kennende wel. *Jij was het pistool, Paul was de trekker.* Nee, zo had Margaret het niet gezegd. *Hij was het pistool, maar jij hebt de trekker overgehaald.* Haal die trekker over. Pak dat geweer en haal de trekker over. Ik pakte het wapen op.

De deurbel ging. Ik negeerde het. De deurbel ging nog een keer. Mijn vinger gleed naar de trekker. Er liep iemand mijn huis binnen die zei: 'Hallo?' Ik herkende de stem. Het was het meisje van hiernaast. Ik zette het geweer terug in de hoek.

'Is er iemand thuis?'

Verdwaasd liep ik de woonkamer in.

'Ik ben een opstel over u aan het schrijven. Over uw land, bedoel ik,' zei het meisje. 'Zou u misschien bij ons langs willen komen?'

Het was vreemd om iemand anders in mijn woonkamer te zien.

'Het lijkt hier wel een bibliotheek,' voegde ze eraan toe.

Bezoek in de woonkamer: de laatste keer was vier jaar geleden geweest, toen de begrafenisondernemer Bucks lichaam had weggehaald.

Het meisje draaide zich om om weg te gaan.

'Wanneer?' vroeg ik.

Ze keek om. 'Waarom niet nu?'

Het zag ernaar uit dat het leven me een epiloog had aangeboden.

48

Lily

FROID, MONTANA, MEI 1988

'De universiteit zal een nieuw hoofdstuk in je leven zijn,' zei Odile tegen me toen de mis voorbij was. 'Het is aan jou om er een opwindend hoofdstuk van te maken.' Dat zou het zeker worden. Ik was aangenomen op Columbia University, Mary Louise op het New York Institute of Art. Goddank, want ik kon me geen leven zonder haar voorstellen. Keith had zich ingeschreven bij de Technische Universiteit in Butte, in Montana, maar had beloofd haar te zullen schrijven. Robby bleef zitten waar hij zat. Tiffany ging naar het Northwestern, of was het het Northeastern? Ik ontwikkelde een onverwacht gevoel van melancholie voor mijn klasgenoten, zelfs voor degenen die ik niet mocht.

In het zaaltje was elke tafel voor de gelegenheid versierd met mandjes met bloemen in de kleuren van de examenklas: rood en wit. Bij het koffiezetapparaat praatten de mannen over de sluwe president Reagan die in Moskou was voor een top. Wij vrouwen stonden in de rij bij het gebak.

'U zult wel heel trots op Lily zijn,' zei mevrouw Ivers tegen Odile.

'Ik denk dat ze naar die universiteit gaat en slimmer terugkomt dan wij allemaal,' zei de oude mevrouw Murdoch.

'Ze is nu al slimmer dan sommigen van ons,' antwoordde Odile met een scherpe blik op de andere dames, die haastig wegschuifelden.

Ik herinnerde me de woorden *envoyer balader*, wat letterlijk 'iemand uit wandelen sturen' betekent, maar wat in werkelijkheid betekent dat je iemand afpoeiert. 'Ze proberen altijd met u te praten.'

'Wie?'

'Die vrouwen. Ze zeggen: "Lekker weertje vandaag" of "Mooie preek", en u stuurt ze "uit wandelen".'

'Ze zijn gemeen tegen me geweest.'

Haar wrokkige toon verraste me. Het verraste haar zelf ook – ik zag iets dagen in haar ogen.

'Ze hebben geprobeerd het goed te maken,' zei ik. 'Wordt het geen tijd dat u ze een kans geeft?'

Odile keek naar de dames die koffie voor zichzelf inschonken. Ze ging bij hen bij het koffiezetapparaat staan en pakte de kan met koffieroom.

'Heel stichtend, de preek van vandaag,' zei ze tegen hen.

Met een beverige glimlach zei mevrouw Ivers: 'Dat was het zeker.'

'De pastoor was inspirerend,' voegde mevrouw Murdoch eraan toe, en ze stak haar kopje naar voren.

Odile deed er een scheutje room in.

Op de ochtend van mijn diploma-uitreiking zette ik mijn baret op en trok ik mijn Gunne Sax-jurk aan. Ik pakte mijn speech en ging naar Odiles huis. Op het grasveld pikten roodborstlijsters naar de grond. *Je was bijna vernoemd naar de roodborstlijster: Robin. Wees dapper.* O, mama, ik heb het geprobeerd.

Odile was net zo opgewonden over de uitreiking als ik. Ze had haar versleten rode ceintuur zelfs vervangen door een stijlvolle zwarte.

'*Très belle,*' zei ik.

Ze bloosde. 'Lees me je speech eens voor.'

Ik beeldde me in dat ik op het podium stond. 'Mensen zeggen dat tieners niet luisteren. Nou, dat doen we wel. We horen wat jullie zeggen en wat jullie niet zeggen. Soms hebben we advies nodig, maar niet altijd. Luister niet wanneer iemand tegen je zegt dat je iemand niet mag storen – zoek contact en maak vrienden. Mensen weten niet altijd wat ze moeten doen of zeggen. Probeer hen er niet om te veroordelen; je weet nooit wat er in hun hart omgaat. Wees niet bang om anders te zijn. Wees standvastig. Vergeet in slechte tijden niet dat niets eeuwig duurt. Accepteer mensen om wie ze zijn, niet om wie je wilt dat ze zijn. Probeer in hun schoenen te gaan staan. Of, zoals mijn vriendin Odile zou zeggen: "in hun huid te kruipen".'

Ze keek me stralend aan. 'Je hebt zoveel mensen in je hart.'

Ik omhelsde haar. Ze voelde fragiel aan, als een kolibrie.

Ellie kwam aanzetten met de camera, en Odile stond erop om haar lippenstift bij te werken voordat ze met me op de foto wilde. Toen was het tijd. De jongens wilden dat Odile bij hen op de achterste bank van de stationwagen kwam zitten. Ellie en oma Pearl zaten in het midden. Ik mocht van papa achter het stuur. Hij onthield zich zelfs van zijn geijkte adviezen à la *Rij die kinderen die daar op de stoep spelen niet omver*.

Op school speldde Mary Louise, die haar toga al aanhad, een zwarte kwast op mijn baret. In de gymzaal zat onze vijftigkoppige klas op de voorste rijen. Het gemompel golfde door de zaal, als zware korenaren die vlak voor de oogst tegen elkaar fluisteren. Ik keek achter me, naar vrienden en familie die waren gekomen om ons te steunen. Het dorp stond altijd achter ons. En nu bléven ze achter. Dit was vaarwel. Het was hallo. Ik was hier klaar, ik kon weg. Dit was wat ik al die jaren had gewild: weg. En toch...

Mijn stem trilde toen ik mijn speech hield. Mijn blik gleed over het publiek en ik zag mijn vaders trotse blik. 'En ten slotte,' voegde ik eraan toe, 'wat advies van een bankiersdochter: zoek je passie, maar zorg er wel voor dat je een baan hebt om je rekeningen te kunnen betalen.' Iedereen lachte. De band speelde 'Only the Young' van Journey. Een voor een werden de namen van de studenten afgeroepen en liepen we naar het podium om ons diploma in ontvangst te nemen. Daarna gooiden we met een luide kreet van blijdschap onze baretten de lucht in. Mary Louise en ik omhelsden elkaar. Er was een deur wijd opengegooid voor ons.

Thuis sprongen Joe, Benjy en ik de auto uit, gevolgd door de volwassenen. Vrienden arriveerden voor mijn feestje en Ellie loodste hen naar binnen. 'Carol Ann heeft de taart gemaakt, chocolade natuurlijk, jullie kennen Lily!'

Ik keek naar Odile. 'Een Frans lesje?'

'Snel dan.'

Aan haar keukentafel gezeten was ik blij Odile voor mezelf te hebben, net als anders. Ze overhandigde me een envelop. Er zat een vliegticket naar Parijs in en een zwart-witte ansichtkaart. Ik sloeg mijn armen om haar heen. 'Het is niet te geloven!' Ik bestudeerde de ticket. Het was er maar eentje.

'Waar is de uwe?' vroeg ik. 'Gaat u niet mee?'

'Deze keer niet.'

Ik las de kaart. '*Voor Lily, voor de zomer, met al mijn liefde.*' Parijs. Het leek onmogelijk. Waar moest ik overnachten? New York was een makkie, met mijn studentenkamer en de oriëntatiebijeenkomst. Maar Parijs? Ik kende er niemand. Waar moest ik mensen ontmoeten?

Toen ik de kaart omdraaide en de foto zag, werd het antwoord duidelijk. Voor een imposant oud gebouw lag een kiezelpad, geflankeerd door viooltjes, of misschien waren het petunia's. Binnen stond een vrouw die uit het raam keek; haar gezicht ging schuil achter de brede rand van haar hoed. Eronder stonden de woorden AMERICAN LIBRARY IN PARIS, DAGELIJKS GEOPEND.

Woord van de schrijfster

In 2010, toen ik als programmamanager in de American Library in Paris werkte, kreeg ik van mijn collega's Naida Kendrick Culshaw en Simon Gallo het verhaal te horen over de dappere medewerkers die de ALP tijdens de Tweede Wereldoorlog geopend hielden. Naida stelde een tentoonstelling samen over de bibliotheek tijdens en na de oorlog en onderhield daarvoor contact met bibliothecarissen helemaal tot Boise in Idaho aan toe. Ze is geweldig en ik beschouw haar als mijn persoonlijke miss Reeder. Simon werkt al vijftig jaar bij de bibliotheek en weet alles over de ALP. Naast het overdragen van zijn kennis heeft hij alle Dewey Decimale Classificatie-nummers in dit boek gecontroleerd. Het zijn de nummers die tegenwoordig worden gebruikt, niet die uit 1939. Hij legde uit dat elke bibliotheek haar eigen manier heeft om boeken te catalogiseren.

Ik was zeer onder de indruk van de moed en toewijding van de bibliothecarissen van de ALP tijdens de Tweede Wereldoorlog – eigenschappen die de hedendaagse medewerkers nog steeds bezitten. De research voor dit boek heeft me een aantal jaren gekost. Daarbij waren directeur Audrey Chapuis en adjunct-directeur Abigail Altman zeer behulpzaam en deelden ze verhalen, documenten en contactpersonen met me. Ik ontmoette Hélène en Oleg, de kinderen van Boris Netchaeff. Zij vertelden me over Boris' ervaring in het leger en verschaften me informatie over zijn familie. Anna, de vrouw van Boris, was een gravin, Comtesse (née) Grabbé; Boris bezat geen titel, maar al zijn voorouders waren prinsen en graven. Toen Anna en Boris Rusland verlieten, lieten ze alles achter. Hélène komt in *The Paris Library* voor – zij bevond zich in het appartement toen de Gestapo binnenviel en haar vader neerschoot. Ze schreef:

'Ik bracht in mijn jeugd veel tijd in de American Library door... ik was nog maar een paar maanden oud toen papa me op zijn arm meenam naar de bibliotheek... Ik herinner me het geluid nog van de prachtige parketvloer die piepte en kraakte wanneer iemand snel liep, de geur van boeken en andere details, zoals afgesloten vertrekken die verboden gebied voor mij waren. Ik vroeg me af waarom, en ik geloof nog steeds dat er misschien mensen ondergedoken zaten...'

In de bibliotheek werd elke beschikbare vierkante centimeter benut, dus vroeg ik me door Hélènes opmerking af of de bibliothecarissen Joodse leden verborgen hielden tijdens de oorlog.

Boris werkte tot zijn vijfenzestigste in de bibliotheek. Hij stierf in 1982 op tachtigjarige leeftijd. Hélène zei dat hij *increvable*, onverwoestbaar, was, ondanks het feit dat hij drie keer door de Gestapo in zijn long was geschoten en een pakje Gitanes per dag wegpafte.

Toen miss Dorothy Reeder terugkeerde naar de Verenigde Staten zamelde ze in Florida geld in voor het Rode Kruis en zorgde ze voor meer naamsbekendheid van de organisatie. Vervolgens werkte ze bij de Biblioteca Nacional in Bogotá in Colombia, waarna ze weer in dienst trad van de Library of Congress. Dankzij de American Library Association is haar hoogst geheime verslag over haar tijd in Parijs tijdens de oorlog online beschikbaar. Ik ben de ALA dankbaar voor haar medewerking. Het was me een genoegen om miss Reeders correspondentie door te lezen en die in dit boek met jullie te mogen delen. Mijn favoriete brief was die aan haar collega Helen Fickweiler:

'Een van de moeilijkste dingen die ik ooit heb moeten doen, is jou en Peter verzoeken de bibliotheek te verlaten en naar huis te gaan. Maar ik weet dat het de enige juiste en verstandige beslissing is, en zowel mijn hoofd als mijn hart zal veel beter functioneren zodra ik weet dat jullie veilig en wel in New York zijn. Ik kan niet in woorden uitdrukken hoe dankbaar ik ben voor jullie trouw en toewijding en het feit dat jullie tijdens zulke moeilijke en zware tijden bij ons zijn gebleven. Jullie hebben altijd uitstekend werk geleverd, en zonder jullie kennis en efficiëntie betwijfel ik of we in een positie zouden zijn om door te gaan.'

Miss Reeder heeft het ook over het geld dat Helen van het fonds van de bibliotheek in New York zou moeten ontvangen zodra ze daar arriveerde – honderd dollar, het bedrag van een maandsalaris – en de aanbevelingsbrief die ze zal krijgen. De directeur besluit haar brief met de woorden: 'Als ik ooit nog personeel krijg, waar dan ook, dan zul jij boven aan mijn lijstje met collega's staan, lieve Helen. Hoe kan ik je ooit bedanken of duidelijk maken wat ik voel.'

Helen Fickweiler en Peter Oustinoff trouwden na hun terugkeer naar de Verenigde Staten. Kate Wells van de Providence Public Library bezorgde me een artikel uit de editie van 19 juni 1941 van de *Evening Bulletin*: 'Miss Fickweiler viel ruim vijf kilo af tijdens haar verblijf in het door nazi's bezette Parijs, en ze verklaart de rest van haar leven geen knolraap meer te willen zien na deze groente op alle mogelijke manieren te hebben moeten eten...' Alexis, de kleindochter van Helen en Peter, schreef: 'Helen werkte samen met de Parijse verzetsbeweging, waar ze Peter ontmoette. Hij maakte ook deel uit van de geallieerden en daarna van het Amerikaanse, Franse en Russische leger. Helen was bibliothecaresse in New York bij de Chemists Club en later bij de Universiteit van Vermont.'

Boekhoudster miss Wedd keerde terug uit het interneringskamp en werkte tot haar pensionering bij de American Library. Ik heb een geweldige foto van haar tijdens haar afscheidsfeestje. Haar gezicht straalt en ze draagt een corsage. Evangeline Turnbull en haar dochter werkten beiden in de bibliotheek tot de oorlog uitbrak. Als Canadezen maakten ze deel uit van het Gemenebest en werden dus beschouwd als Britse onderdanen en vijandelijke buitenlanders. In juni 1940 keerden ze terug naar Canada.

Dr. Hermann Fuchs, de Bibliotheksschutz oftewel 'bibliotheekbeschermer', die verantwoordelijk was voor intellectuele activiteiten in bezet Frankrijk, België en Nederland, keerde na de oorlog terug naar Berlijn en bleef bibliothecaris. Niet Fuchs maar dr. Weiss en Oost-Europa-specialist dr. Leibrandt organiseerden de plundering van Slavische bibliotheken in Parijs. Martine Poulain, expert op het gebied van de Franse literatuur, schrijft: 'De exacte rol die Fuchs speelde blijft lastig te bepalen. Vóór, tijdens en na de oorlog werd hij door zijn Franse collega's met welwillendheid (*bienveillance*) bekeken, maar hij was ongetwijfeld meer betrokken bij de wandaden van de nazi's dan het collectieve geheugen toestaat.' Dr. Fuchs verliet Parijs met Duitse troepen op 14 augustus 1944. Aan een Franse collega schreef hij:

'Ik vertrek zoals ik kwam, als een vriend van Franse bibliotheken en een aantal Franse bibliothecarissen... Aanvankelijk onder Ernst Wermke en daarna als hoofd Bibliotheekdiensten heb ik mijn best gedaan om de banden die ons verenigen niet te laten breken. Ik ben niet altijd geslaagd in wat ik wilde doen en ik kon niet iedereen helpen die om mijn hulp vroeg. Vaak werd ik door de omstandigheden en militaire noodzaak gedwongen acties waaraan ik was begonnen te staken. Ik laat het aan jullie, de Fransen, over om een oordeel te vellen over mijn gedrag.'

In haar autobiografie *Shadows Lengthen* (Charles Scribner's Sons, 1949), schreef Clara de Chambrun dat dr. Fuchs de werknemers van de ALP waarschuwde voorzichtig te zijn omdat de Gestapo mensen in de val lokte, en dat ze later door hem op het matje werd geroepen om hem uit te leggen waarom er zich anti-Duits materiaal in de bibliotheek bevond. De gravin beschrijft ook hoe een van de leden dreigt de bibliotheek te zullen verraden. Verraadbrieven waren destijds schering en inslag. Onze bron beweert dat er drie tot vijf miljoen van dat soort brieven zijn verstuurd; iemand anders heeft het over honderdvijftig- tot vijfhonderdduizend. Ik heb de verraadbrieven over de bibliotheek zelf geschreven; ze zijn echter gebaseerd op brieven in de archieven van het Mémorial de la Shoah, het Franse Holocaustmuseum. De brieven die Odile in haar vaders kantoor vindt zijn echt. Het is moeilijk om die brieven, vol intense haat en woede, te lezen. Veel brieven zijn gewelddadig van aard en ongegrond. De meeste zijn anoniem en bevatten kritiek op familieleden, vrienden en collega's. Naast het verraden van Joden variëren de beschuldigingen van het luisteren naar de BBC tot het doen van negatieve uitlatingen over de Duitsers en de ontrouw van echtgenotes van krijgsgevangenen met mensen die goederen kochten of verkochten op de zwarte markt.

De gebeurtenissen in het boek zijn gebaseerd op het leven van echte mensen en echte gebeurtenissen, maar ik heb wel een aantal dingen veranderd. In werkelijkheid was het miss Frikart, de secretaresse, die de gravin begeleidde naar het hoofdkwartier van de nazi's om verantwoording af te leggen aan dr. Fuchs. Het was miss Reeder die over boeken zei dat 'geen enkel ander ding dat mystieke vermogen bezit om mensen door andermans ogen te laten kijken. De bibliotheek is een brug van boeken tussen culturen' toen ze de Soldiers' Service publiceerde. Ook heb ik de periode na de eerste ontmoeting van miss Reeder en dr. Fuchs ingekort. De gravin was destijds in haar thuisland. Haar ontmoeting met miss Reeder en de medewerkers vond een aantal maanden later plaats.

Mijn doel bij het schrijven van dit boek was dit vrij onbekende hoofdstuk in de geschiedenis van de Tweede Wereldoorlog te delen en de stemmen te laten horen van de moedige bibliotheekmedewerkers die zich tegen de nazi's verzetten door hun leden te helpen en hun liefde voor de literatuur met elkaar te delen. Ik wilde de relaties onderzoeken die ons maken tot wie we zijn, maar ook uitzoeken hoe we elkaar helpen en tegenwerken. Taal is een hek dat we voor mensen kunnen openen en sluiten. De woorden die we gebruiken maken perceptie aanschouwelijk, net als de boeken die we lezen, de verhalen die we elkaar vertellen en de verhalen die we onszelf vertellen. De buitenlandse medewerkers en leden van de bibliotheek werden beschouwd als 'vijandelijke buitenlanders' en een aantal van hen werd geïnterneerd. Joodse leden mochten de bibliotheek niet betreden; velen werden later in concentratiekampen vermoord. Een vriendin zei dat ze denkt dat mensen zich, door verhalen te lezen die zich in de Tweede Wereldoorlog afspelen, vaak afvragen wat zij zelf zouden hebben gedaan. Ik denk dat we ons beter kunnen afvragen wat we nu kunnen doen om ervoor te zorgen dat bibliotheken en leermiddelen voor iedereen beschikbaar zijn, en dat we mensen behandelen met waardigheid en mededogen.

Dankwoord

Un grand merci voor *agent extraordinaire* Heather Jackson voor haar welwillendheid en voor het vinden van het perfecte onderkomen voor The Paris Library, en haar coagent Linda Kaplan voor het onder de aandacht brengen van dit boek van agenten en redacteuren over de hele wereld. Mijn enorme dank gaat uit naar het team van Atris, van mijn redactrice Trish Todd, die me overtuigde met haar eerste woorden: 'Bij het Dewey Decimale Systeem was ik al verkocht', tot Libby McGuire, Lindsay Sagnette, Suzanne Donahue, Leah Hays, Mark LaFlaur, Ana Perez, Kristin Fassler, Lisa Sciambra, Wendy Sheanin, Stuart Smith, Isabel DaSilva en Dana Trocker voor hun steun en enthousiasme. Lisa Highton en Katherine Burdon en het team van Two Roads in het Verenigd Koninkrijk: ik dank jullie uit de grond van mijn hart. Een stevig applaus voor bureauredactrices Tricia Callahan en Morag Lyall voor hun aandacht voor al mijn details. En bedankt mijn echtgenoot, mijn zus en mijn ouders, alsmede vrienden en collega's die de eerste versies lazen en wier aanmoediging me heeft doen volhouden: Laurel Zuckerman, Diane Vadino, Chris Vanier, Wendy Salter, Mary Sun de Nerciat, Adélaïde Pralon, Anna Polonyi, Maggie Phillips, Emily Monaco, Jade Maître, Anca Metiu, Alannah Moore, Lizzy Kremer, Kaaren Kitchell, Rachel Kesselman, Marie Houzelle, Odile Hellier, Clydette en Charles de Groot, Jim Grady, Susan Jane Gilman, Andrea Delumea, Maddalena Cavaciuti, Amanda Bestor-Siegal en Melissa Amster. Ik ben opgegroeid met een grote liefde voor bibliotheken en boekwinkels. We hebben dat soort plekken meer dan ooit nodig, en ik bedank de toegewijde, hardwerkende boekverkopers en bibliothecarissen die deze literaire paradijzen creëren.